Elena MacKenzie
Highland Warrior – Caileans Fluch

Sie sind die Highland Warrior. Erschaffen, um die Kinder Danus vor ihren Feinden zu schützen. Tapfere Krieger im Dienste einer Göttin.

Auf dem unsterblichen Highland-Krieger Cailean MacLean lastet ein Fluch, der ihn dazu zwingt, die Wünsche einer jeden Frau zu erfüllen. Als Airmed, die Herrin über die Lichtelfen und Schwester der Göttin Danu, sich von ihm wünscht, ihr Amber Connell zu bringen, hat er keine andere Wahl. Er verlässt Anwynn und reist in die Menschenwelt, um Amber zu entführen. Doch die junge Frau ist gar nicht begeistert, in eine schottische Burg verschleppt zu werden. Für Amber beginnt nicht nur ein Kampf um das eigene Leben, sondern auch eine Reise in die Highlands des 18. Jahrhunderts, denn in Anwynn steht die Zeit still.

Elena MacKenzie

Highland Warrior
- Caileans Fluch -

Roman

Latos-Verlag
Calbe/Saale

Korrektorat: Latos-Verlag
Umschlaggestaltung: Nadine Kapp
Titelbild: © Shutterstock
Satz: Latos-Verlag, Calbe/Saale
Druck und Bindung: PRESSEL Digitaldruck, Remshalden

1. Auflage 02/2016

ISBN: 978-3-945766-18-7

www.latos-verlag.de

Für Maren Frank

Prolog

Danu, die Herrin von Anderwelt, lief zwischen den unzähligen Verwundeten und Toten umher, die die Schlacht von Culloden hinterlassen hatte. Mutige Highlander, die sich einer Überzahl englischer Truppen gestellt und mit ihrem Leben bezahlt hatten. Männer, die seit Kindesbeinen im Umgang mit Waffen trainiert wurden, denen die Ehre und die Freiheit ihres Volkes das Wichtigste war. Männer, die sie dringend für ihren eigenen Kampf brauchte.

Sie versuchte, das, was sie sah nicht zu nahe an sich heranzulassen. Aber es war fast unmöglich das Grauen, das sie umgab, zu ignorieren. Der Geruch von Blut, Urin und Erbrochenem waberte durch die Luft und tränkte den Boden der Moorlandschaft. Abgetrennte Glieder lagen verstreut. Aus manchem Körper quollen die Eingeweide hervor. Schwerter, Pfeile und Speere durchbohrten die tapferen Krieger, die der blutigen Gier des Lord of Cumberland zum Opfer gefallen waren. Für die wenigen englischen Soldaten, die in dieser Schlacht gefallen waren, konnte sie kaum Mitleid aufbringen. Aber die Highlander waren ihr Volk. Sie waren noch immer ein Teil der Sidhe. Einst hatten sie friedlich nebeneinander dieses Land bewohnt und hatten sich vermischt.

Vor Jahrhunderten war Danu mit ihrem Volk, den Tuatha Dé Danann, hierher gekommen. Sie hatten auf ein friedliches Leben gehofft. Lange Zeit hatten sie auch freundschaftlich inmitten der grünen Hügel und Täler leben können. Schon bald aber waren Eindringlinge über das Land hergefallen, hatten geraubt und geplündert. Damals hatte Danu die Tore zwischen den Welten geöffnet. Mit ihrem magischen Volk war sie nach Anderwelt gegangen, um dort ein neues Leben zu beginnen. Nur wenige waren in der Menschenwelt zurückgeblieben. Anwynn war ihnen wie ein Paradies vorgekommen. Eine Welt, voll von Magie, Pflanzen und wunderbaren Tieren. Eine Heimat. Doch schon bald mussten sie feststellen, dass auch in dieser Welt kein Frieden zu finden war.

Die Firbolg, ein Volk von boshaften dämonischen Kreaturen, wollten dieses reiche Land mit dem neuen Volk nicht teilen. Doch Danus Untertanen fühlten sich viel zu wohl in ihrer neuen Heimat. Sie wollten nicht länger umherziehen. Sie griffen zu den Waffen. So tapfer sie auch kämpften, schon bald unterlagen sie. Das magische Volk war ein Volk von Heilern, Künstlern und Tänzern. Sie kannten sich mit Pflanzen und Tieren aus, nicht mit dem Krieg. Danu wusste, wenn sie überleben wollten, musste sie etwas tun.

Also war sie durch den Schleier zwischen den Welten getreten. Sie hatte von den mutigen, starken Nachkommen ihres Volkes gehört, die auf dieser Seite um ihre Freiheit kämpften. Sie hatte sie beobachtet, Männer mit breiten Schultern, Oberarmen so dick wie Baumstämme. Mit unbändiger Kraft und unerschütterlichem Willen kämpften sie für ihre Familien, gegen die, die sie für Wilde hielten, weil sie ein anderes Leben führten. Die, dic in ihnen Wilde gesehen hatten, zogen jetzt nach ihrem Sieg durch die Highlands und mordeten und vergewaltigten, was ihren Weg kreuzte. Ein verabscheuungswürdiges Tun, für das Danu kein Verständnis aufbringen konnte. Doch ihr waren die Hände gebunden. Wenn sie ihr eigenes Volk nicht verraten wollte, durfte sie nicht eingreifen. Sie konnte nur mit sich nehmen, was nicht bemerkt werden würde.

Ein leises Stöhnen riss Danu aus ihren Gedanken. Ein Krieger in den rotgrünen Clanfarben der MacLeans lag zu ihren Füßen. Blut sickerte aus seinen Mundwinkeln und aus einer tödlichen Wunde in seinem Unterleib. Er würde nicht mehr lange leben. Danu kniete sich neben ihn in das blutige, niedergetrampelte Heidekraut. Sanft strich sie ihm die dunklen, verdreckten Haare aus dem Gesicht. Mit dem Saum ihres weißen Kleides wischte sie ihm Blut und Dreck aus dem Gesicht. Er öffnete die Lider und sah sie aus trüben Augen an. Ein Lächeln umspielte seine Lippen. Danu war sich sicher, er würde sie für einen Traum halten. Vielleicht einen Geist, der gekommen war, ihn in sein nächstes Leben zu begleiten.

Sie kannte den Mann, er war der Clanführer der MacLeans. Ein unerschrockener Krieger, stark und mutig. Ein Krieger, wie sie ihn brauchte. Sie legte eine Hand auf seine breite Brust. Sein

Plaid fühlte sich klamm und klebrig vom Blut an, das durch den Stoff sickerte. Sein Herz schlug nur noch schwach. Sie musste sich beeilen. Mit den Fingern strich sie ihm über die bärtige Wange. Sein Blick flatterte, dann sah er zu ihr auf. Sie hoffte, dass er sie verstehen würde. Dass sein Verstand noch so weit funktionierte, dass er erfasste, was sie von ihm wollte.

»Cailean MacLean, ich bin Danu, die Mutter deines Volkes. Herrin über das magische Volk Tuatha Dé Danann. »Ich möchte dir das Leben anbieten.« Danu hielt ihren Blick auf Cailean gerichtet. Sie wollte jede noch so kleine Reaktion in seinem Gesicht deuten können. Sie befürchtete, dass er vielleicht schon zu schwach war, ihr zu antworten. Aber sie wollte ihn nicht unfreiwillig zum Krieger des Feenvolkes machen. Sie wollte, dass er selbst entscheiden konnte. Seine Lippen bewegten sich leicht, als wolle er etwas sagen.

»Du musst dich nicht anstrengen. Sage mir nur, weißt du, wer ich bin?«, fragte sie sanft aber mit fester Stimme. Sie war sich nicht sicher, ob die Menschen dieser Zeit überhaupt noch wussten, wer ihre Vorfahren waren und wohin sie gegangen sind. Sie hatte gehört, dass einige sie für Mythen hielten. Aber ob es Menschen gab, die an die Existenz des magischen Volkes glaubten, das wusste sie nicht. Wenn sie nicht an sie glauben konnten, würde das ihre Arbeit erschweren. Doch Cailean nickte. Eine schwache Bewegung seines Kopfes. Hätte Danu nicht ihre Hand an seiner Wange gehabt, hätte sie es nicht gespürt. Danu schluckte angespannt. Sie hoffte, sie kam nicht zu spät.

»Das Volk der Sidhe braucht Krieger wie dich. Ich biete dir ewiges Leben, wenn du im Gegenzug für uns kämpfst«, beeilte sie sich zu sagen. Sie konnte keine Rücksicht nehmen. Konnte nicht riskieren, noch weitere wertvolle Zeit verstreichen zu lassen. Schon jetzt war zweifelhaft, ob sie ihn noch retten konnte. Aber sie musste auf die Kraft der heiligen Quelle vertrauen, die durch ihren Körper strömte.

Caileans Augen weiteten sich für einen kurzen Moment, dann schlossen sich seine Lider. Seine Brust senkte sich und sein Kopf fiel kraftlos zur Seite. Danu erschrak und musste die Tränen, die sich einen Weg aus ihren Augen suchten, zurückhalten. Jetzt war nicht die Zeit zu trauern. Sie hatte eine Aufgabe. Hier kam sie zu spät, dachte Danu und bedauerte, ihn nicht einfach ohne seine Erlaubnis nach Anwynn mitgenommen zu haben. Sie hatte gewusst, dass nicht mehr viel Zeit blieb. Aber es war besser, ihm seinen freien Willen zu lassen. Alles andere wäre gegen das gegangen, wofür das Volk Dé Danann stand. Eine Träne rollte über Danus Wange. Sie wollte sich gerade erheben, als Caileans Brust sich unter ihren Fingern zitternd hob. Erleichtert atmete sie auf. Fast hätte sie ihn aufgegeben, dabei flackerte noch eine winzige Lebensflamme im Körper des Kriegers.

»Sag ja«, flüsterte sie flehend an seinem Ohr. »Du musst nicht sterben.«

»Deagh-bheusan tha mo onair«, antwortete Cailean tonlos, aber Danu hatte es von seinen Lippen gelesen. Tugend ist meine Ehre, das Motto der MacLeans.

Schnell ritzte Danu sich mit ihrem Sgian Dubh, dem Strumpfmesser, ihr Handgelenk auf und drückte die blutende Wunde auf Caileans Mund. »Trink, mein Sohn. Die Magie der heiligen Quelle in meinem Blut wird dich genesen lassen.«

Cailean schlug die Augen auf. Erst hatte Danu entsetzen in seinem Blick befürchtet, doch da war keine Spur. Nein, sein Gesicht drückte Entschlossenheit aus. Er war noch nicht bereit zu sterben. Und das würde er auch nicht. Dieser Mann war auserkoren, Danus Armee aus unsterblichen Highlandern gegen die Firbolg zu führen.

Kapitel 1

Cailean hing kraftlos in den Ketten, mit denen man ihn an die feuchte, schimmlige Wand des Kerkers gefesselt hatte. Er konnte nicht sehen, wen man in seine Zelle gebracht hatte, weil er zu schwach war, den Kopf zu heben. Getrocknetes Blut versiegelte seine Augenlider. Seine aufgeplatzte Unterlippe pochte im Rhythmus seines Herzschlags. Er atmete nur flach, damit der Schmerz an seinen geschundenen Rippen nicht zu stark war. Jeder Atemzug versetzte ihn zurück in die schlimmsten Stunden seines Lebens – seines unsterblichen Lebens, denn als Sterblicher hatte er weit Entsetzlicheres erlebt.

Er war mit weit gespreizten Armen und Beinen an Decke und Boden seines Gefängnisses fixiert. Unzählige Male hatten Airmeds Folterer das Leder ihrer Peitschen auf sein Fleisch niedersausen lassen, tiefe brennende Wunden in seine Haut geschnitten. Verschorfte Narben zierten seine Brust, seine Oberarme, Beine und seinen Rücken. Cailean hatte das Gefühl, dass nicht ein Zentimeter seines Körpers unbeschadet geblieben war. Sie hatten ihn getreten, ihm die Rippen gebrochen, ihm die Haut in dünnen Streifen vom Körper geschnitten. Dann hatten sie zugesehen, wie er wieder heilte, um von vorne zu beginnen. Doch nichts, was sie taten, war so grauenvoll gewesen wie das, was Lord Lancaster mit ihm getan hatte.

Cailean hatte jedes Zeitgefühl verloren. Er hatte keine Ahnung, wie lange er jetzt schon hier unten gefangen war. Zeit hatte in Anwynn sowieso keine Bedeutung. Er wusste nur, dass er nicht eine Sekunde aufgehört hatte, darüber nachzudenken, wie er sich an seinen Peinigern rächen würde. Und seine Qualen, die er sich für Airmed ausgedacht hatte, die würden eine Ewigkeit dauern. Wie lang war die Ewigkeit in einem Reich, in dem die Zeit nicht verging?

Jemand legte kalte Finger unter sein Kinn, eine kleine zarte Hand. Cailean erschauerte. Die Berührung durch Airmed war ihm zuwider. Sie war Danus Schwester. Wenn Danu all das Gute, das man sich nur vorstellen konnte, in sich trug, war in

Airmed das Böse dieser Welt. Sie war Herrin über die Seelenlosen. Wesen, die weder Mitleid noch Liebe kannten. Ihr Leben wurde von Gewalt und Hass geprägt. Wenn sie Seelen besaßen, dann waren diese durch und durch schwarz.

Airmed liebte es, Leid zu verursachen. Und sie war eine machtgierige Hexe, die solange Cailean schon in Anwynn lebte, versuchte ihre Schwester zu beseitigen. Bei der Vorstellung, dass diese Hände über seinen Körper geglitten waren, er seinen Schwanz in diesem Weib versenkt hatte, wurde ihm übel. Wie hatte er nur auf ihre Maskerade hereinfallen können? Sie hatte seine Liebe zum weiblichen Geschlecht ausgenutzt, und den Fluch, der auf ihm lastete. Der ihm seinen eigenen Willen nahm.

In der Gestalt einer anderen Frau hatte sie sich ihm genähert. Er war neben ihr eingeschlafen, betäubt von Drogen, die sie ihm in seinen Met gegeben hatte, und hier von Schlägen geweckt worden, und das Erste, was er beim Aufwachen gesehen hatte, war ihr falsches Grinsen.

»Ich sehe, du hast dich kaum erholt. Wie schade, dass deine Heilkräfte schon nachlassen. Das nimmt dem Ganzen den Charme, findest du nicht auch, Ian?«

Ian? Cailean zuckte zusammen. Hatte sie wirklich Ian gesagt? Er versuchte seine Augen zu öffnen, scheiterte aber an dem getrockneten Blut. Er hörte den Knall einer Peitsche, wartete auf den Schmerz, aber er folgte nicht. Jemand anderer stöhnte und schien zu Boden zu gehen. Airmed lachte. Hatte sie seinen jüngeren Bruder wirklich gefangengenommen? Caileans Herz wummerte gegen seine Brust. Er stieß ein drohendes Knurren zwischen seinen geschwollenen Lippen hervor.

»Wer wird denn gleich so wütend werden? Ich verspreche, deinem Bruder wird es gut bei mir gehen.« Kühle Finger strichen über seine Brust, seinen Bauch hinunter, legten sich um seinen Schwanz und drückten schmerzhaft zu. Cailean bemühte sich, keine Miene zu verziehen und keinen Ton von sich zu geben. Diese Genugtuung würde er ihr nicht schenken. »Er ist ein besserer Liebhaber als du.«

Sie ließ ihn los. Schritte entfernten sich, kamen wieder näher. Noch immer versuchte Cailean seine Augen zu öffnen, einen winzigen Spalt hatten sie nachgegeben. Durch das rechte

Auge konnte er das flackernde Licht der Fackeln wahrnehmen, durch das linke verschwommene Schemen sehen. Nicht weit von ihm wallte das weiße Kleid von Airmed durch den Raum und ein Körper lag zusammengekauert auf dem Boden. Mehr konnte er noch nicht erkennen.

»Ihr Highland Warrior habt allesamt ein Problem, ihr verfallt viel zu schnell den Reizen einer Frau. Frau muss nur ihre Röcke für euch heben und ihr seid verloren. Daran sollte meine Schwester mit euch arbeiten. Und gerade du, Cailean, solltest aus den Fehlern deiner Vergangenheit gelernt haben.«

Cailean tat einen zitternden Atemzug. Als er zu sprechen begann, war seine Stimme heiser, fast tonlos und jedes Wort kratzte in seiner Kehle. »Was willst du von ihm? Du hast mich zu deinem Vergnügen, genügt dir das nicht?«

Wieder wurde eine Hand unter sein Kinn gelegt, sein Kopf hin und her gedreht. Airmed stieß ein verächtliches »Hmpf« aus. »Soll ich helfen?« Ihre Finger legten sich an seine Lider, Blitze schossen hinter seine Augen, brennender Schmerz flammte auf und stach ihm direkt ins Hirn, als sie seine Augen mit Gewalt öffnete. Cailean blinzelte. »Schon besser«, stellte sie zufrieden fest.

»Gar nicht besser«, murmelte Cailean. »Jetzt kann ich deine hässliche Fresse sehen.« Airmed holte aus und schlug ihm mitten in sein geschwollenes Gesicht. Cailean lächelte nur. Das war es wert gewesen. Er blinzelte abermals, um den Schleim vor seinen Augen loszuwerden und mehr erkennen zu können. Airmed stand neben ihm, gekleidet in ein langes, fast durchsichtiges, weißes Kleid. Ein eng geschnürtes Mieder hob ihren Busen und ließ ihn aus dem weiten Ausschnitt quellen. Ihre schneeweißen Haare trug sie wie immer offen, ein wallender Schleier, der ihr bis über ihren Hintern reichte. Sie sah ihn aus ihren azurblauen Augen missmutig an und wies mit dem Kopf in eine der Ecken des Kerkers. Ihm stockte der Atem. Das blutige Stück Fleisch auf dem Kerkerboden war tatsächlich sein Bruder.

Er war nackt, Striemen zierten seinen verdreckten Rücken, aus tiefen Stichwunden quoll Blut hervor. An Händen und Beinen war er gefesselt.

Cailean kniff die Augen zusammen und konnte das Entsetzen nicht vor Airmed verbergen, das über ihm hereingebrochen war. Sein Körper bebte vor Wut und brachte die Ketten um seine Handgelenke zum Klirren.

»Meine Männer sind manchmal unkontrollierbar, besonders wenn sie schon lange keine Frau mehr hatten. Da kann es schon mal vorkommen, dass sie bei so einem hübschen Krieger nicht widerstehen können.« Airmed zuckte mit den Schultern. Selbst eine brutale Vergewaltigung konnte ihr keine Emotionen entlocken. In Cailean stieg bittere Galle auf. Wütend biss er die Kiefer aufeinander und zerrte an seinen Fesseln.

»Warum?«, knurrte er.

Airmed lächelte unschuldig. »Ich habe da ein Problem. Und ich weiß, nur du kannst mir helfen.« Sie zwirbelte verlegen an ihren langen weißen Haaren. Ihre blauen Augen leuchteten auf. Keine Frau durfte so unschuldig aussehen und gleichzeitig so böse sein. Caileans Wut zerriss ihn fast. Ob sie wusste, dass dieses mädchenhafte Getue ihn nur noch wütender machte?

»Deine Herrin, meine geliebte Schwester Danu«, säuselte sie, »hat einst etwas aus Anwynn fortgeschafft, das ich unbe-dingt brauche. Kürzlich hat einer meiner treuen Seher herausgefunden, wo dieses etwas sich befindet. Du kennst unser Problem …«, schwafelte sie weiter und trat im Vorbeigehen Ian in den Magen. »Meinesgleichen können Anwynn nicht verlassen, dafür hat Danu gesorgt. Doch Ihresgleichen können. Du musst es mir also besorgen.«

»Und wozu dann die Umstände? Du weißt, du musst es dir nur wünschen. Ich stehe direkt hier vor dir. Wozu brauchst du noch meinen Bruder?« Cailean wandte den Blick von Ian ab. Ihn so zu sehen, war mehr als er ertragen konnte.

»Meine kleine Rückversicherung. Wir wissen ja beide, dass es Mittel und Wege gibt, deinen Fluch zu umgehen, weswegen ich meine Wünsche sehr genau formulieren werde. Nur für den Fall, dass du doch ein Schlupfloch finden solltest, werde ich Ian hier behalten. Und bedenke, jeder Tag, den du brauchst, um meinen Wunsch zu erfüllen, ist ein Tag mehr Leid für deinen Bruder. Und ich muss dich nicht daran erinnern, dass er unsterblich ist und was das für ihn bedeutet.«

Amber hatte es satt, zu warten. Wieder einmal hatte es Eric geschafft, sie zu versetzen. Und das an ihrem einjährigen Jubiläum. In den letzten Wochen gab es für ihn nur noch seine Arbeit. Konnte es wirklich so wichtig sein, ein paar Telefonleitungen zu verlegen? Er hatte doch früher nie Überstunden gemacht.

Langsam begann Amber zu zweifeln. Irgendetwas stimmte da nicht. Ob er vielleicht eine Geliebte hatte? Aber eigentlich gab es keine Hinweise dafür. Sie hatten nicht weniger Sex als früher. Eigentlich sogar mehr.

Aber wenn Amber genau darüber nachdachte, dann hatte sich doch einiges geändert: Er war lange nicht mehr so zuvorkommend. Früher las er ihr jeden Wunsch von den Augen ab. Jetzt war der Sex nur noch eine rein mechanische Handlung. Etwas, was ihn befriedigte, sie aber zu einer Art Gummipuppe werden ließ. Und Blumen hatte er ihr schon lange nicht mehr mitgebracht. Komplimente gab es auch keine mehr. Wie auch? Sie redeten ja keine fünf Worte mehr miteinander. Ihre gemeinsamen Abende sahen folgendermaßen aus: Amber erledigte nach ihrer Arbeit als Arzthelferin in einer Kinderarztpraxis den Haushalt, kochte und tat sonst auch alles, was Eric sich von ihr wünschte. Wenn Eric dann nach Hause kam, dann machte er es sich vor dem Fernseher bequem, redete nur mit Amber, wenn er ihr kundtun wollte, was sie wieder nicht zu seiner Zufriedenheit erledigt hatte. Und ignorierte sie ansonsten soweit möglich, weil er die hundertste Wiederholung von irgendetwas im Fernsehen unbedingt ansehen musste. Hatten sie sich wirklich schon nach einem Jahr auseinandergelebt?

Amber betrachtete sich in dem großen Garderobenspiegel. Sie hatte sich nicht verändert. Sie sah noch genauso aus wie damals, als sie sich zum ersten Mal getroffen hatten, in dieser Bar in London. Diese Bar, in die sie auch heute wieder anlässlich ihres Jubiläums hatten gehen wollen.

So ein Mist aber auch, fluchte Amber in Gedanken. Sie hatte sich extra das Kleid angezogen, das sie auch getragen hatte, als sie Eric kennengelernt hatte. Es war gerade lang genug, dass es ihren Po bedeckte, der Rücken war weit ausgeschnitten und die Silberfäden im schwarzen Seidenstoff glitzerten wie Sterne am nächtlichen Himmel. Dazu trug sie die hohen Manolos mit der aufwendigen Schnürung. Eric liebte es, wenn sie sich so anzog. Er konnte zwar hochgradig eifersüchtig sein, aber genauso gern gab er mit ihr an.

Amber verpasste ihrer Hochsteckfrisur noch eine Ladung Haarfestiger, zupfte die ebenholzfarbenen Strähnen, die sie hatte aus der Frisur heraushängen lassen, noch einmal zurecht und blickte auf die Uhr über der Tür. Schon eine Stunde über der Zeit.

Jetzt würde sie anrufen. Sie kramte ihr Handy aus der Handtasche, die gerade groß genug für Geldbörse und Telefon war, und wählte Erics Nummer. Es dauerte einige Sekunden, bis sich eine Frauenstimme meldete, die verkündete, dass der Angerufene derzeit nicht annehmen könne. Amber warf dem Handy einen finsteren Blick zu und stopfte es zornig in die Tasche zurück.

Nein, dachte sie, mit mir nicht. Sie hatte sich geschlagene zwei Stunden aufgebrezelt und sie würde ihren Spaß haben, auch ohne Eric. Soll er doch bleiben, wo der Pfeffer wächst. Dann soll er doch sauer auf sie sein, wenn er erfahren würde, dass sie allein weggewesen war. Kurz zuckte Amber zusammen, als sie sich vorstellte, wie er toben würde, dann beschloss sie aber, das zu tun, was ihre Mutter Amelia immer von ihr verlangte; selbstständig zu sein.

Zwar würde das hier nicht ganz die Vorstellung ihrer Mutter treffen - die war vollkommen verliebt in den Gedanken, ihre Tochter könnte die Frau von Eric werden, der ja so perfekt und toll war -, aber Amber hatte es endgültig satt, sich ständig sagen zu lassen, was sie zu tun und zu lassen hatte.

Sie war jetzt fünfundzwanzig Jahre alt seit drei Tagen. Und sie hatte sich an ihrem Geburtstag geschworen, mehr an sich selbst zu denken. Sie wollte ihr Leben nicht mehr länger nach anderen ausrichten. Wollte öfters auch mal Nein sagen. Zumindest hatte sie sich das vorgenommen.

Das aufkommende schlechte Gewissen drängte sie zurück und sperrte es sorgfältig in eine Schublade in der hintersten, finsteren Ecke ihres Ichs. Sie war alt genug, alleine Entscheidungen zu treffen. Nicht Eric bestimmte ihr Leben, sondern

Amber. Wenn er nicht einmal an ihren Feiertag pünktlich kommen konnte, dann würde sie allein gehen.

Sie griff mit einem unsicheren Lächeln im Gesicht nach ihrer Stola, warf sie sich um die nackten Schultern und verließ entschlossen, aber mit einem Ziehen in der Magengegend die Wohnung. Nur einmal wieder etwas Spaß haben. Was war daran schon so falsch? Amber ging regelmäßig arbeiten und kümmerte sich um Eric und ihren Haushalt. Sie hatte sich ein paar Stunden verdient. Das war besser, als ewig alleine in der Wohnung zu sitzen und zu warten. Langsam fühlte sie sich, wie eine einsame alte Dame. Fehlte nur noch, dass sie anfing zu Stricken. Sie wollte nur ein paar Stunden soziale Interaktion.

Die wenigen Häuserblocks wollte sie laufen. Einfach noch ein bisschen die abendliche Stadt auf sich wirken lassen. Früher, als sie noch nicht über Erics Auto verfügen konnte, war sie auch überall zu Fuß hingegangen. Natürlich hatte sie früher keine High Heels getragen, wenn sie einen längeren Fußmarsch plante. Eigentlich hatte sie früher nie High Heels getragen. Amber hatte immer flache bequeme Turnschuhe vorgezogen, obwohl sie nicht besonders groß war. Die hohen Absätze trug sie nur für Eric. Irgendwann hatte er mal erwähnt, dass er auf Frauen in High Heels stand, und er sich wünschte, sie würde auch welche tragen. Sie fand die Dinger nach wie vor unbequem, aber um Erics Aufmerksamkeit mal wieder auf sich zu ziehen würde Amber alles tun.

Und vielleicht würde er ja nachkommen nach der Arbeit. Für alle Fälle hatte sie ihm eine Nachricht hinterlassen. Amber lächelte bei der Vorstellung über seinen bewundernden Blick, den er über ihren Körper streifen lassen würde, wenn er sie heute sah. Vielleicht würde er sie am Arm nehmen und mit ihr nach Hause stürmen, um sie endlich mal wieder zu geben, was ihr ihr schon so lange vorenthielt. In Vorfreude zog es in ihrem Unterleib. O wie vermisste sie es, wieder einmal richtig gestreichelt zu werden, zu fühlen, dass er sie wirklich begehrte. Wo war sein Verlangen nach ihr geblieben?

Früher hatte sie in jeder zärtlichen oder stürmischen Berührung Erics gefühlt, wie sehr er sie liebte. Amber seufzte. Sie sehnte sich nach genau diesen Berührungen. Wann hatte Eric sich nur so verändert? Er wollte sie noch so oft wie früher, aber auf eine andere Art. Ohne Vorspiel, ohne Streicheln, keine Zärtlichkeiten, höchstens ein flüchtiger Kuss. Er beschränkte sich nur noch auf den eigentlichen Akt. Prüfte nur noch, ob sie schon feucht genug war für ihn. Und benutzte sie dann, als wäre sie ein Gegenstand.

Amber war bewusst, so konnte es nicht weitergehen. Aber noch war sie nicht bereit, aufzugeben. Sie hatte gehofft, dass sie heute Abend zurückfinden würden. Dass er, wenn er sie heute so sehen würde, sich daran erinnern würde, was er einmal für sie empfunden hatte. Bestimmt wird er nachkommen, machte Amber sich Mut.

Als sie das Haus verließ und in die Nacht trat, begrüßte sie ein eisiger Wind. Amber zögerte einen Moment und überlegte, ob sie nicht doch etwas anderes anziehen sollte, aber verwarf den Gedanken sofort wieder, als ein junger Mann an ihr vorbeiging und ihren nackten Beinen bewundernde Blicke zuwarf.

Zähne zusammenbeißen und durch, dachte sie. Für einen Augenblick schloss sie die Augenlider, sog tief die herbstliche Nachtluft ein und genoss die friedliche Stille in ihrer abgelegenen Wohngegend.

Ihre High Heels machten ihr den Fußmarsch nicht besonders einfach, aber sie gab sich Mühe, die Schmerzen in ihren Fußsohlen zu ignorieren. Eine kalte Brise erfasste ihre nackten Beine und Amber zog hastig die Luft ein. Sie beschleunigte ihre Schritte noch etwas, um schneller im warmen Inneren der Bar zu sein. Möglichst, bevor sie sich etwas wegholte. Sie konnte die Stimme ihrer Mutter schon hören: »Wie kann man im Herbst auch so auf die Straße gehen? Wenn du noch zu Hause wohnen würdest, dann hätte ich dich so nie gehenlassen. Du trägst ja fast nichts auf dem Leib.« Amber verdrehte die Augen.

Sie war erst mit vierundzwanzig bei ihrer Mutter ausgezogen und gleich mit Eric zusammengezogen. Ihren Vater kannte sie nicht, sie wusste nur, dass er Amelia verlassen hatte, als er von ihrer Schwangerschaft erfuhr, was ihrer Mutter zufolge nicht Amelias Schuld war. Aber Ambers Mutter stellte sich selbst immer als Unschuld dar. Das war sie definitiv nicht.

Sie war weit von dem entfernt, was eine Mutter sein sollte. Sie hatte sich nie richtig um Amber gekümmert, aber ihr Möglichstes getan, Amber einzureden, sie wäre ein Freak, wegen ihrer Fähigkeit, andere zu Heilen und würde sowieso einfach alles falsch machen, was sie anpackte. Heute weiß Amber, dass sie alles falsch gemacht hatte, weil sie immer diesen Druck verspürt hatte, alles richtig zu machen. Und je mehr sie sich angestrengt hatte, desto mehr hatte sie es versaut. Und ein Freak war sie auch nicht. Ihre Fähigkeit war eine wundervolle Gabe mit der sie schon oft Kindern, während ihrer Arbeit geholfen hatte. Natürlich wusste Amber, dass sie ihre Gabe nur heimlich benutzen durfte, schließlich hatte sie Superman und Spiderman im TV gesehen.

Jetzt musste sie nur noch die kleine Gasse überqueren und dann wäre sie da. Amber rieb sich die Arme und machte einen Schritt auf das Kopfsteinpflaster, das in eine schmale Gasse zwischen zwei leer stehenden Fabrikhallen führte.

»Aua«, schimpfte sie erschrocken, als sie auf den glatten Steinen ins Rutschen kam und sich den Fuß umknickte. Sie hockte sich hin, rieb sich den schmerzenden Knöchel und kämpfte mit den Tränen, die sich einen Weg aus ihren Augen suchten. »Verdammte Absätze!« Amber schniefte entrüstet und hoffte, dass der Schmerz sich bald verziehen würde.

Aus der unbeleuchteten Gasse hallten Schritte, die sich ihr näherten. Amber hob den Blick und versuchte, die Dunkelheit mit den Augen zu durchdringen, aber sie konnte nichts erkennen. Sie zuckte mit den Schultern und flüsterte, um sich zu beruhigen: »Nur jemand, der auch in den Club will.« Noch einmal rieb sie mit den Fingern über den pochenden Knöchel, dann richtete sie sich langsam wieder auf. Sie stand noch etwas wacklig auf den Beinen, aber sie stand und der Schmerz war ertragbar. »Halb so schlimm«, murmelte sie, um sich selbst genug Mut zu machen, aufrecht stehenzubleiben.

Ihr Blick ging zur Gasse zurück. Gerade rechtzeitig, um zu sehen, wie ein breitschultriger, hochgewachsener Mann aus den Schatten ins Licht der Straßenlaternen trat. Seine Augen wanderten musternd über Ambers Körper, dann grinste er breit. »Alles in Ordnung?«

Amber nickte verlegen.

»Zu solchen Schuhen sollte es die Krankenversicherung gleich dazugeben.« Der Mann blieb ein paar Schritte vor Amber stehen und grinste noch immer. Er schien sie mit seinem Blick abzuschätzen.

Amber fühlte sich etwas unbehaglich. Dieses Grinsen war keins, das freundlich gemeint war, es lag etwas darin, das Amber einen Schauer über den Rücken jagte. Trotzdem hatte der Mann etwas an sich, das ihre Aufmerksamkeit von den Schauern ablenkte, hin zu seinen vollen Lippen, dem kantigen Kinn und der geraden, schmalen, etwas großen, aber trotzdem sehr schönen Nase. Über seinen dunklen Augen bewegten sich zwei schwarze, volle Augenbrauen nach oben, als er die hohe Stirn in Falten legte und eine ernste Miene machte. Seine glänzend nachtschwarzen Haare hatte er zu einem Zopf nach hinten gebunden, der gerade bis über seinen Nacken reichte. Nur der Pony hing heraus und verdeckte beinahe seine Augen, die fast schon etwas animalisch Wildes hatten. Ambers erster Gedanke war Pirat.

Sie überlegte kurz, ob er vielleicht eines der Cover ihrer Liebesromane zierte. Dieser Mann würde zumindest gut auf so ein Buchcover passen. Für einen Augenblick stellte sie ihn sich halb nackt, mit Muskeln bepackt, nur ein Schwert an seiner Seite und eine Frau in seinen kräftigen Armen vor. Ja das passt, dachte sie. Dann fiel ihr das zornige Blitzen in seinen Augen auf und sie war überzeugt, zu wissen, was er gerade von ihr dachte: Eine junge Frau, rausgeputzt wie ein Weihnachtsbaum und dann nicht mal in diesen Schuhen laufen können.

»Danke. Mir geht es gut«, sagte Amber bissig. Und wandte sich dem Eingang des Clubs zu. Sie ließ den Piraten einfach stehen. Sie würde mit einem Fremden sicher keine Diskussion über die Wahl ihres Schuhwerks führen.

Gerade war sie im Begriff, sich in die Schlange vor dem Eingang einzureihen, als das Muskelpaket, das vor der Tür stand, ihr zuwinkte, sie solle nach vorne kommen. Amber reckte das Kinn nach oben, räusperte sich und schritt an der wartenden Menschenmenge vorbei auf den Türsteher zu. Dieser nickte und öffnete freundlich lächelnd die Absperrung für Amber.

»Viel Vergnügen, Schönheit.« Amber warf dem netten Herren ein Lächeln zu und betrat den Club. Musste ja niemand wissen, dass der Türsteher sie mit hoher Wahrscheinlichkeit als die Freundin der Clubbesitzerin wiedererkannt hatte. Amber und Eric waren zwar in den letzten Monaten nicht mehr oft hier gewesen, aber früher dafür fast täglich.

Im Inneren schlug ihr eine Wand dicker Luft entgegen; künstlicher Nebel, Schweiß und die verschiedensten Düfte. Amber rümpfte kurz die Nase. Sie selbst war jemand, der mit der Dosierung von Deodorants recht gut zurechtkam, aber es gab immer wieder Menschen, die wohl in ihrem Parfüm badeten, statt in Wasser und Seife. Um solche pflegte Amber normalerweise einen riesigen Bogen zu machen, denn ihr wurde von den aufdringlichen Gerüchen schnell übel, aber in einem Club wie diesem, konnte man das kaum umgehen.

Amber zupfte am Saum ihres Kleides und bahnte sich dann einen Weg durch die Menge. Als Erstes würde sie die Bar erstürmen - ihr war nach einem eisgekühlten Martini - und dann würde sie nachsehen, ob Carol und Steve ihr einen Platz an ihrem Lieblingstisch freigehalten hatten. Die Beiden warteten sicher schon. Amber seufzte. Sie würde mit Eric über diese ständigen Überstunden reden müssen. Sie führten ja kaum noch ein Privatleben. Und ihre Freunde vernachlässigten sie sowieso schon viel zu lange.

Amber wollte jetzt nicht darauf warten, dass sich eine Kellnerin irgendwann einmal an ihren Tisch verirrte, deswegen entschied sie, erst die Bar aufzusuchen. Carol hatte jetzt schon fast zwei Stunden auf sie gewartet, da würden es ein paar Minuten mehr auch nicht schlimmer machen.

An der Bar war das Gedränge fast noch größer, als um die Tanzfläche herum. Sie quetschte sich irgendwo dazwischen und versuchte verzweifelt, jemanden vom Personal auf sich aufmerksam zu machen. Aber irgendwie wurde sie übersehen oder auch ignoriert. Da war sie sich noch nicht so sicher. Als eine der Bedienungen wieder an ihr vorbei stürmte, winkte der Mann neben ihr und rief der Blondine mit tief tönender Stimme ein »Süße!« zu. Wie vom Blitz getroffen blieb diese stehen, wandte sich dem Herrn neben Amber zu und strahlte ihn an.

Amber klappte der Kiefer runter, aber sie hielt sich bereit, der Bedienung auch ihren Wunsch mitzuteilen. Sie schob sich etwas näher an den Mann mit der dunklen Stimme heran, in der Hoffnung, so ins Sichtfeld der Kellnerin zu rutschen. Die Blondine bemerkte Amber gar nicht, als sie lächelnd auf den Mann zutrat. Sie zupfte stattdessen an ihrem viel zu freizügigen Kellnerinnenoutfit herum und befeuchtete ihre Lippen mit der Zunge, während sie sich weit über den Tresen beugte und den schwarzhaarigen, breitschultrigen Herrn neben Amber anhimmelte.

Amber wurde langsam zittrig vor Wut. Und sie mochte es gar nicht, wütend zu werden, denn Wut zauberte immer eine Farbe in ihr Gesicht, die mehr einer Leuchtreklame stand als ihr.

Der Herr wandte sich Amber zu und lächelte sie an. Sie schnappte nach Luft und zwang sich ein zaghaftes Lächeln ab. Es war der Mann, der sich gerade noch über ihre Schuhe lustig gemacht hatte. Und er grinste sie herausfordernd an. Sie kniff die Augen zusammen und wandte zornig ihr Gesicht ab. Sie fixierte die Blondine, die selig lächelnd darauf wartete, dass der Pirat ihr seine Bestellung zuflüsterte.

Der Pirat tat nichts dergleichen, also holte Amber tief Luft und beugte sich über den Tresen, um die Chance zu nutzen, die Bedienung vielleicht auf sich aufmerksam zu machen. Was ihr vielleicht auch gelungen wäre, wenn sie nicht plötzlich heißen Atem an ihrem Ohr gespürt und die tiefe Stimme sie dann nicht gefragt hätte: »Was darf es denn sein?«

Amber beugte sich wieder zurück und starrte den Piraten mit gerunzelter Stirn an. Sie wollte ihm gerade die kalte Schulter zeigen, als sie sich eines Besseren besann. »Zwei Martini«, sagte sie mit einem koketten Lächeln auf den Lippen. »Auf Eis, bitte.«

Der Mann lächelte und bestellte, ohne die Bedienung überhaupt anzusehen. Sein Blick war auf Amber kleben geblieben. Die wand sich etwas verunsichert und versuchte diesen dunklen Augen zu entkommen, die schwärzer als ein schwarzes Loch im Weltall waren, und mindestens genauso anziehend. Sekunden später standen zwei Martinis vor Amber. Sie bedankte sich mit einem tonlosen »Danke« und ging schnellen Schrittes von der Bar weg. Aber bei jedem Schritt wusste sie, dass er ihr hinterher sah. Was zur Folge hatte, dass sich jeder Schritt in den hohen Schuhen anfühlte, als würde sie auf Kopfsteinpflaster laufen.

Amber war erleichtert, als sie sich dem Tisch näherte, an dem sie immer saßen, wenn sie mal hier waren. Ihre Freunde waren wie erwartet schon da und unterhielten sich angeregt. Mit den Gläsern in der Hand winkte Amber Carol zu und arbeitete sich weiter mühsam an einer Gruppe Gäste vorbei, die im Gang vor den Sitznischen herumstand. Es ist doch unglaublich praktisch, wenn man mit der Schwester des Besitzers befreundet ist, dann bekommt man immer einen schönen Sitzplatz, dachte sie gerade noch, als ihr beinahe die Martinigläser aus der Hand gerutscht wären, denn eben schob sich Eric in die Sitzgruppe. Laszív strich er eine blonde Strähne aus seiner Stirn und grinste über das ganze Gesicht.

Amber kam gar nicht dazu, sich darüber zu wundern, dass er ohne sie hier war, da klappte ihr die Kinnlade bis auf die Brust, denn hinter ihm schob sich irgend so ein Flittchen in rotem Minikleid in die Sitzgruppe und pflanzte sich auf den Schoß von Ambers Freund. Amber keuchte laut auf.

Dieses blonde Flittchen legte einen Arm um Erics Hals und presste ihre blutrot geschminkten Lippen auf die von Eric. Den Mund weit offen stand Amber da, das Herz klopfte ihr heftig in der Brust, und starrte fassungslos auf das Schauspiel, das sich direkt vor ihren Augen abspielte. Amber registrierte nichts mehr; nicht die Musik, nicht die Menschen um sie herum und auch nicht, dass der Inhalt der Gläser in ihren Händen sich über ihre Schuhe ergoss. Erst ein dumpfer Hieb in ihren Rücken holte sie aus ihrer Starre zurück.

Ein ziemlich betrunkener junger Mann trieb es etwas zu wild auf der Tanzfläche. Er torkelte herum und schwang gefährlich seine Arme. Amber warf dem Trunkenbold einen grimmigen Blick zu, dann richteten sich ihre Augen wieder auf das Pärchen am Tisch. Die blonde Schnepfe saß noch immer auf dem Schoß von Ambers Freund. Aber ihre Lippen widmeten sich jetzt nicht mehr denen von Eric, sondern seinem Hals, während seine Hände im Ausschnitt ihres Kleides verschwanden.

Noch immer fassungslos wusste Amber nicht, was sie tun sollte. Sollte sie hingehen und eine Szene machen? Sie könnte Eric in aller Öffentlichkeit eine Ohrfeige verpassen. Oder sie könnte einfach gehen. Nur, was dann? Amber konnte unmöglich einfach in die gemeinsame Wohnung zurückgehen und dort darauf warten, dass er kommen würde. Sie wüsste nicht, wie sie dann reagieren sollte. Was sie ihm sagen sollte? Ob sie etwas sagen sollte? Vielleicht würde sie kein Wort über ihre Lippen bringen und irgendwann wäre der richtige Zeitpunkt verflogen, um etwas zu sagen. Sie wusste nur zu gut, dass sie viel zu selten etwas sagte, das anderen missfiel. Sie fühlte sich einfach nicht wohl dabei. Was sollte sie nur tun?

Amber wischte sich eine Träne von der Wange. Sie wollte auf der Stelle anfangen zu heulen. Aber nicht hier, vor so vielen Menschen. Sie wollte schreien, etwas um sich werfen, wollte Eric fragen, ob diese Frau seine Überstunden der letzten Monate gefüllt hatte. Sie fühlte sich hintergangen und betrogen. Nicht nur von Eric, auch von Carol und Steve, die ihr nichts gesagt hatten. Die sich gerade über den Tisch beugten und Eric bedeuteten, dass er aufgeflogen war. Eric schaute kurz zu ihr herüber. Sie wich seinem Blick aus und rechnete damit, dass er aufstehen und zu ihr kommen würde. Aber als sie wieder zum Tisch schaute, hatte er sich abgewandt und widmete sich wieder der Blondine. Nur in Carols Augen lag ein Anflug von Bedauern.

Amber warf Eric einen letzten Blick zu, dann verließ sie die Bar. Auf der Straße blieb sie stehen, blickte sich ratlos um und wusste nicht, wohin sie sich wenden sollte. Sie könnte die Zeit nutzen, die Eric sicher noch in der Bar verbringen würde, und schnell das Wichtigste aus der gemeinsamen Wohnung holen. Wahrscheinlich rechnete er damit, dass sie das tun würde und hatte es deswegen vermieden, mit ihr zu sprechen. Es wäre für ihn ja so viel leichter, wenn sie einfach verschwand und er der Konfrontation aus dem Weg gehen konnte.

»Feigling«, flüsterte sie in die Nacht. Viel lieber hätte sie es in die Dunkelheit hinausgeschrien.

Und dann? Was sollte sie danach tun? Zu ihrer Mutter? Das konnte sie nicht. Das würde heißen, sie müsste vor ihr eingestehen, versagt zu haben. Ein Hotel? Zumindest solange, bis sie eine eigene kleine Wohnung gefunden hatte. Aber, auch das würde bedeuten, dass ihre Mutter erfahren würde, dass Amber es wieder nicht geschafft hatte, auf eigenen Füßen zu stehen. Etwas richtig zu machen. In Amelias Augen wäre sicher sie schuld.

Sie würde Erics Verhalten keine Sekunde hinterfragen, aber feststellen, dass Amber sie wieder einmal enttäuscht hatte. Und überhaupt würde sie es sowieso nicht in die Nacht hinausschreien, eher flüstern. So war sie nun mal. Irgendwie war es doch ihre Schuld, dass Eric es so einfach hatte, sie zu betrügen. Er hatte sich doch von Anfang an denken können, dass sie nichts sagen würde. Wahrscheinlich glaubte er sogar, sie würde zu Hause auf ihn warten und so tun, als wäre nichts gewesen. Eigentlich war sie doch der Feigling, nicht er.

Nein, dieses Mal würde sie nicht klein beigeben. Sie würde jetzt hochgehen, die wichtigsten Sachen einpacken und sich dann ein Zimmer nehmen. Und sie würde nicht ihre Mutter anrufen. Das kam auf gar keinen Fall infrage.

Amber kramte den Haustürschlüssel aus ihrer Handtasche und verfluchte den Hausmeister, der es immer noch nicht geschafft hatte, die Glühbirne über der Tür auszutauschen. Mit den Fingern tastete sie nach dem Schlüsselloch und wollte gerade den Schlüssel an ihren Fingerspitzen vorbei in das Schloss führen, als ihr eisige Luft in den Nacken blies. Erschrocken wandte Amber sich um und wich mit dem Rücken gegen die Eichenholztür zurück.

Sie beugte den Kopf langsam vor und schielte um den Eingang herum auf die leere Straße. Lächelnd schalt sie sich selbst für ihre Dummheit. Das war nur eine Windböe, du blöde Kuh, dachte sie und wandte sich wieder der Tür zu.

Ein Arm schlang sich von hinten um ihre Taille, eine eiskalte Hand presste sich auf ihren Mund und dann zog sie jemand von der Tür weg. Amber zappelte in der Umklammerung, stöhnte und wehrte sich, doch ihr Gegner war so viel stärker als sie und hielt sie nur umso entschlossener gegen seinen Körper gepresst.

Ehe sie es sich versah, fand Amber sich in einer Gasse an eine Wand gedrängt wieder und der muskulöse Körper des Kerls aus der Bar drückte gegen ihren. Nicht nur, dass der Kerl ziemlich breit war, er war auch noch ein ganzes Stück größer als Amber. Amber schaffte es gerade einmal auf zwergenhafte 1,60 Meter. Der Pirat musste mindestens 1,85 Meter messen. Zumindest presste sich seine harte Brust gegen Ambers Gesicht. Er war jemand zu dem der Nachname Connell passte – keltisch für groß und mächtig -, nicht Amber.

Amber hatte ihren Nachnamen noch nie gemocht. Das war ungefähr so, als ob ein Riese Winzig heißen würde. Noch immer lag seine Hand auf Ambers Mund. Er sah auf sie herab und sein Blick bohrte sich in ihren. Er hatte ein so urwüchsig raues Gesicht, wie Amber es noch nie gesehen hatte. Alles an ihm schien die Definition von männlich zu sein. Und diese Manneskraft drückte sie gegen den rauen Putz, zwängte sie zwischen der Mauer seines Körpers und der Hauswand ein und gab Amber das Gefühl, noch winziger zu sein, als sie bisher angenommen hatte.

Sie zitterte am ganzen Körper und würde der Typ sie nicht halten, hätten ihre Knie schon lange unter ihr nachgegeben. Ihr Herz hämmerte gegen seine Brust, die Amber wie ein Schraubstock zwischen sich und der Hauswand festhielt.

Vielleicht hätte sie ihren Mageninhalt in die Ecke neben dem Container, hinter dem sie standen, erbrochen, wenn sie die Chance dazu gehabt hätte, denn ihr wurde schrecklich übel. Aus Angst? Wegen des Gestanks, der in dieser Gasse schwebte? Amber tippte auf Letzteres. Der süßliche Geruch von Verwesung lag in der Luft und Amber wollte gar nicht darüber nachdenken, was sich in den Containern befinden könnte. Vielleicht war sie nicht sein erstes Opfer? Oder der Tierarzt von nebenan hatte seine Abfälle mal wieder verbotenerweise in der Gasse entsorgt? Amber holte aus und trat dem Kerl mit ihrem Manolo gegen das Schienbein.

»Schhht. Beruhig dich! Ich will dir nichts tun.« Der Pirat nickte in Richtung Ausgang der Gasse. »Siehst du das?«, flüsterte er. Sein Gesicht war ihrem so nahe, dass sie seinen kühlen Atem auf ihrer Nasenspitze spüren konnte. Seine Hand drückte sich so fest auf ihren Mund, dass das raue Mauerwerk in ihrem Rücken sich schmerzhaft in ihren Hinterkopf bohrte. Ihr Körper war wie festgenagelt. Sie konnte sich nicht einen Millimeter bewegen.

Mit den Augen folgte sie seinem Blick, aber nur, weil sie hoffte, dort könnte jemand sein, der ihr zu Hilfe eilen konnte. Ein dunkler Schatten hob sich gegen das Licht der Straßenlaternen ab. Jemand stand da, spähte in die Gasse hinein und schien zu warten. Oder suchte er etwas? Jemand? Amber nickte vorsichtig, atmete aber tief durch die Nase ein, um die Luft hoffentlich in einem dumpfen Schrei zwischen seinen Fingern hervorpressen zu können.

»Du möchtest dem da nicht in die Fänge geraten«, flüsterte der Pirat weiter.

Amber starrte ihr Gegenüber verständnislos an. Sie wollte ihm sagen, dass sie »dem da« sicher nicht in die Fänge geraten wäre, da sie ja fast zu Hause gewesen wäre. Jetzt war sie aber ihm in die Fänge geraten, und das fühlte sich auch nicht gut an. Gut, vielleicht wäre sie »dem da« in die Fänge geraten, wenn sie die Wohnung wenige Augenblicke später wieder verlassen hätte, aber das tat jetzt nichts zur Sache. Denn woher wollte dieser Kerl, dessen stahlharter Körper mit jedem Atemzug an ihrem rieb, wissen, dass dieser andere Typ, der jetzt langsam ein paar Schritte in die Gasse machte, ausgerechnet etwas von Amber wollte?

Amber hoffte noch immer, dieser andere Typ könnte ihr helfen. Mit aller Kraft stöhnte sie gegen die Hand des Mannes, der ihr zornig noch fester die Hand auf den Mund presste und mahnend mit dem Kopf schüttelte. Vielleicht besser, jede Abwehr aufzugeben, überlegte sie. Wenn ich brav bin, lässt er mich danach einfach wieder gehen.

Amber hielt vorsichtshalber die Luft an und ihr Retter – Entführer? – nickte ihr zu, als hätte er ihre Gedanken gelesen. Vielleicht hatte das Erschlaffen ihrer Muskeln ihm auch gezeigt, dass sie den Kampf aufgegeben hatte. Seine Hand auf Ambers Gesicht lockerte sich. Amber hätte jetzt schreien können, aber sie tat es nicht. Da war etwas an der Art, wie dieser Schatten sich schleichend bewegte, das ihr eine Gänsehaut einjagte.

Irgendetwas sagte ihr, dass sie dem Piraten, der sie nach wie vor gegen die Hauswand presste, vertrauen konnte. Obwohl ihr schon die Tatsache, dass er aussah, wie ein Pirat das Gegenteil hätte sagen sollen. Aber vielleicht hatte Amber in ihrem Leben zu viele romantische Piratenfilme gesehen und war einfach voreingenommen. Ambers Augen bohrten sich in die des Mannes, die das wenige Licht, das von der Hauptstraße hereindrang, blitzend zurückwarfen. Reiß dich zusammen, ermahnte sie sich selbst.

Der Schatten war wenige Schritte von dem Container entfernt stehengeblieben hinter dem sie sich verbargen. Er kickte eine Blechdose mit seinem Fuß weg, die laut scheppernd über das Kopfsteinpflaster rollte und eine Katze aufscheuchte, die sich zwischen ein paar Säcken versteckt hatte. Laut kreischend schoss sie davon und verschwand irgendwo in der undurchdringlichen Finsternis der Gasse. Amber hätte es ihr gerne gleichgetan.

Der Schatten fauchte der Katze hinterher und das Geräusch klang so schaurig, dass Amber wusste, ihr Instinkt dem Piraten zu vertrauen, war richtig gewesen. Dieser Schatten löste in ihr etwas aus, das alles in ihr zum Krampfen brachte. Manchmal schien sie so eine Art siebten Sinn für Gefahren zu haben. Jedenfalls kribbelte etwas in ihrem Kopf, wenn sie in Gefahr war. Dieses Kribbeln hatte sie als Kind vor so mancher Dummheit bewahrt, und erst vor wenigen Monaten davor, in einen Zug zu steigen, der dann tatsächlich einen schweren Unfall mit einer Menge Opfer hatte. Und dieses Kribbeln verspürte sie bei dem Piraten nicht, aber bei dem Schatten, der nur wenige Schritte entfernt stehengeblieben war.

Plötzlich begann der Schatten zu verschwimmen, schien von außen nach innen erst unscharf, und dann durchsichtig zu werden. Dann löste er sich einfach in Luft auf. Amber stockte der Atem. Sie schüttelte den Kopf, als könnte das ihr helfen, zu begreifen, was sie gerade gesehen hatte, und starrte auf die Stelle, wo eben noch der Schatten stand. »Was zur Hölle war das?«, keuchte sie, das unnatürliche Fauchen noch immer in den Ohren.

»Hölle trifft es perfekt«, grinste der Kerl, der seinen harten Körper noch immer gegen Ambers presste. »Ich bin Cailean.«

»Cailean?«, fragte Amber sarkastisch.

Der Pirat zog die Augenbrauen hoch und lächelte. Er schien über etwas nachzudenken. Amber hoffte darüber, sie wieder loszulassen. So verführerisch sein Körper auch war, er war ein Fremder und diese Nähe war ihr unangenehm. Außerdem war die Gefahr vorüber, nichts kribbelte mehr in ihrem Kopf. Er konnte sie also getrost wieder gehenlassen.

»Ich schätze, das wirst du in den nächsten Tagen herausfinden dürfen.«

Amber runzelte die Stirn. »Herausfinden?«

Cailean lächelte sie auf eine Art an, die Amber hätte eine Warnung sein sollen, aber alles ging viel zu schnell, als dass sie hätte reagieren können. »Schlaf!«

Kapitel 2

Cailean lehnte mit dem Rücken gegen die Wand neben dem Fenster. Er hatte gerade die Vorhänge geschlossen, um das Tageslicht auszusperren. Er fühlte sich Müde und abgespannt. Es kam ihm vor, als hätte er seit Tagen nicht mehr geschlafen. Was er auch nicht hatte, schließlich hatte er die letzten Tage in der freundlichen Gesellschaft von Airmeds Lakaien verbracht. Warum hatte Airmed ausgerechnet ihn für diesen Auftrag ausgewählt? Sie wusste doch, wie er zu Frauen stand. Da konnte auch nicht das gute Aussehen dieser Frau etwas dran ändern. Die Nähe zu Frauen bereitete ihm Unbehagen. Und dieser Auftrag brachte ihn sehr nahe an eine Frau.

Aber eigentlich kannte er die Antwort auf seine Frage. Sein Fluch machte ihn kontrollierbar. Er musste unbedingt einen Ausweg aus dieser Katastrophe finden. Wenn er keinen fand, könnte er die Frau auch gleich umbringen. Damit käme er Airmed nur zuvor. Leider ließ ihm der Fluch nicht einmal diesen Ausweg, weil sie umbringen, würde bedeuten, dass er Airmeds Wunsch nicht erfüllen konnte.

Dieser Fluch hatte ihn in den letzten fünfundsiebzig Jahren schon in so manche unmögliche Situation gebracht, aber dieses Mal brachte es ihn auf die Seite des Feindes. Er arbeitete für Airmed. Wie hatte es nur so weit kommen können? Allein die Vorstellung, was Airmed dieser unschuldigen Frau antun könnte, ließ ihn verzweifeln. Und Danu würde ihn für seinen Verrat bestrafen.

Er musterte Amber, die seit seinem Befehl schlief. Er musste lächeln. Noch vor wenigen Jahren hätte er nicht tatenlos daneben gestanden, wenn eine Frau mit einem solchen Körper an sein Bett gefesselt war. Er hätte alles daran gesetzt, sie glücklich zu machen. Er wäre mit seiner Zunge die weiche Haut dieses wundervollen Halses entlanggefahren, hätte seine Lippen um die zarten Knospen ihrer Brüste geschlossen, die sich durch den dünnen Stoff dieses viel zu kurzen Kleides drückten. Seine Hände wären über diese wohlgeformten Oberschenkel gewandert, hätten sich einen Weg unter den schwarzen Stoff gesucht. Er hätte seine Nase in diesem duftenden schwarzen Haar vergraben, das ausgebreitet auf dem Kissen lag. Es war vorhin wie ein Vorhang auf ihre Schultern gesunken, als er ihr die Nadeln aus dem Zopf gezogen hatte, damit sie bequem liegen konnte. Aber die Zeiten, da er sich ohne Misstrauen einer Frau hatte nähern können, waren lange vorbei. Er hatte den Spaß an der körperlichen Vereinigung endgültig verloren. Das mit Airmed war jetzt das zweite Mal in seinen mehr als zweihundert Jahren, dass er einer Frau in die Falle gegangen war und er anschließend knietief in der Scheiße watete.

Zu viel Schmerz und Erniedrigung waren passiert, wenn sie von seinem Fluch erfuhren und ihn benutzten, um ihn sich untertan zu machen. Er würde Frauen künftig so weit möglich aus dem Weg gehen. Er musste einen anderen Weg finden, seine Dämonen zum Schweigen zu bringen. Auch wenn ihm das Widerstehen bei diesem Exemplar gehörig schwerfallen könnte. Aber er musste sich nicht daran erinnern, dass sie in diesem Spiel nur sein Opfer war. Es hieß sie oder sein Bruder. Und er würde sich immer für seinen Bruder entscheiden, zumal ihm ohnehin keine Wahl blieb.

Trotzdem war etwas anders an ihr, etwas, was ihm ein warmes Gefühl vermittelte, was ihm glauben machen wollte, dass sie seinen Fluch nie missbrauchen würde. Es musste an dem liegen, was sie war, dass sie so unschuldig wirkte. Bisher hatte noch jede Frau seinen Fluch ausgenutzt. Statt Hass, weckte sie etwas Warmes in seinem Inneren, fast als wäre da ein Licht, das sanft tief in seiner Seele flackerte und beruhigend von Hoffnung flüsterte. Er sog tief ihren Duft ein, der den Raum erfüllte.

Als er sie auf der Straße hatte hocken sehen, nur in dieses kurze Kleid gehüllt, war ihm dieser Anblick sofort in die Lenden geschossen. Er hatte sich ermahnen müssen, sie nicht sofort in die Gasse zu zerren und ihr zu zeigen, was ihr mit Sicherheit noch kein Mann gezeigt hatte. Die modernen Männer waren zu wahren Freuden doch gar nicht mehr fähig. Dann hatte sie zu ihm aufgesehen, mit ihren silbernen Augen, und er hatte sie erkannt. Oder das, was sie war. Die Erektion in seiner Hose war in einem Wimpernschlag zusammengefallen.

An der Bar hatte ihr Duft ihn eingehüllt. Er hatte sie nur ansehen brauchen und sein Körper hatte unter Strom gestanden. Noch nie hatte eine Frau allein durch ihre Nähe solche Gefühle in ihm ausgelöst. Als er die Szene mit diesem Kerl und der Blondine gesehen hatte, hatte er fast körperlich ihre Emotionen wahrnehmen können. Er war so aufgewühlt gewesen, am liebsten hätte er diesem Idioten die Fresse eingeschlagen. Und Cailean hatte genau gewusst, was sich da abgespielt hatte. Es war, als wären ihre Gefühle zu ihm übergeschwappt.

Die Frau war nur zum Teil menschlich. Der andere Teil war der einer Lichtelfe. Das würde den Übertritt vielleicht erschweren, aber immerhin, war sie keine reinrassige Lichtelfe. Da lag noch etwas anderes in ihrem Duft, etwas Ursprüngliches. Es roch wie Frühlingsregen, wie eine Blumenwiese, wie süßer Bienenhonig. Dieser Duft war das, was er in ihr wiedererkannt hatte, das, was er einst aus Anwynn fortgeschafft hatte und jetzt gezwungen war, zurückzubringen. Vielleicht war er auch schuld an dem, was sich in Caileans Körper regte, wenn er die Frau ansah, beobachtete, wie sich ihre runden Brüste bei jedem Atemzug hoben, sie leise im Schlaf seufzte, die Lippen leicht geöffnet, die Beine leicht gespreizt, als wollte sie ihm Zugang gewähren zu ihren geheimsten Verlockungen.

Cailean runzelte die Stirn, ob der Anziehung, die diese Frau auf ihn hatte. Er gab sich Mühe, sie zu ignorieren. Und doch ließ sie ihn nicht los. Er wusste nur nicht warum. Es musste etwas damit zu tun haben, was ihn auch fast dazu bewogen hatte, diesem Kerl im Club das Gesicht zu Brei zu schlagen.

Dieser Idiot hatte ihn wütend gemacht, sein selbstherrliches Grinsen im falschen Gesicht, als er gesehen hatte, dass Amber ihn in flagranti mit der Blondine erwischt hatte. Er hatte nicht mal den Versuch gemacht, sich bei Amber zu entschuldigen. Cailean war froh gewesen, dass er Ambers Gesicht nicht hatte sehen können. Wenn er den Schmerz darin gesehen hätte, hätte ihn nichts mehr davon abhalten können, diesem Kerl wehzutun. Ihm hatte die Starre, die ihren Körper befallen hatte, schon gereicht. Die Emotionen, die in seiner Seele angeschwemmt worden sind, wo sie nicht hingehörten. Aber es hatte ihn auch wütend gemacht, dass es ihn überhaupt interessiert hatte, dass die Frau verletzt worden war. Das hätte ihm egal sein sollen. Die Frau hätte ihm egal sein sollen. Nur ein Auftrag wie so viele vorher.

Ambers Brust hob sich unter einem tiefen Atemzug. Sie stöhnte leise. Ein Stöhnen, das ihm direkt zwischen die Beine schoss. Er schüttelte sich und schloss die Augen. Die Frau in seinem Bett, die Tatsache, dass sie gefesselt vor ihm lag, und dass er schon zu lange auf die Berührungen einer Frau verzichtet hatte, nur deswegen reagierte sein Körper mit einem Feuersturm auf dieses wundervolle heisere Geräusch. Nur deswegen.

Amber erwachte in einem gemütlichen Bett. Genüsslich rekelte sie sich und stockte. Sie zog erst vorsichtig, dann ungestüm an ihren Armen, die sich nicht von der Stelle bewegen wollten. Sie war gefesselt. Gefesselt! An ein riesiges Himmelbett ohne Himmel. Amber zerrte und wand sich, ohne Erfolg. Die Stricke schnitten in ihre Haut und sie wimmerte vor Schmerz. Warum war sie an ein Bett gefesselt? Und wer hatte sie an das Bett gefesselt? Amber überlegte, ob sie am vergangenen Abend so viel getrunken hatte, dass sie sich jetzt nicht mehr erinnern konnte, mit wem sie nach Hause gegangen war.

Nein, hatte sie nicht. Selbst wenn sie im Club die Gelegenheit gehabt hätte, etwas zu trinken, dann wäre sie dank des Vorfalls in der Gasse sofort wieder nüchtern gewesen. Wo zum Teufel war sie also? Sie blickte sich in dem Raum um, soweit es ihr möglich war. Über und neben ihr die Holzpfosten des Bettes. Auf beiden Seiten Nachtschränke und schwarze Seide unter ihrem Körper. Nichts davon kam ihr bekannt vor.

Ein dunkler Schatten tauchte in ihrem Sichtfeld auf und blieb neben dem Bett stehen. »Du!«, wetterte Amber los. »Du hast mich entführt.«

»Das habe ich wohl«, sagte der Pirat und blickte auf sie herab, ohne dass sich auch nur der kleinste Muskel in seinem Gesicht regte.

»Warum?« Amber war so wütend, dass sie am liebsten wie wild um sich geschlagen hätte. Aber dann würden sich diese verdammten Seile noch enger um ihre Handgelenke zusammenziehen, und ihre Haut brannte jetzt schon wie Feuer.

»Es war nötig.«

»Nötig?«, kreischte sie hysterisch.

»Ja.«

»Dürfte ich fragen warum?«, hakte Amber genervt nach und zerrte tapfer noch ein letztes Mal an ihren Fesseln. Vergeblich.

»Nein.«

»Aber, was hast du mit mir vor?«

»Nichts.«

»Nichts? Du hast mich an dein Bett gefesselt. Das sieht für mich nicht nach Nichts aus!«, schrie Amber entrüstet. Der Pirat grinste nur.

»Das ist nicht mein Bett.«

»Also sind wir in einem Hotel?«

»Nein. Und nein, schrei nicht. Es wird niemand kommen, um dir zu helfen.« Der Pirat stand noch immer neben dem Bett und starrte gelangweilt auf Amber herunter. Die Hände hatte er lässig in den Taschen seiner Jeans vergraben, die – das musste Amber zugeben – saßen, wie eine zweite Haut.

»Das werden wir ja sehen«, entgegnete Amber erzürnt.

»Okay, schrei. Aber beeil dich damit. Es ist Schlafenszeit.« Cailean ging um das Bett herum und legte sich neben Amber, achtete aber auf genügend Abstand, trotzdem versuchte Amber noch etwas von ihm abzurücken.

»Schlafenszeit?« Amber hievte den Kopf so weit wie möglich von ihrem Kissen und schielte zum einzigen Fenster hinüber. Trotz der Vorhänge konnte sie durch einen Spalt sehen, dass es draußen Tag war. »Aber es ist Tag.«

»Ja. Schlafenszeit.« Damit wandte Cailean sich von Amber ab und begab sich laut brummend auf die andere Seite des Bettes. Die Matratze senkte sich etwas, als er sich setzte und dann neben Amber legte, im Gesicht einen sichtlich genervten Ausdruck. Doch das konnte Amber erstaunlicherweise nicht abhalten. Die Angst saß so tief in ihrem Körper, dass sie ihr wiederum den Mut verlieh, gegen ihre Situation anzukämpfen.

»Ich will nach Hause. Und ich schlafe nicht am Tag.« Die Seile, mit denen sie an das Bett gefesselt war, scheuerten ihr die

Haut auf und der fremde Mann, der neben ihr im Bett lag, sorgte kaum dafür, dass sie sich ruhiger fühlte. Da konnte er noch so gut aussehen.

»Nein, offensichtlich nicht«, brummte Cailean.

»Brumm mich nicht an. Ich will nach Hause.« Amber hob ein Bein und ließ es auf Caileans Schienbeine hinuntersausen. Der sprang auf und fluchte.

»Lass das! Oder soll ich deine Beine auch noch anbinden? Und in welches Zuhause? Zurück zu dem Typen, der dich gerade in diesem Moment mit einer billigen Blondine betrügt?«

Amber schluckte und ließ den Kopf wieder auf ihr Kissen sinken. »Du weißt es?«

»War nicht zu übersehen. Schade um den ganzen Martini.«

Amber spürte, wie sich Hitze in ihrem Gesicht ausbreitete. Es sollte sie eigentlich nicht interessieren, aber es war ihr unangenehm, dass Cailean gesehen hatte, was sich gestern im Club abgespielt hatte. Für einen Moment waren die Angst und die Wut vergessen und Amber lag still auf dem Bett, einen Felsen auf ihrer Brust, der ihre Atmung lähmte.

Cailean ließ sich wieder auf das Bett sinken. »Schlafenszeit!«, sagte er mit einer solchen Schärfe in der Stimme, dass Amber unwillkürlich zusammenzuckte. Zuerst wollte sie nachgeben, wie sie es gewohnt war, doch dann belehrte sie sich selbst eines Besseren. Sie würde sich von keinem Mann mehr herumkommandieren lassen. Sie war fertig damit, immer nett und freundlich zu sein. Sie wusste nicht, woher diese Einsicht plötzlich kam, aber sie wusste, dass nett und freundlich ihr nichts als Ärger eingebracht hatten. Dieser Pirat hatte beschlossen, sich auf diese Art in ihr Leben zu drängen, und das zu einem Zeitpunkt, der mehr als schlecht von ihm gewählt war, also sollte er zusehen, wie er mit ihr klarkommen würde. Denn hier und jetzt, so schwor sie sich, würde Cailean der Sündenbock für Eric sein, schließlich war auch er ein Mann.

»Vergiss es. Lass mich sofort hier raus!«, schrie sie.

»Gibst du Ruhe, wenn ich dir sage, ich mache das zu deinem Schutz?« Amber erschauerte bei dem Grollen, das in Caileans Stimme mitklang.

»Nein.«

»Hab ich mir gedacht.«

Cailean wandte Amber den Rücken zu, zog die Beine an und kuschelte sich tiefer in sein Kissen. »Ich habe dich gerettet, zumindest vorerst«, murmelte er mit schläfriger Stimme.

»O, das ist mir neu. Du bist also mein Held?«, erwiderte Amber giftig.

»Genau.«

»Helden entführen nicht.«

»Manchmal schon.«

»Tun sie nicht.«

»Schlaf, sonst überlege ich mir, ob ich dich dem Dämon doch noch ausliefere.«

»Dämon? Dass ich nicht lache. Ich hab noch nie etwas Blöderes gehört.«

»Ich auch nicht.«

»Hey, hör auf mich zu beleidigen. Helden sind nett und romantisch.«

»Romantisch?« Cailean wandte sich Amber zu. »Romantisch?«

»Ja. Vielleicht nicht unbedingt. Aber nett. Wann darf ich wieder nach Hause?« Amber blickte stur an die Decke. Sie wagte nicht, den Mann neben sich anzuschauen. Sie fürchtete sich vor dem, was sie in seinen Augen sehen könnte. Außerdem hatte sie Angst, sie würde wieder zur feigen Amber mutieren. Und gleichzeitig hasste sie es, dass ihre Stimme so weinerlich klang, während seine so rau und sexy war, dass sich jedes Mal, wenn er sprach, angenehme Schauer über Ambers Körper ausbreiteten. Dass er direkt neben ihr lag – im gleichen Bett! -, machte es auch nicht besser. Strahlte er eine solche Hitze aus?

»Gar nicht!«, sagte Cailean und Amber konnte deutlich ein Beben in seiner Stimme wahrnehmen. Ihr erster Instinkt wollte sie zusammenzucken lassen, aber ihr zweiter ließ sie in sich hinein lächeln. Sein Zorn war ein deutlicher Beweis dafür, dass die neue Amber etwas in ihm bewirkte. Die Alte hätte ihm seinen Wunsch erfüllt und er würde längst glücklich schlafen.

»Das stimmt nicht. Oder doch? Du lässt mich doch wieder gehen? Du wirst mich nicht ewig hier festhalten können.« Amber war sich da ziemlich sicher.

»Glaub mir, je eher ich dich wieder los bin, desto besser.« Hah, wusste sie es doch. Wer behält schon gerne eine nervige Frau. Gut, dass sie sich für den neuen Weg entschieden hat. Der Pirat wandte ihr wieder den Rücken zu.

»Schlaf jetzt. Wir haben morgen einen weiten Weg vor uns.«

»Weiten Weg?« Amber zerrte an ihren Fesseln. Die Stricke schnürten sich in ihre Handgelenke. »Aber, ich will hier nicht weg. Wo bringst du mich hin?«

»Schottland.«

»Das ist wirklich weit. Was wollen wir da?«

»Dich in Sicherheit bringen.«

»Aber können wir nicht hier in Sicherheit sein?«

»Nein. Wenn du nicht sofort schläfst, werde ich dich wieder hypnotisieren.«

»Du hast mich hypnotisiert? Und, ich kann nicht schlafen, solange ich gefesselt bin.«

»Du hast die ganze Zeit so geschlafen.«

»Siehst du. Also bin ich gar nicht mehr müde.«

»Weib!« Cailean setzte sich auf, warf Amber einen Furcht einflößenden Blick zu und löste ihre Fesseln vom Bett, nur um sie sich dann, um das eigene Handgelenk zu binden.

»Ich bin immer noch gefesselt«, stellte Amber fest und murmelte gegen Caileans Rücken, weil dieser sie wegen der zu kurzen Fesseln so nahe an sich ziehen musste. Sie hatte einen kleinen Sieg errungen, nur, um dann gleich wieder enttäuscht zu werden. Und was sollte das mit Schottland? Sicher war das nur ein Scherz. Genau, er wollte ihr ihre Zickigkeit nur heimzahlen, indem er behauptete, sie würden nach Schottland reisen. Sie nahm einen tiefen Zug seines männlich herben Geruchs. Gar nicht so schlecht, überlegte sie und verfluchte sich selbst für diesen Gedanken.

»Schlaf!«, kam der genervte Befehl, bevor Amber sich noch weiter Gedanken machen konnte.

»Amber!« Amber strich im Schlaf über ihre Wange.

»Lästige Insekten«, fluchte sie.

»Amber!«, hauchte eine tonlose Stimme neben ihrem Ohr. Amber wischte sie mit der Hand fort. Jemand zupfte an ihren

Haaren. Widerwillig öffnete sie ihre Augen und starrte in das Gesicht einer ihr fremden Frau, die ihr ein Messer vor die Nase hielt. Erschrocken zappelte sie mit den Beinen und hob die Hände schützend vor ihr Gesicht.

»Oh, entschuldigen Sie«, flüsterte die Fremde und lächelte verlegen. »Ich habe Sie nur von den Fesseln befreit.« Sie ließ das Messer sinken, blickte sich verwirrt um und legte die Klinge dann auf das Nachttischchen neben Amber. Amber setzte sich auf. Cailean lag mit dem Rücken zu ihr und schnarchte leise.

»Kommen Sie!« Die Fremde winkte und zeigte zur Tür. Amber begriff, sie wurde soeben befreit. Einem geschenkten Gaul, schaut man nicht ins Maul, hatte schon ihre Großmutter immer wieder gesagt. Ein letzter Blick auf den Piraten, um sicherzugehen, dass er auch wirklich schlief, dann schob sie sich vorsichtig aus dem Bett und bemühte sich, keine unvorsichtigen Bewegungen zu machen, die die Matratze erschüttern und den Mann, mit dem sie das Bett geteilt hatte, wecken würden.

Die schlanke Dunkelhaarige stand in der Tür und trieb Amber mit hastigen Winkbewegungen zur Eile an. Als beide auf dem Flur standen, schloss sie leise die Tür und lächelte. Sie musterte Amber von oben bis unten und schien unsicher zu sein, was sie jetzt mit ihr anstellen sollte.

Amber lächelte vorsichtig zurück und freute sich, soweit gekommen zu sein. Jetzt konnte sie nur hoffen, dass der Fluchtplan der Anderen ein Auto und etwas Geld beinhaltete. Und vielleicht ein paar bequemere Sachen. Sie trug noch immer das schwarze Kleid vom gestrigen Abend, und das war absolut ungeeignet für eine Flucht vor einem muskulösen, gut aussehenden Piraten.

Die Frau schien sich endlich entschieden, was sie mit der befreiten Geisel tun sollte, griff nach Ambers Hand und zerrte sie hinter sich einen langen Flur entlang, auf dem sich rechts und links mehrere Türen befanden. Zu wenige für ein großes Hotel, aber genug für ein kleineres.

Also hatte Cailean sie doch in ein Hotel entführt, stellte Amber zufrieden fest. Und die Dunkelhaarige war sicher eine Angestellte, die Amber jetzt zur Flucht verhalf. Amber warf einen kurzen, aber etwas neidischen Blick auf die altertümlich wirkenden Kommoden, die sich jeweils zwischen zwei Zimmertüren befanden. Schon immer hatten die wundervollen Möbel aus der Viktorianischen Zeit einen besonderen Reiz auf sie ausgeübt. Leider hatte Eric nie ein Interesse daran gehegt. Er wollte moderne Möbel ohne viele Schnörkel. In London gab es noch viele Häuser aus dieser Zeit und sie hatte gehört, dass viele auch noch mit den originalen Möbeln ausgestattet waren. Amber war sich sicher, das galt auch für dieses Hotel.

Vor einer großen Doppeltür aus dunklem Holz blieb die Frau stehen. »Das ist mein Schlafzimmer. Also, das von mir und meinem Mann. Er ist gerade nicht da. Ich habe Ihnen Kleidung auf das Bett gelegt und im Bad finden Sie alles, was Sie zum Duschen brauchen.« Sie öffnete die Tür und wandte sich wieder Amber zu. »Ach so, ich bin Samantha, die Schwägerin von diesem ungehobelten Klotz. Cailean hat Sie in unser Haus gebracht.«

Sie traten in ein Schlafzimmer, das so groß war, dass Ambers ganze Wohnung hineingepasst hätte. »Wow«, seufzte Amber. »Das ist nur ein Schlafzimmer? Kein Apartment?« Sie schaute sich um. Sie war so erstaunt, dass sie erst gar nicht überzog, was Samantha gerade gesagt hatte. Sie ist Caileans Schwägerin? Und das hier ist kein Hotel? Amber ließ die Schultern sinken. Aber dann fiel ihr ein, dass das noch lange nicht bedeutete, dass Samantha gut hieß, was ihr Schwager da getan hatte, nämlich eine Frau zu entführen. Sie sah sich weiter im Zimmer um.

Alles war in erdigen Farben eingerichtet. Ein riesiges Himmelbett mit brokatfarbenen Vorhängen stand mitten im Zimmer und schrie Amber regelrecht zu, dass dieser Raum wirklich nur ein Schlafzimmer war.

»Nein, kein Apartment.« Samantha schwebte elegant auf das Bett zu und hielt ein paar Jeans und eine schwarze Seidenbluse vor sich hin. »Ich schätze, Sie haben ungefähr meine Größe. Das sollte also passen. Das Bad ist hinter dieser Tür.« Samantha nickte in Richtung einer dunklen Tür, die so versteckt in einer Ecke war, dass Amber sie vorher gar nicht bemerkt hatte.

Eine hübsche Frau, dachte Amber und musterte Samantha. Was würde sie dafür geben, wenn sie sich auch so elfenhaft bewegen könnte. Sie selbst kam in ihren Bewegungen eher einem Bauern gleich. Amber hatte Frauen wie Samantha schon immer beneidet. Sie hätte genau das selbe wundervolle, bunte Sommerkleid tragen können und würde nicht halb so elegant darin aussehen wie Caileans Schwägerin. Und sie könnte Stunden lang ihre Haare kämmen und frisieren, ihre Haare würden nie so wundervoll glänzen und glatt sein, wie die rostroten taillenlangen Haare dieser Frau. Überhaupt war diese Samantha schöner als jedes Model, das Amber je im Fernsehen über den Laufsteg hatte wandeln sehen. Ihre Haut war cremeweiß und sie hatte wundervolle Sommersprossen auf ihrer schmalen Nase und den hohen Wangen. Amber betrachtete die Jeans, die Caileans Schwägerin ihr hinhielt, und dachte traurig, dass sie wohl auch in dieser Hose keine annähernd so gut Figur abgeben würde wie diese Frau.

»Danke«, sagte sie seufzend. »Sie können mir nicht zufällig sagen, wo wir hier sind?« Amber nahm Caileans Schwägerin die Kleidung ab und steuerte auf das Bad zu.

»In London.«

»Also noch immer in London«, stellte sie erleichtert fest. Sie hatte es sich schon fast gedacht, als sie eben mit Samantha den Flur entlanggegangen war, aber es jetzt bestätigt zu bekommen, ließ einen Teil des großen Felsens auf ihrer Brust abbröckeln. Sie konnte nicht so weit weg von zu Hause sein. Aber, fiel ihr gerade ein, sie hatte ja gar kein Zuhause mehr. Ihr Ex-Freund hatte sicher noch nicht einmal bemerkt, dass sie nicht da war. Eine Träne rollte über ihre Wange. Sie war sich nicht sicher, warum sie weinte.

Weil ihr Freund fremdging, oder weil sie nicht wusste, wohin sie eigentlich sollte? Erst einmal zu meiner Mutter, dann sehen wir weiter. Bei dem Gedanken erschauderte sie. Sie konnte die Vorwürfe schon hören, mit denen sie ihre Mutter bombardieren würde. Aber etwas anderes blieb ihr kaum. Sie musste aus diesem Haus kommen, weg von dem Verrückten, der sie entführt hatte, und weg von Eric. Nach diesem Erlebnis hatte sie nicht die Nerven, sich auch noch mit ihm auseinanderzusetzen. Sie könnte natürlich Samantha um etwas Geld für ein Hotel bitten, schließlich hatte ihr Schwager sie entführt und bei der Gelegenheit ihre Handtasche nebst Handy und Wohnungsschlüsseln verloren, aber das wollte sie ihr nicht zumuten. Sie konnte schon froh sein, dass die Frau sie befreit hatte.

Das Bad war noch imposanter, als das Schlafzimmer. Der Boden war aus dunkelgrünem Marmor, die Armaturen glänzten golden und in der Ecke stand eine einladende, große Badewanne. Die hätte Amber zu gerne mal ausprobiert, aber dazu hatte sie jetzt keine Zeit. Zudem war die Dusche mindestens genauso verlockend. Sie hatte so viele Knöpfe und Knaufe, dass Amber eine Weile brauchte, bis endlich Wasser aus den vielen Armaturen in den Wänden kam. Jetzt stand Amber mit geschlossenen Augen mitten in der Kabine und wurde von drei Seiten mit Wasserstrahlen gestreichelt. Die Strahlen massierten gekonnt die Verkrampfungen der unbequemen Nacht weg. Nur die aufgescheuerte Haut an ihren Handgelenken musste von alleine heilen.

Als Amber fertig war und das Schlafzimmer betrat, erschrak sie so heftig, dass sie fast wieder rückwärts in das Bad gestolpert wäre. Der Pirat stand mit dem Rücken zu ihr vor dem großen Bett. Seine schwarzen Haare hatte er offen, irgendwie wirkten sie etwas länger so. Aber vielleicht hatte Amber sich auch getäuscht.

Amber wagte nicht, zu atmen und wollte gerade wieder im Bad verschwinden, um sich dort zu verstecken, als der Mann sich umdrehte. Warum hatte sie auch erst duschen müssen? Hätte sie nicht gleich verschwinden können? Aber irgendwie hatte Samanthas ruhige Art und diese sanfte Stimme den Wunsch nach einer Dusche in ihr geweckt. Sie hatte sich dem kaum widersetzen können. War so was möglich? Nein!

Erstaunt stellte sie fest, vor ihr stand gar nicht Cailean, sondern jemand, der dem Piraten sehr ähnlich sah. Die gleichen glänzend rabenschwarzen Haare, die Schultern nicht ganz so breit. Er war etwas größer als Cailean. Das konnte nur sein Bruder sein, Samanthas Ehemann. Das gleiche scharfkantige Kinn. Und auch die gerade, einen Tick zu große Nase stimmte mit der von Cailean überein. Rund um ein gut aussehender Mann. Die Gene in dieser Familie schienen eindeutig hervorragend. Es gab eben Familien, bei denen hatte der liebe Gott es zu gut gemeint, als er das Aussehen verteilt hatte.

»Sie sind also Caileans Auftrag?«, brummte der Mann und unterbrach Ambers Gedankengänge. »Mein Name ist William.«

Amber stand noch immer halb im Bad und fühlte sich wie erstarrt. Samantha hatte sie zwar aus dem Schlafzimmer befreit, in dem sie mit Cailean eingesperrt war, aber das hier war sein Bruder. Und da er zugelassen hatte, dass Cailean sie hierher gebracht hatte, konnte es nur so sein, dass er eingeweiht war. Und wenn dem so war, dann würde er sie niemals gehen lassen. Außerdem hatte er sie gerade Caileans Auftrag genannt. Das bewies doch, dass er mit der Entführung einverstanden war. Die einzige, die in diesem Haus etwas gegen die kriminellen Hobbys des Piraten zu haben schien, war Samantha. Und die konnte ihr gerade nicht helfen.

Nein, sie durfte sich ihre Angst nicht anmerken lassen. Sie war wenigstens nicht mehr gefesselt, das hob ihre Fluchtchancen erheblich an. Warum hatte sie sich eigentlich erst auf diese Dusche eingelassen, sie hätte längst aus dem Haus sein können, fluchte sie wieder. Amber biss wütend die Kiefer zusammen. So dumm!, schimpfte sie in Gedanken. »Amber. Dann sind Sie also der Bruder von diesem … diesem …«

»Ich weiß, was sie meinen. Samantha hat es mir erzählt.« Der Mann lachte und schlug sich dabei auf den Oberschenkel. »Tut mir leid, aber irgendwie hatte ich das erwartet. Cailean ist … also er hatte schon lange keinen Kontakt mehr zu Frauen, zumindest nicht außerhalb seiner beschränkten Welt.« Wieder Lachen und ein weiterer Schlag auf den Oberschenkel.

Amber verdrehte die Augen. Wie lange konnte das schon sein? Er war doch kaum älter als fünfunddreißig. Sie trat langsam in das Schlafzimmer und fixierte die Ausgangstür, die ungefähr so weit weg von ihr war wie Schottland von London. Und wenn sie jetzt hier nicht wegkam, dann würde sie herausfinden, wie weit weg das genau war. Mittlerweile war sie sich da ziemlich sicher.

Amber machte wohl ein ziemlich begossenes Gesicht, zumindest erstarrte Williams Miene plötzlich. »Entschuldigen Sie.

Samantha ist unten in der Küche. Ich habe Ihnen etwas zu Essen geholt. Wir hatten nichts mehr im Haus.«

»Das heißt, ich darf gehen?«, fragte Amber unsicher und nagte auf ihrer Unterlippe.

William sah sie fragend an. »O, sicher.«

Gott sei Dank, dachte Amber. Nichts wie raus hier, bevor dieser Pirat noch wach wird. Das war schon alles ziemlich verrückt. Da wird sie entführt, an ein fremdes Bett gefesselt und dann lässt man sie wieder gehen. Vielleicht war dieser Cailean einfach nur geistesgestört?

So wie es aussah, schienen weder Samantha noch sein Bruder William besonders erstaunt, über das zu sein, was hier geschah. Gut möglich, dass er so was öfter machte. »Ist ihr Bruder vielleicht verrückt?«, fragte sie vorsichtig, während sie langsam auf die Doppeltür zuschritt, William aber dabei nicht aus den Augen ließ.

»Verrückt ist noch harmlos für das, was Cailean alles ist.« Wieder verfiel William in schallendes Lachen. Amber hoffte, dass nicht sie es war, die so witzig auf William wirkte. Vorsichtshalber warf sie aber einen flüchtigen Blick an sich herunter. Alles in Ordnung; Hose an, Schuhe noch in der Hand, aber ihre Manolos waren wirklich keine Fluchtschuhe.

Amber zuckte die Schultern, um dann doch noch zu stutzen. Hatte William nicht gerade gesagt, dass sein Bruder schon lange nicht mehr mit Frauen zusammen gewesen war, dann konnte das ja doch nicht so oft vorkommen, dass er wildfremde Frauen entführte und an sein Bett fesselte. Außer … Amber stutze. O mein Gott!, durchfuhr es sie und sie spürte, wie ihre Wangen warm wurden. Er machte das normalerweise nur mit Männern! Amber schluckte heftig und hatte es plötzlich noch eiliger, aus diesem Haus und damit aus Caileans Reichweite zu kommen. Eigentlich schade, dachte sie trotzdem. Die gut aussehenden Männer sind immer schwul. Außer vielleicht William. Der war ja schließlich verheiratet.

»Warten Sie, ich zeige Ihnen die Küche. Samantha wartet schon. Sie freut sich unheimlich auf das gemeinsame Frühstück mit Ihnen.« William grinste scheinbar gedankenverloren.

William stieß eine Schwingtür auf und manövrierte Amber mit einer Hand in ihrem Rücken in eine gemütliche, helle Küche. Im Vergleich zum Rest des Hauses war die Küche recht klein, aber immer noch doppelt so groß wie Ambers Ex-Küche bei ihrem Ex-Freund. Auf dem Tisch stand ein Teller mit Donuts, verschiedene Packungen Frühstücksflocken, eine Kanne Milch, pochierte Eier und Kaffee.

»Kaffee«, seufzte Amber. Samantha strahlte sie an.

»Allerdings. Wollen Sie Milch und Zucker?«

»Schwarz, bitte.« Amber setzte sich auf den Stuhl, den William ihr zurückgezogen hatte.

»Es tut mir leid, wie Cailean mit Ihnen umgesprungen ist«, sagte Samantha. »Er ist manchmal wie ein Neandertaler.« Sie warf ihrem Mann einen kurzen Blick zu und schmunzelte, dann widmete sie sich wieder Amber. »Aber unter uns, William ist genauso. War das anstrengend, ihm wenigstens ein paar Umgangsformen anzutrainieren«, flüsterte sie hinter vorgehaltener Hand. William rollte genervt die Augen.

Amber lachte dankbar für die ermunternden Worte. »Wie lange wird er denn schlafen?« Sie wollte sichergehen, dass sie das Frühstück genießen konnte und immer noch genug Zeit haben würde, vor Cailean zu fliehen. Ihr knurrte ungehörig der Magen.

»Er ist schon wach«, ertönte ein dunkles Brummen hinter ihr.

Amber zuckte zusammen und drehte sich langsam um. Hinter ihr stand ihr Entführer. Sein Haar war feucht. Er trug ein frisches Hemd. Ziemlich eindeutig, dass er schon eine Weile wach war. Ihr Blick verweilte ein wenig zu lange auf dem, was unter seiner offenen Knopfleiste hervorlugte, dann riss sie sich wütend von seiner Brust los.

»Und was wird jetzt aus meiner Flucht?«, murmelte Amber weinerlich. Sofort war das Magengrummeln vergessen und die Panik griff wieder nach ihr.

»Flucht? Wir befinden uns doch noch immer auf der Flucht.« Cailean setzte sich auf den Stuhl neben Amber.

»Sie müssen sich wirklich nicht fürchten«, sagte Samantha und griff tröstend nach Ambers Hand. »Cailean hat noch niemals einen Auftrag in den Sand gesetzt.«

William räusperte sich und grinste, während er sich auf den Stuhl auf der anderen Seite von Amber setzte. Sie schluckte schwer und umklammerte ihre Tasse, so fest, als könnte nur die sie noch retten. Plötzlich fühlte sie sich doch elfenhaft zwischen zwei so großen muskulösen Männern eingeklemmt.

Die Mikrowelle piepte und Samantha holte zwei Tassen heraus. Sie reichte jeweils eine an die beiden Männer. »Proteine«, sagte sie an Amber gewandt. Diese zog die Stirn kraus und dachte mit einem sarkastischen Blick auf den viel zu ausgeprägten Bizeps von William: Proteine haben sie auch nötig.

»Hast du den Wagen für uns fertiggemacht?«, fragte Cailean und schielte um Amber herum seinen Bruder an.

»Ja, ich habe euch den SUV vollgetankt. Der Koffer ist drin und auch die Kühltasche steckt schon am Zigarettenanzünder. Das Navi ist programmiert und mit meiner Anlage verbunden. Ich hab euch also die ganze Zeit auf dem Bildschirm. Für den Fall, dass was passiert, kann ich mich sofort zu euch teleportieren«, antwortete William mit einem breiten Grinsen im Gesicht. Auch Samantha prustete hinter vorgehaltener Hand. Es musste sich um einen Insiderwitz handeln, denn Amber hatte keine Ahnung, was an dem Gesagten so witzig sein sollte.

Cailean nickte und brummte widerwillig. Er hatte den Witz wohl auch nicht verstanden. Das Wort *teleportieren* war das einzige, das ihr merkwürdig vorkam, aber sie nahm an, dass William meinte, er würde ihnen folgen, wenn es nötig wäre.

»Teleportieren?«, fragte Amber, als ihr einfiel, dass teleportieren durchaus auch eine andere Bedeutung haben konnte. »Etwa so wie dieses Irgendwas gestern?«

»Genau.« William schlürfte seine Proteine.

Ambers Stuhl landete polternd auf dem Marmorboden und ihr hätte das fast ein schlechtes Gewissen gemacht, wenn sie sich nicht sofort in Gedanken zurechtgewiesen hätte. Sie saß hier in aller Ruhe mit Dämonen am Tisch und frühstückte. Konnte ihr Leben noch schlimmer werden? Und seit wann glaubte sie überhaupt, dass es so was wie Dämonen wirklich gab?

Wer weiß, was sie da eigentlich gesehen hatte. Ein wissenschaftliches Experiment?

Amber hatte es schon an die Tür geschafft, als ihr von hinten ein Arm um die Taille geschlungen und sie mit Schwung gegen einen harten Körper gepresst wurde. Warmer Atem blies über ihr Ohr und ließ sie erschaudern. »Wohin willst du denn?«, flüsterte eine erotische, dunkle Stimme. Cailean.

Sie zitterte. Panisch strampelte sie mit ihren Füßen, die gute zwanzig Zentimeter über dem Boden schwebten. Als das nichts nutzte, quiekte sie wie ein Ferkel. Nicht, dass ihr das etwas gebracht hätte. Ehe sie es sich versah, saß sie angeschnallt in einem ledernen Autosessel, die Hände mit Handschellen an den Türgriff gefesselt.

Kapitel 3

Wütend rüttelte sie an der Tür und zerrte an den Handschellen, bis diese schmerzhaft in ihre Handgelenke schnitten.

Cailean lachte. »Bemüh dich nicht, die sind magisch verstärkt. Die kann kein Übernatürlicher aufbrechen, also eine kleine Wicca, wie du schon gar nicht.«

Amber zischte. »Halt die Klappe und mach mich los, du … du riesiges Trampeltier.«

»Charmant ist sie ja«, ertönte es aus dem Radio, oder dem, was dort integriert war, wo in normalen Autos eigentlich das Radio sitzt. Aus diesem hier grinste ihr William entgegen, sogar in Farbe.

»Ja«, brummte Cailean. »Und vorlaut.« Er regelte an dem Radio herum und neben Williams Gesicht erschien die Route, die sie wohl fahren mussten.

Amber beugte sich näher an den kleinen Bildschirm. »Zehn Stunden? 570 Meilen?«, quiekte sie entrüstet. »Lass mich hier raus. Sofort!« Wieder rüttelte sie an der Autotür. Sie hasste ihre hohe Stimme, wenn sie aufgeregt war, aber gerade eben scherte sie sich einen Dreck darum. »Ich will raus!«, schrie sie wieder.

Cailean drückte eine Hand auf ein Ohr und sah zornig auf sie herab. Mit der anderen steckte er den Schlüssel ins Zündschloss, überprüfte noch einmal die Handschellen und stellte grummelnd fest, dass Ambers Gerüttel Kratzer im Plastik des Türgriffs hinterlassen hatte.

Der Motor grollte auf, das Tor der Garage fuhr hoch, und als das letzte Sonnenlicht in die Dunkelheit der Garage drang, konnte Amber sehen, dass die ein Parkhaus war. »Wie viele Autos braucht ein Mensch?«, fragte sie sarkastisch.

»Für jede Stunde am Tag eins.« Cailean legte den Gang ein und fuhr quietschend an. Amber schluckte vor Schreck und klammerte sich mit beiden Händen am Türgriff fest. Aus dieser Sache kam sie nicht lebend raus. Von allen schrecklichen Dingen, die einem Menschen widerfahren konnten, wurde sie ausgerechnet entführt. Sie hätte wirklich mit allem gerechnet;

schreckliche Krankheiten, vom Bus überrollt werden … Aber nein, sie wurde entführt! Von einem Dämon! Einer Kreatur der Hölle! Und seit wann sahen Monster eigentlich so gut aus? Das sollte einem doch gesagt werden, damit man vorbereitet ist. Dann weiß man von vornherein, dass man gut aussehenden, muskulösen Männern aus dem Weg gehen muss.

Und als ob das alles noch nicht genug war, flatterte es jedes Mal in ihrem Magen, wenn sie ihn ansah, und wenn sie seine raue, dunkle Stimme vernahm, streichelte ihr Klang wie Seide über ihre Haut. Amber hatte noch nie einen Mann gesehen, der so erotisch war. Ein Blick von ihm genügte, und Amber wünschte sich, sich wie eine Katze an ihm reiben zu können. Was natürlich absolut undenkbar war, er war ein Dämon und noch dazu ihr Entführer. Obwohl sie sich in der Dämonenangelegenheit noch nicht sicher war. In der Entführungsgeschichte schon.

Wie konnte sie nur in eine so verfahrene Situation gelangen? Ihre Mutter würde mit den Schultern zucken, wenn sie jemals hiervon erfahren würde, und sagen: »Das beweist doch nur wieder, dass sie unfähig ist, ihr Leben allein auf die Reihe zu bekommen.«

Aber, vielleicht hatte sie ja Glück und Amelia würde niemals etwas hiervon erfahren. Nein, vielleicht würde sie Amber erst in ein paar Tagen überhaupt vermissen. Sie würde glauben, Amber meldete sich nicht mehr bei ihr, weil es ausnahmsweise Mal richtig gut für sie lief. Und natürlich würde sie denken, dass das nur Eric zu verdanken war. Weil auf Eric so ein Verlass war.

Und dann, wenn sie doch endlich merkte, dass ihre Tochter verschwunden war, würde sie sie verfluchen, denn sie hatte es ja schon immer gewusst. Und wenn die Polizei ihr dann sagen würde, dass ihre einzige Tochter tot sei, dann sähe sie alles, was sie Amber je prophezeit hatte, als gekommen.

Amber warf Cailean einen traurigen Blick zu. Sein schwarzes Haar glänzte kupfern im Licht der Abenddämmerung. Er hatte wirklich nichts Monströses an sich, und besonders böse wirkte er auch nicht auf Amber. Ganz im Gegenteil. Diese vollen Lippen wirkten einladend, genauso wie diese ausgeprägten

Muskeln. Alles in allem sah er aus wie ein Mann, dem Frau sich gerne anvertraute, bei dem sie sich sicher fühlte. Mit zusammengekniffenen Lippen starrte er aus der Frontscheibe, Happy Hour. Vor ihnen reihte sich Auto an Auto und rollte wie eine zähflüssige Masse durch die Innenstadt.

Vielleicht war es ganz gut so, wie es war. Sie wäre für ihre Mutter immer nur eine Enttäuschung gewesen. Wenn sie vermisst wurde, konnte sie sie nicht mehr enttäuschen, zumindest nicht mehr, indem sie versagte. Tote konnten nicht versagen. »Wie lange noch?«

Cailean starrte sie entrüstet an. »Wie lange noch? Wir sind gerade erst los gefahren.«

»Das meine ich nicht. Wie lange noch, bis du mich töten wirst?«

»Hat sie gerade gefragt, wann du sie töten willst?«, ertönte Williams Stimme aus dem Radio.

»Ja, hat sie«, schimpfte Amber. Sie konnte nicht fassen, dass William und Samantha sie nicht befreit hatten, dass sie Cailean sogar noch halfen, sie zu verschleppen. Was war nur mit dieser Familie los? Waren sie die Kettensägenmörder von London?

»Du solltest sie aufklären, Cailean. Nicht, dass sie dir vor lauter Panik bei der nächsten Gelegenheit den Hals umdreht.«

Cailean warf dem Radio einen zweifelnden Blick zu. »Sie? Das meinst du nicht ernst.«

»Nein, aber aufklären solltest du sie trotzdem.«

Amber schaute beleidigt zum Seitenfenster raus. Noch zwei Menschen in ihrem Leben, die ihr nichts zutrauten, und dann noch welche, die sie erst seit wenigen Stunden kannten. Stand ihr etwa Loser auf die Stirn geschrieben? Wenn sie nur ihre Hände losbekommen würde, würde sie diesem Gorilla schon zeigen, wie sie ihm den Hals umdrehen konnte.

»Erklär du es ihr. Ich muss mich auf den Verkehr konzentrieren.«

Amber fuhr herum. »Wie bitte? Die Autos stehen. Das wird noch Stunden dauern und ich werde mich nicht mit einem Radio unterhalten. Wenn du mir etwas zu sagen hast, dann sag es mir. Jetzt!« Sie war so wütend wie noch nie in ihrem Leben. Und sie war ziemlich wütend gewesen, als sie ihren Freund mit dieser Blondine gesehen hatte. Aber, dieser … dieser Rüpel war ja wohl das Schlimmste, was ihr je begegnet war. »Du musst nicht mit mir reden, wenn du nicht willst. Du könntest mir auch eine Mail schicken«, sagte sie so aufgebracht, dass sie laut kreischte, was sie noch mehr aufregte. Wer weiß, wer noch so in dieser Leitung steckte und sie sehen und hören konnte.

»Ich werde dich nicht töten«, sagte Cailean knapp. Die Ampel ein paar Autos weiter vorne sprang auf Grün. Hinter ihnen hupte ein Auto, dessen Fahrer es nicht schnell genug ging.

»Das beruhigt mich ungemein, wirklich«, sagte sie und zog heftig an den Handschellen. Dann entdeckte sie den Knopf für das Fenster. Sie befanden sich mitten in der Rush Hour, die Chancen standen gut, dass jemand auf ihre Hilferufe reagieren würde. Sie drückte den Knopf und atmete gleichzeitig tief ein, um sofort so laut es ging zu schreien. Das Fenster reagierte nicht. Frustriert stieß sie die Luft wieder aus.

Cailean lachte laut auf. Am liebsten hätte sie ihm zwischen die Beine getreten, leider war das von ihrer Position unmöglich. Der SUV fuhr wieder an, kam fünf Meter, dann stoppte er wieder. Amber konnte es nicht langsam genug gehen. Er würde sie vielleicht nicht töten, aber was auch immer er vorhatte, in zehn Stunden würde sie es erfahren. Andererseits wäre es vielleicht besser gewesen, wenn sie es schnell hinter sich hatte.

»Wirst du mich …« Amber schluckte einen Kloß herunter. »Also … wirst du mich vergewaltigen?« Sie warf ihm einen Seitenblick zu. Auf sie wirkte er nicht schwul, aber feststand, dass William gesagt hatte, dass er schon lange keine Frauen mehr entführt hatte. Gut möglich, dass er doch mal was Neues ausprobieren wollte.

Sie schielte auf seine engen Jeanshosen, die muskulösen Oberschenkel, die sich darunter abzeichneten, sein scharfkantiges Gesicht, die leicht lange, aber sehr hübsche Nase. Auf seinen Wangen zeichnete sich ein leichter Bartschatten ab, was sein wildes Äußeres noch mehr zur Geltung brachte. Und hatte sie schon die Muskeln erwähnt, die sich durch den Jeansstoff abzeichneten? Er war eindeutig attraktiv. Und für attraktive Männer galt, sie sind schwul, besonders, wenn sie sich so gut anzuziehen verstanden, dachte sie sarkastisch.

»Wahrscheinlich nicht, du bist ja schwul«, sagte sie mehr zu sich selbst und sah wieder aus dem Seitenfenster. Aber, vielleicht sollte Amber ja auch sein erstes weibliches Opfer sein? Irgendwie war es Amber schon fast egal. Sie konnte wenig an der Situation ändern. Dann sollte es eben so sein. Und sie hätte es wirklich schlimmer treffen können. Es gab Vergewaltiger, die nicht so eine gefährlich erotische Ausstrahlung hatten. Vielleicht wäre es ja gar nicht so schlimm.

Cailean stieg so plötzlich in die Eisen, dass Amber fast aus ihrem Sitz geschleudert worden wäre, wenn sie nicht angeschnallt gewesen wäre. Der SUV kam mit einem Ruck zum Stehen. Aus dem Radio erklang schallendes Gelächter.

»Hast du gerade gesagt … ich wäre schwul?« Der Pirat hatte sich zu ihr rüber gebeugt und sein Blick brannte sich in Ambers.

Amber wich so weit zurück, wie es ihr möglich war. »Ich …«, stotterte sie, »… ich dachte, deine bisherigen Opfer wären nur Männer gewesen.« Sie lächelte ihn unschuldig an und drückte sich noch fester gegen die Rückenlehne ihres Sitzes.

»Opfer?«, grollte Cailean und es schien fast, als wollten sich seine Finger durch das Armaturenbrett drücken, so fest krallte er sie in den Kunststoff.

»Ich sagte doch, klär sie auf«, kam es aus dem Radio. Samantha tauchte hinter William auf und lachte herzhaft laut. »Eigentlich hatte ich es schon immer gewusst. Du hast eindeutig so etwas Schwules an dir, findest du nicht auch, Schatz?«

»Jetzt, wo du es sagst.«

»Du bist nicht schwul?«, fragte Amber kleinlaut.

»Nein.« Cailean wandte sich wieder dem Verkehr zu, als es hinter ihnen hupte. Warum erleichterte sie das jetzt?

»Aber, was ist dann mit den vielen Männern?«

»Das möchte ich jetzt aber auch wissen«, mischte sich Samantha fröhlich ein und rückte so nah an die Kamera, dass ihr Gesicht im Display des Radios verzerrt wirkte. »Schatz, bring mir doch ein paar Proteine aus der Küche mit. Was würde ich jetzt für Popcorn geben.«

»Na, die, die du entführt hast.« Amber sah mit Bedauern, dass sie sich dem Ende von London näherten. Gleich wären sie aus der Stadt heraus und dann würde es nur noch dem Ziel entgegen gehen.

»Ich habe keine Männer entführt.« Cailean blickte zu ihr rüber und knurrte. »Wer hat das gesagt? Warte, lass mich raten, Samantha.«

Samantha grinste in die Kamera und schlürfte etwas mit einem Strohhalm aus einer Tasse. »Ich bin unschuldig. Aber schade, dass das nicht von mir stammt. Ich werde es mir auf jeden Fall für die nächste Familienfeier merken. Das wird ein Renner, findest du nicht auch, Schatz?“

»Ich dachte nur, weil du schon lange keinen Kontakt mehr zu Frauen hattest«, sagte Amber jetzt nicht mehr so kleinlaut, eher zornig, weil Cailean ihr noch immer giftige Blicke zuwarf. Amber konnte die Wut, die unter seinen Muskeln brodelte fast riechen. Als er das Lenkrad fester umklammerte, sah Amber wie die Knöchel unter seiner Haut weiß hervortraten.

»Das heißt nicht, dass ich schwul bin. Ich habe nur kein Interesse an Frauen.« Seine Stimme bebte vor Zorn.

Amber legte den Kopf schief und zog die Stirn kraus. »Ah ja, ich dachte, das trifft auf alle schwulen Männer zu.« Amber legte ein kokettes Lächeln auf ihre Lippen. Samantha und William gackerten um die Wette.

Cailean bemerkte seinen Fehler ziemlich schnell. »So meinte ich das nicht. Frauen nerven!«

»Vielen Dank auch. Was willst du dann mit mir? Soll ich für dich putzen?«

»Könnte sein, dass das nötig wird, ja.«

»Das werde ich nicht!«, schrie sie entrüstet. Konnte er sich etwa keine Putzfrau leisten? Wer entführte sich denn eine Putzfrau? Amber sah an sich runter, sie sah nun wirklich nicht wie das Klischee einer Putzfrau aus.

»Das wird sie nicht!« Samantha starrte genauso schockiert, wie Amber sich fühlte. Diese Sam hätte wirklich eine gute Freundin sein können, wenn sie nicht an Ambers Entführung beteiligt gewesen wäre.

»Danke, Sam«, sagte sie. »Du hast mich doch nicht deswegen verschleppt.«

»Nein, habe ich nicht.«

»Aber weswegen dann?«

»Bei der Göttin, warum sind Frauen solche Nervensägen?« Cailean hieb mit der Faust gegen das Lenkrad.

Amber stiegen Tränen in die Augen. Sie schniefte. Sie fühlte sich so einsam, so hilflos und sie wollte einfach nur wieder nach Hause. So tun, als wäre das alles hier nur ein Albtraum gewesen.

Cailean warf ihr einen unsicheren Blick zu, sein Gesichtsausdruck wurde sanft. Seine Hand zuckte kurz vom Lenkrad weg und dann wieder zurück. »Es tut mir leid. Ich wollte dir nicht wehtun. Ich habe den Auftrag, dich sicher … über die Grenze zu bringen. Und ich schwöre, ich werde dich nicht anrühren, selbst, wenn du mich auf Knien anflehst.« Etwas, das Caileans Augen widerspiegelten, gab ihr das Gefühl, dass er es wirklich ernst meinte. Zudem hatte sie noch nicht einmal dieses Kribbeln gespürt in den letzten Stunden. Aber sie wusste natürlich nicht, ob ihr Radar zuverlässig war. Schließlich war es reiner Instinkt.

»Darauf wirst du lange warten können. Aber, wer sagt mir, dass du dich auch daran hältst?« Seine Erklärung half ihr nicht weiter, aber sie hoffte, er würde ihr alles sagen, was sie wissen musste, wenn es soweit war. Bis dahin würde sie sich einfach mit dem zufriedengeben müssen, was er ihr freiwillig gab. Schließlich konnte sie wenig an ihrer Situation ändern.

»Weil ein Fluch auf ihm lastet, der ihn dazu zwingt, jede Frau auf dieser Welt glücklich zu machen. Ihr jeden Wunsch zu erfüllen, selbst wenn es ihm, ihr oder der ganzen Welt das Leben kostet«, zwitscherte Samantha.

Kapitel 4

»Was?«, entfuhr es Amber, noch bevor sie sich bremsen konnte. »Ein Fluch?« Nicht dass Amber an so etwas wie Flüche glaubte, aber schon der Gedanke, so ein Fluch könnte existieren entlockte ihr kleine schadenfrohe Freudensprünge. Natürlich nur gedankliche.

»Cailean wurde verflucht«, mischte sich Samantha ein und schob sich näher an die Kamera. »Rutsch doch mal ein Stück. Ich kann gar nicht sehen, wie Amber diese Nachricht aufnimmt. Ich meine, das war schon immer ein Partykracher.«

Cailean warf Samantha einen Blick zu, der selbst Amber eine Gänsehaut einjagte.

»Ihr glaubt doch nicht wirklich an so was? Erst wollt ihr mir erzählen, es gibt Dämonen und jetzt kommt auch noch der obligatorische Fluch dazu.« Amber runzelte missmutig die Stirn. Sie hätte gleich wissen müssen, dass die ganze Familie irre ist. Wahrscheinlich glaubten sie, sie würden Rollen in einem Film spielen.

»Doch, doch. Es ist wahr. Warum probierst du es nicht einfach mal aus?« Samantha kicherte aufgeregt in ihre Hand. »Das wird ein Spaß.«

»Samantha«, erklang Williams Stimme warnend. »Spaßig ist dieser Fluch mit Sicherheit nicht.«

»Tut mir leid, Schatz. Aber du kannst das nicht beurteilen. Du bist keine Frau.«

Amber blendete das Geplänkel im Radio aus. Konnte so etwas wirklich funktionieren? Für einen Mann wäre so ein Fluch wahrscheinlich eine der schlimmsten Sachen, die ihm passieren kann. Besonders für einen Mann wie Cailean. Amber musterte ihn von der Seite. Cailean wirkte auf sie nicht wie jemand, der gerne nach der Pfeife von Frauen tanzte. Wahrscheinlich würde er sich lieber einen Arm abhacken, als Frauen jeden Wunsch von den Lippen abzulesen. Amber hielt ihren Entführer eher für einen düsteren, gefährlichen - Piraten eben.

Andererseits, was konnte es schon schaden, es einfach mal zu testen? Was sollte er schon tun? Sie auslachen? Sie töten? Das würde er am Ende sowieso tun. So ginge es nur schneller.

»Ich wünsche mir einen riesigen Hamburger mit extra viel Käse und Zwiebeln.«

Cailean trat die Bremse durch und das Auto kam schlitternd zum Stehen. Amber schluckte ängstlich den Kloß herunter, der sich in ihrem Hals gebildet hatte, und zog die Schultern schützend hoch, als Cailean sich langsam wie in Zeitlupe ihr zuwandte.

»Was hat sie gesagt? Was hat sie gesagt?«, ertönte Samanthas aufgeregte Stimme aus dem Radio.

»Einen Hamburger? Ernsthaft? Ich hätte gedacht, du wünschst dir deine Freiheit. Aber einen Hamburger?« William klopfte sich vor Lachen auf die Oberschenkel. »Bruderherz, mit der wirst du noch deine Freude haben. Ich schick dir die Route zum nächsten Drive Inn.«

»Hmmmm«, brummte Cailean. Sein Blick brannte sich noch immer in Ambers. Er wirkte wie der Teufel persönlich, und das lag nicht ausschließlich an seinen rot glühenden Augen, auch die langen Reißzähne, die er gefährlich fletschte, hatten ihren Anteil daran.

Amber rutschte mit dem Rücken gegen die Autotür. Wo war sie nur plötzlich gelandet? Noch vor wenigen Tagen war alles perfekt in ihrem langweiligen Leben gewesen. Gut, nicht wirklich perfekt, aber immerhin hatte sie einen Job, eine nette kleine Wohnung und einen Freund gehabt. Einen Freund, der sie betrog. Also nicht wirklich perfekt, aber sicher. Und jetzt saß sie in einem fremden Auto, befand sich auf dem Weg nach Schottland und blickte einem Mann mit rotglühenden Augen und Reißzähnen ins Gesicht. Wo hatte er nur plötzlich diese Zähne her? Amber spürte, wie die Panik sie überrollte. Ihr Körper schien erstarrt und ihr Kopf völlig leer. Sie konnte nicht mehr denken. Sie war paralysiert.

»Es tut mir leid?«, stotterte sie und presste sich noch fester gegen die Autotür. Mit zittrigen Händen versuchte sie, die Tür in ihrem Rücken zu öffnen. Sie wollte nur raus hier. So weit weg von diesem Ding, wie es nur ging. Aber es gab keine Möglichkeit zur Flucht. Sie war gefangen. Gefangen in einem engen Raum mit einem Irgendwas.

»Dämon?«, keuchte sie? Ihr Herz klopfte wie wild in ihrem Brustkorb. Sie kämpfte mit aller Kraft gegen das Grauen an. Sie steckte mitten in einem Horrorfilm. Wie reagiert die Schauspielerin aus einem Horrorfilm eigentlich in so einer Situation? Sie rennt weg, dachte Amber. Amber rüttelte und riss an den Handschellen. Sie stemmte sogar ihre Füße gegen die Tür. Sie wollte nur noch weg.

»Amber! Amber!«, nahm sie Samanthas panische Stimme aus dem Radio wahr. Sie wagte nicht den Blick von Cailean zu lösen, oder dem, was aus ihm geworden war.

»Amber«, erklang jetzt Williams ruhige Stimme. Den Mann schien nichts, aus der Fassung zu bringen. Nicht einmal die Tatsache, dass sein Bruder ein Monster war. Aber wenn Cailean … Amber kniff die Augen zu. Sie versuchte, alles um sich herum auszusperren. Als sie die Lider wieder öffnete, hatte sich Caileans Gesicht zurückverwandelt. Er grinste sie an und lenkte das Auto wieder auf die Straße.

»Du musst keine Angst vor ihm haben. Mein Bruder kann nur leider nicht so gut mit Frauen. Obwohl das früher Mal anders war«, meinte William.

»Ich kenn ihn nur so«, mischte sich Samantha ein. »Amber, ehrlich, er ist nur griesgrämig. Er tut dir nichts. Das darf er gar nicht. Danu würde ihm sonst den Arsch aufreißen. Und das meine ich wörtlich. William, erklär du es ihr.« Amber schaffte es, ihren Blick von Caileans Gesicht zu lösen, aber das Zittern, das ihren Körper durchlief, konnte sie nicht einstellen. Noch immer hielt sie sich krampfhaft am Griff der Tür fest und presste sich mit dem Rücken gegen die Verkleidung.

»Nun mach schon!«, motzte Samantha. »Dein Bruder ist aber auch ein Idiot. Dem muss eine Frau aber gehörig in die Eier getreten haben.« Samantha musste über ihren eigenen Witz lachen. Cailean und William brummten nur. Wobei Caileans Brummen etwas mehr Hass versprühte. Seine Stirn war gerunzelt und er verkrampfte seine Finger um das Lenkrad, dass das Leder knarrte. Amber beobachtete das mit einem unguten Gefühl in der Magengrube. Diese Hände konnten mit Sicherheit in

Sekunden Hälse brechen, Knochen zu Pulver mahlen und Herzen ausreißen.

»Wie soll ich ihr das erklären, ohne dass sie noch mehr Angst bekommt? Siehst du nicht, wie verstört sie ist?«, murmelte William. »Eigentlich ist das doch Caileans Aufgabe.«

»Schon gut, ich mach es. Männer!«, fluchte Samantha. »Amber, wir sind Sidhe. Feen. Elfen, wie auch immer ihr Menschen uns nennen mögt. Wir nennen uns Sidhe.«

Amber zog die Stirn kraus und starrte auf den Bildschirm. Sie lachte. Ihr war nicht wirklich wie lachen, es war auch viel mehr ein hysterisches Lachen, aber sie konnte es einfach nicht zurückhalten. »Feen? Hast du Feen gesagt? Nicht Dämon? Oder warte … Vampir? Ja, Vampire. Ihr seid Vampire. Und eure Frühstücksproteine sind in Wirklichkeit Blut.«

Amber rüttelte an der Autotür, schlug mit der Faust gegen die Scheibe. Winkte einem vorbeifahrenden Auto. Die Fahrerin winkte ihr freundlich zurück und lächelte. Amber schüttelte verwirrt den Kopf und wollte gerade mit den Lippen das Wort Hilfe formen, als sie das Auto schon überholt hatten und die Frau aus ihrem Sichtfeld verschwand.

»Nein, nein wirklich«, rief Samantha aus dem Radio.

Amber sah sie zornig an und schniefte. Sie wischte sich eine Träne von der Wange. Irgendwie war ihr kalt. Nicht, weil es kalt im Auto war. Ihr war körperlich kalt. Sie fühlte sich nicht wohl. Sie musste sich jetzt sofort zusammenreißen. Sie musste wieder klar im Kopf werden, wenn sie diese Situation irgendwie meistern wollte. Amber beschloss, sich auf Samantha zu konzentrieren. Auch, wenn sie nicht glauben wollte, was hier passierte, dass hier etwas nicht stimmte, hatte sie eben mit eigenen Augen gesehen.

»Feen sind zierlich und zerbrechlich und haben spitze Ohren«, sagte sie trotzig. »Weder dein Mann noch dieser … dieser was auch immer …«

»Cailean«, warf Cailean hilfsbereit ein.

»… haben spitze Ohren und sehen sonderlich feenhaft aus.« Auf Samantha traf das schon zu.

Samantha warf ihrem Mann einen Seitenblick zu. »Du hast recht«, sagte sie grinsend. »Sie sind auch nicht wirklich Sidhe. Ich schon.«

Hah, dachte Amber zufrieden. Wusste sie es doch.

Keine Frau kann so gut aussehen, sich so bewegen und so perfekte Haut haben und war auch noch einfach nur ein Mensch. So was schaffte eigentlich nur Photoshop.

»Also, sie sind Menschen. Zumindest waren sie das mal. Cailean und William fielen bei der Schlacht zu Culloden 1746. Danu, die Göttin der Dunkelelfen, hat sie beide gerettet und verwandelt.«

»Also sind sie tot. Ich hab`s, sie sind doch Vampire. Oder Zombies.«

»Hatte ich vergessen, das zu erwähnen?« Cailean grinste sie selbstgefällig an. Hatte sie ihn wirklich anziehend gefunden?

Amber zwang sich, sich zu beruhigen. Wenn er vorgehabt hätte, sie zu töten, dann hätte er das schon längst getan. Er wird damit warten, bis sie in Schottland sind. Wahrscheinlich lebt er dort auf einer alten Burg und foltert im Kerker gerne unschuldige Frauen, dachte sie bitter. Sie würde nicht zulassen, dass er mitbekam, wie sehr sie sich vor ihm fürchtete. Ich werde mit hoch erhobenem Haupt in den Tod gehen. Sie straffte die Schultern, setzte sich ordentlich auf dem Sitz zurecht und lächelte Cailean ruhig an. Es kostete sie enorm viel Kraft, das Zittern zu unterdrücken und eine entspannte Mimik aufzusetzen, aber sie tat es. Zeige deinem Feind niemals deine Schwäche.

»Hattest du. Aber wenn du mit diesem kleinen Makel kein Problem hast, ich kann damit leben. Bekomme ich jetzt endlich meinen Hamburger?« Amber zupfte ihre Kleidung zurecht, strich mit den Händen über ihre dunklen Locken und warf auch Samantha, die noch immer in die Kamera grinste und an ihrem Strohhalm sog, ein Lächeln zu. »Und danach wünsche ich, nach Hause gebracht zu werden.«

Jetzt lachte Cailean auf. Amber warf ihm einen verwirrten Blick zu. Nicht, weil sie den Mann – Entschuldigung Fee – zum ersten Mal so richtig lachen sah, sondern weil dieser über ihren

Wunsch lachte. Was war denn nun mit diesem Fluch? Jeder Wunsch, egal ob die Welt untergehen würde.

»Es gibt einen kleinen Haken«, sagte Samantha mit bedauerndem Ausdruck im Gesicht. »Wer zuerst kommt, mahlt zuerst. Cailean hat uns zwar nicht über seinen Auftrag aufgeklärt, aber ich nehme mal an, dass Danu sich von ihm gewünscht hat, dich zu ihr zu bringen. Er wird diesen Wunsch also erfüllen müssen, da er älter ist als deiner. Dein Wunsch käme dem ersten Wunsch in die Quere, somit ist er ungültig.«

Amber grübelte kurz darüber nach, was das für sie zu bedeuten hatte, und warum Cailean ihren letzten Wunsch so amüsant fand. Und sie grübelte über diese Danu nach und die Tatsache, dass sie eine Göttin sein sollte. Schließlich kam sie zu dem Entschluss, dass jetzt nicht der richtige Zeitpunkt war, solche Sachen zu erwägen. Sie hatte noch nicht einmal mit der Feensache abgeschlossen. Was wohl auch daran liegen könnte, dass dieser Cailean wirklich sehr wenig Feenhaftes an sich hatte.

Sie konnte es einfach nicht glauben. In keinem Buch hatte sie je gelesen, dass Feen Reißzähne hatten und so durchtrainiert waren. Ja, hätte Samantha gesagt, er wäre ein Werwolf, dann hätte sie das glauben können. Das Bild eines Werwolfs ließ sich viel eher mit dem verbinden, was neben ihr in diesem Auto saß. Später würde sie entscheiden, ob es Götter und Feen und was sonst noch wirklich gab. Im Augenblick würde sie einfach davon ausgehen, dass sie oder die anderen Beteiligten irre waren.

Cailean stöhnte genervt. Diese Frau würde ihn in den Wahnsinn getrieben haben, bevor sie überhaupt in der Nähe der schottischen Grenze waren. Er sollte dieses Radio endlich ausschalten, damit er das Geschwätz nicht länger ertragen musste. Was hatte sich Samantha dabei gedacht, dieser Frau sein Geheimnis anzuvertrauen? Das machte seinen Auftrag nur noch schwieriger. Als sie ihn gefragt hatte, ob er sie töten wollte, hatte sich eine Faust in seinen Magen gebohrt. Er könnte dieses wunderschöne zarte Geschöpf niemals verletzen geschweige denn töten. Aber sobald sie am Ziel waren und er sie auslieferte, würde sie nicht mehr lange zu leben haben. Er würde vielleicht nicht Hand an sie legen, aber er wäre maßgeblich an ihrem Tod beteiligt. Und das machte ihn fast wahnsinnig.

»Nein«, sagte Samantha und lachte schallend. »Obwohl Cailean durchaus etwas von einem Zombie hat.«

Langsam fragte sich Cailean, ob es nicht möglich war, dass er Frauen hasste, weil sie waren, wie sie waren? Vielleicht hatte es gar nichts mit seinem Fluch zu tun? Wahrscheinlich war es seine eigene Schuld, dass jeder sich über seinen Fluch und seine Abneigung zu Frauen lustig machte. Cailean umschloss das Lenkrad noch fester. Vielleicht sollte er Samantha beim nächsten Besuch dahingehend beeinflussen, dass sie sich von ihm wünschte, er solle sie umbringen.

»Die Kurzfassung ist: Danu, - sie ist die Göttin der Tuatha Dé Danann, das sind die Sidhe, die du als Elfen und Feen kennst -, brauchte ein paar prächtige Krieger. Also hat sie sich ein paar geholt. Direkt vom Schlachtfeld. Sie hat sie geheilt und mitgenommen nach Anderwelt, wo sie für Danu gegen die Firbolg gekämpft haben. Das sind Dämonen. Und weil Danu die Krieger mit ihrem Blut geheilt hat, sind sie zum Teil Sidhe. Und unsterblich sind Elfen eigentlich nicht wirklich. Unsere Proteine sind ein Sud aus Kräutern aus Anderwelt, die uns nicht altern lassen, solange wir sie zu uns nehmen, wenn wir in der Menschenwelt sind. Selbst ohne die Kräuter altern wir viel langsamer als Menschen. Wir können gut einige Jahrhunderte alt werden. So einfach ist das.« Samantha wirkte sichtlich erfreut über ihre Aufklärung.

Im Grunde war Cailean das auch. So blieb ihm das erspart. Er hatte ohnehin nicht gewusst, wie er die Sache angehen sollte. Die Menschen reagierten im Allgemeinen äußerst unberechenbar auf die Tatsache, dass es Elfen und Feen und Anwynn wirklich gab. Und wenn er Ambers Gesicht richtig deutete, stand sie kurz vor einer Herzattacke. Ihre Hände lagen zitternd auf ihren Oberschenkeln, ihr Gesicht war so blass wie das einer Todesfee. Und die hatte Cailean noch nie besonders gemocht. Es gab nichts Schaurigeres als eine Todesfee, wenn sie heulend über einem Schlachtfeld schwebte, das durchsichtige weiße Kleid ihre Beine umflatterte wie Spinnenweben, die sich im

Luftzug einer alten Burg bewegten, um auch den letzten Überlebenden den Lebenswillen zu nehmen.

Cailean überlegte, ob er ihre Hände in seine schließen sollte. Er hatte das Bedürfnis, sie zu beruhigen, sie zu trösten. Er wusste nicht warum, aber er wollte es tun. Nur befürchtete er, dass seine Berührung sie noch mehr in Panik versetzte. Warum hatte er Idiot sich auch nicht zusammennehmen können? Warum hatte er ihr sein Sidhe-Gesicht zeigen müssen?

Er hätte wissen müssen, dass sie so reagierte. Er hatte es gewusst. Aber die ganze verfahrene Situation machte ihn wahnsinnig. Noch nie hatte er seinen Bruder wegen irgendetwas anlügen müssen.

Als William gestern nach Amber gefragt hatte und was denn sein Auftrag wäre, da war es ihm unmöglich, die Wahrheit zu sagen. Und er hatte es gewollt, aber es ging einfach nicht. Es war ihm zu unangenehm, seinem Bruder mitzuteilen, dass er eine Frau entführt hatte, noch dazu diese Frau, und vorhatte, sie Airmed zu übergeben. Zwar war die Rettung ihres jüngeren Bruders Ian ein Grund, so zu handeln. Aber weder William noch Cailean waren Männer, die Frauen verletzten. Das ging gegen ihre Ehre. Und Amber wollte er weniger als jede andere Frau verletzen, der er jemals begegnet war. Aber selbst, wenn er sich hätte dazu durchringen können, William etwas zu sagen, Airmeds Wunsch verbot ihm das.

Statt ihr seine Hand zu reichen, murmelte er eine Entschuldigung. »Es tut mir leid. Ich hätte dich nicht so erschrecken dürfen. Samantha hat die Wahrheit gesagt. Du musst keine Angst haben. Nur wünsch dir nichts mehr«, fügte er murmelnd hinzu.

Für die Frauen mochte das ein Spaß sein. Er fühlte sich einfach mies dabei, weil ihn jeder Wunsch seines freien Willens beraubte. Er machte ihn zu einem Sklaven. Und der Verlust seines freien Willens, die Herabsetzung zum Sklaven, zum Gebrauchsgegenstand, all das zog ihn hinab in die Finsternis, aus der er sich seit seiner Gefangenschaft versuchte herauszuziehen. Also war es doch kein Wunder, dass er sich seit Auferlegung seines Fluchs, weitestgehend von Frauen fernhielt. Hätte er das mal auch getan, als er Airmed in Gestalt dieser jungen Schönheit begegnet war, dann wäre er jetzt gar nicht in dieser Situation.

Amber sah mit großen Augen zu ihm auf. Das Schluchzen verstummte, nur ihre wohlgeformten Lippen zitterten noch. Wahrscheinlich erstaunte es sie, dass er sich zu einer Entschuldigung hatte durchringen können. Cailean murrte unzufrieden mit sich selbst in sich hinein. Er hatte sich selbst damit überrascht.

»Mir tut es auch leid. So ein Fluch ist sicher nicht einfach. Ich hätte das nicht tun dürfen.«

»Wenigstens hat sie so viel Anstand, sich bei dir zu entschuldigen.« William lachte wieder. »Die Route ist drüben. Ist nur ein Umweg von etwa zehn Minuten.«

»Danke«, knurrte Cailean.

Cailean merkte schon, diese beiden Frauen waren dabei, Freundschaft zu schließen. Na ja, wenigstens hatte Samantha den schwierigen Part übernommen. Obwohl es da noch einen schwierigeren gab. Und spätestens, wenn er ihr den beibringen musste, würde sie ihn abgrundtief verabscheuen. Cailean seufzte innerlich. Eigentlich schade, aber es war nicht zu ändern. Er konnte noch so sehr nach einem Ausweg suchen, er fand keinen. Und er hatte sich von dem Moment an den Kopf zerbrochen, da er in der Gasse ihren sexy Körper an seinem gespürt hatte.

»Ich habe doch schon gesagt, ich werde dich nicht töten«, brummte Cailean. Er lenkte den SUV in einen McDrive, hielt vor der Sprechanlage und bestellte einen Hamburger, Nuggets, eine Apfeltasche, eine große Cola und Unmengen Kaffe.

»Wozu brauchen wir so viel Kaffe?«

»Der ist für mich.«

»Ach so, wegen der langen Fahrt«, stellte Amber fest. Cailean verdrehte die Augen. Wahrscheinlich würde er noch einiges mehr als Kaffee brauchen, wenn er diese Fahrt überstehen wollte.

»Warum fahren wir eigentlich mit dem Auto? Hattest du nicht gesagt, du kannst teleportieren? Ich bin sicher, egal wie das funktioniert, das würde schneller gehen«, wollte sie wissen und runzelte dabei auf eine Art die Stirn, die in ihm den Beschützer wachrief, vielleicht lag es auch an diesen leicht vorgewölbten Lippen, die einen perfekten Kussmund bildeten. Auf jeden Fall wirkte sie mit diesem trotzigen Ausdruck im Gesicht wie ein kleines Mädchen, dem man wehgetan hatte. Und das brachte sein Herz zum Schmelzen. Unfreiwillig.

Er knurrte genervt von sich selbst. Aber als er ihren verstörten Gesichtsausdruck sah, die Tränen, die noch immer in ihren silbernen Mandelaugen glänzten, da konnte er nicht anders, als sie beruhigend anzulächeln. Er hätte auch etwas sagen können, aber er kannte sich mit solchen Dingen nicht aus. Er war ein Soldat, keine Amme. Und diese Augen, bei der Göttin! Wie sollte ein Mann diesen Anblick ertragen, ohne sich nicht gleich auf diese Frau stürzen zu wollen? Wie das Grau eines Winterhimmels standen sie im so starken Kontrast zu ihrem ebenholzfarbenem Haar, dass sein Blick immer wieder magisch von ihnen angezogen wurde. Er konnte sich regelrecht darin verlieren.

»Wenn wir uns teleportieren, hinterlassen wir eine magische Spur. Da es in der Menschenwelt kaum noch Magie gibt, könnte man uns auf diese Weise folgen. Deswegen nehmen wir das Auto«, sagte er.

Obwohl er sich nicht erinnern konnte, dass Frauen früher so lästig waren. Falsch vielleicht, bösartig und gefährlich, aber lästig? Diese ständige Fragerei. Auf eine Antwort von ihm folgte sogleich eine neue Frage. Andererseits seine Schwägerin Samantha war genauso. Vielleicht waren nur die Frauen dieser Zeit so? Samantha war zwar eine Lichtelfe, aber sie war in der Menschenwelt aufgewachsen, so wie es viele Sidhe gab, die hier lebten, seit Danu die Portale vor einigen Jahren wieder geöffnet hatte. Nur, dass die Lichtelfen an die jeweilige Welt gebunden waren, in der sie lebten, da sie die Portale nicht nutzen konnten. Ein Teil des kleinen Krieges zwischen Danu und Airmed. Nur halbmenschliche Lichtelfen wie Amber und Samantha konnten trotzdem zwischen den Welten wechseln.

Er nahm die Bestellung entgegen, startete den Motor und lenkte das Auto wieder in den Verkehr. Zehn Stunden auf engstem Raum mit einer Frau. Er seufzte. Es war wohl keine Sünde, sich unter diesen Voraussetzungen selbst zu bedauern.

Wenigstens war sie eine Erholung für seine Augen, wenn schon nicht für seine Nerven.

»Und warum bringst du mich weg, wenn du mich nicht töten willst?« Cailean warf der Frau einen Seitenblick zu. Sie schloss gerade ihre roten vollen Lippen um einen Nugget. Dabei hatte sie genießerisch die Augen geschlossen. Und jetzt stöhnte sie auch noch!

Cailean richtete den Blick wieder auf die Straße. Wann hatte diese Frau zum letzten Mal etwas gegessen? Er musste sich anstrengen das Bild ihrer vollen Lippen, um das Hähnchenstück herum zu verdrängen. Stattdessen spielte sich in seinem Hirn eine Szene ab, die seinen Schwanz in seiner Hose anschwellen ließ; diese perfekten Lippen schlossen sich um seinen Schaft, so wie sie es gerade mit dem Fleischstück taten.

Verdammt, fluchte er innerlich. Wie lange hatte er Maria schon nicht mehr in sein Bett geholt? Es konnte nur daran liegen, dass seither zu viel Zeit vergangen war. Bei allem, was er erlebt hatte, war er trotzdem noch immer ein Mann. Und dass sein Körper so auf diese Frau reagierte, war wohl ein deutliches Zeichen dafür, dass es Zeit wurde, Marias Körper seine Aufmerksamkeit zu schenken, um etwas Druck abzulassen.

Maria war so ziemlich die einzige Frau, der er noch genug traute, um sie nahe genug an sich heranzulassen, ohne dass er Gefahr lief, ihren Wünschen zu unterliegen. Aber Maria hatte noch nie seinen Fluch für sich ausgenutzt. Dazu kannten sie sich zu lange und vertrauten einander zu sehr. Nur so war es möglich, dass sie gemeinsam das Bett teilten und beide wussten, dass das nur zu ihrer beider Vergnügen passierte. Eine feste Beziehung kam für Cailean nicht mehr infrage. Er stellte von vornherein klar, dass es ihm nur um Befriedigung ging. Nur eine Frau, die das akzeptieren konnte, kam für ihn noch infrage.

»Weil du in Gefahr bist, deswegen biete ich dir meinen Schutz. Und das kann ich nun mal nicht bei dir Zuhause.«

Wenn er das überhaupt konnte, aber das wollte er dieser reizenden Person jetzt nicht auf die Nase binden, zumal es ohnehin nicht der Wahrheit entsprach. Wie er es hasste, zu lügen! Wie er diesen Fluch hasste! Er machte ihn zu jemand, der er nicht war. Ihm war Ehre wichtig, aber das hier hatte nichts mit Ehre zu tun. Er könnte dagegen ankämpfen, aber was würde das bringen? Diesen Weg hatte er schon durchdacht, und ob er die damit verbundenen Schmerzen ertragen konnte, wenn er sich dem Wunsch widersetzte? Er konnte viel ertragen, aber das? Ihm fiel nichts ein. Airmed hatte ihm keinen Spielraum gelassen. Sie hat ihren Wunsch zu genau formuliert. Er hatte es hin und her gewälzt, darüber nachgedacht, es durchgespielt im Kopf, es bis zum letzten möglichen Augenblick hinausgezögert, bis ihm keine andere Wahl mehr geblieben war, als die Frau zu holen.

Außerdem hatte er denkbar schlecht geschlafen. Diese Frau hatte ihren Körper so nahe an seinen Rücken gepresst, dass es fast unmöglich gewesen war, ihre Rundungen zu ignorieren. Irgendwann hatte sie im Schlaf auch noch angefangen, seine Brust zu streicheln. Da wäre es mit Cailean fast durchgegangen.

Schließlich war Cailean ein Mann, und der männliche Körper reagierte nun mal auf gewisse Reize. Das konnte er nicht vermeiden, auch wenn er das gerne täte. Er wollte sich nie wieder einer Frau ausliefern. Genau das war es aber, was dieser Fluch mit ihm tat. Er lieferte ihn an Frauen aus. Und die hatten durchaus manchmal recht unangenehme Wünsche. Besonders die, die von seinem Fluch wussten und ihn absichtlich ausnutzten.

Er musste da nur an die zahlreichen Damen denken, die bewusst oder unbewusst den Fluch ausgelöst hatten und sich von ihm genau das gewünscht hatten, was er nicht bereit gewesen war zu geben; seinen Körper. Nicht dass er seinen Körper für die ein oder andere nicht gerne gab, aber manch erotische Vorstellung ging weit über das hinaus, was sich im Bett gehörte.

Er schüttelte sich und weigerte sich, diesen Gedanken weiter nachzugehen. Er war nicht unschuldig an diesem Fluch, und vielleicht verdiente er auch Bestrafung für den Schmerz, den er der Druidin zugefügt hatte, aber dieser Fluch ging weit darüber hinaus. Und er hatte erst ermöglicht, was Airmed ihm angetan hatte und was er jetzt tun musste. Seine Bestrafung wurde zur Bestrafung für andere Menschen; für Ian und für Amber. Und das konnte er nicht ertragen. Bisher hatte er den Fluch stumm erduldet, aber wenn andere in Gefahr waren, dann konnte er das nicht zulassen. Er musste es irgendwie beenden. Wenn der Fluch endete, dann konnte er Amber und Ian retten. Nur gab es kein Ende für diesen Fluch. Die Druidin weigerte sich stets, ihm zu sagen, wie er den Fluch von sich nehmen konnte. Er hatte unzählige Male vor ihr gestanden und sich für seine Verfehlungen entschuldigt. Er hatte sogar vor ihr gekniet, aber sie war nicht bereit, ihm zu helfen.

Neben ihm raschelte Papier. Amber verstaute die leeren Verpackungen im Handschuhfach. Cailean schnaubte. Frauen! Er würde die Abfälle sobald möglich entsorgen.

Sie saß noch immer so weit von ihm entfernt, wie es der Platz im Auto zuließ. Er würde ihr die Angst nehmen müssen, sonst werden die nächsten Tage zur Qual. Es sollte ihm widerstreben, ihr das anzubieten, weil er sich ihr so auslieferte, aber er hatte nicht das Gefühl, dass sie seinen Fluch gegen ihn verwenden würde. Vielleicht war er auch einfach von ihrer Anziehungskraft geblendet. Denn anziehend wirkte sie auf jeden Fall auf ihn. Sein Schaft pochte noch immer in seiner Jeans. Wahrscheinlich war es ihre unschuldige Art oder ihr zerbrechlicher Körper, der ihm glauben machen wollte, dass sie harmlos war. Er sollte es wirklich besser wissen. Zumal sie eines der mächtigsten Wesen war, das Anwynn kannte. Zum Glück wusste sie nichts davon. Obwohl ihm selbst auch unklar war, wie Airmed ihre Macht nutzen wollte.

»Wie wäre es damit: Du wünschst dir einfach, dass ich dir nicht wehtun darf? Dann bist du sicher vor mir.«

Amber blickte erst ihn, dann den Bildschirm im Radio an. Doch der war dunkel. William und Samantha hatten sich schon vor einer Weile zurückgezogen. »Das funktioniert? Ich kann mir zwar nicht wünschen, dass du mich freilässt, aber dass du mir nichts antun darfst?«

Cailean nickte. Diesen Wunsch würde er ihr sogar gerne erfüllen, er hatte ohnehin nie vorgehabt, ihr wehzutun. Er würde niemals jemandem bewusst wehtun. Nicht, wenn er es nicht verdient hatte. Airmed hatte es definitiv verdient, dass er ihr wehtat. Irgendwann würde er in ihrer Burg einfallen und sie und ihre Seelenlosen und jedem, der seinen Spaß mit ihm und Ian hatte, in einem blutigen Festmahl abschlachten. Und er würde jede Sekunde davon genießen. Genauso wie er es genossen hatte, Lancaster und seine speichelleckenden Freunde umzubringen, nachdem Ian und William ihn befreit hatten. Aber Amber, er hatte keinen Grund sie zu verletzen, obwohl es sie verletzen wird, wenn er sie in Airmeds Hände übergibt. »Aye.«

Amber nickte und sah ihn entschlossen an. »Ich wünsche, dass du mir nicht wehtust und mich nicht tötest. Richtig so?« Noch besser.

Kapitel 5

»Richtig so. Jetzt musst du keine Angst mehr haben. Du kannst dich also wieder entspannen, oder willst du die nächsten acht Stunden dort an der Tür kleben bleiben? Ich werde dich nicht beißen.«

Amber warf Cailean einen misstrauischen Blick zu. Irgendwie konnte sie noch nicht richtig daran glauben, dass ihr von ihm keine Gefahr drohen sollte. Vielleicht war diese Sache mit dem Fluch nur ein Witz, den die drei gerne einmal an Caileans Opfern ausprobierten, um diese in Sicherheit zu wiegen.

Aber dass zumindest Cailean nicht menschlich war, daran hatte sie keinen Zweifel. Kein Mensch hatte so lange Reißzähne. Wenn stimmte, was Samantha erzählt hatte, mussten er und sein Bruder mehr als zweihundertfünfzig Jahre alt sein. Das konnte sie sich nicht vorstellen. Obwohl er schon auf sie wirkte, als käme er aus einer anderen Zeit. Er war steif und ungemütlich, aber vielleicht fühlte er sich in seiner Rolle als Entführer auch einfach nicht so wohl. Amber zumindest hätte ein schlechtes Gewissen, einen Menschen einfach so aus seinem Leben zu reißen. So oder so, sie musste versuchen, eine Möglichkeit zur Flucht zu finden. Sie würde sich nicht kampflos in ihr Schicksal ergeben.

Sie sah sich nach anderen Autos um, aber Cailean hatte an alles gedacht. Er fuhr eine recht unbelebte Landstraße. Alles, was sie sehen konnte, waren Bäume, Felder, Hügel und Bäume. Hier und da die Ahnung eines Hausdaches, das hinter einem grünen Hügel hervorlugte. Sie nahm die Handschellen genauer unter die Lupe, aber wie Handschellen das nun mal so an sich hatten, gab es keine Möglichkeit ihnen zu entfliehen, ohne den Schlüssel zu besitzen – außer man war Houdini, und Amber war nicht mal um tausend Ecken mit ihm verwandt. Keine Chance also. Sie untersuchte so unauffällig wie möglich den Türgriff, die Ablage und die Fächer in der Mittelkonsole auf Dinge, die ihr vielleicht helfen könnten.

»Suchst du etwas Bestimmtes?«

Amber zuckte zusammen. »Ähm … nein, eigentlich nicht. Ein Taschentuch?« Etwas Besseres war ihr nicht eingefallen.

»Taschentücher, natürlich.« Er griff hinter sich und zog umständlich ein Stofftuch aus der Potasche seiner Jeans. »Und ich dachte schon, du suchst vielleicht den Schlüssel für die Handschellen. Da bin ich aber erleichtert. Es gibt nämlich keinen. Sie öffnen sich nur auf meinen Befehl hin.« Grinsend reichte er ihr das weiße Tuch. Amber griff danach, bedankte sich höflich lächelnd und schnaubte kräftig in den Stoff. Mit einem koketten Lächeln reichte sie ihm sein Taschentuch zurück.

»Nein, danke«, sagte er. »Behalt es.«

»Ich will aber, dass du es zurücknimmst. Es ist deins.« Sie lächelte ihn weiter an und freute sich innerlich, als er grummelnd nach dem benutzten Tuch griff und es mit zwei Fingern in seiner Hosentasche verschwinden ließ. »Ich weiß ja, wo ich es finde, wenn ich es noch einmal brauchen sollte.« Bei dem Gedanken, es selbst aus seiner Tasche zu ziehen, ihre Finger so nahe an diesem wohlgeformten Hintern, der mit Sicherheit sehr fest war, durchlief sie ein angenehmer Schauer. Sie runzelte unwillig die Stirn.

Bevor er bemerken konnte, dass sie rot anlief, wandte sie sich von ihm ab und sah zum Fenster raus. Sie fuhren gerade an einem Schild vorbei, auf dem eine Tankstelle mit Imbiss angekündigt wurde. Wenn Amber jemals eine Chance hatte, dann hier. Sie wappnete sich und ignorierte das aufgeregte Hämmern ihres Herzens. »Ich muss dringend auf die Toilette«, sagte sie entschlossen. »Ich weiß ja nicht, wie das bei Elfen ist, aber ich bin ein Mensch und ich habe gewisse Bedürfnisse.« Sie benutzte absichtlich die Bezeichnung Elfen, weil sie bemerkt hatte, dass Cailean nicht gerne so bezeichnet wurde, was sie verstand, es klang wenig schmeichelhaft für einen Mann, erst recht nicht für einen Krieger. Amber zog unschuldig die Augenbrauen hoch und knabberte auf ihrer Unterlippe, als Cailean sie genervt ansah.

»Wir waren vor nicht einmal zwei Stunden an einem Burgerladen.«

»Genau. Ich habe einen halben Liter Cola in mir. Der möchte gerne wieder raus. Außerdem hat Kaffee bei mir die Wirkung, dass ich noch viel dringender muss.« Sie legte den Kopf schief und stülpte die Lippen vor. Als sie noch klein war, hat das immer geholfen, wenn sie vom Kioskbesitzer um die Ecke ein paar Süßigkeiten erbetteln wollte.

»Warum hast du dann erst Kaffee getrunken?«

Amber zuckte mit den Schultern. »Du hast ihn gekauft«, sagte sie mit vorwurfsvollem Unterton.

»Ich habe nicht gewusst, dass du undicht wirst, wenn du Kaffee trinkst.«

»Undicht!«, rief Amber entrüstet und vergaß, auf Abstand zu bleiben.

Sie hieb Cailean mit der Faust auf den Oberschenkel und stöhnte verzweifelt auf, weil das ihr mehr wehgetan hatte, als ihm. Es fühlte sich an, als hätte sie auf eine Wand eingeschlagen. Cailean hatte nicht einmal gezuckt. Er lachte nur. Er lachte über sie. Das machte Amber noch wütender. Erst hielt er sie für inkontinent und dann lachte er auch noch, weil sie sich an seinen Muskeln verletzt hatte.

»Ich bin nicht undicht.« Sie zögerte, weil sie ein klein wenig von ihrem schlechten Gewissen geplagt wurde. Sie sollte diesen Fluch nicht ausnutzen, das war wirklich ungerecht, aber so wie sie die Sache sah, hatte er diesen Fluch verdient, auch wenn sie nicht wusste, warum er verflucht wurde. Zumindest war sie sich sicher, dass nur eine Frau ihn bestraft haben konnte, wahrscheinlich, weil er ein ungehobelter Klotz war. »Ich wünsche, auf Toilette gehen zu dürfen.«

»Verflucht, Weib. Du solltest das wirklich nicht machen.« Cailean hieb auf das Lenkrad ein und warf ihr einen wütenden Blick zu.

»Wieso sollte ich das nicht tun? Was passiert, wenn du einen Wunsch nicht erfüllst?« Bei diesem Blick standen Amber gleichzeitig vor Furcht die Haare zu Berge und winzige Stromstöße zuckten zwischen ihren Beinen, weil Cailean so unheimlich kriegerisch aussah, dass es sie bis in ihre Seele hinein erschütterte.

Als er zu ihr rüber sah, wirkte Cailean überrascht. Hatte ihn das noch niemand gefragt?

»Sobald sich eine Frau etwas gewünscht hat, baut sich Druck in meinem Inneren auf und das unbändige Verlangen, diesen

Wunsch zu erfüllen. Je länger ich zögere, desto schmerzhafter wird dieser Druck, bis er mich fast zerreißt. Irgendwann bringt er mich um.«

Jetzt hatte Amber definitiv ein schlechtes Gewissen. Sie wollte keinesfalls, dass Cailean wegen eines unwichtigen Wunsches leiden oder sterben musste. Andererseits war sie hier gerade das Opfer. »Tut mir leid, aber ich muss wirklich dringend«, sagte sie und zog unwillkürlich die Schultern hoch. Sie würde das auf irgendeine Weise wiedergutmachen. Sie könnte etwas Spenden, für ein schottisches Waisenhaus vielleicht.

»Wenn ich das nächste Mal in London bin, dann werde ich Samantha den Hals umdrehen.«

»Wirst du nicht.« Amber war trotzdem nicht ganz unzufrieden mit sich. Im Angesicht der Situation, in der sie sich befand, schlug sie sich doch ganz gut. Und da Cailean gerade in die Auffahrt der kleinen Tankstelle einbog, musste Amber annehmen, dass an dem Fluch doch etwas dran war. Das war doch positiv, oder? Wenn er sie auch nicht freilassen würde, hatte sie ihn doch trotzdem in der Hand. Sie sollte also so sicher sein, wie es nur ging. Warum hatte sie dann so ein schlechtes Gefühl dabei, ihre Macht über ihn so auszunutzen? Weil es ihr auch nicht gefallen würde, wenn sie so ausgenutzt werden würde. Aber schließlich hatte er sie entführt, also hatte sie doch jedes Recht dazu, Caileans Fluch für sich zu benutzen. Und war sie an dieser Stelle nicht gerade schon einmal?

Amber wartete, dass Cailean um den SUV herum kam, um sie von den Handschellen zu befreien. Sie sah sich genau auf dem Gelände um. Zwei kleinere Autos standen an den Zapfsäulen. Hinter ihnen hielt gerade ein weißer Transporter, aus dem ein großer, kräftig wirkender Mann ausstieg. Er warf im Vorbeigehen einen Blick durch das Fenster auf Amber und zwinkerte ihr zu. Amber lächelte höflich zurück. In dem Moment riss Cailean die Autotür ein Stück auf und hätte Amber dabei fast von ihrem Sitz gerissen. Er warf dem Mann einen wütenden Blick zu und beugte sich über die Handschellen, um Amber zu befreien.

»Auf die Toilette und dann wieder ins Auto. Und mach keine Dummheiten. Ich möchte keine Aufmerksamkeit auf uns ziehen.« Cailean richtete sich auf und zog Amber mit sich, die gegen seine Brust prallte, weil sie sich etwas wackelig auf den Beinen fühlte. Knurrend schlang er ihr einen Arm um die Taille und bewahrte sie vor einem Sturz.

Ihre Blicke trafen sich und Amber hatte das Gefühl, in der Schwärze seiner Augen zu versinken. Seine Brust drückte sich gegen ihre, seine Körperwärme und sein würziger Duft hüllten sie ein. Für Sekunden vergaß sie alles um sich herum, bis er sich räusperte und einen Schritt von ihr fort machte.

Sie blinzelte verwirrt und stieß ihm wütend gegen die Brust. »Du solltest dir etwas die Beine vertreten, bevor du wieder ins Auto steigst.«

Seine Finger legten sich um Ambers Handgelenk, wie zuvor die Handschellen. Erst jetzt wurde ihr bewusst, dass ihre Haut schmerzte, dort, wo das Metall der Eisenringe sich um ihr Gelenk gedrückt hatte. Doch in dem Moment, wo sie den Schmerz registrierte, weil seine Nähe sie nicht mehr verwirrte, ließ die Wärme von Caileans Haut auf ihrer sie den Schmerz auch schon wieder vergessen. Amber seufzte leise, bevor ihr klar wurde, was sie da überhaupt tat. Sie zerrte an ihrer Hand.

»Lass mich los!«, befahl sie zischend. Er tat nichts dergleichen. »Ich schreie«, drohte sie.

»Wirst du nicht. Wenn du das tust …«, er sah sich um, dann blitzte es in seinen Augen auf, »… dann werde ich den Mann töten, den du vorhin so nett angelächelt hast.«

»Das meinst du nicht ernst«, quiekte sie entrüstet.

»Willst du es darauf ankommen lassen?« Er zog die Augenbrauen hoch und schaute abwartend auf sie herab.

Sie antwortete nicht, sondern zog ihn einfach hinter sich her auf die Tür zu, auf der sie das Symbol für Damentoilette entdeckt hatte. Vor der Tür blieb sie stehen, sah zu ihm hoch und zog an ihrer gefangenen Hand.

Wenn er nur nicht so verdammt groß wäre, dachte sie und versuchte, um ihn herum zu schielen, um einen Blick auf den Mann zu werfen, der neben seinem Transporter stand, den Zapfhahn in der Hand. Eine Frau ging an ihnen vorbei in die Damentoilette. Sie lächelte, als ihr Blick auf Caileans Hand um Ambers fiel. Wahrscheinlich nahm sie an, das wäre eine zärtliche Geste zwischen zwei Liebenden.

Wenn die wüsste, dachte Amber und biss die Zähne zusammen.

»Kommst du mit rein?«, hakte Amber nach, weil Cailean anscheinend nicht vorhatte, sie loszulassen.

»Ein verführerisches Angebot, aber ich muss wohl ablehnen.« Amber konnte deutlich sehen, dass es Cailean gar nicht passte, sie allein gehen zu lassen. Er ließ ihre Hand los. »Ich warte genau hier. Wenn du in fünf Minuten nicht wieder draußen bist, komme ich rein. Und wenn ich das tun muss, dann werde ich wütend sein. Und du willst mich nicht erleben, wenn ich wütend bin.«

»Und ich dachte, du wärst schon die ganze Zeit wütend.«

»Nein, das ist meine gute Laune.« Amber erschauderte, als er die Augen zusammenkniff und sie anknurrte.

Sie wandte sich der Tür zu und verkniff es sich, sich noch einmal nach ihm umzusehen, auch wenn sie gerne noch einen letzten Blick auf diesen wilden sexy Krieger geworfen hätte, nur so zum Abschied. Aber sie musste verhindern, dass er die Nervosität in ihrem Gesicht sah.

Eine verschmutzte, grüne Metalltür, die leise quietschte, als Amber sie aufzog, ließ sie Schlimmes erahnen, was die Rastplatztoilette betraf. Sie hoffte, dass die Toilette im Inneren sauberer war. Aber eigentlich sollte sie das gar nicht interessieren. Sie hatte nicht vor, eine der Kabinen zu besuchen, außer die Fenster befanden sich darin. Und dass es hier Fenster gab, war Ambers einzige Hoffnung auf Flucht.

Es gab keine Fenster.

Ratlos stand Amber im Waschraum der kleinen Toilette. Hinter ihr befanden sich zwei Kabinen. Eine war besetzt, wahrscheinlich die Frau, die vorhin das Damen-WC betreten hatte, als Amber mit Cailean draußen vor der Tür stand. Der Waschraum selbst war sauber, nicht komfortabel, aber er erfüllte seinen Zweck. Aber Fenster gab es keine. Weder in der Kabine noch im Waschraum.

Die Tür zur anderen Kabine öffnete sich. Amber beobachtete die Frau im Spiegel über dem einzigen Waschbecken. Sie drehte den Wasserhahn auf und wusch sich die Hände. Die Frau lächelte Ambers Spiegelbild verlegen an. Sie hatte etwa das Alter von Ambers Mutter, knapp über fünfzig. Sie wirkte gepflegt in ihrem taubenblauen Hosenanzug, mit dem bunten Tuch um den Hals und der recht jugendlichen Kurzhaarfrisur. Vielleicht ist sie sogar älter, überlegte Amber.

»Frisch verliebt?«, fragte die Dame und lächelte, als Amber zur Seite trat und sie an das Waschbecken kam.

Amber trocknete sich die Hände mit einem Papiertuch. Eigentlich hätte sie jetzt wütend gemurmelt, was für eine Verschwendung von Ressourcen diese Papiertücher wären, aber sie schob den Gedanken beiseite. Für sie gab es Wichtigeres. Sollte sie der Frau etwas sagen? Aber was war mit Caileans Drohungen? Vielleicht würde er sie verletzen, um Amber für ihren Ungehorsam zu bestrafen. Das wollte Amber wirklich nicht, die Frau war nur eine zufällige Figur in ihrem Spiel. Aber sie musste sich etwas einfallen lassen. Sie befand sich auf dem Weg nach Schottland, mit etwas, das Reißzähne hatte, ständig seinen Unmut herausknurrte und auch sonst recht gefährlich wirkte. Und unglaublich gut aussah. Und von gut aussehenden Männern hatte Amber wirklich genug. Aber der wichtigste Punkt war definitiv: nicht menschlich. Und den sollte sie nicht aus den Augen verlieren.

Ihr fiel etwas ein. Amber strahlte die Dame an, nicht aus dem Grund, den diese vielleicht annahm. Aber es würde helfen, wenn sie glaubte, dass sie ihre Annahme bestätigte. »Hochzeitsreise. Aber er kann so ein Neandertaler sein«, stöhnte Amber und rollte die Augen. »Nicht fünf Minuten lässt er mich aus den Augen.«

»Ein Beschützertyp? Die kenne ich. Die sind die Schlimmsten. Man kann kaum allein auf die Toilette gehen, ohne dass sie aufpassen.«

Amber seufzte bestätigend. »Und ich wollte so gerne eine Überraschung für ihn besorgen. Drüben im Shop haben sie ganz heiße Dessous, hab ich gesehen. Ich weiß doch, er steht auf so was. Aber so wird da nichts daraus, wenn er mir ständig am Rockzipfel hängt.«

Die Dame errötete leicht. »Das glaube ich ihnen gerne. Den müssen sie ganz festhalten. Er ist einer von den Männern, für die Frau alles tun würde, um ihn sich zu angeln, das hab ich sofort gesehen. Und er ist ein Beschützer! Wie romantisch!« Sie seufzte ihrerseits.

»Wenn sie wüssten«, seufzte Amber wieder gespielt. »Es gibt Frauen, die werfen sich ihm an den Hals, da kann ich daneben stehen.«

Die Ältere schüttelte den Kopf. »Vielleicht kann ich ihn ein paar Minuten ablenken, während sie schnell in den Laden huschen. Ich habe noch einen Kasten mit leeren Flaschen im Auto. Er könnte mir helfen, was meinen Sie?«

So hatte Amber sich das gedacht. Sie lächelte, ihr Plan schien aufzugehen. Sie legte der Frau eine Hand auf den Oberarm, blinzelte ein paar Tränen aus den Augen und setzte ein schelmisches Lächeln auf. »Das wäre ja so nett von Ihnen. Mein Mann spielt gerne den Gentleman. Wenn sie zu ihm gehen und ihm sagen, sie wünschen sich, dass er ihnen hilft, den Kasten aus dem Auto zu holen, dann wird er nicht Nein sagen. Sie müssen es sich nur wünschen.«

»Er kann also dem Wunsch einer Frau nicht widerstehen?« Die Dame zwinkerte kokett. »So machen wir es. Nur beeilen Sie sich. Ich werde ihn nicht lange von Ihnen fern halten können. Ich bin nicht annähernd so anziehend und interessant, wie Sie es sind.«

Amber reichte der Frau ihre Hand. »Vielen Dank«, hauchte sie und gab ihrer Stimme eine Extraportion Dankbarkeit.

»Schon gut. Für einen kleinen Spaß bin ich immer zu haben.« Sie grinste listig und zwinkerte Amber zu.

Von draußen klopfte es an die Tür. »Amber?«, dröhnte Caileans dunkle Stimme in den Raum.

»Er wird ungeduldig. Dann wollen wir mal.« Die Dame zwinkerte ein letztes Mal und verließ die Toilette. Amber stürmte zur Tür und legte ihr Ohr an das kühle Metall. Über die vielen Bakterien wollte sie sich später Gedanken machen.

»Warum brauchen Frauen da drin immer so lange?«, hörte sie Cailean schimpfen. Dann die Stimme der Frau.

»Junger Mann, vielleicht könnten Sie mir kurz helfen. Ihre Frau wird noch etwas beschäftigt sein, sie hat nach Tampons gefragt, wenn Sie wissen, was ich meine.«

Amber kicherte und wurde gleichzeitig rot im Gesicht.

»Ich hab da eine Getränkekiste im Auto, ich bekomm sie einfach nicht in den Einkaufswagen.«

Du musst es dir wünschen, dachte Amber flehend. Wünsch es dir, sonst wird es nicht funktionieren.

»Ich kann Ihnen nicht helfen, ich muss auf meine Frau warten. Tut mir leid.« Amber seufzte enttäuscht. Sie hätte mehr darauf drängen sollen, dass die Frau das Wort »wünschen« benutzt.

Sie wusste natürlich, dass sie Caileans Fluch nicht auf diese Weise verwenden sollte, aber dies war ihre einzige Chance, ihm zu entkommen. Dieser Mann hatte Reißzähne, seine Augen wurden rot und er wirkte auch sonst reichlich gefährlich. Und wenn er wirklich kein richtiger Mensch war – Amber konnte das noch immer nicht glauben, trotz allem, was sie in den letzten Stunden gesehen hatte -, dann sollte sie erst recht sehen, dass sie von ihm wegkam. Und wenn all das, was sie gesehen hatte, ihrer Fantasie entsprach, dann musste er sie unter Drogen gesetzt haben. Was auch nicht für ihn sprach.

Nein, sie brauchte nicht zweifeln. Er war ihr Entführer, sie sein Opfer und als dieses war es ihre Pflicht, jede Möglichkeit zur Flucht zu ergreifen.

»Ich wünsche es mir von Ihnen«, hörte sie jetzt wieder die Stimme der Frau.

O bitte, bitte funktioniere, bettelte Amber und kniff die Augen fest zusammen. Sie hatte die Luft angehalten und wartete auf Caileans Antwort.

Wahrscheinlich hatte er nur genickt, denn jetzt sagte die Frau etwas lauter: »Mein Herr, das ist wirklich nett von Ihnen. Ihre Frau kann ja so zufrieden mit Ihnen sein. Sicher gehen Sie ihr im Haushalt auch immer zur Hand.«

Die Stimmen entfernten sich langsam. Amber zählte leise bis zehn, dann hörte sie nichts mehr. Sie öffnete die Tür einen winzigen Spalt und lugte hindurch. Sie konnte gerade noch sehen, wie die Dame mit Cailean um eine Ecke bog. Amber schob sich schnell zur Tür heraus, hielt sich nahe an der Wand, damit er sie nicht sehen konnte. Nervös sah sie sich um. Was jetzt? Sie musste schnell überlegen.

Da standen nur noch zwei Autos bei den Zapfsäulen. Der SUV und der weiße Transporter. Der Fahrer des Transporters putzte gerade mit einem Lappen die Seitenscheiben des Fahrzeugs. Er sah auf, entdeckte Amber und winkte ihr zu.

Die hintere Tür des Transporters stand offen. Amber bräuchte nur losrennen und reinspringen. Aber was sollte sie dem Mann sagen? Darüber konnte sie nachdenken, wenn es soweit war. Amber rannte auf das Fahrzeug zu, machte einen Bogen in Richtung Hintertür, deutete dem Fahrer im Laufen an, dass sie hinten rein springen wollte. Der wirkte etwas verdutzt und sah ihr fragend nach. Amber lief um die Tür herum und machte einen Satz ins Innere des Wagens. Zum Glück war der fast leer, sodass Amber nur Bekanntschaft mit dem harten Boden machte. Der Mann musste doch verstanden haben, was sie von ihm wollte, denn sogleich wurde die Tür zugeworfen, mit einem lauten Knall ließ sie Amber in absoluter Finsternis zurück. Dann schaukelte das Auto leicht. Über Ambers Kopf wurde ein Vorhang zurückgezogen und dann eine Scheibe geöffnet.

»Ich hoffe, ich habe sie richtig verstanden, sie wollen weglaufen?«

Amber nickte hastig und presste das Wort »Entführung« zwischen ihren Lippen hervor.

»Na dann wollen wir mal.«

Der Mann beugte sich nach vorne, der Motor sprang ruckelnd an, dann fuhr der Transporter los. Amber atmete tief durch. Sie konnte es noch gar nicht fassen, sie hatte es wirklich geschafft. Doch etwas überdeckte ihre Freude. Der Gedanke an Cailean, sie konnte sein enttäuschtes Gesicht fast vor sich sehen. Seine dunklen, wilden Augen, die sie nie wieder sehen würde.

Wenn er sie nicht entführt hätte, wenn sie sich einfach wie zwei normale Menschen kennengelernt hätten, vielleicht hätte dann etwas aus ihnen werden können? Nein, wohl eher nicht.

Männer wie er interessierten sich nicht für Frauen wie Amber. Aber er war heiß, auf eine dämonische Art und Weise. Amber hatte ihn nur ansehen brauchen, schon hatte es in ihrem Magen geflattert und in ihrem Unterleib gezogen. Es war unfassbar, aber sie bedauerte fast, nie wieder dieses männlich markante, ursprüngliche Gesicht zu sehen. Kein Mann, dem sie begegnet war, hatte eine so erotische Ausstrahlung besessen. Und manchmal war es fast so, als würde sie genau wissen, was er fühlte, wenn sie ihn mit Fragen tyrannisierte, das Auto zu langsam vorankam oder Samantha ihr Dinge verriet, die sie nicht wissen sollte. Als würde der Teil ihrer Gabe, der sie den Schmerz derer spüren ließ, die sie heilte, in seiner Nähe noch verstärkt.

Noch etwas dämpfte ihre Freude. Ihr innerer Alarm, der ihr im Kopf dröhnte. War sie in Gefahr? Stimmte etwas mit ihrem Alarm nicht? Er war die ganze Zeit über stumm gewesen, als Cailean in ihrer Nähe gewesen war, und jetzt schrie er scine Panik heraus.

Kapitel 6

Cailean hob gerade eine Getränkekiste in einen Einkaufswagen, als ein weißer Transporter auf ihn zuschoss. Der Fahrer grinste ihn breit an und zeigte ihm dann den erhobenen Mittelfinger. Cailean wollte sich eben über diese neumodische, ekelerregende Geste brüskieren, da verschwamm das Aussehen des Fahrers für einen Augenblick, seine magische Maske fiel und ein Firbolg kam zum Vorschein. Ein Firbolg, den Cailean nur zu gut kannte.

Gleichzeitig schwappte eine Welle ängstlicher Gefühle von Amber zu ihm. Ihm hatten die erregten, die sie in den letzten Stunden immer mal wieder empfunden hatte, besser gefallen. Er verstand noch immer nicht, wie und warum das funktionierte, aber zu fühlen, was sie fühlte, war nicht nur verwirrend für ihn. Es war auch unglaublich heiß. Es machte ihn scharf. Irgendwie schaffte sie es, ihre Gefühle auf ihn zu projizieren. Aber in eben diesem Moment waren es keine erotischen Gefühle, die sie ihm schickte, sondern Angst. Schlagartig wurde ihm bewusst, dass sie in diesem Auto war.

Er ließ die Kiste in den Wagen fallen – Wunsch erfüllt - und rannte los. Mit der Fernbedienung öffnete er den SUV, sprang auf den Fahrersitz und startete das Auto. Nur wenige Sekunden, nachdem der Transporter die Auffahrt der Raststätte passiert hatte, setzte der SUV schaukelnd auf die Straße auf. Vor ihm fuhr gemächlich ein Laster und versperrte ihm den Blick auf die Straße. Ohne den Blinker zu setzen, überholte er den Lebensmitteltransporter. Die Straße war frei, aber nur wenige Meter vor dem SUV gabelte sie sich.

Rechts oder links, fluchte Cailean in sich hinein. Panisch blickte er in beide Richtungen, konnte aber nichts entdecken. Mit Vollgas entschied er sich für Links. Er wusste nicht, welches Gefühl in ihm gerade stärker war; die Wut auf Amber, die scheinbar keine Sekunde nachgedacht hatte, oder die Angst um sie, denn dieser Firbolg war ein Sadist. Die meisten von ihnen vergingen sich gerne einmal an Frauen, aber er war pervers.

Cailean hatte für Danu vor vielen Jahren eine junge Sidhe aus den Fängen dieses Schweins gerettet. Er hatte die Sidhe über Monate missbraucht und gefoltert.

Zornig auf das Lenkrad einschlagend, verfluchte er Amber, den Firbolg, die alte Dame, die das magische Wort benutzt hatte und sich selbst. Ihm war bewusst, dass Amber die Frau dazu überredet haben musste, sich etwas von ihm zu wünschen. Warum hatte sie das nur getan? Ganz einfach, du Idiot, sie vertraut dir nicht. Dass sie etwas plante, hätte ihm schon auffallen müssen, als sie den Wunsch geäußert hatte, an der Tankstelle zu halten. In dem Moment hatte er ihre Nervosität gespürt.

Cailean schaltete das Radio ein und drückte die Taste, die ihn mit William verbinden würde. »William, hörst du mich?« Wertvolle Sekunden vergingen. Noch immer kein Auto vor ihm. Er hatte die falsche Richtung gewählt. Bestimmt hatte er die falsche Richtung gewählt. »Verdammt!«, brüllte er. »William, geh schon ran.«

»Okay, okay. Wir sind schon da. Was ist passiert?«

»Amber, ein Firbolg hat sie. Ich hab nicht gesehen, in welche Richtung er mit ihr davon gefahren ist.« Cailean wischte sich Schweiß von der Stirn. Ihm war ganz übel vor Panik. Das musste daran liegen, dass er gerade im Begriff war, Airmeds ausdrücklichen Wunsch, nicht zu erfüllen. Es konnte nicht an der Vorstellung liegen, was Amber zustoßen würde, wenn er sie nicht rechtzeitig fand. Was zum Teufel wollte eigentlich einer von Dians Handlangern von dieser Frau? Konnte es Zufall sein, dass er sich ausgerechnet hier ein neues Opfer suchte? Ein bisschen viel Zufall.

Noch mehr Übelkeit stieg in Cailean auf. Was, wenn der Kerl wirklich nur einfach Glück gehabt hatte, als er Amber ausgewählt hatte? Diese zierliche, zarte Frau in den Händen eines solchen Irren. Das musste wie ein Lottogewinn für diesen Kerl sein.

Cailean würde ihn umbringen, wenn er ihr etwas antat. Er hatte sowieso noch eine Rechnung mit dem Firbolg offen. Wenn er Amber etwas antun würde, würde der Firbolg nicht mehr lebend davonkommen. Cailean würde ihn in Stücke reißen. Ihm seinen Schwanz abschneiden und ihn zwingen, ihn zu fressen. Er brüllte zornig.

»Hast du was?« Cailean warf William einen ungeduldigen Blick zu.

»Ja, sie entfernen sich von dir. Du bist …«

»… in der falschen Richtung unterwegs. Ja, klar.« Cailean stieß ein paar unfreundliche Worte aus, trat die Bremse des Wagens durch und riss das Lenkrad herum. Ein Kleinwagen, der hinter ihm gefahren war, kam ins Schleudern, aber das interessierte ihn nicht. Er konnte nur daran denken, dass Amber in den Händen eines Monsters war. Er würde sie erst retten und dann würde er ihr den Hals umdrehen.

»Bin ich froh, dass wir Amber den Sender in die Hose gesteckt haben«, ließ Samantha sich vernehmen.

Und ich erst, dachte Cailean.

Die Straße war vollkommen verlassen. Er näherte sich gerade wieder der Kreuzung an der Tankstelle. Eine Reklame, die am Straßenrand stand, blitzte in der Sonne auf. Der Kleinwagen der älteren Dame parkte noch immer vor dem Supermarkt. Vielleicht würde er zurückkommen und ihr den Hals umdrehen, wenn Amber etwas zustieß.

»Da stimmt was nicht.« William runzelte die Stirn und schnalzte mit der Zunge. Cailean kannte seinen Bruder so gut, dass er wusste, das bedeutete Schwierigkeiten. Und noch mehr Ärger konnte er wirklich nicht gebrauchen. Er hatte jetzt schon das Gefühl, es würde ihn auseinanderreißen. »Das Signal bewegt sich nicht mehr. Entweder hat er den Sender entdeckt oder sie sind stehengeblieben.«

»Mist, er wird sich mit ihr teleportieren.« Cailean hätte am liebsten in das Lenkrad gebissen. Er gab dem Druck seiner Zähne nach und ließ sie hervorschießen. Er würde eine Wette eingehen, seine Augen brannten noch roter als sonst. In ihm hatte sich eine solche Wut und Verzweiflung breitgemacht, wie schon seit ... Eigentlich hatte er noch nie so gefühlt. Das musste an dem Fluch liegen. Bisher hatte er einen Wunsch noch nie nicht erfüllt. Gut, zu Anfang hatte er durchaus versucht, sich zu widersetzen, aber die damit verbundenen Schmerzen, hatten ihm schnell klargemacht, dass Widerstand sich nicht lohnte. Mit

Amber hatte das nichts zu tun. Warum hätte er um sie fürchten sollen? Er kannte sie doch gar nicht. Sie war sein Auftrag, nicht mehr. Nur der Fluch. Zugegeben, sie sah unglaublich heiß aus, und die Art, wie sie auf ihrer Unterlippe herumkaute, wenn sie nachdachte oder nervös war. Und ihre Augen, wie die eines Huskys. Man musste schon blind sein, um das nicht zu sehen. Er hämmerte auf das Lenkrad ein.

Cailean näherte sich einer Kurve. Die Laubbäume am Straßenrand wuchsen so dicht, dass er die Fahrbahn dort nicht einsehen konnte. Vielleicht hatte der Idiot einen Unfall gebaut, war mit zu hoher Geschwindigkeit in die Kurve gefahren und der Transporter war aus der Kurve gedrückt worden. Cailean hoffte für den Firbolg, dass Amber unverletzt war. »Wie weit noch?«

»Hinter der nächsten Biegung.« Cailean drückte das Gaspedal bis zum Boden durch. Leider musste er wissen, wohin er sich teleportierte, und da er die Gegend hier nicht kannte, blieb ihm nur dieser Weg. Und dieser war der eindeutig Zeitaufwendigere. Gerade war die Panikkurve in Amber um ein Vielfaches angestiegen, das konnte nichts Gutes bedeuten.

Amber konnte es nicht fassen. Sie war tatsächlich schon wieder einem Monster in die Fänge geraten. Sie wusste nicht, wie er das gemacht hatte, aber er musste sich irgendwie getarnt haben. In der einen Sekunde saß ein Mann von etwa dreißig Jahren hinter dem Lenkrad und in der nächsten eine Kreatur wie aus einem Horrorfilm. Das Monster schien zumindest noch über die grundlegenden Formen eines menschlichen Körpers zu verfügen; Kopf, Rumpf, Arme und Beine, aufrechter Gang. Aber seine Haut wirkte schuppig, schlammbraun und zerfurcht. Er blickte sie aus gelben Augen an und schien, mit seiner flachen schlangenähnlichen Nase nach Ambers Geruch zu schnuppern.

Das Auto wurde langsamer, dann blieb es ganz stehen. Die kahlköpfige Kreatur erhob sich vom Fahrersitz und schob sich zwischen den Sesseln hindurch auf Amber zu, die zitternd auf dem Boden kauerte. Angst schlich sich Ambers Wirbelsäule hinauf, als das Wesen näher kam und Amber lüsterne Blicke zuwarf. Amber drängte sich gegen die hintere Tür des Fahrzeugs und tastete panisch nach dem Griff. Die Kreatur lachte.

»Verriegelt«, knurrte er mit dröhnender Stimme. Er fingerte an der Schnalle seines Gürtels herum und öffnete ihn. Eindeutig lüstern.

Amber klappte den Mund auf, um zu schreien. Noch bevor ein Laut sich ihre Kehle hocharbeiten konnte, hieb das Monster ihr die geschlossene Faust gegen den Wangenknochen. Sie spürte, wie die Haut aufplatzte, Blut aus der Wunde quoll und ihre Gabe die Wunde heilte, noch bevor das Blut ihre Wange hinunterlaufen konnte. Die Kreatur erstarrte in der Bewegung, legte verwundert den Kopf schief, dann trat ein Lächeln auf seine Lippen und Amber wurde klar, dass er soeben mehr über sie erfahren hatte, als gut für sie war. Sie wollte nicht darüber nachdenken, was dieses sardonische Lächeln bedeutete.

Die Kreatur schien ihre Belustigung überwunden. Sie kam bedrohlich langsam näher und knurrte dabei. In seinen eben noch gelben Augen züngelten orange Flammen. Amber musste sich zwingen, woanders hinzusehen, um nicht in diesem Spiel zu versinken.

Sie wünschte, sie hätte die Lider geschlossen, denn jetzt musste sie mit ansehen, wie der Kerl sich sein schwarzes Shirt vom schuppigen Leib fetzte. Mit einem lauten Ratschen zerriss der Stoff, ähnlich wie bei einem Stripteasetänzer. Als er sich die Hose vom Leib zerrte, wandte Amber das Gesicht ab. Sie hatte mehr von diesem Monster gesehen, als sie ertragen konnte. Auf keinen Fall wollte sie auch noch das sehen, was er offensichtlich vorhatte, an ihr auszuprobieren.

Wo war nur Cailean? Er konnte nicht weit sein. Sie waren nur wenige Sekunden gefahren. Vielleicht wollte er sie gar nicht mehr retten? Vielleicht hatte er das nie vorgehabt? Was auch immer er mit ihr vorgehabt hatte, er musste das Interesse an ihr verloren haben, sonst wäre er längst da. Amber bereute ihren Entschluss zur Flucht, doch alles Bereuen würde sie jetzt nicht mehr retten können, denn die Absichten dieses Monsters waren mehr als klar. Abscheu rollte durch sie hindurch, wie eine Schneelawine, die alles unter sich begrub. Diese Lawine begrub all ihre Hoffnung.

Raue Finger strichen über ihre eben noch verletzte Wange,

wanderten Ambers Hals hinunter. Ein Daumen drückte sich auf ihre Kehle, der Rest der Hand ruhte in ihrem Nacken. Der Daumen erhöhte den Druck, bis Amber vor Schmerz stöhnte. Die andere Hand krallte sich in den Halsausschnitt der Seidenbluse, die Amber von Samantha hatte. Ein kurzer Ruck und der Stoff gab nach. Amber wand sich im Griff der Kreatur, drückte ihre Fingernägel in seine Oberarme. Seine Haut war so ledrig, dass er es nicht mal zu bemerken schien. Sie trat mit ihrem Fuß zu, die Kreatur lachte nur.

»Lass uns nur etwas Spaß haben. Ich muss dich noch früh genug abliefern.« Er zerriss Ambers Bh. In seinen Augen blitzte es, als er ihre Brüste betrachtete. Mit einer fast schwarzen Zunge leckte er sich über die wulstigen Lippen. »Mit Menschen hab ich es immer schon am liebsten getan.« Er presste seinen Körper gegen Ambers, schob eine Hand zwischen Ambers Beine und grunzte. »Aber nicht hier. O, ich hätte dich gerne sofort genommen, eigentlich hatte ich das auch vor, aber ich denke, es ist besser, ich bringe dich weg. Du bist besonders.« Er strich wieder über die Stelle an ihrer Wange, wo seine Faust sie getroffen hatte. »Ich hatte dich nur für eine schnelle Nummer vorgesehen, aber du bist definitiv mehr wert als das. Wir teleportieren uns in eine Höhle, in der ich mich gerne mit meinen Menschen vergnüge, wenn ich hier bin.« Er schlang beide Arme um Ambers Taille.

Amber wusste, wenn er sich mit ihr teleportierte, dann könnte sie niemand mehr retten. Cailean hatte ihr zwar erklärt, dass das eine magische Spur hinterlassen würde, der man folgen konnte, aber das galt nur für magische Wesen wie Cailean, und der schien nicht daran zu denken, sie zu retten, was sie eigentlich als Beleidigung auffasste. Noch befanden sie sich irgendwo in der Nähe der Raststätte. Es mussten also Menschen in der Nähe sein.

»Bitte«, flehte sie tonlos.

Die Kreatur rieb ihr Geschlecht an Ambers Unterleib. Sie wünschte, sie hätte hingesehen, dann hätte sie sich überzeugen können, dass die Größe, die sie sich jetzt scheinbar nur einbildete, unmöglich war. Kein Penis der Welt konnte so groß sein. Und trotzdem fühlte sich dieser an, als hätte er die Ausmaße eines Unterarms.

»Oh doch. Und es wird mir ein Vergnügen sein, mit dir zu spielen. Deine Selbstheilungskräfte werden das hier zum besten Erlebnis machen, das ich jemals hatte. Er drückte seine Lippen in ihre Halsbeuge und biss brutal zu.

Amber schrie auf, als der Schmerz wie eine Welle durch ihren Körper stürmte und in ihrem Kopf explodierte. Das Monster hob sie auf seine Arme, trat einen Schritt von der Tür zurück und rammte seinen Fuß gegen das Metall. Die Autotür brach mit einem lauten Knall aus dem Schloss und blieb schief in ihren Angeln hängen. Amber wurde vom Sonnenlicht geblendet. Sie schloss die Augen, dann sprang die Kreatur mit ihr aus dem Transporter.

Der Firbolg sprang gerade mit Amber in den Armen aus dem Wagen, als Cailean aus dem SUV stieg. Er wollte sich mit ihr teleportieren. Aus dem Inneren des Wagens heraus funktionierte das nicht. Wenn auch nicht alle Mythen und Legenden der Menschen über das magische Volk wahr waren, dass Eisen sie schwächte, stimmte. Das galt für alle magischen Völker, auch die Firbolg. Aus irgendeinem Grund vertrug sich Magie nicht mit Eisen. Und warum zur Hölle war der Kerl nackt? Caileans Herz setzte für einen Moment aus. Hatte er genug Zeit gehabt, um Amber …? Nein, unmöglich. Aber wenn doch, dann wäre das sein Tod. Nein, schon die Tatsache allein, dass er nur daran gedacht hatte, Hand an sie zu legen war Grund genug für seinen Tod.

»Setz sie runter!« Cailean legte seine ´87er Winchester auf den Firbolg an. Er hatte den Lauf schon vor sehr langer Zeit gekürzt, damit die Waffe einfacher zu handhaben war. Eine Erfindung der Menschen, die durchaus seinen Respekt verdiente. Ohne lange zu zögern, drückte er ab und verpasste dem Firbolg aus nächster Nähe eine Ladung Schrot in den Oberschenkel. Er konnte nur hoffen, dass keine der kleinen Eisenkugeln Amber getroffen hatte. Aber damit, ob er ihrem anziehenden Körper Schaden zugefügt hatte, musste er sich später beschäftigen. Dass der Firbolg sich nicht mit ihr teleportieren konnte, war erstmal wichtiger. Und solange er die Kugeln im

Leib hatte, konnte er sich nicht teleportieren. »Hättest du mal deine Hosen angelassen.«

Der Firbolg brüllte wutschnaubend auf und stellte Amber neben sich ab. »Cailean! Mir war es ein Bedürfnis, sie schon einmal mit dem Bekanntschaft machen zu lassen, was ihr in den nächsten Stunden eine Menge Vergnügen bereiten wird.«

»Es wird mir ein Vergnügen sein, dich umzulegen.« Cailean lächelte provozierend. Es war ihm sogar ein Bedürfnis, diesem Schwein Schmerzen zuzufügen. Nicht nur wegen dem, was er ganz offensichtlich mit Amber vorgehabt hatte, sondern auch wegen dem, was dieser Hurensohn mit all den anderen Frauen getan hatte. Er müsste sich jetzt nicht mit dem Kerl rumschlagen, wenn er ihn damals nicht hätte entkommen lassen.

Amber entfernte sich etwas von dem Firbolg und versuchte hektisch, ihre nackten Brüste zu verdecken. Cailean knurrte bei der Vorstellung, dass dieses ekelerregende Monster seine Hände auf Ambers unbekleideter Haut gehabt hatte. Die Erinnerung daran, wie sich diese Hände über das Mädchen geschoben hatten, das Danu ihn hatte befreien lassen, steigerte Caileans Wut und Abscheu nur noch. Er legte die Winchester an und drückte noch einmal ab. Dieses Mal erwischte es den Firbolg in die Brust. Leider würde ihn das auch noch nicht umbringen. Oder zum Glück. Cailean hatte vor, sich viel Zeit mit Dians Liebling zu nehmen.

Der Firbolg stöhnte, krümmte sich und begann dann, lauthals zu lachen. »Mir war es auch ein Vergnügen, mein alter Freund.« Er griff sich an sein Gemächt und stieß seine Hüften in Caileans Richtung. Hass und Übelkeit brachen über Cailean herein. Er verschoss auch die letzte Patrone. Der Firbolg griff sich mit beiden Händen zwischen die Beine und brach auf dem Asphalt zusammen. Cailean hoffte, der Schwanz dieses Dreckschweins würde lange nicht mehr funktionstüchtig sein. Leise wimmernd brach auch Amber zusammen.

Mit schreckgeweiteten Augen blickte er auf die Frau. Seine Knie zitterten. Hatte er sie getroffen? Er warf die Winchester in den SUV und rannte mit großen Schritten zu ihr hin. Sie lag zusammengekauert wie ein Baby auf der Seite. Als Cailean sie auf den Rücken drehte, um sie auf Verletzungen zu untersuchen, klaffte ihre zerrissene Bluse auf und ihre runden, festen Brüste boten sich ihm dar. Caileans Blick haftete einen Augenblick zu lange auf diesen wundervollen Hügeln. Er musste sich dazu zwingen, seine Aufmerksamkeit auf andere Partien von Ambers Körper zu richten. Den Blick stur von ihren Brüsten abgewandt, untersuchte er Amber auf Verletzungen. Er konnte keine ausmachen.

Vorsichtig setzte er Amber auf dem Beifahrersitz ab. Ihr Kopf sank schlaff zur Seite. Sie wirkte blass, aber ansonsten schien sie in Ordnung. Er hoffte nur, dass der Firbolg sich nicht doch schon an ihr vergriffen hatte. Jedenfalls beunruhigte ihn Ambers Zustand sehr. Er legte ihr eine Hand auf die Wange. Sie fühlte sich kalt an. Er strich ihr die Haare aus der Stirn, schüttelte sie sanft. Je länger Amber nicht zu sich kam und sie keine Empfindungen auf ihn projizierte, desto mehr schwoll die Verzweiflung in Cailean an. Aus dem Augenwinkel nahm er eine Bewegung war, dann das Zuschlagen einer Tür und Sekunden später war der Firbolg im Transporter verschwunden.

Cailean verfluchte sich für seine Nachlässigkeit. Wie konnte er Dians Mädchen für alles vergessen? Er hätte die Chance nutzen und ihn umbringen sollen. Dann hätte er ihn hübsch als Geschenk verpackt vor Dians Burg ablegen können. Wieso hatte er das nicht getan? Weil er Angst um Amber verspürt hatte. Er, der Krieger, dem niemals Fehler unterliefen. Der niemals unaufmerksam war. Irgendwie bekam er das Gefühl nicht los, dass ihm eine Menge Fehler unterliefen, seit diese Frau in seiner Nähe war. Aber war es ein Fehler gewesen, sich erst um die Frau zu sorgen?

Der Krieger in ihm und der Mann, der gesehen hatte, wie dieses Monster sich an einem Mädchen von nicht einmal siebzehn Jahren vergangen hatte, sagten ja. Aber der Cailean, der aus irgendeinem ihm unbekannten Grund von dieser Frau angezogen wurde, der sagte Nein. Er würde seine Rache noch bekommen – später.

Amber regte sich. Ein leises Stöhnen kam über ihre Lippen, dann schlug sie die Augen auf und blickte ihm direkt ins Herz, so schien es ihm. Zumindest hatte er den Eindruck, in ihren Augen zu versinken, aber es war nur seine Erleichterung. Er schüttelte sich und richtete sich auf. »Ich sehe nach, was wir zum Anziehen haben.«

Damit wandte er sich ab und verließ die beunruhigende Nähe der Frau. Diese Augen, verdammt. Welcher Mann würde da nicht weich werden? Immer wenn sie ihn ansah, musste er sich selbst daran erinnern, was er ihr bald antun würde. Ihre Nähe erregte ihn. Ihr warmer Atem auf seinem Gesicht ließ seinen Puls wild klopfen. Der Anblick ihres Körpers ließ ihn an Dinge denken, die er mit ihr tun wollte. Und jedes einzelne dieser Dinge endete damit, dass er seinen Schaft tief in sie stieß.

Er war Frauen gegenüber vorsichtig gewesen in den letzten Jahren, und er hatte es nicht bereut. Aber bei ihr war er nahe dran, all die Gründe zu vergessen, warum dieser Fluch ihn dazu gebracht hatte, den Frauen abzuschwören. Nur ein leises Stöhnen, das über ihre Lippen kam, reichte aus, um ihn sich wünschen zu lassen, er wäre der Grund für ihr Stöhnen. Er musste sich unter Kontrolle bringen. Keine Gefühle aufkommen zu lassen, war für alle das Beste. Nicht für sie, aber für Ian und für ihn. Er würde auch weiter sein Bestes tun, auf Abstand zu bleiben. Und er wusste schon jetzt, dass das verdammt schwer werden würde.

Er öffnete die Tasche, die Samantha gepackt hatte, und zog eines seiner weißen Leinenhemden heraus. Das musste er beim letzten Besuch in London gelassen haben. Er stieg ins Auto, reichte Amber das Hemd, das sie ihm mit dankbarem Blick abnahm, und lenkte das Auto zurück auf die Straße.

»Danke«, murmelte Amber.

»Ich hab noch mehr davon. Du kannst es behalten.« Cailean versuchte gar nicht erst zu verbergen, dass er wütend war. Mit zusammengekniffenen Augen, stur geradeaus schauend, fuhr er auf die ursprüngliche Route zurück.

»Das meine ich nicht. Ich meine …« Cailean spürte, dass es ihr schwerfiel zu sagen, was sie wirklich meinte.

»Schon gut.«

»Nein, ist es nicht. Ich hätte dir vertrauen sollen.«

»Das mit dem Vertrauen ist so eine Sache. Damit hab ich auch meine Probleme, also versteh ich es, wenn du es nicht kannst.«

Kapitel 7

Er warf ihr einen Seitenblick zu, der zum ersten Mal, seit sie mit ihm zusammen war, wirklich sanft war. Bis eben hatte sie ernsthaft daran gezweifelt, dass dieser Mann überhaupt etwas empfinden konnte. Aber jetzt ruhte sein Blick auf ihr und es lag tatsächlich so etwas wie Mitgefühl darin. Ambers Magen zog sich zusammen. Hastig sah sie zum Seitenfenster raus.

»Was war das für ein … Ding?«, fragte sie nach einer Weile. Gänsehaut überlief ihren Körper bei der Erinnerung an die gelben Augen und die breiten dicken Lippen, die auf ihrer Haut gelegen hatten. »Was wollte er von mir?«

»Ein Firbolg. Ein Handlanger von Dian Cecht. Und ich weiß es nicht.«

»Ist alles in Ordnung mit dir, Amber?«, wollte Samantha wissen. Amber lächelte Samantha an, die besorgt in die Kamera des Radios blickte.

»Es geht mir gut.«

»Gott sei Dank.« Samantha rutschte etwas, um William Platz zu machen, der mit zwei Tassen »Proteinen« herantrat.

»Tu das bloß nie wieder, Mädchen. Wir wissen nicht, wer sonst noch hinter dir her ist. Du bist am sichersten bei Cailean, verstanden?«

Amber nickte schuldbewusst. Sie hatte ihre Lektion gelernt. Sie verstand zwar noch immer nicht, was hier vorging, und Caileans Reißzähne, seine ganze dunkle Ausstrahlung, jagten ihr nach wie vor Respekt ein, aber für den Moment schien er das kleinere Übel. Und irgendwo tief in ihrem Inneren hoffte sie noch, das alles wäre einfach nur ein Streich, den ihr Gehirn spielte. Im besten Fall hatte sie auf dem Weg nach Hause einen Unfall gehabt und lag jetzt im Koma, und dies alles hier war einfach nur ein Albtraum.

»Mist«, fluchte Cailean plötzlich neben ihr. Er machte ein verbissenes Gesicht und zog die Augenbrauen tief über der Nase zusammen. Das Auto schlingerte, dann beschleunigte Cailean den Wagen. Sein Blick glitt dabei immer wieder zum Rückspiegel. »Wir bekommen Besuch.«

»Geht das genauer?«, motzte William ihn an. Amber wandte sich um, um die Straße hinter dem SUV zu untersuchen. Ihr Herz machte einen Satz. Hinter ihnen raste der weiße Transporter heran. Und er hatte sie fast erreicht. Sie konnte das dreckige Grinsen im Gesicht des Firbolgs schon erkennen. Dieses Mal hatte er sich nicht erst die Mühe gemacht, sein wahres Äußeres zu verbergen.

»Was jetzt?«, stieß sie keuchend aus und krallte sich mit den Fingern in ihren Sitz. Sie wollte wirklich ungern noch engere Bekanntschaft mit diesem Ding schließen. Bei der Vorstellung schüttelte sich Amber.

Cailean legte ihr eine Hand auf den Oberschenkel und die Hitze brannte sich in ihr Bein. »Solange wir hier drin sind, kann er dir nichts anhaben.«

Das schien der Firbolg ähnlich zu sehen, denn er rammte den SUV mit voller Wucht. Erschrocken fuhr Amber zusammen. Am liebsten wäre sie wie ein kleines Mädchen auf Caileans Schoß gekrochen und hätte sich an seiner Brust vergraben. Das Auto schlingerte abermals. Cailean zog seine Hand von Ambers Schenkel und krallte sie wieder um das Lenkrad. Amber wurde in ihrem Sitz nach vorne geschleudert. Ihr Herz pumpte brennendes Adrenalin durch ihre Venen.

Ein Knall, das Auto schaukelte, begann gefährlich zu wackeln. Amber schloss die Augen. Sie glaubte nicht an Gott, aber jetzt schien es der richtige Zeitpunkt, ihre Einstellung bezüglich Religionen noch einmal zu überdenken. Der Firbolg hatte scheinbar vor, sie beide umzubringen.

Der Transporter setzte sich auf ihre rechte Seite. Ein weiterer Zusammenstoß, den Cailean geschickt abfing, indem er dagegenhielt. Einige Meter fuhren sie nebeneinander her. Dann riss Cailean das Lenkrad herum und rammte den weißen Transporter. Der Transporter schwankte gefährlich, für einen winzigen Moment glaubte Amber, er würde umkippen, dann fing sich das Auto wieder und holte auf.

Cailean fluchte angestrengt. Vor ihnen kamen erste Häuser einer kleinen Ortschaft in Sicht. Amber wusste sofort, was ihm durch den Kopf ging. Da würden Menschen auf den Straßen sein. Vielleicht Kinder, die am Abend noch gemeinsam spielten.

Noch einmal holte Cailean aus, stieß gegen das andere Auto und trat dann die Bremsen durch. Der SUV fiel zurück, der Transporter fuhr eine Kurve und knallte dann gegen einen Baum am Straßenrand. Cailean murmelte irgendwas davon, dass er das ein für alle Mal beenden wollte, zog ein Messer aus seinen Motorradstiefeln und stieg aus dem Wagen. Amber schnürte sich der Hals zu, als ihr klar wurde, was der Highlander vorhatte. Sie wollte Cailean zurückhalten. Er konnte den Firbolg doch nicht einfach töten. Die Kreatur hatte es vielleicht verdient, aber niemand hatte das Recht, sich zum Henker aufzuschwingen, auch nicht ein unsterblicher Krieger.

Die Fahrertür des Transporters war so eingebeult, dass Cailean sie nur unter größter Kraftanstrengung aufbekam. Der Firbolg saß zusammengesunken hinter dem Steuer. Von seiner Stirn tropfte Blut auf den Sitz. Das Auto war mit solcher Gewalt gegen den Baum geknallt, dass der Firbolg zwischen Sitz und Lenkrad eingeklemmt war. Er musste sich sämtliche Rippen gebrochen haben. Blut lief ihm aus Mund, Nase und Ohren. Seine Atmung ging rasselnd. Wahrscheinlich war auch die Lunge verletzt. Das alles würde dem Firbolg höllische Schmerzen bereiten, aber ihn nicht umbringen. Dafür würde Cailean sorgen.

Cailean hob mit der einen Hand den Kopf des Monsters an, mit der anderen setzte er das Messer an dessen Kehle. Er hätte sich gerne mehr Zeit dabei gelassen, das zu tun, aber er war gerade nicht in Stimmung, außerdem wollte er keine Zeugen. Er zog die Klinge über die Kehle des Firbolg, dieser röchelte ein letztes Mal, Cailean schnitt ihm den Schädel vom Hals, dann warf er den Kopf auf den Beifahrersitz, ging zurück zum SUV und ignorierte den schockierten Ausdruck in Ambers Gesicht, als sie das blutige Messer sah. Stattdessen nahm er einen der Benzinkanister hinten aus dem Auto.

Er verteilte den ganzen Kanister über dem Transporter, in der Fahrerkabine und auf dem Körper des Firbolg. Schade, dass es im echten Leben nicht so einfach war wie im Fernsehen, wo sich Dämonen gerne mal in Schleim auflösten. Im echten Leben mussten sie selbst dafür sorgen, dass die Menschen nicht bemerkten, dass sie es mit dem Körper einer fremden Kreatur zu tun hatten.

Cailean entzündete eine ganze Packung Zündhölzer und warf sie dem Firbolg auf den Schoß. Der hatte es nicht mal mehr geschafft, sich eine Hose überzuziehen. Jetzt lag sein Schwanz schlaff auf seinem Schenkel. Dieses Ding würde er nie wieder in den Körper eines unfreiwilligen Opfers versenken. Als Cailean den Firbolg brennen sah, war es, als würde eine Last von ihm abfallen. Jede züngelnde Flamme, die sich den Körper des Firbolg hinauf fraß, schien eine Narbe auf Caileans Seele zu heilen. Er hatte nicht verhindern können, dass dieses Dreckschwein, sich nach seiner ersten Flucht noch mehr Opfer zu Gemüte geführt hatte, aber Cailean hatte nun verhindert, dass es noch mehr wurden. Amber war nun sicher vor ihm. Nie wieder würde er seine dreckigen Pfoten auf ihren wundervollen Körper legen können. Er genoss die Hitze des Feuers noch für einen Augenblick, den Blick starr auf den brennenden Leichnam seines Opfers gerichtet. Ruhe breitete sich bei dem Anblick in seinem Inneren aus. Es war nicht die Rache, die er sich all die Jahre seit seinem Versagen ausgemalt hatte, aber es war trotzdem ein gutes Gefühl. Und für ein ausgiebiges Blutbad hatte er immer noch Gelegenheit, wenn er sich Airmeds annahm – irgendwann, wenn es der Fluch zuließ.

Aus Richtung der Ortschaft ertönten Sirenen. Jemand hatte die Flammen bemerkt. Gleich würde es hier von Menschen wimmeln. Cailean lief zurück zum SUV. Er sah Amber nicht an, als er das Messer mit einem Tuch reinigte und es dann wieder in seinem Stiefel verschwinden ließ. Er stieg in den Wagen, drehte den Schlüssel im Zündschloss, der Motor schwieg. Cailean versuchte es noch einmal. Nichts. Mit der Faust hieb er auf das Lenkrad. Amber zuckte neben ihm zusammen. Er hatte jetzt keine Zeit, sich ihrem geistigen Zustand zu widmen.

»William?«

»Ja.«

»Wir haben ein Problem. Der SUV startet nicht und die Menschen sind auf dem Weg hierher.«

»Was hast du mit dem Firbolg gemacht?«

»Er hat ihn getötet«, krächzte Amber. Erst jetzt bemerkte Cailean, dass die Frau zitterte, Panik und Verzweiflung drangen zu ihm rüber. Er sah sie besorgt an. Wahrscheinlich war es doch nicht so gut, sie das sehen zu lassen. Aber eigentlich machte er sich selten Gedanken, ob es jemanden verstören könnte, wenn er einen Firbolg tötete. In Anderwelt tat er das jeden Tag. Niemand störte sich daran. Aber Amber hatte mit diesen Dingen bisher nichts zu tun. Er hätte daran denken müssen. Darum würde er sich später kümmern müssen. Er kniff die Lippen zusammen, widmete sich dann aber wieder William.

»Ich hab den Körper und das Auto angezündet.«

»Dann erzähl ihnen, dass es ein Unfall war. Er hat euch geschnitten. Irgend so was. Amber, sie müssen jetzt mitziehen. Das ist wichtig.«

Amber nickte zaghaft, aber das beruhigte Cailean nicht wirklich. Er konnte nur hoffen, dass sie bei der Sache auf seiner Seite stehen würde.

»Ich lass das Auto in eine Werkstatt bringen und notdürftig reparieren. Wir werden die Nacht in einem Hotel verbringen müssen.«

William seufzte und zog die Augenbrauen weit nach oben. »Aber nur notdürftig. Ich mag es nicht …«

»… wenn Fremde an meinen Autos basteln«, fiel Samantha ein und rollte mit den Augen. Das entlockte Amber ein Lächeln.

Vielleicht gab es ja doch noch Hoffnung, dass sie das Erlebte verarbeiten konnte. Er sollte daran denken, dass sie ein Mensch war, für sie war all das neu. Menschen sahen für gewöhnlich selten andere Menschen sterben, noch seltener beobachteten sie einen Mord. Cailean schaltete das Radio aus. Der Bildschirm verschwand leise summend in einem schmalen Schlitz. Ein Krankenwagen hielt neben den brennenden Überresten des Transporters. Cailean hoffte, dass die Leiche soweit verbrannt war, dass keiner mehr den Unterschied bemerken würde. Als auch ein Feuerwehrauto hielt, schmiss er das blutige

Tuch, die Winchester und sein Messer in die Reisetasche mit seiner Kleidung.

Erleichtert ließ Amber sich auf das Hotelbett fallen. Sie hätte nicht gedacht, dass die Polizei Cailean die Geschichte von dem Unfall einfach glauben würde. Sie war sich sicher gewesen, dass ein Auto nicht einfach mal so in Flammen aufging, auch wenn das Fernsehen das gerne Glauben machte. Aber der junge Polizist und seine Partnerin hatten verständnisvoll genickt und sie sogar bis zum Hotel mitgenommen, damit sie nach dem schlimmen Erlebnis nicht bis in die Kleinstadt laufen mussten. Amber hatte zum Glück nicht lügen müssen. Das konnte sie nämlich noch nie gut. Die Polizisten und auch die Feuerwehrmänner hatten sich mit Caileans Aussage zufrieden gegeben. Aber die war ja auch nicht so weit von der Wahrheit entfernt gewesen. Schließlich hatte der Firbolg tatsächlich versucht, den SUV von der Straße zu drängen und war dabei selbst verunglückt. Nur, dass der Fahrer den Unfall nicht überlebt hatte, war eine Lüge gewesen.

Amber erschauderte. Cailean hatte den Firbolg einfach getötet. Und er hatte ihr gegenüber nicht einmal versucht, das zu verbergen. Er war ein Monster gewesen, aber in dem Moment, war der Firbolg hilflos gewesen. Amber verdrängte den Anblick des blutigen Messers. Was wusste sie schon von Cailean? Er war kein Mensch mehr. Was auch immer ihn verändert hatte, hatte vielleicht auch seine Menschlichkeit genommen. Vielleicht hatten auch die Jahrhunderte Krieg und Kampf ihn zu dem gemacht, was er jetzt war. Sie würde ihn nicht verurteilen. Sie würde einfach nicht weiter drüber nachdenken.

Als Cailean aus dem Bad trat, vergaß Amber sofort, worüber sie gerade nachgegrübelt hatte. Die muskulösen Beine steckten in einer Lederhose, die seine Figur umschmeichelte, wie eine zweite Haut. Besonders faszinierend fand Amber die Kreuzschnürung, die die Hose dort verschloss, wo andere Hosen einen Reißverschluss besaßen. Sein Oberkörper war nackt und noch immer nass von der Dusche, seine dunklen Haare klebten feucht und glänzend auf seiner Haut. Zugegeben, das fand sie noch viel faszinierender als die Schnürung der Hose. Er hatte mehrere Narben auf seiner Brust und am Bauch. Keine davon war besonders schlimm, aber sie weckten in Amber das Bedürfnis, ihre Hände auszustrecken und sie zu heilen.

Amber schluckte. Sie blinzelte, als sie bemerkte, dass sie ihn angestarrt hatte, als wäre er ein Stück Sahnetorte. Cailean grinste, lehnte sich lässig gegen den Türrahmen, die Hände in den Taschen seiner Lederhose vergraben. »Gefällt dir, was du siehst?«

Amber räusperte sich. Hitze stieg in ihr Gesicht. Ihr blieb nur, schuldbewusst wegzusehen oder Frontalangriff. Sie entschied sich für Letzteres. »Hmm. Um die Schultern herum ein bisschen wenig. Deine Oberarme, nicht ganz so gut ausgeprägt wie bei deinem Bruder. Du hast da ein Aightpack, ich steh mehr auf Sixpack. Die Narbe über deiner Brust, die ist ganz sexy. Hat dir eine Frau da das Herz herausgerissen?«

Sie mochte die Narbe wirklich. Sie betonte das Spiel seiner Muskeln, wenn er sich bewegte. Und wenn sie ehrlich zu sich selbst war, dann war sein Körper sehr erregend. Um genau zu sein, schoss der Anblick seines glänzend nassen Oberkörpers ihr direkt in den Unterleib. Sie konnte nichts dagegen tun, aber sie fand Männer mit durchtrainierten Körpern schon immer sehr anziehend. Eric hatte da auch einiges zu bieten, aber Cailean … Er war ein wahr gewordener Frauentraum. Seine Brust unbehaart, gut ausgeprägt, mit genau den richtigen Proportionen. Amber hätte am liebsten mal ihre Finger über die Rundungen gleiten lassen. Vom Bauchnabel abwärts führte ein schmaler dunkler Pfad in den Bund seiner Hose. Sie folgte ihm ungeniert und versuchte dann abzuschätzen, was sich hinter dem dunklen Leder verbarg.

»Könnte man sagen.« Cailean schlüpfte in ein ähnliches Leinenhemd wie das, das Amber von ihm bekommen hatte. Es hatte etwas aus vergangenen Jahrhunderten an sich; einen weiten, runden Halsausschnitt und eine Kreuzschnürung. Sie fand das überaus sexy, zumal Cailean die Schnürung weit offen ließ und sie so immer noch ein wenig seiner glatten Brust erahnen konnte.

»Du solltest auch duschen gehen. Ich werde mich in der Zeit um Essen kümmern. Und ich brauche heißes Wasser für meinen Kräutertrank.«

»Was macht diesen Trank so wichtig?«

»Er sorgt dafür, dass wir nicht altern, solange wir in der Menschenwelt sind.«

Das hatte sie auch schon verstanden, nur nicht das Wie? »Würde er mich auch unsterblich machen?« Nicht, dass Amber das wollte. Ihr Leben war auch ohne eine Ewigkeit in Aussicht zu haben, schon schlimm genug. Amber würde wahrscheinlich dankend verzichten, wenn sie aus Anderwelt käme.

»Wahrscheinlich. Aber es macht uns nicht nur unsterblich. Je länger man in Anwynn gelebt hat, desto schneller altert man hier in der Menschenwelt. Ohne die Kräuter hätte ich wahrscheinlich nur wenige Jahrzehnte, dann wäre ich ein Greis. Das gilt auch für William, weswegen ich ihn regelmäßig damit versorge. Samantha nimmt die Kräuter nur, um ihre Alterung aufzuhalten. Da sie in der Menschenwelt aufgewachsen ist, würde sie ohne die Kräuter im normalen Tempo altern. Das würde für sie als Halbelfe bedeuten, sie würde etwa zweihundertfünfzig Jahre alt werden.«

Zweihundertfünfzig! Ein beachtliches Alter. Wie verheimlichte man so was nur? Das musste doch jemanden auffallen? Amber schüttelte den Kopf, darüber würde sie jetzt nicht nachgrübeln. Eine lange heiße Dusche klang plötzlich sehr angenehm.

Sie ging an Cailean vorbei in das kleine Badezimmer. Es war gerade groß genug für Waschbecken, Toilette und Dusche. Kein Fenster. Aber für eine Flucht war Amber viel zu erschöpft. Eigentlich dachte sie nicht einmal mehr an eine Flucht. Wenn ihr zweiter Versuch wie der erste enden würde, dann hatte sie wenig Interesse daran.

Sie schlüpfte aus ihrer geborgten Kleidung und stieg unter den warmen Duschstrahl. Das heiße Wasser brannte angenehm auf ihrer Haut. Amber schloss die Lider, hielt ihr Gesicht in den Wasserstrahl und seufzte wohlig. Sie bemerkte nicht, dass jemand zu ihr in die Dusche stieg. Erst als das Wasser abgedreht wurde und sie gegen die Fliesen gedrückt wurde, öffnete sie die

Lider, um direkt in rot leuchtende Augen zu blicken. Schon wieder lag eine große Hand auf ihrem Mund, sodass sie nicht schreien konnte. Amber fragte sich, wie oft sie in den letzten Tagen schon in ähnlichen Situationen gesteckt hatte? Gewöhnte sie sich daran oder warum fand sie es dieses Mal gar nicht so schlimm, dass der fremde Körper sich gegen ihren presste? Sie sollte es eigentlich schlimm finden, immerhin war sie nackt.

Aber diese Muskelberge so nahe zu spüren, trieb Hitzewellen durch sie hindurch. Sie war versucht, sich noch näher an den feuchten Mann zu drängen, ihre Hände über ihn gleiten zu lassen und … Zur Hölle, was ging ihr da durch den Kopf? Hatte sie immer noch nicht genug? Musste sie sich aufführen, wie eine rollige Katze, die um Sex bettelte? So war sie nicht, zumindest nicht bei einem fremden Mann. Und schon gar nicht bei einem, der scharfe spitze Eckzähne hatte.

Mit seinem ganzen Gewicht drängte Cailean sich gegen den nackten Körper der Frau. Seine Hand lag auf ihren Lippen. Sie sah ihn mit großen Augen fragend an. Von Furcht keine Spur, dafür jede Menge anderer Gefühle, die er gerade gar nicht von ihr empfangen wollte, da er so schon genug Probleme hatte, sich nicht jeden Augenblick die Klamotten vom Leib zu reißen, um genauso nackt zu sein wie sie. War ihr Vertrauen in den letzten Stunden so schnell gewachsen?

Ein paar Wassertropfen rannen ihren Hals hinunter und sammelten sich in der cremefarbenen Kuhle auf ihrer Schulter. Er folgte ihren Weg weiter bis hinunter zu ihrem Dekolleté, wo der Ärmel seines Leinenhemdes das Wasser aufsaugte. Vielleicht hätte er sie nicht gerade mit seinem Unterarm auf ihrem Brustkorb gegen die Fliesen drücken sollen, dann hätte er noch einen Blick auf diese wundervollen Hügel werfen können.

Er sah ihr ins Gesicht und schüttelte den Kopf, als sie ihre roten Lippen öffnete, um etwas zu sagen, nachdem er die Hand von ihrem Mund genommen hatte. »Dämon«, formte er mit den Lippen und konnte spüren, wie ihr Körper sich versteifte. Die Feuchtigkeit ihrer Haut drang durch seine Kleidung. Ihre Brüste drückten sich gegen ihn. Er versuchte das Gefühl zu ignorieren, das diese Nähe in ihm hervorrief. Es funktionierte nicht. Ihr nackter Körper rief ein Feuer in seinem Leib hervor, das qualvoll durch seine Venen brannte. Sein Verstand warnte ihn, doch sein Schaft wollte nichts davon hören. Er schwoll an und drückte nicht nur schmerzhaft gegen das Leder seiner Hose, sondern presste sich auch gegen ihren flachen, weichen Bauch.

Ihre Atmung ging heftiger. Widersprüchliche Gefühle schwappten auf ihn über; Erregung, die sein männliches Ego streichelte, und Angst, die er im ersten Augenblick nicht verstand. Verdammt, sie musste Angst haben, weil sich seine Erektion gegen sie drängte. Wahrscheinlich dachte sie gerade daran, wie der Firbolg noch vor wenigen Stunden über sie hergefallen war. Und jetzt stand er hier unter der Dusche, zusammen mit ihr, während sie nackt war. Er konnte nur hoffen, dass sie verstanden hatte, dass dort ein Eindringling in ihrem Hotelzimmer war. Wenn nicht hatte er wirklich ein Problem, weil die Situation und sein hämmernder Schaft nicht gerade hilfreich im Kampf um ihr Vertrauen waren.

Er atmete tief ein und versuchte ihr durch eine freundliche Gesichtsmimik zu zeigen, dass er ihr nichts tun wollte. Nicht wollte war eindeutig falsch. Nichts täte er im Moment lieber, als seine Hände auf ihre unglaublichen Rundungen zu legen.

Er stellte sich vor, wie es wäre, seinen Schaft zu befreien, sie gegen die Fliesen gedrückt zu nehmen. Noch vor einem Tag lag sie an sein Bett gefesselt, und schon da, hatte sich ein Teil von ihm der Vorstellung ergeben, wie es wäre sich in ihr zu vergraben. Ihre samtige Haut, feucht vom Duschen würde an seiner kleben. Sie übte eine Verlockung auf ihn aus, die jeglicher Logik entband, und es kostete ihn alle Kraft, dagegen anzukämpfen. Doch je mehr Zeit er mit ihr verbrachte, desto öfter flackerte eine Erinnerung in ihm auf. Etwas, das Danu den Männern, die sie verwandelt hatte, einmal erzählt hatte. Etwas, das er vor Ewigkeiten verdrängt hatte, weil er sicher war, dass Danu sich irrte, denn sie waren Menschen, keine richtigen Dunkelelfen. Und doch schien es immer wahrscheinlicher. Wenn es wahr wäre, würde er sterben, wenn er Amber an Airmed übergab.

Er sah ihr unverwandt in die hellen Augen und strich mit dem Zeigefinger zärtlich über ihre Stirn, um eine Strähne ihrer

Haare zu lösen. Überall, wo ihr Körper seinen berührte, glaubte er, seine Nerven summen zu spüren. Ein leises Stöhnen riss ihn aus seinen Gedanken.

Ihr Atem ging noch immer keuchend, ihr Blick auf ihn gerichtet. War da ein sanfter Hauch Erregung in ihrem Duft? Sie löste ihre Hand von der Duschstange. Sein Herz begann schneller zu schlagen, als ihre Hand sich seinem Körper näherte. Was hatte sie vor? Wenn sie ihn jetzt berührte, dann konnte er vielleicht nicht mehr an sich halten. Schon jetzt brüllte jede Zelle in ihm, sie zu nehmen. Sein Schwanz pulsierte in Vorfreude. Er hielt die Luft an. Dann erkannte er ihr Ziel, die breite, unebene Narbe auf seiner Brust, die unter dem weiten, aufgeklappten Kragen seines Hemdes hervorlugte, Beweis seiner Schande, seiner Schwäche.

Wie im Zeitlupentempo sah er ihre Hand auf seinen Körper zukommen. Und mit jedem Zentimeter, den sie sich näherte, schrie der Chor seiner Dämonen aus Selbsthass, Grauen und Panik in seinem Inneren lauter, wollte aus ihm herausbrechen und sich der drohenden Gefahr entledigen, die mit den Erinnerungen an die schlimmsten Stunden seines Lebens einhergingen. Sie durfte diese unreine Stelle seines Körpers nicht berühren, weil er befürchtete, dass der Schmutz auf sie übergehen würde.

Wieder verhöhnte ihn sein Geist, ließ ihn zum wiederholten Male die Schrecken erleben, die aus ihm, einen einst stolzen Krieger, Chief der MacLeans, ein verstörtes Häufchen Scheiße gemacht hatten. Einen Mann, der in Panik erstarrte, wenn er nur an seine Kriegsgefangenschaft im Lager der Engländer dachte. Wochen, die aus ihm den Mann gemacht hatten, der Jahrhunderte hinter jedem Rockzipfel hergejagt war, nur um sich selbst zu beweisen, dass das eigene Geschlecht ihn nicht in Erregung versetzen konnte. Wochen in den Fängen des perversen Lords of Lancaster, an dem er nach der Befreiung durch seine Brüder blutige Rache genommen hatte.

Den Gestank nach Schimmel, Kot, Blut und Urin in dem feuchten Keller, nahm er längst nicht mehr wahr. Genauso wenig, wie er wahrnahm, wie Tage kamen und gingen, wie lange er schon an das hölzerne Andreaskreuz gebunden war. Er hatte aufgehört zu zählen, wie oft man ihm Mahlzeiten brachte, wie oft er gewaschen wurde oder wie oft man ihn folterte. Nichts davon schien eine Regelmäßigkeit zu besitzen. Es passierte oder passierte nicht. Die meiste Zeit hing er nur hier, wartete darauf, dass seine Wunden heilten oder es nicht taten, starrte an die Decke und versuchte, die Schreie der anderen Gefangenen zu ignorieren.

Die zahlreichen Hieb- Stich- und Schnittwunden, die man ihm zugefügt hatte, spürte er längst nicht mehr. Was er nicht abschalten konnte, war die Schmach, die diese Folterer über ihn brachten, wenn sie ihre perversen Spiele mit ihm spielten. Von Scham erfüllt, wünschte er sich, die Sassenach würden ihn endlich umbringen. Und dann hoffte er wieder, er würde nicht sterben, denn das würde ihn um seine Rache bringen.

Schritte näherten sich. Sein Schicksal war schon schwer zu ertragen, wenn Lancaster, Kommandant über das Regiment, das nahe Inverness auf neue Marschbefehle wartete, sich allein mit ihm beschäftigte, aber da kamen mehrere Personen.

Cailean war gekommen, sich in Lancasters Zelt zu schleichen und nach Kriegsplänen Ausschau zu halten. Dann hatte er den Fehler gemacht, eine Frau befreien zu wollen, die an einen der Stützpfähle gebunden war und aus zahlreichen Wunden blutete. Die Frau hatte geschrien, als er sich an ihren Fesseln zu schaffen gemacht hatte. Die Wachen hatten Cailean gefunden. Augenblicke später hatte er sich an diesem Kreuz wiedergefunden; nackt, mit der Brust an das Holz gelehnt, ein höhnisches Lachen in seinem Rücken. Seither hatte Lord Lancaster viele Male seinen Spaß mit ihm gehabt.

Das große Eisenschloss, das die Gittertür des Gefängniswagens verschloss, wurde geöffnet, der Riegel aufgezogen, dann wurde die schwere Holztür zu seiner Zelle aufgestoßen. Lancaster trat herein, gekleidet in den rotblauen Rock der Engländer. An seiner Seite hielt er die neunschwänzige Lederpeitsche mit der Cailean schon einige Male hatte Bekanntschaft machen dürfen. Hinter ihm traten mehrere Sassenachs ein, dem Anschein nach wichtige Männer. Angewidert wandte sich Cailean ab, den Blick stur auf die Holzdielen gerichtet. In den letzten Tagen hatte er gelernt, sein Gesicht regungslos zu lassen. Er wollte nicht, dass seine Peiniger seinen Schmerz sahen und sich daran ergötzen konnten. Meist machte sie das noch wütender und ihre perversen Spiele nahmen dann noch unfassbarere Gestalt an. Aber Cailean akzeptierte lieber das, als sie sehen zu lassen, dass er litt.

Lancaster trat an das Kreuz. Das Holz getränkt mit seinem Blut. Der Sassenach strich ihm mit den Fingernägeln geradezu zärtlich über Oberarme, Rücken und Oberschenkel. Cailean musste das Zittern unterdrücken, das der Ekel vor dieser Berührung in ihm wachrief. Lancaster trat um ihn herum und lächelte in Caileans Gesicht. Seine langen aschblonden Haare ruhten in einem Zopf auf seinem Rücken. Im Haarband steckten zwei Silbernadeln, so lang wie eine Männerhand. Er nahm eine davon heraus und rammte sie Cailean in einer schnellen Bewegung in den Unterarm. Cailean zuckte nicht einmal. Jede Art der Reaktion würde das Schwein nur erfreuen. Und Freude wollte er ihm nicht schenken. Lancaster zeigte keine Enttäuschung darüber. Er wusste schon, dass Cailean nicht schreien würde. Nicht zu schreien, seinen Schmerz nicht zu zeigen, war das letzte bisschen Stolz, das Cailean noch geblieben war.

»Darf ich euch mein Spielzeug vorstellen?«, wisperte Lancaster auf die Art, von der er glaubte, dass es ihn gefährlich klingen ließ. In Cailean rief seine Stimme nur Ekel hervor. »Der Chief der MacLeans.« Er rammte ihm die zweite Nadel in die rechte Pobacke. Seine Hand strich langsam über Caileans andere Backe, dabei stieß er ein leises Stöhnen aus. Sein Gesicht näherte sich Caileans Ohr. »Du hast wahrlich den härtesten Arsch, den ich je ficken durfte.«

Seine Gäste lachten in Caileans Rücken, anscheinend kannten sie die Vorlieben des Lords. Cailean hatte keine Ahnung wie viele gekommen waren oder wer.

Lancaster stellte sich direkt hinter Cailean, er griff um ihn herum und nahm Caileans Hoden in eine Hand und drückte zu. Ihm blieb nur, den Atem anzuhalten und die Lippen fest aufeinander zu pressen, um nicht zu schreien. Übelkeit stieg in Cailean auf. Er kämpfte dagegen an, konzentrierte sich darauf, ihm keinen Grund zur Freude zu geben. Doch Freude hatte er trotzdem, sein harter Schaft unter dem Stoff seiner Uniformhose drückte sich gegen Caileans Hintern.

Lancaster rutschte ein Stück an ihm hoch und runter, rieb sich an Cailean. Dieser Mann war annähernd so groß wie Cailean, aber bei Weitem nicht so stark gebaut. Sein Körper war schlacksig und dürr. Kein Mann, der je wirklich gekämpft hatte. Aber einer, der seine Macht auf diese Art präsentieren musste. Auch Cailean hatte schon Gefangene gefoltert, aber niemals hätte er sich an ihnen vergangen, eher hätte er sie getötet. Er hoffte, dass auch er bald getötet würde. Der Lord ließ sich von jemandem ein Messer reichen und setzte es Cailean an die Kehle.

»Wirst du jetzt dafür sorgen, dass dein Schwanz hart wird? Wir haben Gäste. Einige davon lieben es, bei meinen kleinen Spielen zuzusehen, und so ein Prachtstück von einem Kerl, gefickt von einem Mann, das gefällt ihnen besonders. Noch besser wäre aber, wenn du zeigen würdest, wie sehr dir das gefällt.« Der stinkende Alkoholatem des Lords wehte in Caileans Gesicht.

Cailean antwortete nicht. Er wusste, er würde ihn nicht töten, er hatte ihm schon zu oft damit gedroht und es nie getan. Das Messer an seiner Kehle konnte ihn nicht beeindrucken. Cailean würde nicht nachgeben, er würde all seine Kraft einsetzen, damit sein Schwanz blieb, was er war, schlaff. Es war ihm in den vergangenen Tagen schon passiert, dass sein Schaft annähernd härter geworden war, ohne dass Cailean etwas dagegen hätte tun können. Doch dieses Mal würde er es nicht zulassen und wenn er sich die Zunge abbeißen musste, um es zu verhindern. Die Scham darüber, dass es passiert war, brachte ihn sowieso schon um, aber wenn es vor so vielen seiner Feinde passieren würde, dann würde er sich freiwillig das Leben nehmen. Er war ein Mann, der mit jeder Faser seines Körpers verrückt nach Frauen war, wie hatte ihm das passieren können?

Lancaster nahm das Messer von seiner Kehle, setzte es mit der Spitze auf Caileans Brust auf, dort, wo es sein Herz treffen würde, wenn er das Messer zwischen den Rippen hindurchstoßen würde. Sein harter Unterleib rieb noch immer gegen Caileans Hintern. »Vielleicht werde ich ihn dir erst in dem

Mund schieben.« Er setzte die Klinge über Caileans Brust an und schnitt tief in seine Haut.

Reißender Schmerz jagte durch Cailean hindurch, ließ seinen Atem stocken. Warmes Blut lief über seinen Leib und tropfte von dort auf den Boden. Lancaster strich mit einem Finger über die offene Wunde und bohrte dann die Spitze tief in Caileans Fleisch.

Eine der Wachen trat an Caileans Fesseln und löste sie. Zitternd gaben Caileans Beine nach, er sank auf die Knie und keuchte. Die Wache stellte sich neben ihn und drückte ihm jetzt ihrerseits ein Messer an die Kehle. Ein weiterer Mann kam dazu und zwang Caileans Kiefer auseinander. Lancaster hatte zwischenzeitlich unter dem Gelächter der Zuschauer seinen Schwanz aus der Hose befreit. Die Finger an seinen Wangen bohrten sich tief in seine Kiefer und öffneten grob seinen Mund. Mit letzter Kraft versuchte Cailean sich zu wehren, aber die Foltern hatten ihren Tribut gefordert.

Lachend trat Lancaster näher, schob Cailean seinen erigierten Penis zwischen die Zähne. Erniedrigt schloss er die Augen. In den Fängen dieses Mannes hatte er schon unzählige finstere Stunden ertragen, aber jetzt vor Zeugen erreichte die Scham neue Dimensionen. Lancaster zog sein Schwert aus der Scheide und drückte die Spitze gegen Caileans Herz.

»Eine falsche Bewegung und es ist dein Ende.« Bei den Worten bewegte Lancaster seine Hüften und stieß in Caileans Mund. Galle stieg in ihm auf, aber da sein Magen leer war, kam nichts hoch. Trotz all des Ekels in ihm, sah er Lancaster gleichgültig an. Sein Tod wäre eine Erlösung.

»Ich habe diesen Leuten hier eine Orgie versprochen. Sie alle dürfen sich an dir bedienen. Wenn du nicht mitmachst, kann ich mein Versprechen nicht einhalten. Und ich halte immer meine Versprechen«, sagte Lancaster und stöhnte genussvoll, er zog seinen Schwanz zurück und strich mehrmals mit den Fingern daran entlang. Cailean würgte und spuckte Galle. Lachen aus mehreren Kehlen ertönte hinter ihm.

Lancasters Versprechen interessierten Cailean einen Scheißdreck. Und er würde nicht die Hure dieses Sassenach spielen. Sollte er doch selbst seinen verdammten Arsch hinhalten.

Er wandte sich einer Wache zu und in seinen Augen blitzte es. »Blas ihm einen! Du darfst dein Prachtstück dann auch in seinem Arsch versenken. Ich will, dass dieses Drecksteil endlich hochkommt.«

Jemand zerrte Cailean auf die Füße. Für einen winzigen Augenblick erlaubte er sich, die Augen zu schließen. Der Gedanke, dieses »Prachtstück« in sich zu spüren, hätte ihn fast einknicken lassen. Aber sein Stolz verbot es ihm. Er biss fest die Lippen zusammen, als er die rauen nassen Lippen der Wache auf seinem Fleisch spürte. Er verbot es sich, zu fühlen, was da unten mit ihm passierte. Sein Blick richtete sich auf die Gäste in seiner Zelle. Alles, was ihn von seinem Körper ablenken würde. Er musterte sie, erkannte keinen, aber er würde sich ihre Gesichter merken, für den Fall, dass er hier lebend herauskommen sollte.

Einer der Zuschauer fand die Darstellung wohl erregend genug, um Hand an sich selbst zu legen. Der rundliche rotgesichtige Mann umschloss seinen Schaft mit der Faust und stöhnte laut. Cailean sah angewidert weg.

Schmerz schoss durch ihn hindurch, als Lancaster ihm die Spitze seines Schwertes direkt über seinem Herzen in die Brust trieb, in die gleiche Stelle, die zuvor schon sein Messer gespürt hatte. Blitze zuckten hinter Caileans Lidern. Wenn sein Schwanz je vorgehabt hatte, sich zu erheben, war es jetzt vorbei damit.

»Lass ihn hochkommen, sagte ich«, drohte Lancaster und in seinen Augen blitzte die Wut. Der Lord drehte das Schwert in der Wunde. Es war nicht tief genug, um wirklich Schaden anzurichten, aber Cailean wollte das ändern. Er straffte sich und wollte sich weiter auf die Klinge schieben. Die Wachen hielten ihn zurück, und noch ehe Cailean genug Kraft hatte sammeln können, gegen sie anzukämpfen, hatte der Lord die Klinge aus seinem Körper gezogen.

Der Mann, der eben noch seinen Schaft bearbeitet hatte, verließ jetzt die Gruppe von fünf Zuschauern. Er blieb neben Cailean stehen.»Ich werd es dir zeigen, dreckiger Wilder. Du wirst vor mir knien und ich werde mich in deinen Arsch bohren und danach wird jeder Einzelne in diesem Raum in den Genuss kommen, es dem Chieftain der MacLeans zu besorgen.«

Der fette Sassenach platzierte sich stöhnend hinter Cailean, die Wachen drückten ihn wieder auf die Knie. Ungerührt, mit hartem Blick sah Cailean den Männern vor ihm in die Augen. Sie würden keinen Schmerz in seinen sehen, nur das Versprechen auf qualvolle Rache.

Ihre Finger legten sich sanft wie eine Feder auf seine Brust. Dorthin, wo die Narbe direkt über seinem Herzen lag. Sie strich darüber. Erkundete den Beweis für seine Niederlage vor den Engländern. Er zitterte, atmete tief ein und kämpfte mit seinen eigenen Dämonen, die sich seiner bemächtigen wollten. Er durfte jetzt nicht die Kontrolle über sich verlieren. Er wollte sie nicht verletzen. Er durfte sie nicht verletzen. Ambers Hand legte sich flach auf seine Brust und verdeckte die Narbe.

Sie sah zu ihm auf und blickte ihn mit so viel Sanftmut in den Augen an, dass er sich fragte, ob sie wusste, woher diese Narbe stammte. Natürlich konnte sie es nicht wissen. Aber etwas lag in ihrem Blick, dass ihm die Angst nahm. Er konnte spüren, wie er sich langsam beruhigte. Da war etwas an dieser Frau, das er nicht verstand. Aber ihre Hand auf seiner Brust fühlte sich an, als würde das reinste, vollkommenste Licht durch sein Innerstes strömen. Dieses Licht drängte die Dämonen zurück, bis nur noch vollkommene Stille übrig blieb.

Plötzlich nahm er wieder ihre Rundungen wahr, die gegen seine Muskeln drückten, ihre bebenden Lippen, die leicht geöffnet waren. Ihr kühler Atem, der über seine Wangen strich. Das Zittern, das sie schüttelte. Sie fror. Er zog sie tiefer in seine Umarmung, auch wenn das nicht viel nützen würde. Es war verdammt kalt hier drin. Die feuchte, neblige Luft, die sich in der Duschkabine gesammelt hatte, solange die Brause lief, hatte sich aufgelöst. Zurück blieb nur Kälte.

Wenigstens konnte er sie ein Stück von den kalten Fliesen wegziehen. Er schloss seine Arme um sie und es fühlte sich gut an, wie sie sich ihm ergab. Es gefiel ihm, wie sie sich in seinen Armen anfühlte. Sowas hatte er lange nicht mehr empfunden. Unverfälschte, ungetrübte, reine Begierde.

Seit seiner Gefangenschaft im Lager der Engländer hatten die Dämonen immer unter der Oberfläche gebrodelt, wenn er mit einer Frau zusammen gewesen war. Lancaster und das, was er mit ihm angestellt hatte, waren immer in der Nähe gewesen. Und lange Zeit hatte er wirklich nur mit Frauen geschlafen, um sich zu beweisen, dass er nur auf Frauen stand. Dass sein verräterischer Schwanz sich nicht erhoben hatte, weil ihm gefallen hatte, was die Sassenachs mit ihm angestellt hatten. Er hatte jede Frau genommen, die freiwillig ihre Röcke gelüpft hatte, um die Dämonen zurückzudrängen, bis er an die Druidin geraten war.

Was hatte Amber mit ihm gemacht, das sein Verlangen nach ihr sich so frei anfühlte?

Draußen schloss sich die Tür ihres Hotelzimmers. Der Dämon musste das Zimmer verlassen haben. Er konnte nur hoffen, dass er nichts gefunden hatte, was ihn darauf hinwies, dass Cailean und Amber dieses Zimmer heute Nacht benutzen würden. Cailean hatte sich Mühe gegeben, alles zu tun, damit jeder glaubte, dass sie nur ganz normale Durchreisende waren. Ein frisch verheiratetes Pärchen in den Flitterwochen. Das zumindest hatte er auch den Polizisten erzählt, die den Unfall untersucht hatten.

Amber war wenig begeistert gewesen, als Cailean nur ein Zimmer gemietet hatte, aber frisch verheiratet und getrennt schlafend, das hätte ihnen keiner abgekauft. Diese Geschichte sollte nicht nur die Polizei in die Irre führen, sondern auch eventuelle andere Verfolger. Denn irgendwie bekam Cailean das Gefühl nicht los, dass es da noch mehr gab. Und er hatte recht behalten, wie der Eindringling in ihrem Hotelzimmer bewies.

Er hatte ihn auf dem Flur herumschleichen sehen, als er etwas Essbares für Amber auftreiben wollte. Ihm war keine Zeit mehr geblieben, ein anderes Versteck, als das Bad zu finden. Und die Geräusche der Dusche hätten den Fomori bestimmt in das Badezimmer gelockt. Er hatte also nur die Wahl gehabt, dem Fomori gegenüberzutreten – das hätte ihre Tarnung auffliegen lassen und die Aufmerksamkeit der Polizei wieder auf sie gezogen –, oder zu Amber unter die Dusche zu schlüpfen und das Wasser abzustellen. Firbolg und Fomori, das waren ein paar Zufälle zu viel. Er war sich sicher, nicht nur Airmed, sondern auch Dian, der ehemalige Hüter der Quelle, hatte es auf Amber abgesehen.

Cailean verließ die Dusche, ohne Amber noch einmal anzusehen. Nicht, dass er nicht gewollt hätte. Er hätte sich durchaus gerne die Zeit genommen, ihren Körper einer genaueren Musterung zu unterziehen. Auf dem Weg nach draußen reichte er Amber ein Handtuch, schlich dann auf die Badezimmertür zu, öffnete sie einen winzigen Spalt und lugte hindurch. Das Zimmer war leer. Cailean strich sich erschöpft durch das lange Haar. Er verstand noch immer nicht, was da gerade geschehen war. Wie hatte sie es geschafft seine Dämonen zu verjagen, und hatte sie das beabsichtigt? Woher hatte sie überhaupt gewusst, dass er kurz vor einem Anfall gestanden hatte?

Er schloss die Tür hinter sich und riss sich die feuchte Kleidung vom Leib. Danach warf er die Hose über einen Stuhl, mit dem Leinenhemd wischte er sich über Gesicht und Oberkörper und ließ es dann einfach fallen. Er lauschte auf die Geräusche aus dem Bad, Stille. Seine Finger wanderten ganz von allein zu seiner Brust, strichen über die Stelle, die sie so sanft berührt hatte. Mit den Fingerspitzen tastete er nach der breiten Narbe. Sie war weg. Verdammt noch mal, wie konnte sie weg sein? Noch einmal tastete er nach der Wulst und fand nichts als glatte makellose Haut. Er senkte seinen Blick auf seine Brust. Nichts.

Cailean stürmte in das Badezimmer und prallte mit Amber zusammen, die gerade im Begriff gewesen war, das Bad zu verlassen. Sie trug eins seiner Hemden, das ihr bis zu den nackten Oberschenkeln reichte. Sie hatte sich bettfertig gemacht. Für einen Moment war Cailean von den schlanken, wirklich sehr anziehenden, hübschen Beinen abgelenkt. Außerdem musste er Amber davor schützen, mit ihrem süßen Hintern Bekanntschaft mit dem Fliesenboden zu machen. Er riss sich von ihrem Anblick los und schob sie auf Abstand.

»Was hast du mit mir gemacht?«, polterte er.

»Na hör mal. Du bist doch in die Dusche geplatzt, während ich darunter stand. Wenn hier einer wütend sein darf, dann doch wohl ich.« Sie krachte ihre Hände in ihre Hüften und sah ihn mit einer Mischung aus Entrüstung und Herausforderung an. Diese kleine, zierliche Person wollte sich mit ihm anlegen. Und sie sah dabei auch noch unheimlich sexy aus, das musste er ihr lassen.

Cailean zog die Augenbrauen hoch. Er hatte nicht vor, sich zu verteidigen. Er hatte keine bösen Absichten, wollte sie nur schützen. Aber er wollte ihre Herausforderung annehmen. Mit seinem Körper drängte er sich gegen sie und trieb sie rückwärts gegen das Waschbecken. Er richtete sich zu seiner vollen Größe auf und blickte auf sie herunter. Eingeschüchtert und etwas verwirrt zog sie die Schultern hoch. Er machte wohl Eindruck. Er würde wetten, wenn jetzt jemand in den Raum kommen würde, würde er nicht einmal ahnen, dass Amber da war. Sie war vollkommen von seinem Körper verdeckt. Und das gefiel ihm. Er könnte die Arme um sie schließen, sie an seine Brust ziehen, sie mit seinem Körper umhüllen, so wie sie ihn mit ihrem Duft umhüllte.

Er senkte seine Nase in den Scheitel ihrer Haare und sog tief ein. Er war immer noch da, dieser ihr ursprüngliche Geruch, der ihn umgarnte, ihn nicht mehr losließ, ihn daran erinnerte, wer oder besser was sie war. Natürlich hatte sie ihre Kräfte eingesetzt, um ihn zu heilen. Aber sie hatte mehr als das getan.

Sie drückte ihre Hände gegen seine Brust, um ihn von sich zu schieben. Er spannte nur seine Muskeln an und presste sich noch fester an sie. Ihr Herz schlug kräftig gegen seine Rippen, flink wie die Flügel eines Schmetterlings. Ihr Atem ging genauso angestrengt wie seiner. Er konnte jeden Atemzug spüren, weil sich mit jedem Einatmen ihre Brüste gegen ihn drückten.

Die dunkelroten Lippen leicht geöffnet, sah sie zu ihm auf, als warte sie darauf, von ihm geküsst zu werden. Und er wollte diese Lippen erobern, wollte an ihnen saugen und knabbern. Und das verwirrte ihn. Noch nie hatte ihn die Nähe einer Frau so verwirrt, so erregt und gleichzeitig in die Verzweiflung getrieben. Sicher, er küsste Maria, aber das war etwas anderes. Etwas, was sie beide taten, um sich gegenseitig Vergnügen zu bereiten. Sie, weil sie sich ihm gerne auslieferte. Er, weil er seine männlichen Triebe irgendwie befriedigen musste, ohne Gefahr zu laufen, dass Wünsche ihn dazu trieben.

Doch jetzt und hier, so nahe bei Amber, war es anders. Es schien, als züngelten Feuer in ihm. Ihr Blick versenkte ihn. Ihre

Hände lagen auf seinem Körper und er fühlte nichts als Verlangen nach mehr. Dabei sollte er Panik verspüren, das Schreien seiner Dämonen und den Drang sie zum Schweigen zu bringen, indem er sich und jedem anderen der daran zweifeln könnte, bewies, dass ein Mann keine Gefühle in ihn wecken konnte. Nichts von alldem, was in ihm hochkam, wenn ihn sonst eine Frau berührte, sei es noch so flüchtig, strömte jetzt durch ihn hindurch.

»Du hast etwas mit mir gemacht, ich will wissen was«, forderte er und drängte sich noch enger an Amber. Er musste noch mehr von ihrer versengenden Hitze spüren. Lag es an ihr oder an dem, was sie getan hatte? Fast wollte er zu sich selbst sagen, dass das Wie doch egal war. Er sollte es auskosten und diese Frau nehmen, solange er es ohne seine Seelenfressenden Dämonen tun konnte, die immer unter der Oberfläche brodelten, wenn er sich mit einer Frau vergnügte.

Aber er traute sich selbst noch nicht. Vielleicht war es nur von kurzer Dauer. Was, wenn es wiederkommen würde, sobald er sich in der weichen, warmen Grotte dieser faszinierenden Frau versenkte. Was, wenn alles nur eine Illusion war, die ihm diesen Frieden vorgaukelte. Seine Hände legten sich auf Ambers Hintern, drückten ihren Unterleib fester gegen seine schwellende Lust.

»Vielleicht erklärst du mir erstmal, was du denkst, was du hier tust?« Sie wehrte sich gegen ihn, dabei konnte er ihren von Erregung gekennzeichneten Duft deutlich wahrnehmen. Warum mussten Frauen sich nur immer so zieren? Warum gaben sie nie dem Drängen ihrer Körper nach, so wie der Mann es tat? Cailean tat es auch, obwohl die Dämonen und Lancasters Gesicht an ihm fraßen, wann immer er sich einer Frau näherte.

Amber stemmte sich mit aller Kraft gegen Caileans Brust. Dachte er etwa, eine gemeinsame Dusche würde ihm automatisch alles erlauben? Ihr Herz hämmerte in ihren Ohren, Hitze sammelte sich zwischen ihren Beinen. Sie war sich seiner Erektion nur allzu bewusst. Und es erregte sie, aber er war ihr Entführer. Sie durfte so nicht empfinden.

Außerdem war sie bis eben noch mit Eric zusammen gewesen. Sie war keine von diesen Frauen, die von einem Bett in das nächste sprangen. Obwohl sie sich schon das ein oder andere Mal genau das vorgestellt hatte. Niemand war unschuldig. Und befriedigenden Sex hatte sie schon lange nicht mehr gehabt. Da konnte man es ihr doch nicht verübeln, bestimmte Gefühle zu entwickeln, wenn sich ein so perfekt geformter Körper an ihren drückte. Mit Sicherheit würde das keine Frau dieser Welt kaltlassen. Trotzdem konnte sie das hier nicht zulassen. Für einen Moment hatte sie sich gewünscht, er würde sie küssen. Seine Nähe ließ sämtliche Zellen in ihrem Körper prickeln. Sie war nicht vollkommen immun gegen seinen unglaublich erotischen Körper. Und seine Haut unter ihren Fingern zu spüren, warm und glatt und maskulin, ließ bestimmte Teile ihrer Anatomie nach mehr betteln. Ihre Finger strichen sanft über seine Brustmuskeln, erforschten von ihr ungewollt seine Formen. Er war eine düstere Verlockung, eine verbotene Frucht, die ihr Körper unbedingt kosten wollte. Sie leckte sich über die Unterlippe.

»Ich habe dich etwas gefragt«, riss Caileans heisere Stimme sie aus ihren Träumen.

»Ich dich auch«, antwortete sie trotzig. Er sollte nicht glauben, dass es irgendetwas in ihr weckte, ihn so nah bei sich zu spüren.

»Ich habe dich vor einem Sturz bewahrt.« Cailean drückte ihre Pobacken. Amber stöhnte gespielt genervt und befreite sich endgültig aus seiner Umarmung, bevor es für sie zu spät war. Sie ging um ihn herum und verließ das Badezimmer.

»Ich wäre nicht gestürzt, wenn du so viel Anstand besessen hättest und nicht in das Bad gekommen wärst, solange ich da drin war. Und ganz sicher gehören das Pograpschen und die Beule in deiner Hose nicht zur Rettung vor einem Sturz.« Sie seufzte und hob das Hemd auf, das Cailean einfach mitten im Zimmer fallengelassen hatte.

»Gern geschehen.« Entrüstet wandte sich Amber zu Cailean um. Der lehnte lässig an der Wand, die Arme vor der Brust verschränkt, und grinste breit.

»Warum wundert mich das nicht«, murmelte sie mehr zu sich als zu ihm.

»Ich hätte dich auch dem Fomori überlassen können. Die sind noch schlimmer als die Firbolg.«

»Danke.« Amber sah ihn an. Dieses jungenhafte Grinsen ließ ihn sanfter aussehen, anders, als sie ihn in den letzten Tagen kennengelernt hatte. Er wirkte sorgloser. Und sie wusste warum. Sie war der Grund.

»Willst du mir jetzt sagen, warum diese Narbe auf meiner Brust verschwunden ist?«

»Ich hoffe, das war keine Kriegstrophäe«, sagte sie so salopp es nur ging. Sie hatte die Bilder in ihrem Kopf gesehen. Grauenvolle, ekelerregende Dinge, die man ihm angetan hatte. Sie hatte die Schande gespürt, die Erniedrigung und den Riss in seiner Seele, die er empfunden hatte, als dieser Mann ihn vor aller Augen vergewaltigt hatte, während die Zuschauer ihn berührt hatten, ihm weitere Verletzungen zugefügt hatten, ihm ihre Körpersäfte auf und in den Körper gespritzt hatten.

Ein stolzer Krieger, den sie nicht hatten brechen können, dem sie aber seine Würde genommen hatten. Amber hatte noch nie etwas Schlimmeres gesehen. Sie hatte viele Menschen geheilt, nur aus diesem Grund hatte sie in einer Arztpraxis gearbeitet, um Leiden zu heilen, wenn es nötig war. Und ein Nachteil ihrer Gabe war, dass sie auch die inneren Leiden sehen und fühlen konnte. Aber so etwas Grauenhaftes, wie es Cailean angetan wurde, hatte sie niemals gesehen. Wie sollte sie nur damit umgehen? Vorerst würde sie geheim halten, dass sie es wusste. Sie wollte seine Scham nicht noch verschlimmern. Es hatte sie genug Kraft gekostet, einen Teil dieser Last von ihm zu nehmen. Seine innere Qual zu heilen.

»Es tut mir leid«, sagte sie ohne ihn anzusehen. Sie wandte sich von ihm ab, um ihn nicht sehen zu lassen, was in ihr vorging.

»Vielleicht erklärst du mir erst einmal, wer du bist und warum du glaubst, mich beschützen zu müssen«, forderte Amber und ließ sich auf dem Bettrand nieder. Sie würde gar nichts sagen, bevor sie nicht endlich wusste, was hier gespielt wurde. Endlich schien sie einen Weg gefunden, um Cailean zum

Sprechen zu bringen. Er wollte etwas von ihr wissen, sie von ihm. Er würde seine Antwort erst bekommen, wenn sie ihre bekam.

Bisher hatte er sie nur herumgestoßen, sie ignoriert, als wäre sie irgendein lästiges Problem, das er am Hals hatte. Obwohl sie durchaus in Erwägung ziehen könnte, noch einmal mit ihm zu duschen. Nur sollten sie dann dafür beide unbekleidet sein. Amber fühlte sich schon ganz kribbelig bei dem Gedanken, heute Nacht wieder ein Bett mit ihm zu teilen. Das Ziehen in ihrem Unterleib hatte seit vorhin nicht wieder nachgelassen. Amber presste nervös ihre Schenkel zusammen, um dem süßen Schmerz Einhalt zu gebieten. Leider verstärkte sich dieser nur noch.

Cailean brummte etwas, das Amber nicht verstand, aber sie war sich sicher, dass das auch besser so war. Er warf ihr einen bitteren Blick zu und verschränkte wieder seine Arme vor seiner breiten Brust. Der Brust, die Amber vorhin hatte berühren dürfen, wenn auch nur kurz und unerlaubterweise.

»Das meiste hat Samantha dir schon erzählt«, setzte er mit so viel Widerwillen in der Stimme an, dass Amber ihren dreisten Vorstoß fast bereute. »Wir alle waren einst Krieger, wichtige Männer der jeweiligen Clans. Ich war Clanführer der MacLeans. Danu hat verschiedene Schlachtfelder zu verschiedenen Zeiten besucht und verwundete Männer mit nach Anwynn genommen. Einer davon war ich. Sie fand mich so gut wie tot auf dem Schlachtfeld zu Culloden. Das war 1746. Ohne sie wäre ich dort gestorben. Seither haben wir viele Schlachten für Danu geschlagen.«

»Wie viele hat sie gerettet?«

Cailean schnaubte. »Ich weiß nicht, ob sie uns gerettet hat. Es gibt Tage, da wäre ich lieber gestorben.« Amber schloss mitleidig die Augen. Sie wusste genau, woran er gerade dachte. »Kann man von Rettung sprechen, wenn man Jahrhunderte auf blutigen Schlachtfeldern verbringt? Manchmal kann der Tod Erlösung sein.«

»Also ist es euer Schicksal, immer und immer wieder für Danu in den Krieg zu ziehen?« Amber schluckte einen Kloß herunter. Ewiges Leben klang verführerisch, aber unter diesen

Umständen war es wohl doch nicht so romantisch, wie es sich in Ambers Kopf abspielte, wenn sie ihre Liebesromane las.

»Gegen wen lässt Danu euch kämpfen und warum?«

»Du hast die Firbolg gesehen? Die Fomori, ihre Untertanen, sind noch viel schlimmer. Sie rauben, plündern und vergewaltigen genauso wie ihre Herren, nur macht ihre niedrige Intelligenz sie gefährlicher. Sie sind das, was ihr Menschen als Dämonen bezeichnet. Sie leben in der Unterwelt von Anwynn, in Höhlen, nahe an Lavaflüssen. Das magische Volk hat diesen Kreaturen wenig entgegenzusetzen. Als sie diese Welt verlassen haben, haben sie nicht damit gerechnet, was sie auf der anderen Seite erwecken würden. Sie dachten, Anwynn wäre unbewohnt, dass es dort nur die Seelen geben würde, die dort auf ihrer Reise in ein neues Leben hindurch kommen. Aber Anderwelt funktioniert so nicht.«

»Und weil Danus Volk zu schwach war, hat sie sich eine Armee Highlandkrieger zu Hilfe geholt«, schloss Amber, und konnte die Wut in ihrer Stimme kaum unterdrücken. Nur, was hatte Amber mit alldem zu tun? Sie musste unbedingt mehr über diese Danu und ihr Volk erfahren, wenn sie einen Weg aus dieser Situation finden wollte. »Wer oder was ist dieses magische Volk? Ich kenne Geschichten, aber ich dachte immer, dass nichts davon wahr wäre.«

»Sie sind wahr. Zumindest die meisten. Das Feenvolk, so nennen die Menschen sie auch. Oder das Volk hinter den Hügeln, das kleine Volk. Im Laufe der Jahrhunderte hat man ihnen viele Namen gegeben. Sie alle sind Sidhe. Das ist der Oberbegriff für viele Arten von Wesen; Sathyrn, Elfen, Nymphen.« Cailean ließ seine Augen aufblitzen, dann schossen seine Reißzähne hervor und er knurrte. »Dunkelelfen. Das ist es, was Danus Blut aus uns gemacht hat. Auch bekannt als Vampire.«

Amber keuchte erschrocken auf. »Vampire?«

»Die meisten Legenden über das Volk basieren auf Geschichten von Wesen, die es nicht rechtzeitig durch die Tore geschafft haben, bevor Danu sie wieder geschlossen hat. Sie mussten in der Menschenwelt zurückbleiben. Abgeschnitten von den lebenserhaltenden Kräutern, die in Anwynn wachsen und zu denen nur Danu Zugang hat, waren sie auf Blut angewiesen, wenn sie nicht Altern wollten. Mit dem Blut eines Menschen nehmen sie auch einen Teil seiner Lebensenergie auf.«

»So entstanden also die Vampirlegenden?« Amber rieb sich über ihre fröstelnden Arme. Wenn sie bis eben schon von der Tatsache schockiert gewesen war, dass es da draußen Wesen gab, die es gar nicht geben sollte. Dann war sie jetzt umso mehr schockiert, weil sie einem leibhaftigen Vampir gegenübersaß.

Plötzlich nahm dieses unbekannte Wesen, dass Cailean bis eben noch für sie gewesen war, sichtbare Züge an. Warum erschreckte sie der Gedanke, dass er ein Vampir war, mehr, als der, dass er ein Dunkelelf war. Die Antwort konnte sie sich selbst geben. Weil Hollywood sie Unzähliges über die Spezies Vampir gelehrt hatte. Aber über Dunkelelfen wusste sie gar nichts. Und das, was Hollywood über Vampire zu berichten weiß, ist selten nett.

»Und Anwynn, also Anderwelt, gibt es auch?« Amber wollte es nicht glauben. Aber wie konnte sie nicht, nach allem, was sie in den letzten Tagen gesehen und erlebt hatte? Es musste einfach so sein. Obwohl ihr Verstand noch immer versuchte ihr zu sagen, dass das alles nicht wahr sein konnte. Aber da gab es auch einen Funken tief in ihr, der vorsichtig glimmte, und versuchte, ihr Hoffnung zu machen. Ihr Leben lang hatte sie sich wegen ihrer Andersartigkeit versteckt. Vielleicht war sie gar nicht so anders. Vielleicht gehörte sie nur nicht hierher. »Weshalb willst du mich beschützen? Wovor?«

»Es ist ein Auftrag. Ich bin Soldat, ich frage nicht nach dem Warum.« Die Art, wie er ihrem Blick auswich und zu Boden sah, ließ sie etwas anderes vermuten. Er wusste sehr wohl warum. Er wollte es ihr nur nicht sagen. Was stimmte hier nicht? Für den Augenblick würde sie nicht weiter nachhaken. Für den Augenblick.

Kapitel 8

Irgendwann würde er der Frage nicht mehr ausweichen können. Er musste ihr sagen, dass er nicht ihr Freund, sondern ihr Feind war. Dass er sie ins Verderben stürzen würde. Noch hielt sie etwas zurück, sich ihre Antwort von ihm zu wünschen. Er hasste den Augenblick, da sie die Wahrheit erfahren würde schon jetzt. Ihr ins Gesicht zu sehen, sie zu begehren und zu wissen, dass er ihr Unglück war, das war härter als alles, was dieser Fluch ihm bisher abverlangt hatte. Und es gab keinen Ausweg. Er musste diesen Wunsch zu Ende bringen. Wenn auch nur, um seinen Bruder zu retten. Wäre Ian nicht, würde er einfach auf seinen Tod warten. Er würde sich irgendwo einsperren lassen, wo er nicht herauskam und würde es aussitzen. Er hatte schon Schlimmeres überstanden.

Obwohl er nach wie vor überrascht war, was Amber mit ihm angestellt hatte. Seit sie ihre Hand auf seine Narbe gelegt hatte, konnte er nicht aufhören, sich vorzustellen, sie auf die Matratze dieses Bettes zu drücken und sie zu nehmen. Das Verlangen, das in ihm mit jeder Sekunde in ihrer Nähe wuchs, war nicht länger von seiner Schande überschattet. Da war kein Gedanke mehr daran, diese Frau zu nehmen um sich und der Welt zu beweisen, dass es ihn nicht erregt hatte, von diesen Engländern genommen zu werden – nur allzu deutlich konnte er ihr Lachen hören, als sein Schwanz ohne sein Zutun hart geworden war, während das Schwein Lancaster immer wieder in ihn gestoßen hatte. Es war, als hätte sie diesen Teil, der allen zeigen wollte, dass die Erniedrigung ihn nicht gebrochen hatte, gelöscht.

Ein Teil von ihm wünschte sich seine Dämonen zurück. Ein anderer war erleichtert über dieses Geschenk. Sollte er endlich wieder unüberschatteten Spaß empfinden, wenn er seinen Schaft tief in der feuchten Höhle einer Frau vergrub? Das Einzige, was ihn jetzt in diesem Augenblick quälte, war die schmerzhafte Erektion, wenn er an die perfekten Rundungen dachte, die sich so nachgiebig und weich gegen ihn gedrückt hatten. Cailean fluchte innerlich.

»Und wo bringst du mich nun hin? Willst du mir wenigstens das verraten?« Sie klang frustriert und ungeduldig und er konnte es ihr nachempfinden. Er würde ein solches Vorgehen nicht über sich ergehen lassen. Er konnte froh sein, dass die Frau so geduldig mit ihm war. Vielleicht lag es nur daran, dass sie nicht wusste, wohin sie sonst hätte gehen sollen, nachdem ihr Freund sie auf diese hinterhältige Art betrogen hatte. Aber warum regte ihn das auf? Er hatte das unzählige Male mit Frauen getan. Hatte jeden Tag eine andere in sein Bett geholt, bis der Fluch ihn davon abgehalten hatte, weil er sich wegen ihm von den Weibern fernhalten musste.

»Ich bringe dich zu mir nach Hause. Und ja, um dich zu schützen. Oder glaubst du, die Firbolg wären eine bessere Gesellschaft für dich?« Cailean ging zur Tür, als es klopfte. Er öffnete einen Spalt, sah heraus und atmete erleichtert aus. Nur das Zimmermädchen mit dem Essen. Er ließ sie eintreten, sog den Duft ein, der sie umgab, und konnte keinen Firbolg oder Fomori wahrnehmen, der sich eventuell in ihrer Nähe aufgehalten hatte, um sie zu beeinflussen.

»Und jetzt du«, befahl Cailean ungeduldig, während er das Essen für Amber und sich auf dem kleinen Tisch abstellte.

»Eigentlich weißt du es schon. Ich kann heilen. Ich kann das schon, solange ich denken kann. Mit der Narbe habe ich dir auch einen Teil deiner Schmerzen genommen. Ich war fünf Jahre alt, als ich einer Taube den gebrochenen Flügel geheilt habe. Bis dahin hat wohl nur meine Mutter geahnt, dass etwas an mir anders ist, weil ich deutlich schneller heile, als Menschen es normalerweise tun, wenn sie sich verletzen oder krank werden.«

Cailean zuckte zusammen. Er verbarg diese Reaktion hinter einem Hüsteln. Wusste sie, woher dieser Schmerz rührte? »Was weißt du über meinen Schmerz?«

»Nichts«, antwortete Amber und wandte ihr Gesicht von ihm ab, um interessiert das Essen zu begutachten.

Cailean kam dieses »Nichts« ein wenig zu schnell. Er musterte Amber zweifelnd über den Tisch hinweg. Diese stopfte sich lächelnd ein Stück Kartoffel in den Mund. Es war ein unsicheres, nicht echtes Lächeln. Das konnte Cailean genau sehen, weil er es in den Gesichtern so vieler Frauen gesehen hatte, wenn sie sich ihm das erste Mal in all ihrer Nacktheit präsentiert hatten. Sie verbarg etwas vor ihm. Er konnte nur hoffen, dass sie wirklich nichts von dem ahnte, was ihm zugestoßen war. Er hatte keine Ahnung, wie weitreichend ihre Kräfte waren. Nur Danu wusste es. Die Vorstellung, sie wusste, woher seine Qualen kamen, jagte ihm Schauer über den Rücken. Bei ihr schien es ihn noch mehr zu stören, als bei jedem anderen Menschen. Er senkte den Blick auf seinen Teller, schnitt sich etwas von dem saftigen rosa Rinderfilet ab und seufzte, als der köstliche Geschmack des Fleisches in seinem Mund explodierte.

»Du trinkst also Blut?«

Cailean war etwas verwirrt wegen des plötzlichen Themenwechsels. »Nur wenn es sein muss.« Nicht weil es ihm nicht schmeckte, aber die sexuelle Erregung, die mit dieser Art der Aufnahme von Lebensenergie einherging, hatte ihm den Spaß verdorben.

Das wollte er Amber nicht sagen. Er befürchtete ohnehin, dass sie schon zu viel wusste. Obwohl er sich vorstellen konnte, es bei ihr noch einmal zu versuchen, das Beißen. Vielleicht während er ihren Rücken gegen seine Brust drückte, er sie mit seinen Armen umschlungen hielt, eine seiner Hände mit dem seidigen Nest schwarzer Locken zwischen ihren Beinen spielte und sie ihren wundervollen Hintern an seinen pulsierenden Schaft presste und ihn auf und ab bewegte.

Fluchend stand er vom Tisch auf. Er räumte sein Geschirr auf den Servierwagen und beschloss, schleunigst ins Bett zu gehen und zu schlafen. So oft wie in den Stunden seit ihrer gemeinsamen Dusche hatte er seit Ewigkeiten nicht mehr mit solcher Begierde an die körperliche Vereinigung zwischen Mann und Frau gedacht. Was hatte diese Frau nur angestellt?

Mit dem Schmerz, den sie von ihm genommen hatte, hatte Amber ihm auch die Wut genommen. Einzig die Erinnerung war ihm geblieben. Ein Teil von ihm versuchte fast verzweifelt wieder nach diesen Gefühlen zu greifen. Aber sie waren verschwunden. Zurück war nur ein Loch geblieben. Zweihundertsechsunddreißig Jahre hatte er mit diesen Dämonen gelebt, seit seinem fünfunddreißigstem Lebensjahr im Jahre 1746. Es fühlte sich leer an, weil genau diese Dämonen ihn ausgemacht hatten. Ohne sie war er nur noch eine Hülle ohne Inhalt. Er brauchte seinen Hass zurück, um zu Sein.

Seufzend putzte Amber ihre Zähne. Sie betrachtete ihre Eckzähne im Spiegel. Sie wirkten geradezu langweilig gegen Caileans. Sie musste schon zugeben, diese Reißzähne hatten etwas Erregendes. Als er sie vorhin gegen die Duschwand gedrückt hatte, waren sie kurz hervorgeschossen. Zusammen mit dem Leuchten in seinen Augen hatte es etwas so animalisch Wildes gehabt, dass Amber schon bei der Erinnerung daran ganz heiß wurde. Ihre Brüste fühlten sich schwer an und in ihrem Unterleib zog es schmerzhaft süß. Es sollte ihr Angst machen, sie vor Entsetzen schreien lassen, aber das tat es nicht mehr. Ihre Furcht war wie weggeblasen, seit er sic vor dieser Kreatur gerettet hatte. Sie hatte wirklich das Gefühl, ihm vertrauen zu können.

Und konnte es sein, dass der ewig schlecht gelaunte Highlander gar nicht mehr so schlecht gelaunt war? Zumindest hatte sie ihm ein paar zusammenhängende Sätze entlocken können, wenn auch nicht die Informationen, die sie von ihm wollte. Ohnehin hieß es doch, dass die Schotten ein zuvorkommendes, sehr nettes Volk waren. Wo war bei ihm die Freundlichkeit?

Zumindest erfüllte er das Klischee des rauen, gut aussehenden Highlanders. Nur der Kilt fehlte. Eigentlich schade, dachte Amber. Sie hatte schon immer wissen wollen, ob Mann wirklich nichts darunter trägt. Bei den teilweise heftigen Winden in den Highlands könnte das interessant werden. Vielleicht sollte sie ihn bitten, einen Kilt zu tragen. Natürlich nur der Wissenschaft zuliebe.

Ambers Körper prickelte, als sie an seine harte Erektion dachte, die sich an ihrem Unterleib gerieben hatte. Sie hatte sich schon lange nicht mehr so erregt gefühlt. Bei Eric war es eher als würde er einen Computer hochfahren und den Netzstecker ziehen, noch bevor das Betriebssystem gestartet war. Zwanzig Sekunden rein, raus und fertig. Das Vorspiel hatte er in den letzten Monaten gleich ganz weggelassen. Ja, sie hatte eindeutig schon seit sehr langer Zeit keinen richtig heißen Sex mehr gehabt, der sie bis auf den Gipfel getragen hatte. Das einzige, was sie in den letzten Wochen hatte kommen lassen, war ihre Hand. Fast hatte sie schon daran gedacht, sich zu wünschen, dass Cailean mit ihr schlief. Warum hatte sie es sich nur nicht getraut? Weil es ihn zu einem Objekt gemacht hätte. Er hätte es nicht getan, weil er sie wollte, sondern weil sie ihn zwang. Das könnte sie nie tun. Ob andere Frauen ihm das angetan hatten? Eine Vorstellung, die Ambers Mitleid für Cailean weckte.

In Gedanken ließ Amber noch einmal ihre Finger über Caileans unbehaarte, glatte Brust streichen. Noch einmal inhalierte sie seinen herben, maskulinen Duft, der sich mit dem Hotelshampoo vermischte, das sie gerade auf ihrer Haut verteilt hatte. Diese kurze Episode hatte mehr heiße Lava durch ihre Venen gejagt, als jeder Sex mit Eric es je vermocht hatte. War es die Gefahr, die scheinbar aus jeder Pore aus ihm heraustropfte, ihn regelrecht umgab; düster, tödlich, erotisch? Amber verstand es nicht, aber an diesem Mann war etwas, dass sie von Dingen träumen ließ, die sie sich nie hatte auch nur vorstellen können. Cailean war Sünde pur und er hatte sie infiziert. Das durfte sie nicht zulassen.

Sie spülte ihren Mund aus und fühlte sich unglaublich sexy, als sie sich in Caileans T-Shirt im Spiegel betrachtete. Der weiße Stoff schlackerte viel zu weit um ihre Hüften, aber endete genau in der Mitte ihrer Oberschenkel wie ein Minikleid.

Es war sein Shirt, das sie da trug; schlicht, ganz weiß, aber es hatte seinen Oberkörper umhüllt. Ein wenig fühlte es sich an, wie eine intime Berührung. Er war überall um sie herum, streichelte sie. Amber schüttelte den Kopf. Wie konnte sie nur all sowas denken? Sie kannte Cailean nicht einmal. Noch dazu war er ein Vampir. Nicht zu vergessen, er entführte sie nach Schottland. Wobei man ihm zugutehalten musste, sie wollte schon immer mal nach Schottland. Es war nur nie dazu gekommen, weil Eric lieber irgendwo am Strand liegen wollte, statt »durch Wälder und über Hügel zu wandern«.

Wahrscheinlich besaß Cailean in Schottland eine gruselige alte Burg, genauso wie es sich für einen Vampir gehörte. Amber verdrängte die verwirrenden Reaktionen ihres Körpers auf

Cailean und rief sich ins Bewusstsein, was er ihr gesagt hatte. Er hatte behauptet, es gäbe Elfen und Feen und alles Mögliche, woran sie nie zu glauben hätte gewagt. Konnte das wirklich wahr sein?

Sie hatte den Firbolg gesehen. Und sie hatte Cailean gesehen, aber alles in ihr wollte noch immer Zweifeln. Das alles konnte sie nicht erfassen. Es war zu merkwürdig. Das waren Figuren aus Märchen, Legenden und Sagen. Wenn sie es wirklich an sich ran ließe, dann würde es ihr den Verstand rauben. Vielleicht reagierte ihr Körper deswegen so auf Cailean. Sie hatte gelesen, dass es Menschen gab, die versuchten, ihre Probleme mit Sex in den Griff zu bekommen. Vielleicht war es das, was sie tat, wenn sie sich danach sehnte, ihren Unterleib an Caileans zu reiben. Sich alles von ihm zu nehmen, was er ihr geben konnte.

Als Amber aus dem Bad trat, lag Cailean schon im einzigen Bett. Er hatte die Seite gewählt, die der Tür am nächsten war. Gerade schob er sein Schrotgewehr unter sein Kissen. Er befürchtete wohl, sie könnten Besuch bekommen. Amber warf der Tür einen unsicheren Blick zu. Cailean hatte ein Claymore, ein schottisches Breitschwert, an die Tür gelehnt. Wenn jemand die Tür öffnen würde, würde es scheppernd zu Boden gehen und sie warnen. Ein schottisches Breitschwert, vielleicht schon so alt, wie sein Besitzer selbst, dachte Amber mürrisch.

Wie viel Blut mochten das Claymore und sein Besitzer schon vergossen haben? Amber versuchte sich Cailean schwertschwingend, bekleidet mit einem Kettenhemd und einem Kilt vorzustellen. Sein Gesicht von Blut und Dreck verdeckt. Schmutz auf seinen muskulösen Oberarmen, inmitten eines Schlachtfeldes. Ein angenehmes Flattern huschte durch Ambers Magen. Sie leckte sich mit der Zunge über die Unterlippe und wischte diese Fantasie schnell wieder weg. All das Blut und das Grauen, die damit verbunden waren, sollten sie nicht erregen, sondern abstoßen. Taten sie aber nicht.

Er hatte auch einen Kreis aus Eisenspänen entlang der Wände des Zimmers gezogen. »Damit sich niemand in das Zimmer teleportieren kann, solange wir schlafen«, hatte er vorhin erklärt, als er den kleinen Sack voll mit den grauen Eisenstückchen aus einer Reisetasche geholt hatte. Das Zimmermädchen würde sich morgen wundern.

Amber ging zu ihrer Hälfte des Bettes und sah unschlüssig auf die Matratze hinunter.

»Willst du da noch lange rumstehen?«

»Wirst du mich wieder anbinden?«, fragte sie mit dem gleichen harschen Tonfall, der auch Caileans Frage begleitet hatte.

»Wirst du wieder weglaufen?«

Amber schnaubte.

»Also nicht. Dann werden die Fesseln nicht nötig sein.«

»Hast du Appetit auf Blut?« Ambers Knie zitterten etwas. Sie konnte nicht vergessen, was er war. Die Vorstellung, neben ihm zu schlafen, löste gleichermaßen Panik und Erregung in ihr aus.

»Ist das ein Angebot?« Cailean wandte sich mit einem herausfordernden Lächeln auf den Lippen zu ihr um.

»Nein«, antwortete Amber heiser und versuchte, das Zittern, das ihren Körper befallen hatte, zu verbergen.

»Dann nein. Wirst du dich jetzt endlich hinlegen oder soll ich wieder nachhelfen?«

Diese Worte ließen Amber vergessen, dass sie eben noch recht anregende Gedanken hatte, was die gemeinsame Nacht betraf. Wutschnaubend kroch sie in das Bett, drehte sich von Cailean weg und zerrte an der einzigen Decke. Er wird auch nicht nur einen Zentimeter davon bekommen, dachte sie sauer. Amber legte sich mit ihrem ganzen Gewicht auf die dünne Decke und krallte ihre Hände in den Stoff. Cailean kicherte hinter ihr.

»Du kannst auch noch mein Plaid haben. Ich brauche es nicht. Befindet sich in der Reisetasche.«

Cailean starrte Amber wütend hinterher, als sie in das Bad ging, um sich frisch zu machen. Er hatte sie schlafen lassen, während er nach dem SUV gesehen hatte. Aus irgendeinem Grund war er wütend heute Morgen. Einen Moment war seine Wut im Begriff zu verrauchen, als sein Blick auf ihre glatten, leicht gebräunten Beine fiel und er bereute, dass er ihr kein kürzeres T-Shirt zum Schlafen gegeben hatte. Doch als sie die Tür zuschlug, war die Wut wieder da. Wahrscheinlich lag es daran, dass er die ganze Nacht an nichts anderes gedacht hatte, als sie an sich zu ziehen und mit ihr die verruchtesten Dinge anzustellen, die ihm jemals in den Sinn gekommen waren. Sie in seinem Bett zu wissen, und sie nicht berühren zu können, war die höllischste Qual überhaupt. Aber er würde sie nicht berühren, das hatte er ihr geschworen.

Er hatte die ganze Nacht nicht besonders gut geschlafen. Nicht nur das. Was er in seinem Dämmerzustand in Gedanken mit Ambers Körper angestellt hatte, hatte ihm eine solche Erektion verpasst, dass er sich hatte unter der Dusche Erleichterung verschaffen müssen - Zweimal. Nur um jetzt schon wieder hart zu sein.

Das Risiko, dass er mehr von Amber wollte, als er bereit war zu geben, war ihm zu groß. Schon jetzt konnte er kaum ertragen, auch nur daran zu denken, sie Airmed zu übergeben. Aber die Gefühle, die in ihm für sie heranreiften, würden dieses Vorhaben noch schlimmer machen. Und er wusste, er würde nicht drumherum kommen. Sich mit Amber einzulassen, würde die Empfindungen für sie noch verstärken. Also sollte er sich lieber zwischen anderen Schenkeln vergraben. Noch vier Tage. Die würde er überstehen, danach wäre sowieso alles vorbei.

Nichtsdestotrotz hatte sie offensichtlich nicht nur seine Narbe geheilt, sondern auch seine Seele. Soviel war sicher. Stöhnend legte Cailean eine Hand auf seinen pochenden Schwanz und rieb ihn durch das Leder seiner Hose. Für einen Moment stellte er sich vor, er würde durch diese Tür treten, Amber gegen die Fliesen der Dusche drücken, seine Hände würden ihre Brüste umschließen. Ihre rosigen Knospen pressten sich gegen seine Handinnenflächen. Er nahm sie zwischen Daumen und Zeigefinger, zupfte daran, saugte sie zwischen seine Lippen. Er versank so tief in seiner Vision, dass er meinte, er könnte sie sogar stöhnen hören. Er stellte sich vor, sein Schaft würde in ihre feuchte Höhle stoßen, hart und schnell, würde ihre Lust immer höher katapultieren, bis sie seinen Namen zur Decke hoch rufen würde. Cailean rieb fester über seinen Schwanz und kam fluchend in seine Hose.

Wütend auf seinen Penis, packte er alle Sachen zusammen. Er würde das Gemeinschaftsbad am Ende des Ganges aufsuchen müssen. Und dann war hoffentlich das Auto fertig. Er musste sie so schnell wie möglich nach Anwynn bringen, damit er ihr für den Rest der gemeinsamen Zeit aus dem Weg gehen konnte.

Aber ob er stark genug sein würde? Immer, wenn Gefühle von ihr auf ihn überwallten, dann konnte er spüren, dass auch sie nicht immun gegen ihn war. Es sollte ihn mit Stolz erfüllen, aber es steigerte sein Begehren nur noch. Es gab Augenblicke, da wünschte er sich, er könnte sie so schnell wie möglich zu Airmed bringen, nur um nicht noch tiefer in ihren Bann zu rutschen. Und dann wieder wusste er mit jeder Zelle, dass sie sein war. Dass sie ihm gehörte und er nie dazu in der Lage sein würde, sie zu verlieren. Schon jetzt waberte der giftige Gedanke durch sein Hirn, Ian einfach seinem Schicksal zu überlassen. Aber wenn es nur das wäre, dann könnte er auch mit seinen Männern losreiten und Ian einfach befreien. Aber das war es nicht, dieser verdammte Fluch trieb ihn dazu, Amber zu verraten.

Kapitel 9

Eine Stunde fuhren sie jetzt schon von Dorf zu Wald, zu Feld, zu Dorf. Vorbei an friedlich grasenden Kühen und Schafen. Cailean war kein ungeduldiger Mensch, aber mit Amber direkt neben sich, wurde diese Autofahrt zur Geduldsprobe, und das lag nicht an ihrer ständigen Fragerei über geschichtliche Ereignisse, das Leben vor zweihundert Jahren und Elfen und Feen. Sondern daran, dass sie viel zu nahe neben ihm saß, er mit jedem Atemzug ihren betörenden Duft in seine Lungen sog und ihre Wärme spürte. Er war froh, dass sie sich Glasgow näherten, das bedeutete, sie näherten sich dem Ende der Reise. Doch bevor das soweit war, mussten sie erst dieses Auto loswerden.

Als Cailean den SUV aus der Werkstatt abgeholt hatte, hatte er in der kleinen Halle den fauligen Geruch eines Fomori wahrgenommen. Manchmal war es von Vorteil, dass diese Tiere nicht viel von Körperhygiene hielten. Er hatte den Mechaniker manipulieren müssen, um herausfinden zu können, was der Fomori von ihm verlangt hatte. Was nicht so einfach gewesen war, da er den Mechaniker dazu aus der Werkstatt hatte locken müssen, da diese voll von Eisen war. Um an die Informationen zu kommen, die er brauchte, musste er ihn also auf ein Bier in den Dorfpub einladen. Das hatte sie Zeit gekostet. Dafür hatte Cailean herausgefunden, dass der Fomori einen Sender im Auto versteckt hatte, um ihnen besser folgen zu können. Er hatte sofort William informiert und sie hatten vorbereitet, was auf die Schnelle machbar war, um ihre Verfolger in die Irre zu führen.

Es war an der Zeit, ihre Pläne umzusetzen. Cailean fuhr langsam an einen Touristen heran und hielt neben ihm. Der Mann trug einen schweren Rucksack mit sich herum. Vielleicht genau, was er brauchte, um das Auto mitsamt GPS-Sender des Fomori loszuwerden.

»Wohin, junger Mann?«, fragte Cailean betont freundlich. Ihm entging nicht Ambers erstauntes Aufkeuchen. Wahrscheinlich wunderte sie sich, wo seine gute Laune plötzlich hergekommen war. Seit sie gemeinsam das Auto bestiegen hatten, hatte Cailean versucht, sich möglichst kühl zu geben. Er hatte gehofft, Amber damit abzuschrecken, um sie von ihm fernzuhalten. Aber das funktionierte nicht. Und das wiederum machte ihn so wütend, dass er ihr am liebsten hier und jetzt die Klamotten vom Leib reißen wollte, um den Druck in seinem Inneren abzubauen.

Um den Touristen manipulieren zu können, musste er seine Aufmerksamkeit erringen. Und er musste verhindern, dass dieser gleich floh, wenn Cailean den Wagen verließ. Deswegen, und nur deswegen, gab Cailean sich freundlich. Cailean lächelte weiter zum Seitenfenster heraus. Der Rucksacktourist war neben dem Auto stehengeblieben und musterte Cailean. Wahrscheinlich war er zu dem Entschluss gekommen, dass Cailean nicht sehr vertrauenserweckend wirkte.

»Meine Frau und ich befinden uns in den Flitterwochen«, erklärte ihm Cailean.

Amber wirkte vertrauenserweckend. Ein Mann, der mit so einer zuckersüßen, zierlichen Frau unterwegs war, konnte unmöglich ein Serienkiller sein. Der Tourist schien der gleichen Meinung zu sein, nachdem er einen kurzen Blick in das Wageninnere geworfen hatte. Er klaubte seinen Rucksack von seinem Rücken und nickte.

»Nach Glasgow«, sagte er nun.

Warum hatte Cailean das nur geahnt? Die jungen Leute wollten doch alle immer nach Glasgow. Er lächelte brav weiter. »So ein Zufall. Da wollen wir auch hin.« Cailean drückte den Knopf, der den Kofferraum öffnete und stieg aus dem SUV, dabei hielt er Blickkontakt mit dem jungen Mann, um sobald möglich nach seinem Verstand greifen zu können. »Ich verstaue ihre Sachen hinten.« Er blieb vor dem Mann stehen, griff nach dem Rucksack und fixierte mit seinem Blick, den des Mannes sobald der ihm in die Augen sah und das Eisen des Wagens ihn nicht mehr hindern konnte, seine Fähigkeiten einzusetzen.

Cailean tauchte in den Kopf des Touristen ein. Der Tramper war Student und kam aus Deutschland. Er verbrachte seine Semesterferien hier und würde sich in Glasgow mit Freunden treffen, um von dort aus weiter nach Edinburgh zu reisen. Dann wollten die Freunde einmal rund um Schottland reisen, die wichtigsten Sehenswürdigkeiten inbegriffen. Cailean interessierte nur Glasgow. Er würde den Studenten also nicht lange von seiner Route abbringen müssen, somit würde niemandem etwas auffallen.

»Du wirst in den Wagen steigen. Die Navigation weist dir den Weg zu meinem Anwesen etwas außerhalb von Glasgow. Du bringst das Auto dorthin und bestellst Scott MacDougal, meinem Hauswart, er soll das Auto unterstellen und sich auf Besuch vorbereiten. Er soll einige Zeit so tun, als wäre ich zu Hause. Wenn du das erledigt hast, vergisst du, was du für mich getan hast und gehst deiner Wege.«

Cailean überlegte, ob er was vergessen hatte. Der Mann wartete mit leerem Blick darauf, dass Cailean ihn freigab. Als er sich sicher war, dass er dem Jungen alles aufgetragen hatte, kramte er ein paar Geldscheine aus der Innentasche seiner Lederjacke und steckte sie dem Studenten in dic Tasche seiner Jeanshose. Danach entließ Cailean den Mann aus der Trance und ließ ihn auf dem Fahrersitz Platz nehmen. Jetzt konnte er nur noch hoffen, dass ihre Verfolger auf den Trick hereinfielen. Zumindest war allgemein bekannt, dass Cailean in der Nähe von Glasgow ein Haus besaß, auch wenn er nur noch selten darin wohnte.

Er bat Amber aus dem Auto zu steigen, die sah sich verwirrt um, gehorchte aber ohne zu protestieren. Vielleicht hätte er sie in seine Pläne einweihen sollen. Cailean zuckte mit den Schultern. Nein, so würde es lustiger werden.

Nachdem Cailean alles Gepäck aus dem SUV geholt hatte, einschließlich der Kühltasche, auch wenn er befürchtete, dass der Inhalt nicht mehr zu retten war, die Tasche hatte in der Sonne vor der Werkstatt gestanden, schickte er den Studenten los und hoffte, dass dieser kleine Trick ihnen ihre Verfolger einige Zeit vom Hals halten würde. Während Dians Hündchen glauben würden, Amber und er wären in seinem Haus nahe Glasgow, würden sie sich stattdessen woandershin begeben. Dann brauchten sie jetzt nur einen neuen fahrbaren Untersatz.

»Warum laufen wir jetzt?«, wollte Amber wissen und versuchte, stolpernd Schritt zu halten. Cailean lief mit Reisetasche und Kühlbox bepackt vor Amber her als wögen die Sachen nichts.

»Während der SUV in der Werkstatt war, hat jemand einen Sender angebracht«, antwortete Cailean gewohnt knapp. Amber rollte die Augen.

»Dann werden wir also immer noch verfolgt?«, stöhnte Amber ungläubig. Ihr schien es, als müsste sie zwei Schritte machen, während Cailean nur einen tat.

»Aye, sieht so aus.« Konnte es sein, dass ihr Begleiter hocherfreut klang. Amber war sich sicher, es war gut, dass sie Caileans Gesicht gerade nicht sehen konnte, ihm gefiel die Situation augenscheinlich. Sie hatte wenig Lust noch mehr Bekanntschaft mit den Firbolg zu machen, also folgte sie Cailean, ohne weiter nachzuhaken, und weil sie ihm nicht noch mehr Grund geben wollte, sich über sie lustig zu machen. Was sollte sie auch sonst machen?

Sie sah sich um; links und rechts erstreckten sich Wiesen und Felder. Vor ihnen konnte sie die Dächer einer Ortschaft ausmachen. Da auf dem Verkehrsschild, das sie gerade passierten 15 Meilen bis Glasgow stand, konnte das nur eine kleinere Ortschaft sein. Es nieselte und heftiger Wind peitschte Ambers Gesicht. Ihre Haare klebten ihr feucht in der Stirn. Das Wetter, das sie in Schottland begrüßte, entsprach dem, was man sich so über dieses Land erzählte.

»Wir werden uns doch hoffentlich ein neues Fahrzeug besorgen?« Amber hatte wirklich wenig Lust, bei dem Wetter noch lange durch die Gegend zu wandern. »Oder, du könntest uns doch jetzt teleportieren?«, nörgelte sie weiter, knickte mit dem Fuß auf einem Stein um und jammerte. Sie war wirklich nicht in Wanderstimmung.

»Könnte ich«, warf Cailean ein und wandte sich mit hochgezogenen Augenbrauen zu ihr um. »Werde ich aber nicht. Hast du die magische Spur vergessen, die das hinterlassen würde? Da hätten wir auch den SUV behalten können. Wir besorgen uns in diesem Dorf ein Auto.« Cailean grinste breit. Ja, er freute sich darüber, dass sie bei diesem Wetter zu Fuß durch Schottland irrten.

»Besorgen, heißt das Stehlen?«, hakte Amber nach. Bisher hatte sie noch nicht einmal einen Strafzettel kassiert. Das wollte sie auch jetzt nicht ändern.

Sie betrachtete Caileans breiten Rücken, seinen weit ausholenden Gang und die geschmeidigen Bewegungen. Sie konnte sich vorstellen, dass er des Öfteren Dinge »besorgte«. Mit seiner Fähigkeit Menschen zu manipulieren, musste er ihnen nur einreden, dass sie ihm ihr Auto unbedingt schenken wollten.

Amber schüttelte entrüstet den Kopf. Wer weiß, was er den Menschen, Frauen insbesondere, noch so einredete, was diese für oder mit ihm tun wollten. Vielleicht hatte er das ja auch mit ihr getan und sie fühlte sich deshalb so angezogen von ihm? Amber dachte drüber nach und erschrak.

»O mein Gott!«, stöhnte sie leise. Was, wenn er ihrem Körper befohlen hatte, heiß und feucht auf ihn zu reagieren? Amber kniff die Lippen zusammen. Würde er so etwas tun? Sie kannte ihn nicht. Aber nein, bei dem, was er selbst erlebt hatte? Würde ein Mann, der durchgemacht hatte, was er durchgemacht hatte, einem anderen Menschen das antun? Aber sie hatte ihn geheilt? Er könnte es ja erst gestern getan haben. In der Dusche. Nein, sie hatte ihn schon vorher äußerst anregend gefunden. Amber konnte sich nicht auf einen Standpunkt einigen. Sie war hin- und hergerissen. Es war aber auch zu verlockend, die erotischen Gedanken, die sie überkamen, wenn sie seinen knackigen Hintern so vor sich sah, auf eine Manipulation seinerseits zu schieben.

Ein Auto kam ihnen entgegen. Cailean griff nach Ambers Oberarm und zog sie mit sich auf die Seite. »Träumst du?«, knurrte er offensichtlich wütend, weil sie dem Auto nicht ausgewichen war. Aber Amber war so in Gedanken gewesen, dass sie es gar nicht bemerkt hatte.

Amber entriss ihm ihren Arm und blickte mit zusammengekniffenen Augen abschätzend und auch ein wenig wütend zu ihm auf. Wenn sie nur nicht so klein wäre, da würde das hier vielleicht etwas bedrohlicher auf ihn wirken, aber wahrscheinlich entlockte es ihm nicht mal ein gedankliches Seufzen. »Hast du mich auch so manipuliert?«

»Du weißt, dass ich das habe«, entgegnete Cailean und sah verwundert auf sie herab. Na wenigstens hatte er den Anstand, sie für irre zu halten, dachte Amber.

»Hah, wusste ich es doch. Hätte mich auch gewundert.« Daher wehte also der Wind. Amber hatte schließlich noch nie so intensive Gefühle wegen eines Mannes gehabt, den sie nicht einmal kannte. Ansonsten hätte sie sich nur noch mit dem Stockholm-Syndrom erklären können, was ihr Körper anstellte, wenn sie Cailean nur ansah. Immerhin war sie Opfer einer Entführung.

»Natürlich wusstest du es. Ich habe es dir doch gesagt.« Cailean stützte die Hände in die Seiten und wirkte verwirrt.

»Du hast mir nicht gesagt, dass du mich manipuliert hast, dich anziehend zu finden.«

Jetzt zog Cailean seine Augenbrauen so hoch, dass sie fast unter seinem Haaransatz verschwanden. »Anziehend?« Er lachte schallend und Amber boxte ihm gegen die harte Brust. Seine Finger umschlossen Ambers Handgelenke und hinderten sie daran, weiter auf ihn einzuschlagen. »Du glaubst, ich hätte dich manipuliert, mich anziehend zu finden?«

Amber versuchte, sich zu befreien. »Natürlich hast du das.«

Cailean hatte sich endlich wieder beruhigt und sah sie mit strahlenden Augen belustigt an. »Habe ich nicht.« War seine Stimme dunkler geworden? Bedrohlicher? Nein, eher so wie in der Dusche, während er sich an ihren nackten Körper gepresst hatte.

»Hast du wohl. Warum sonst sollte mein Körper all diese … Dinge tun. Ich kenne dich doch nicht einmal. Und sieh dich doch an? Seit wann bitte sind Elfen sexy? Elfen haben spitze Ohren und sind winzig und ulkig und tragen grüne Röckchen und rote Ringelstrümpfe. Du bist also nicht sexy«, wetterte Amber weiter. Wie konnte er glauben, dass sie ihn anziehend fand? Fand sie nicht. Niemals. Er hatte sie entführt. Und er war ein ungehobelter Klotz. Und er sah sie mit einem Blick an, der ihr das Gefühl gab, zu verbrennen.

»Sidhe, ich bevorzuge Sidhe«, brummte er. Cailean hörte sich amüsiert an, was Amber ihm vorwarf. Er bekam die Worte aber gar nicht mehr mit. Er hatte abgeschaltet, als sie gestand, ihn anziehend zu finden. In dem Augenblick war das Blut aus seinem Kopf ihm direkt in die Lenden geschossen. In seinem Hirn wiederholte sich nur immer wieder dieser eine Satz. Sie glaubte wirklich, er hätte sie manipuliert. Er wusste nicht, ob er das lustig oder traurig finden sollte. Aber es erregte ihn. Diese Frau fand ihn anziehend, wie konnte ihn das nicht scharfmachen?

Er schluckte den Kloß in seiner Kehle herunter und sah sie finster an. »Wenn hier jemand jemanden manipuliert hat, etwas zu empfinden, das er nicht empfinden sollte, dann du mich«, sagte er ernst und ließ ihre Hände los.

Sie hielt in ihrer Tirade inne und blickte erstarrt zu ihm auf. Er wüsste zu gerne. Was jetzt in ihrem Köpfchen vor sich ging, aber er konnte ihre Gedanken nicht lesen. Das war ihm schon in der kleinen Gasse aufgefallen, in der er sie sich geschnappt hatte. Das musste mit dem zusammenhängen, was sie war. Menschliche Gedanken konnte er einfach herausziehen. Das funktionierte ähnlich, wie das Manipulieren. Aber bei Sidhe und anderen magischen Wesen funktionierte das nicht.

»Aber es war nötig, dir deinen Kummer zu nehmen. Dein Kummer hat dich zerfressen. Er hat mich regelrecht in eine Finsternis gezogen. Das hättest du nicht mehr lange überlebt.«

»Du hättest mich wenigstens fragen können. Dieser Kummer war ein Teil von mir.«

Er blickte auf ihre perfekt geformten Lippen, die sich öffneten, als wollte sie noch etwas sagen. Anscheinend hatte sie es sich anders überlegt. Er versuchte zu ergründen, was sie über seinen Kummer wissen konnte. Wenn sie etwas wusste, dann zeigte sie es nicht. Für gewöhnlich sahen ihn die Menschen mit diesem mitleidigen Blick an, wenn sie herausfanden, warum er war wie er war. Sie behandelten ihn dann anders, waren gehemmt im Umgang mit ihm. Aber bei ihr spürte er nichts davon.

»Ich habe dich ausschließlich in den Schlaf geschickt, weil du viel zu verängstigt warst, um deinem Körper die Ruhe zu gönnen, die er gebraucht hat.«

Ambers Augen weiteten sich erstaunt. »Du hast also nicht dafür gesorgt, dass ich …«, sie stockte und ihr Gesicht färbte sich mit einer zauberhaften Röte. Das verlieh ihr eine Ausstrahlung, der er kaum entfliehen konnte. Was ihn prompt daran erinnerte, dass in seiner Hose auch so schon Platzmangel herrschte.

»Dass du mich anziehend findest?«, half er ihr freundlicherweise aus und nicht, weil es ihm ein großes Vergnügen bereitete, zu sehen, wie sie sich wand. Er trat näher an sie heran und war sich bewusst, dass ihre Nase gerade genauere Bekanntschaft mit den Muskeln seiner Brust machte.

»Nein«, flüsterte er und war selbst erstaunt über seine heisere Stimme.

Ihre roten Lippen bebten. Cailean war so groß, und sie geradezu winzig. Und doch erschien sie ihm so mutig, wie keine andere Frau die er bisher getroffen hatte. Wie sie mit dieser Situation umging; mit einem fremden Mann weit weg von allem, was sie kannte, in dem Wissen, dass er und ihre Verfolger Monster waren. Kreaturen, die sie nicht einschätzen konnte, von denen sie nichts wusste. Er konnte nicht anders, als ihre Stärke zu bewundern. Sie und ihre unzähligen Fragen konnten zwar nervig sein, aber ihre Stärke machte das wieder weg.

Amber machte einen Schritt zurück und wollte sich ihm entziehen. Um das zu verhindern, legte er ihr einen Arm um die Taille und zog sie wieder an seinen Körper. Erschrocken keuchte sie auf und legte ihre Hände abwehrend auf seine Brust. Er lächelte nur, sah auf sie herab und genoss die Wärme, die von ihr ausging.

»Fleh mich an«, forderte er, denn er konnte es nicht eine Sekunde länger aushalten, ihr so nahe zu sein, ohne seine Lippen auf ihren roten, wundervollen Mund zu pressen.

»Ich soll was?« Sie sah verwirrt aus. Begriff sie wirklich nicht, was er vorhatte?

»Du sollst mich bitten.« In seiner Brust hämmerte sein Herz aufgeregt. Er konnte sich kaum noch bremsen, nur seine Ehre hielt ihn davon ab, seinen Schwur zu brechen.

»Was soll ich dich bitten? Ich verstehe wirklich nicht, was du meinst.« Wieder presste sie ärgerlich ihre Hände gegen seine Brust, aber Cailean wusste, dass sie anders fühlte. Die Welle ihrer Emotionen, die ihn traf, war voll von Begehren, Verlangen und Scham darüber. Sie wollte ihn genauso sehr, wie er sie wollte.

»Bitte mich, dich zu berühren.«

»Aber du berührst mich doch schon. Viel zu sehr«, flüsterte sie heiser. Ihre Augen waren verschleiert und sie sah ihn unter halb verschlossenen Lidern an. Wie sie wohl aussehen würde, wenn er sich erst in ihr bewegte?

»Sag es! Ich weiß, du willst es genauso sehr wie ich. Wenn du es nicht sagst, werde ich es einfach tun müssen. Ich kann nicht länger dagegen ankämpfen.«

»Was tun?«

Cailean stöhnte genervt. Sie würde es nicht sagen, weil sie sich ihrer Gefühle schämte. Aber die leichte Röte, die ihre Wangen überzog, und ihre Gefühle verrieten ihm genug. Er würde das einfach als Einladung nehmen.

»Ich werde dich jetzt küssen«, hauchte er und näherte sich langsam ihren Lippen darauf bedacht, ihr die Möglichkeit zu lassen, vor ihm zurückweichen zu können. Er wusste nicht, woher dieses Bedürfnis, sie zu küssen kam. Aber ihre Nähe stellte Dinge mit ihm an, die er schon lange nicht mehr verspürt hatte. Wie die Sonne zog sie ihn an und hielt ihn in ihrem Bann gefangen. Sie war gefährlich für ihn. Er sollte sie ganz weit von sich schieben, nicht zulassen, dass sie solche Gefühle in ihm weckte. Aber er war nicht dazu in der Lage, ihrem Zauber zu widerstehen.

Er wollte sie jetzt küssen? Amber war wie erstarrt. In ihrem Magen flatterte es, ob aus Angst oder Aufregung konnte sie nicht sagen. Aber sie war unfähig, sich ihm zu versagen. Stattdessen schien ihr Körper, eigenmächtig zu handeln, sie neigte sich ihm entgegen. Wie eine Ertrinkende flehte sie nach seiner Berührung. Jeder Zentimeter ihrer Haut kribbelte vor Erwartung. Sie musste nicht länger darüber nachdenken, ob sie es zulassen würde. Nein, sie wollte es mehr als alles andere. In diesem Moment schien nichts wichtiger. Ihre Knie zitterten und sie war froh, dass er sie hielt, sonst hätten ihre Beine längst nachgegeben. Noch nie hatte die bloße Ankündigung eines Kusses solche Stürme durch ihre Adern gejagt.

Aufreibend langsam näherte sich sein Mund ihrem. Sein warmer Atem strich über ihr Gesicht. Ging sein Atem etwa genauso schnell wie ihrer? Seine rot glühenden Augen schienen sie zu verzehren. Sie streckte sich ihm entgegen in der Hoffnung, seinen Weg zu verkürzen und schneller an ihr Ziel zu gelangen.

Sie war im Begriff, ein bluttrinkendes Wesen zu küssen. Einen Mann, der schon Jahrhunderte lebte, der ein Krieger aus einer Zeit war, von der sie nur gelesen hatte. Dessen Schwert unzählige Leben genommen hatte. Einen Mann, aus dessen Poren die Gefahr tropfte, der schon unzählige Frauen gehabt haben musste. Es war ihr egal. Sie schob alle Bedenken beiseite, als seine Lippen endlich die ihren erreichten und ein Verlangen sie ergriff, das wie ein Strudel an ihr saugte. Sie lief Gefahr, in seine Finsternis gerissen zu werden.

Es gab kein vorsichtiges Antesten. Er eroberte ihren Mund mit einer Begierde, die sie nie zuvor erlebt hatte. Drängend forderte er Einlass und sie gab ihm nur zu bereitwillig, was er verlangte. Seine weichen, warmen Lippen bewegten sich auf ihren, rieben über sie hinweg. Seine feuchte, heiße Zunge strich über ihre Unterlippe. Mit einem leisen Seufzen öffnete sie ihre Lippen und ließ ihn ein. Er schmeckte wild und würzig wie der Wald an einem nebligen Herbstmorgen. Seine Lippen drückten sich kraftvoll auf ihre. Wie ein mächtiger Orkan nahm er Besitz von ihr und schürte in ihr eine nie dagewesene Glut. Ein Sturm aus Empfindungen überfiel sie. Nicht nur ihre Gefühle, auch seine schwappten zu ihr über; Begierde, Verlangen, Verwunderung, Panik. Er fürchtete sich vor dem, was zwischen ihnen passierte. Und sie konnte es verstehen. Auch sie hatte Angst und auch sie war nicht in der Lage, das hier zu beenden. Und wieso konnte sie spüren, was er fühlte? Machte ihre Gabe das mit ihr? Warum hatte sie das dann nie bei Eric erlebt?

Er hielt sich an ihr fest, als wäre sie sein Rettungsanker. In gewisser Weise war sie das auch. Er ließ sich von ihr retten. Mit jedem Streicheln seiner Zunge über ihre verdrängte er mit ihrer

Hilfe die Finsternis aus seiner Seele. Zu schade, dass sie den Fluch nicht von ihm nehmen konnte.

Amber ließ ihre Hände seine Brust hinauf über seine Schultern gleiten und zog ihn noch tiefer zu sich herunter. Sie war bereit, all sein Leid in sich aufzunehmen und es zu vernichten. Sie kannte ihn kaum, aber etwas sagte ihr, dass er diese Folter nicht verdient hatte. Es war nicht nur ihr innerer Alarm, der in seiner Nähe schwieg, sondern etwas tief in ihr, das ihr sagte, dass sie ihm vertrauen konnte. Außerdem könnte ein Monster wirklich so küssen? Niemals. Was dieser Kuss mit ihrem Körper anstellte war unfassbar. Sie schien überall in Flammen zu stehen. Ihre Brustwarzen hatten sich aufgerichtet und rieben bei jedem Atemzug an seinen Rippen. In ihrem Unterleib brannte Hitze, zerrte heiß an ihrer empfindlichsten Stelle und schürte Ambers Wunsch, sich in ihm zu verlieren noch mehr an.

Lady Gagas »Pokerface« ließ sie beide erschrocken auseinanderfahren. Fast gleichzeitig starrten Amber und Cailean auf die Reisetasche, die neben ihnen im Schlamm stand. Amber befreite sich aus Caileans Armen und runzelte schockiert die Stirn. Vor wenigen Sekunden hätte sie noch bedauert, seine Wärme zu verlieren, jetzt war sie nur wütend. Dieser Klingelton war wie eine kalte Dusche.

»Du hast mein Handy?«, fragte sie Cailean und war so entrüstet, dass die Hitze, die sein Kuss in ihr aufgebaut hatte, sofort erloschen war. Sie wollte nach der Tasche greifen, aber er kam ihr zuvor. Das Glühen in seinen Augen war verschwunden. Er sah sie verstört und mit gerunzelter Stirn an, als wisse er nicht, ob er ihr erlauben sollte, sich ihr eigenes Telefon zu nehmen.

»Aye, ich habe deine Handtasche mitgenommen, weil ich annahm, dass du vielleicht noch etwas daraus gebrauchen kannst.«

»Wie freundlich von dir«, gab Amber bissig zurück und fuhr sich mit ihrer Zunge über ihre geschwollenen heißen Lippen. Sie spürte die Hitze in ihr Gesicht steigen, als der Geschmack auf ihren Lippen sie daran erinnerte, was sie gerade getan hatten. In Caileans Augen blitzte es auf, dann wandte er sich der klingelnden Reisetasche zu.

Er kramte vor sich hin murmelnd Ambers Handtasche zwischen seiner Kleidung hervor, riss den Reißverschluss des kleinen Täschchens auf und reichte ihr ohne einen Blick auf das Display das Telefon.

Amber griff mit wütend blitzenden Augen danach und leckte abermals über ihre Lippen. Wenn sie das noch einmal machte, dann würde er sie an sich reißen und sie auf der Stelle fühlen lassen, was ihm eben noch durch den Kopf gegangen war. Er war ohnehin nahe dran gewesen, sie die kleine Böschung hinunterzuziehen und ihr die Kleider vom Leib zu reißen. Nur dass es hier keine Möglichkeit gab, sich vor der Regennässe zu schützen, hatte ihn abgehalten. Wahrscheinlich hätte das Handy zu keinem besseren Zeitpunkt klingeln können.

»Eric.« Ambers Stimme riss ihn zurück in die Realität. Eric, war das nicht ihr idiotischer Freund? Ein Knurren stieg in seiner Kehle auf. Er wollte diesem Kerl am liebsten klarmachen, dass er die Hände von ihr lassen sollte, dann fiel ihm ein, dass sie nicht ihm gehörte. Die Frau, die er begehrte, gehörte einem Anderen. Nay, gehörte sie nicht. Er rieb sich stöhnend die Schläfen. Der Idiot hatte sie vielleicht betrogen, aber offensichtlich glaubte er, Amber wäre ihm eine Erklärung schuldig. Und wenn er das annahm, dann nahm er auch an, dass sie nach wie vor ein Paar waren. Was dachte Amber darüber? Bei ihrem Kuss hatte er nicht das Gefühl gehabt, dass sie daran dachte, eine gebundene Frau zu sein.

Cailean konzentrierte sich auf das Telefongespräch in der Hoffnung, dass er danach wusste, wie Amber über ihre Beziehung zu diesem Eric dachte. Murrend trat er näher an Amber heran. Für einen Moment überlegte er, sie einfach in seine Arme zu ziehen und so seinen Besitzanspruch zu demonstrieren. Was stimmte eigentlich mit ihm nicht? Er sollte sich hüten, sie als die Seine anzusehen. Sie hatte nur noch wenige Tage. Wer weiß, was Airmed mit ihr vorhatte. Er war die Waffe, die Airmeds Hand führte. Er hatte kein Recht, sie zu begehren. Trotzdem spürte er die Eifersucht in sich aufsteigen, als er sah, wie Amber in das Telefon schmunzelte.

»Ich weiß, du glaubst, du liebst mich. Vielleicht tust du das auch …« Amber wurde von einer lauten Männerstimme unterbrochen.

»Du liebst mich auch«, brüllte der Mann so laut, dass Cailean sich nicht mal anstrengen musste, es zu hören.

»Vielleicht.« Amber knabberte an ihrer Unterlippe und sah nervös auf den Boden. Cailean war drauf und dran, sie zu schütteln. Hatte sie schon vergessen, was dieser Kerl ihr angetan hatte?

Er würde seiner Gefährtin niemals so etwas antun. Ihm war klar, dass es zu seinen Zeiten normal war, dass Männer sich mit jedem Rock vergnügten, er war genauso gewesen – vor dem Fluch. Und er hatte begriffen, dass dieses Verhalten eine Frau zutiefst verletzte. Er war in einer Zeit geboren, da Frauen der Besitz eines Mannes waren. Männer hatten selten darüber nachgedacht, dass ihr Verhalten sie unglücklich machen könnte. Erst der Fluch hatte ihn aufgeweckt. Aber nach all den Jahren, in denen er gekämpft, Blut vergossen und getötet hatte, war er jetzt an einem Punkt angekommen, da er sich wünschte, dass Danu recht hatte, als sie sagte, dass es für jeden Sidhe eine Gefährtin gab, mit der er die Ewigkeit teilen durfte. Aber keiner seiner Brüder hatte diese Gefährtin je gefunden. Sie hatten gesehen, wie die geborenen Dunkelelfen ihre Gefährten fanden, und das hatte sie alle zu der Auffassung gebracht, dass Danu unrecht hatte und diese Sache nur für richtige Sidhe galt. Doch wenn er Amber ansah und sich dieses warme Gefühl in seiner Brust ausbreitete, dann ließ er für eine unbedachte Sekunde lang in sich die Hoffnung keimen, seine Gefährtin gefunden zu haben. Aber das war unmöglich, weil es bedeutete, dass er sie bald wieder verlieren würde, ohne die Chance gehabt zu haben, sie überhaupt richtig kennengelernt zu haben.

»Vielleicht habe ich das einmal, aber jetzt nicht mehr. Eric, du hast mir wehgetan.«

»Sie bedeutet mir nichts.« Der Mann brüllte immer noch. Cailean bewunderte wirklich, wie ruhig Amber blieb. Er war gar nicht ruhig. Er würde am liebsten dieses Telefon nehmen und es zerschmettern. Aber erst nachdem er diesen Kerl durch den Hörer gezogen hatte. Vielleicht sollte er seiner Stimme folgen, sich kurz zu ihm teleportieren und ihm gehörig seine Faust in sein hübsches Gesicht schmettern. Ambers schmerzverzerrte Miene tat ihm in der Seele weh.

»Eric, ich bedeute dir auch nichts. Wenn es so wäre, dann hättest du mich nicht … Dann wärst du nicht …« Sie schniefte.

»Es tut mir leid, okay? Es war eine einmalige Sache, ich schwöre.« Dieser Idiot hatte auch noch die Frechheit, genervt zu klingen? Und welcher Mann jammerte wie ein kleines Kind? Ein richtiger Krieger stand zu seinen Fehlern oder er bekämpfte sie. So wie Cailean Airmed und ihr Gefolge bekämpfen würde, gnadenlos. Nach Möglichkeit, sobald er ihren Wunsch erfüllt hatte, noch bevor sie Amber etwas antun konnte. In Cailean flackerte eine Idee auf, die ihm Hoffnung verlieh.

»Er lügt«, brummte Cailean. »Ich höre es in seiner Stimme.«

»Ich weiß«, flüsterte Amber und wich beschämt Caileans Blick aus. Sie schämte sich für das, was dieser Idiot getan hatte? Cailean war fassungslos. Die Wut kochte in ihm hoch.

»Wer ist da bei dir? Ist das ein Mann?«, kam es hysterisch aus dem Telefon.

Cailean grinste befriedigt. Er entriss Amber das Telefon. »Aye, ein Mann.« Caileans Stimme donnerte in den Hörer.

»Wer bist du und was machst du mit meiner Freundin?«

Cailean warf Amber einen fragenden Blick zu. »Bist du seine Freundin?«

Ambers Augen weiteten sich erschrocken.

»Natürlich ist sie das. Amber? Bist du etwa bei diesem Kerl gewesen in den letzten Tagen? Wo zum Teufel bist du? Komm nach Hause. Sofort!«

»Eric, es ist vorbei«, flüsterte Amber unglücklich mit zitternder Stimme.

Es war Cailean ein Vergnügen die Worte noch einmal für Eric zu wiederholen. »Sie sagt, es ist vorbei. Ich sollte jetzt eigentlich sagen, tut mir leid, aber tut es nicht.«

»Wo ist meine Freundin?«, brüllte Eric wieder in das Telefon. Cailean hielt es von seinem Ohr weg und schüttelte genervt den Kopf.

»Du schreist wie ein Weib«, knurrte Cailean. »Du solltest Amber zufriedenlassen, denn sollte ich dich dabei erwischen, dass du ihr noch einmal wehtust, dann werde ich dich umbringen. Und ich werde das stumpfeste Claymore nehmen, das ich für diesen Zweck auftreiben kann.« Er wusste, dass Eric nie mehr die Möglichkeit haben würde, ihr wehzutun, aber er war begierig, die Drohung auszusprechen.

»Claymore? Bist du krank? Gib mir Amber.«

Amber nahm Cailean das Telefon mit einem dankbaren Grinsen wieder ab. Ein Stich fuhr ihm direkt ins Herz. Wollte sie sich wirklich weiter mit ihm unterhalten? Hatte sie Mitleid mit diesem Weichei? Was fand sie nur an ihm? Die Männer heute waren keine Männer mehr. Ihnen fehlte die Disziplin, die harte Hand, die er als Kind erlebt hatte. Sein Vater hatte aus ihm einen Krieger gemacht, der nichts fürchtete. Er hatte ihm gelehrt, ein Mann von Ehre zu sein. Und oft hatte er dafür einen Riemen benutzt.

»Eric, Cailean hat recht. Du bist kein Mann.«

»Aber dieser Typ ist ein Mann?« Amber sah zu Cailean auf, ihr Blick glitt über seinen Körper. Cailean hielt die Luft an, straffte seine Schultern und wartete gespannt auf ihre Antwort. Hielt sie ihn für einen Mann oder sah sie nur das Monster in ihm? Cailean ließ die Schultern wieder nach unten sacken.

»Ja, Eric, er ist ein Mann.« Amber unterbrach das Telefongespräch und reichte ihm das Handy. Das Telefon klingelte. Cailean sah Amber an, seine Augen glühten rot vor Wut, das wusste er. Dieser Feigling von einem Jammerlappen würde ihr keine Ruhe lassen. Cailean sah es als seine Pflicht, Amber ihre verdiente Ruhe zu verschaffen. Sie hielt ihn für einen Mann. Diese Worte entzündeten ein Verlangen nach ihr in ihm, dem er nicht nachgeben durfte. Und Stolz. Er brannte danach, sie zu berühren, sie in seine schützende Umarmung zu ziehen und nicht zuzulassen, dass man sie jemals wieder verletzte. Stattdessen wollte er seine Energie auf Eric lenken und an ihm die Enttäuschung darüber auslassen, dass sogar er derjenige sein würde, der sie verletzen würde.

Er nahm das Gespräch entgegen. »Was?«, knurrte er gefährlich, seinen Blick unbeirrt auf Amber gerichtet. Seine Gefühle pendelten zwischen Hunger nach der Frau und Wut auf den Mann hin und her. Er konnte das Zittern seiner Hände nicht unterdrücken.

»Ich will mit Amber sprechen«, forderte der Mann kleinlaut.

Amber schüttelte den Kopf.

»Sie aber nicht mit dir.« Cailean trat auf Amber zu, blieb so nahe vor ihr stehen, dass nicht einmal mehr ein Blatt Papier zwischen sie gepasst hätte.

Sein Atem ging flach und schnell, sein Blut schoss wie Lava durch ihn hindurch. Er wollte diese Frau. Aber er durfte sie nicht haben. Er wäre nicht gut für sie. Sie war so unschuldig und er war beschädigte Ware. Sie würde ihn nie so haben wollen, wie er sie wollte. Nicht, wenn sie seine Vorgeschichte erfuhr. Aber sie war wie reiner süßer Honig, dem er nicht länger widerstehen konnte. Er wusste, wenn er sie nur noch ein einziges Mal berühren würde, würde er an ihr kleben bleiben. Ein neuer Schmerz füllte das Loch, das sie mit ihrer Heilung hinterlassen hatte. Ein Schmerz, der ihn zerreißen würde. Der ihn dazu zwingen würde, sich zwischen ihr und seinem Bruder zu entscheiden.

»Belästige sie nicht mehr. Du hättest eine Frau wie sie niemals gehenlassen dürfen. Du hast sie gegen ein billiges Flittchen eingetauscht, ich frage mich, warum?« Amber schlug die Augen nieder.

Tränen glitzerten in ihren dunklen vollen Wimpern. Cailean legte eine Hand unter ihr Kinn und zog ihr Gesicht hoch. »Ihre Lippen schmecken wie süßer Nektar, wusstest du das?«, fragte er Eric und warf das Handy weit weg, bevor er sich zu Amber runter beugte und sie noch einmal küsste, nur um sich davon zu überzeugen, dass sie auch wirklich nach Nektar schmeckten. Konnte ja sein, dass er sich beim ersten Mal geirrt hatte. Es würde der letzte Kuss sein, denn er durfte sich nicht weiter auf sie einlassen. Sie waren nicht gut füreinander. Ganz bestimmt war er nicht gut für sie.

Kapitel 10

Sie fuhren jetzt schon einige Zeit in dem kleinen Peugeot durch die Highlands. Die Landschaft war atemberaubend schön. Berge und Hügel zogen zur einen Seite des Autos an ihnen vorbei, die Küste zur anderen. Heidekraut bedeckte weite Flächen und wogte sanft im Wind. Amber wünschte, sie wäre im Sommer gekommen und hätte sehen können, wie das Heidekraut alles in eine blühende rotlila Pracht verwandelte. Jetzt im Spätherbst kratzte diese Pracht nur an der Oberfläche. Die Natur hier war so ursprünglich, dass sie Amber Respekt einflößte. Steinmauern umgrenzten Schafsweiden und kleine Anwesen. Die Straßen waren nur sehr schmal und schlängelten sich kurvig durch die Landschaft. Am Horizont sah Amber eine zerfallene Burgruine, der sie sich langsam näherten. Aus der Ferne wirkte sie, als stünden gerade noch die Außenmauern. Ihre einstige Schönheit konnte man nur erahnen. Wenn Amber dem Navigationsgerät glauben konnte, dann hatten sie ihr Ziel fast erreicht.

Nach diesem Kuss am Straßenrand waren sie schweigend in die nächste Ortschaft gelaufen, wo Cailean eine ältere Dame dazu gebracht hatte, ihm ihr Auto zu verkaufen. Cailean hatte der Dame genug Geld gegeben, dass sie sich eine nagelneue Nobelkarosse kaufen könnte, dabei war der kleine Peugeot kaum noch fahrtüchtig. Zumindest hatte die Frau ein Navigationsgerät in ihrem Auto. Wie sie ihnen aufgeregt erklärte, eine Investition ihres Mannes, weil sie sich ständig verirrte, aber das Gerät verwirrte sie wohl noch mehr, weswegen sie es nie benutzt hatte.

Amber hatte den Eindruck, dass auch Cailean das Gerät gar nicht brauchte. Oft wich er von dem, was die Stimme sagte, ab. Wahrscheinlich war das Gerät nur an, um Amber vom ständigen Fragen abzuhalten, wie lange sie denn noch unterwegs sein würden. Dabei hatte sie das Schweigen der letzten Stunden auch nicht unterbrochen.

Langsam wurde es ihr unangenehm, weswegen Amber nervös herumrutschte. Vor allem aber verleitete sie die Untätigkeit dazu, ständig über die heißen Küsse nachzudenken, die sie miteinander geteilt hatten, und die Art, wie ihr Körper darauf reagiert hatte. Schon die Erinnerung jagte ihr heiße Wellen durch den Körper.

Wenn Amber es nicht besser gewusst hätte, hätte sie nie geglaubt, dass Cailean so schreckliche Dinge angetan wurden. Hatte er vielleicht recht und sie hatte ihn gegen seinen Willen verändert? Aber sollte sie das bereuen? Niemals! Sie hatte ihm nur helfen wollen. Seine Qual hatte sie fast verschlungen. Es war, als hätte sie einen Blick in die Hölle geworfen. Und ihrer Meinung nach, hatte er Hilfe dringend nötig gehabt, wenn der Schmerz ihn schon so im Griff hatte, dass er sein Leben bestimmte. Sie war davon überzeugt, das Richtige getan zu haben.

Sie hätte es sowieso nicht verhindern können. Wenn sie jemanden berührte und er war krank, verletzt oder seine Seele litt, dann saugte sie diese Qual in sich auf, als wäre sie ein schwarzes Loch. Sie war machtlos dagegen, weswegen sie normalerweise gerne Handschuhe trug, doch die waren … irgendwo. Sie konnte sich nicht erinnern, sie verloren zu haben.

Der Wagen hielt vor einem Blackhouse. Eins dieser steinernen Häuser, für die die keltische Kultur so bekannt war. Lange Zeit hausten die Highlander in solchen Häusern ohne festen Boden, die Fenster nur winzige Löcher, die Wände aus Stein, die Dächer aus Stroh. Oft waren die Häuser undicht, weswegen so schlimme Krankheiten wie Typhus in den Highlands viel länger grassierten als anderswo auf der Welt. Amber hatte einiges über dieses raue Land in ihrem Gälischkurs auf der Schule gelernt. Dieses Land hatte sie schon immer magisch angezogen. Es war, als würde ihr Herz für die Highlands schlagen. Sie wusste nur nicht, warum das so war. Jetzt hier zu sein, fühlte sich aufregend aber auch ein wenig vertraut an. Hatte sie so viel über dieses Land gelesen, dass es ihr vorkam, als wären sie alte Bekannte?

Amber musterte das Steinhaus. Es hatte einen weißen Anstrich bekommen. Es war nicht sehr hoch, was typisch für diese Häuser war. Auch typisch war die Feuerstelle in der Mitte des Wohnbereichs, an der sich die Familien gewärmt und gekocht hatten. Die Fenster hatten Glaseinsätze bekommen, waren also nicht mehr offen. Das Blackhouse hatte jetzt an der rechten Seite einen Kamin. Früher gab es ein Loch im Dach als Rauchabzug oder der Rauch musste zur offenen Tür heraus, was eher schlecht funktionierte, weswegen die Häuser oft verqualmt waren und man nur schwer Luft bekam.

»Ist das dein Haus?«, hakte Amber nach, als Cailean Anstalten machte auszusteigen. Diese Häuser hatten einen wundervollen Charme, aber sie konnte sich diesen großen und breitschultrigen Mann nicht in so einem winzigen Haus vorstellen, auch wenn es Amber reizte, das historische Kleinod von innen sehen zu können. Es interessierte sie, wie viel noch vom ehemaligen schmucklos zugigen Heim übrig geblieben war. Die Menschen heute konnten unmöglich noch so leben wie vor Jahrhunderten.

»Nicht unbedingt. Wir müssen ab hier zu Fuß weitergehen.«

Cailean angelte nach den Taschen, die auf dem Rücksitz des Peugeots lagen, und stieg ohne ein weiteres Wort aus. Enttäuscht von Caileans abweisender Haltung kletterte auch Amber aus dem Auto. Zögernd warf sie einen Blick die Straße hinunter, die weiter entlang des Ufers des Loch Carron führte. Mit den Taschen beladen stieg Cailean einen schmalen Pfad hinter dem Haus hoch.

»Wohin gehen wir jetzt«, wollte Amber wissen und stapfte murrend hinter Cailean hinterher, der etwas unwirsch knurrte und mit dem Finger auf die Ruine zeigte, die Amber vorhin vom Auto aus bewundert hatte.

»Du willst doch nicht behaupten, dass du in dieser Ruine lebst?«

»Genau das will ich.«

Amber blieb stehen und schluckte heftig. Gerade hatte sie angefangen, diesem Piraten zu vertrauen. Wie konnte sie ihm denn jetzt noch vertrauen? Ein ordentlicher Mensch lebte nicht unter solchen Voraussetzungen. Das taten nur Obdachlose und Kriminelle auf der Flucht. »Das ist nicht dein ernst!«, beschwerte sie sich kreischend. »Ich werde nicht in einem solchen Loch hausen.« Vielleicht war er doch nur ein Irrer, bedachte man seine Vergangenheit. Gut möglich, dass seine Folter ihn in den Wahnsinn getrieben hatte.

Auch Cailean war stehengeblieben. Er sah sie grimmig an und Amber war froh, einige Meter zwischen sich und ihm zu haben, so musste sie nicht vor ihm zurückweichen und ihm so zeigen, dass sie sich gerade unheimlich vor ihm fürchtete. Seine Reißzähne waren ausgefahren und seine Augen leuchteten rot. Und rot bedeutete – so viel wusste sie mittlerweile -, dass er ziemlich wütend war oder erregt, aber Letzteres traf im Moment definitiv nicht zu.

»Das wirst du nicht. Können wir uns jetzt etwas beeilen? Es wird gleich ziemlich ungemütlich hier.« Mit einem Kopfnicken wies er in Richtung Horizont, wo über den Gipfeln der Berge eine riesige düstere Wolkenwand heranzog. Amber rieb sich fröstelnd über die Arme.

Trotz dem, was Cailean eben behauptet hatte, liefen sie weiter auf die Ruine zu, hielten sich dann aber etwas links davon. Nach etwa einer Stunde beschwerlichem Fußmarsch über heidekrautbedeckte Ebenen und Hügel blieben sie vor mehreren im Kreis aufgestellten Menhiren stehen. Mit offenem Mund betrachtete Amber den keltischen Steinkreis aus elf aufrecht stehenden Monolithen.

Cailean hatte keinen Blick für die mehr als zwei Meter hohen Dolmen übrig. Er warf die Reisetasche auf den Boden und kramte darin herum. Amber nahm an, sie würden hier eine Pause einlegen, also begann sie, staunend zwischen den Steinen herumzulaufen. Es waren wohl ursprünglich dreizehn Steine, davon standen noch elf, die anderen waren umgekippt, einer war zerbrochen. In der Mitte standen zwei noch größere Tragsteine, die mit einem quer auf ihnen aufliegenden Stein ein Portal bildeten, ein sogenanntes Dolmenportal, wie Amber wusste. Sie ging darauf zu und strich über einen der Menhire. Der Stein fühlte sich warm an, stellte sie erstaunt fest. Und ihr schien, als löse er ein Kribbeln in ihren Fingern aus. Begeistert drehte sie sich im Kreis und ließ den überwältigenden Anblick auf sich wirken.

Cailean hatte wohl gefunden, was er gesucht hatte, denn er kam auf sie zu, stellte die Taschen neben dem Portal ab und reichte Amber eine kleine Glasphiole mit einer dunklen Flüssigkeit. »Da sind Kräuter drin. Du musst das trinken.«

Amber nahm die kleine braune Flasche und sah Cailean fragend an. Sie würde mit Sicherheit nichts trinken, das sie nicht kannte. Schon gar nicht, wenn er es ihr befahl. Trotzig verschränkte sie die Arme vor der Brust.

»Trink einfach«, forderte Cailean sie auf und setzte sich eine ähnliche Flasche an die Lippen. »Es dir zu erklären, wäre zu kompliziert und du würdest es ohnehin nicht glauben. Besser, du siehst es mit eigenen Augen.« Zum ersten Mal seit ihrer Küsse huschte wieder ein Lächeln über Caileans Augen und ein Ausdruck von Vorfreude lag auf seinem Gesicht. »Mach schon. Du wirst es nicht bereuen«, sagte er und das geheimnisvolle Blitzen in seinen Augen ließ Amber ihre Zweifel vergessen.

Was würde er ihr zeigen wollen, was man ohne diesen Sud nicht sehen konnte? Waren es etwa Halluzinogene, die in diesem Fläschchen abgefüllt waren? Aber Cailean wirkte ganz normal, kein bisschen benommen. Trotzdem wollte sie lieber nachfragen.

»Sind da irgendwelche Drogen drin?«

Cailean lachte. »Lass das nicht Danu hören. Nein, nur Kräuter, die uns den weiteren Weg ebnen.«

Also etwas zur Stärkung, so was wie Samanthas »Proteine«, nahm Amber an. Eine Stärkung konnte sie wirklich gebrauchen. Amber zog den winzigen Korken aus dem Hals der Flasche und nippte vorsichtig an dem Inhalt.

Es schmeckte würzig, etwas bitter, aber es waren eindeutig Kräuter darin. Sie trank das Fläschchen aus und hatte es noch nicht von ihren Lippen genommen, da schien um sie herum die Welt zu verschwimmen, dann änderten sich die Farben, sie wurden kräftiger. Alles war plötzlich von einem leuchtenden Kranz umgeben. Noch bevor Amber sich beschweren konnte, das Cailean ihr doch eine Droge verabreicht hatte, nahm der ihre Hand und zog sie auf das Portal zu. Er stellte sich mit ihr davor, eine Art Schleier hatte sich zwischen den Steinen gebildet, dann spürte Amber, wie sie sich aufzulösen schien. Etwas in ihr verschob sich, zerrte sie in Richtung Schleier, der jetzt zu wirbeln schien. Cailean murmelte leise Worte, die Amber nicht verstand. Sie klangen gälisch aber auch wieder nicht. Der Schleier verdichtete sich zu waberndem Nebel, der sich um

Ambers Füße legte. Ambers Herz raste, ohne dass sie Angst hatte, so als hätte jemand einfach einen Schalter umgelegt. Es war außer Kontrolle, und das machte ihr Angst. Es musste eine Droge gewesen sein. Jetzt dröhnte es in ihren Ohren. Konnte sie da ein Pferd durch den Nebel hindurch erkennen? Sie schielte um das Portal herum auf die Wiese hinter dem Steinkreis, aber soweit es die wirren Farben zuließen, war da kein Pferd zu sehen. Sie schloss die Augen und als sie sie wieder öffnete, schienen sie durch den Schleier hindurchgetreten zu sein, denn sie standen plötzlich auf der anderen Seite.

Über ihnen strahlte ein blauer Himmel. Vögel zwitscherten, ein Pferd graste zufrieden ein paar Meter von ihnen entfernt. Ein großer schwarzer Schatten näherte sich hinter ihnen, flog mit einem lauten Wusch über sie hinweg. Erschrocken zog Amber den Kopf ein und sah sich nach dem riesigen Vogel um, der etwa eine Flügelspanne von fünf Metern haben musste. Kein Vogel, stellte Amber mit zitternden Knien fest. »Ist das ein … O mein Gott, das ist ein Drache!«

»Aye, ein Drache«, sagte Cailean mit ein wenig Stolz in der Stimme.

Blinzelnd sah Amber dem dunklen Schatten hinterher, der über einem Wald verschwand. Ihr war übel, ob das an dem Gebräu lag? Was stimmte hier nicht? Amber wandte sich zum Steinkreis um und hielt erschrocken den Atem an. »Was … wie kann das möglich sein?«, quiekte sie panisch.

Jeder einzelne Menhire stand aufrecht. Eben war der Steinkreis noch verfallen gewesen und jetzt wirkte er, als wäre er erst gestern errichtet worden. Amber sah den Berg hinauf, wo die Ruine stehen sollte, die nach Caileans Meinung ihr Ziel war. Sie stöhnte gequält auf und war drauf und dran wegzurennen, doch wo sollte sie hin? Was war hier passiert? Die Burg, die dort oben thronte, war vollkommen. Prächtig und stolz hob sie sich vom Blau des Himmels ab und blickte hinunter ins Thal. Das war keine Ruine. Sie drückte ihre Fäuste in ihren krampfenden Magen. Elfen, Feen, Monster, Drachen … das war zu viel, um zu hoffen, dass man noch ganz bei Verstand war. Es gab keine Drachen, keine sexy Männer mit Reißzähnen und keine selbstreparierenden Burgen.

Ambers Knie zitterten und sie befürchtete, jeden Moment ohnmächtig zu werden. Konnte es sein, dass all das hier doch durch Halluzinogene in dem Kräutertrank ausgelöst wurde? Aber warum sah es dann so echt aus? Konnte eine Drogenfantasie so real wirken? Und seit wann setzte Cailean sie schon unter Drogen?

»Willkommen in Anwynn, Amber.« Er war hinter sie getreten und hielt sie an den Oberarmen. »Ich weiß, das ist verwirrend, deswegen habe ich nichts gesagt. Du bist jetzt auf der anderen Seite. Hier hat die Zeit keine Bedeutung.« Cailean hielt Amber fest umklammert. Sie war so blass geworden, dass er Angst hatte, sie könnte ihm entgleiten. Vielleicht hätte er sie doch vorwarnen sollen? Er war in einer Zeit aufgewachsen, da Magie und Anderwelt feste Bestandteile des Lebens der Highlander waren. Für die wenigsten stand damals außer Frage, dass es Anwynn oder das Volk der Sidhe gab. Daher hatte es ihn auch nicht sonderlich verstört, als Danu ihn mithilfe ihres Blutes gerettet und in diese fremdartige Welt gebracht hatte. In Ambers Zeit waren die alten Legenden fast vollkommen aus den Gedächtnissen der Menschen gelöscht. Sie musste unter Schock stehen. Cailean ärgerte sich über sein gedankenloses Verhalten.

Er trat um sie herum, strich ihr sanft über die Wange und sah mit Bedauern ihre schreckgeweiteten Augen, die versuchten zu erfassen, was sie sahen. Eine prachtvolle Burg aus dem 12. Jahrhundert, die soeben noch eine Ruine gewesen war und jetzt in all ihrer Schönheit erstrahlte. Danus Geschenk an Cailean für seine Treue im Krieg gegen die Firbolg, als sie nach unzähligen Schlachten im schlimmsten aller Kämpfe bei Mag Tuired über ihre Feinde gesiegt hatten.

Er rief das mächtige Schlachtross, das ihn längst entdeckt hatte und freudig tänzelte, zu sich. Nuada, sein treuer Begleiter seit so vielen Kämpfen, wieherte und schüttelte seine volle glänzend schwarze Mähne. Mit weichen, geschmeidigen Bewegungen kam er näher. Cailean beobachtete stolz das Spiel der ausgeprägten Muskeln unter dem glatten Fell des nachtschwarzen Tiers. Er hatte seinen Freund vermisst. Nuadas Gang war stolz. Seine Nüstern blähten sich, als er den Geruch von Amber in sich aufnahm. Seine Augen glitten fragend zu Cailean, dann über die Fremde, die sein Herr so vertrauensvoll umschlungen hielt.

»Keine Angst mein Freund«, beruhigte Cailean den Hengst. Er klopfte ihm den Hals und strich sanft über die samtweiche Nase des Rappen. »Sie ist eine Freundin. Es geht ihr nur gerade nicht gut. Du hast auf mich gewartet?« Das Pferd warf den Kopf hoch und wieder runter, als würde es nicken. Manchmal war Cailean davon überzeugt, Nuada verstand jedes Wort.

Er legte die Reisetasche auf den Widerrist des Pferdes, schlang einen Arm durch den Griff der Kühlbox, stieg auf Nuadas ungesattelten Rücken und zog die zitternde Amber vor sich. Seinen freien Arm legte er um Ambers Taille, damit sie nicht herunterstürzen konnte. Er dachte darüber nach, sie einfach in den Schlaf zu schicken und sie in ein Bett zu legen, damit sie vielleicht wieder bei klarem Verstand war, wenn sie erwachte, aber er verwarf den Gedanken.

Noch zu Beginn ihres kleinen Abenteuers, und auch bei jedem anderen, hätte er kein Problem mit der Manipulation gehabt, aber jetzt widerstrebte es ihm, ihr ihren freien Willen zu nehmen. Seit der Sache an der Raststätte hatte sie nicht einmal mehr seinen Fluch missbraucht, dabei hätte sie genug Gelegenheit gehabt. Er würde ihr das nicht zurückzahlen, indem er ihr Vertrauen missbrauchte.

»Nach Hause, Nuada«, sagte er seinem Pferd. Mit einer Bewegung der Hüften trieb er das Tier an und es setzte sich langsam in Bewegung. Es war kein Problem, dass Nuada keine Zügel trug, er würde ohne Caileans Hilfe den Weg nach Aillen Castle finden.

Amber schmiegte sich in seine Umarmung, ihr Kopf lehnte an seiner Brust. Ihr Herz schlug so heftig, dass er es gegen seinen Unterarm klopfen fühlte. »Ich weiß, du hast eine Menge erlebt in den letzten Tagen, mehr als gut ist, für so eine zarte Person«, flüsterte Cailean an Ambers Ohr. »Aber glaub mir, wenn ich dir sage, der Mensch kann noch viel schlimmere Dinge überstehen. Wenn du das hier hinter dich gebracht hast, wirst du eine Menge zu erzählen haben.«

Und er würde dafür sorgen, dass sie das hier überstehen würde. Er wusste noch nicht, ob die kleine Hoffnung, die in ihm schlummerte umsetzbar war, ohne dass Airmed etwas bemerkte und Ian oder Amber tötete, aber ihm würde etwas einfallen. Es musste ihm etwas einfallen, denn der Gedanke, dieser unglaublichen, faszinierenden Frau könnte etwas zustoßen, versetzte ihn in Panik, ließ ihn vor Furcht erzittern. Er wünschte sich, seine Zeit mit ihr wäre nicht so begrenzt. Er begehrte sie mit einer Intensität, die ihm den Atem raubte. Er konnte sie unmöglich aufgeben. Noch nie hatte er sich seinem Fluch so hilflos ausgeliefert gefühlt.

Ein Kichern kam über ihre rosigen Lippen und Cailean befürchtete, sie könnte in ein hysterisches Lachen verfallen. »Ich hab eine Zeitreise gemacht. Ja, ich werde viel zu erzählen haben, wenn man mich hier nicht als Hexe verbrennt, schließlich trage ich Hosen. Waren Jeans zu der Zeit überhaupt schon erfunden? O mein Gott, vielleicht haben wir eben den Lauf der Geschichte verändert.« Sie wandte sich zu Cailean um. »Du bist schuld, dass wir die Geschichte verändert haben. Und dass ich meinen Verstand verliere? Habe ich meinen Verstand verloren?«

Sie boxte gegen Caileans Brust, die Lippen bebend, eine Träne löste sich von ihren langen Wimpern und rann über ihre Wange, Cailean küsste sie fort. Der wilde Ausdruck in ihrem Gesicht, die Verunsicherung, ihre vollen zitternden Lippen, alles an ihr in diesem Moment wirkte erregend auf Cailean, sprach seinen Beschützerinstinkt an. Er zog sie enger an sich, hoffte es mögen noch mehr Tränen über ihre kühle Haut rollen, die er dann wegküssen konnte. Gleichzeitig traf ihn die Schuld, wie die Spitze eines Speers mitten in seine Brust. Er wollte sie trösten, ihre Angst von ihr nehmen, so wie sie die seine geheilt hatte.

»Wir sind nicht durch die Zeit gereist. Wir sind in Anderwelt, die Welt neben der Menschenwelt. Hier vergeht die Zeit nicht, deswegen kann auch nichts verfallen oder alt werden. Manche Dinge, die die Menschen drüben errichten, die irgendwann zerfallen, wie Aillen Castle, die erscheinen bei uns in Anwynn, und existieren hier ewig weiter. Es gibt auch Menschen, die es hierher schaffen, manche nach ihrem Tod, manche finden auch lebend einen Zugang auf diese Seite.«

Ambers Gesicht drückte Verwirrung aus, aber wenigstens hatte sie sich beruhigt. Das, was er ihr erzählte, musste ihren intelligenten Verstand soweit beschäftigen, dass es sie von ihrer Panik ablenkte, also machte Cailean einfach weiter.

»Nicht alles kommt nach Anwynn, meistens sind es Gebäude mit einer eigenen Seele, Gebäude, die eine Vergangenheit haben. Auch die Menschen, die hierher kommen, scheinen besonders zu sein. Viele von ihnen haben Fähigkeiten, nicht so wie deine, aber sie haben Visionen, können empfinden, was andere empfinden, sind besonders sensibel, kreativ oder künstlerisch begabt. Ich denke, nicht einmal Danu selbst, weiß wie genau das alles passiert.«

Eine Strähne ihrer Haare wurde vom Wind in ihr Gesicht geblasen und blieb auf ihrer winzigen Stupsnase liegen. Cailean hob die Hand, begierig die Strähne zu berühren und sie zu fühlen. Sie war weich und glatt und verströmte einen fruchtig süßen Geruch. Er klemmte sie hinter Ambers Ohr fest. Sie wich seinem Blick aus, die zarte Farbe, die sich über ihre Wangen gelegt hatte, konnte er trotzdem wahrnehmen, genauso wie er den schnellen Pulsschlag an ihrer Kehle sah. Er hoffte, die Hitze in ihrem Gesicht, kam von seiner Berührung. Er fürchtete, sie wurde von der Nervosität und Angst ausgelöst, die sie umgab, wie eine beklemmende Warnung. Er konnte deutlich spüren, das alles war zu viel für sie. Die Emotionen, die in seinen Geist rollten, machten ihm Angst.

Er legte seine Finger unter ihr Kinn, zwang sie, ihn anzusehen. »Du hast keine Angst vor all dem. Es sind wundervolle neue Eindrücke, die dich umgeben. Du siehst so viele schöne Dinge und es droht dir keinerlei Gefahr, solange du bei mir bist.« Cailean legte gerade genug Zwang unter seine Stimme, dass er sie nicht manipulierte, sie aber beruhigte. Nur ein kleiner Stups in die richtige Richtung, der ihr helfen sollte, ihre Gefühle unter Kontrolle zu bekommen und sich dem Wundervollen, das Anwynn zu bieten hatte, zu öffnen. Zusätzlich strichen seine Fingerspitzen zart über ihre Hand. Sie schmiegte sich fester an ihn und seufzte entspannt.

Ein süßer, erotischer Ton, den er gerne an anderer Stelle noch einmal ihrer Kehle entlocken wollte. Ihr knackiger Hintern rieb bei jedem Schritt des Hengstes an seinem Schaft, der schmerzhaft um Freilassung bat. Sie musste die Härte spüren, die gegen ihren Steiß drängte, aber sie hatte wohl beschlossen, so zu tun, als wäre da nichts. Dabei wünschte er sich, sie würde ihm ein kleines Zeichen geben, irgendetwas, das ihm sagte, sie empfand genauso wie er. Aber was empfand er? Er wusste nur, das ging über körperliches Begehren hinaus. Sie faszinierte ihn, zog ihn an, wie es vor Jahrhunderten noch ein guter Kampf gemacht hatte. Wie konnte er nur wollen, dass sie dasselbe für ihn fühlte, wo er doch wusste, dass er ihr in ein paar Tagen das Herz würde brechen müssen? Aus diesem Grund hatte er von dem Zeitpunkt an, da sie in den kleinen Peugeot gestiegen waren, versucht, ihr die kalte Schulter zu zeigen, indem er nicht mit ihr sprach und sie abweisend behandelte. Aber es schmerzte ihn, ihr das anzutun, weswegen er sie jetzt viel lieber in den Armen hielt.

Cailean schob sein Becken zurück, um dem Reiz zu entkommen. Er wusste nicht, wie lange er sich dieser Versuchung von einer Menschenfrau noch entziehen konnte. Sein Auftrag war, sie Airmed auszuliefern. Er konnte es sich nicht leisten, Gefühle zu investieren, wenn er seinem Bruder helfen wollte. Aber er musste zugeben, dass er über diesen Punkt längst hinaus war. Was er für sie empfand, war mehr als bloße Gefühle. Das ging viel tiefer.

Airmed hatte ganze Arbeit geleistet, sie hatte ihm kein Schlupfloch gelassen, als sie ihren Wunsch formuliert hatte. Weder durfte er eine Waffe tragen, noch den Zeitpunkt oder den Ort selbst bestimmen. Er sollte allein kommen, nur mit ihr auf seinem Pferd, sollte in der Nacht vor der Übergabe im Wald vor Airmeds Burg übernachten, damit sie sichergehen konnte, dass niemand ihnen folgte. Sie hatte ihm genau sieben Tage gegeben und er hatte vor seinem Aufbruch nicht einmal zurück nach Aillen Castle gedurft, um seine Männer darüber in Kenntnis zu setzen, dass er in die Menschenwelt musste. Nicht nur das, er durfte ihnen nicht einmal etwas von Airmeds Wunsch und seinem Auftrag erzählen. Und er durfte Airmed im Nachhinein nicht angreifen oder versuchen, Amber zu befreien. Sie hatte einfach alles bedacht, das musste er ihr lassen. Wieder einmal verfluchte er seinen Schwanz, der ihn erst in diese Situation gebracht hatte. Eines hatte ihm dieser Fluch gelehrt, lass dich niemals mit einer Druidin ein.

Erleichtert stellte er fest, dass sie nur noch wenige Meter vom Tor der Burg entfernt waren. Er würde in den Hof reiten und Amber an eine der Frauen weitergeben und zusehen, dass er schnellst möglich Abstand zwischen sie und ihn brachte.

Mit Erstaunen betrachtete Amber die grauen Steinmauern, die sich vor ihr erhoben. Noch vor wenigen Minuten war von dieser Burg nicht mehr übrig gewesen, als ein paar zerfallene Wände. Jetzt stand sie hier, reckte sich dem Himmel entgegen, wirkte wie ein Bollwerk, das uneinnehmbar war. Zwei hohe Türme überragten zinnenbewehrte Mauern. Ein schmaler Weg führte den Hügel hinauf, auf dem die Festung stand. Sie konnte das Meer riechen und die Brandung hören und jetzt, da sie näher kamen, sah Amber, dass die Burg auf einer Klippe stand und sich stolz über dem tosenden Wasser erhob.

Sie ritten auf ein offenes Tor zu. Sobald sie den Innenhof erreicht hatten, stürmten Menschen von allen Seiten herbei und redeten aufgeregt im kehligen Gälisch aufeinander ein. Sie alle trugen einfache bäuerliche Kleidung, die wirkte, als stamme sie aus einem lange vergangenen Jahrhundert. Der Innenhof war mit Kopfsteinen gepflastert. Es gab mehrere kleine Gebäude, Stallungen und Unterstände. Amber schätzte, dass die gesamte Anlage etwa die Größe von fünf Fußballfeldern haben musste. Ein paar Kinder spielten mit einem Lederfußball und es schien Amber, als würde der Ball hier gar nicht herpassen. Ein schwarzer Hund kläffte und kam schwanzwedelnd auf das Pferd zu. Alle hielten in dem, was sie gerade taten inne; eine Frau in einem langen, wollenen Kleid, ein Plaid über ihren Schultern, sah sich um und stellte einen Holzeimer auf die Erde, dann lief sie zu einer kleinen Seitentür und verschwand im Inneren der Festung.

Amber versuchte die Fremden, die sich um das Pferd herum drängten, nicht zu beachten und drehte sich um, damit sie das mächtige Bauwerk in Augenschein nehmen konnte. Sie versuchte sich einzureden, dass sie ein so starkes Interesse an dem Gebäude hatte, weil sie schließlich nicht alle Tage eine Burg zu sehen bekam, die es eigentlich gar nicht mehr geben dürfte. Aber in Wirklichkeit fühlte sie sich unwohl, wegen der Menschen, die sich um das Pferd aufgestellt hatten und Amber erstaunt und verwundert musterten. Was auch immer Cailean vorhin mit ihr gemacht hatte, um sie zu beruhigen, und dass er was gemacht hatte, das wusste sie, es wirkte nicht mehr. Am liebsten hätte sie ihr Gesicht an seiner breiten Brust verborgen, doch Cailean schien ihr plötzlich so weit entfernt.

Das herablassende Lächeln, das sie in den letzten Tagen immer wieder begleitet hatte, war verschwunden und einer undeutbaren steinernen Maske gewichen. So ungerührt wirkte sein Gesicht noch mehr, als wäre es aus Stein gemeißelt. Er sah sie nicht ein einziges Mal an, eher war es so, als wich er ihrem Blick mit Absicht aus. In Amber zog sich etwas zusammen. Was war passiert, dass er plötzlich so kalt geworden war? Hatte sie etwas falsch gemacht oder lag es daran, dass sie ihr Ziel erreicht hatten und er kurz davor stand, seine wie auch immer gearteten Pläne umzusetzen?

Sie wandte den Blick von ihm ab und sah sich lieber weiter um. Dem Meer zugewandt stand das Hauptgebäude. Von den Fenstern aus musste man einen guten Ausblick auf die Brandung haben. Was für Meerestiere es in dieser Welt wohl gab? Im Norden, Osten und Süden umschlossen drei hohe Mauern den Burgfried. Die niedrigeren Gebäude duckten sich in ihre Schatten. Das große Haupthaus bildete die vierte Seite. Es gab Glasfenster, stellte Amber erleichtert fest, also würde es nicht allzu zugig im Inneren sein. Alles wirkte auf Amber, als wäre sie tatsächlich in der Zeit zurückgereist.

Cailean legte seine Hände an ihre Taille und hob sie vom Pferd direkt in die Arme eines breit grinsenden blonden Hünen, der ein rotgrünes Plaid um seinen Unterkörper geschlungen hatte. Der Mann hielt sie für Ambers Geschmack ein wenig zu lange fest, und wahrscheinlich wäre es auch nicht nötig gewesen, dass er die Festigkeit von Ambers Hintern testete, zumindest nahm Amber das an, denn Cailean knurrte in ihrem

Rücken, was den Blonden dazu veranlasste, Amber sofort abzusetzen.

»Du bist ein Spielverderber, Cailean MacLean. Wir bekommen hier nicht allzu oft Frauen in Hosen zu sehen.« Der Mann boxte Cailean lachend gegen den Oberarm. Cailean zuckte nicht mal, stattdessen holte er seinerseits aus und rammte dem Mann seine Faust ins Gesicht. Amber wich erschrocken zurück, aber der Blonde schien Cailean das nicht zu verübeln, stattdessen riss er ihn in eine Umarmung und klopfte ihm auf die Schulter.

»Schön dich wiederzusehen, Duncan MacDonald«, sagte Cailean und befreite sich aus der Umarmung.

Duncan rieb sich den stoppeligen Unterkiefer, auf dem sich sofort eine deutliche Schwellung zeigte. »Du schlägst noch immer wie ein Weib.«

»Wie wäre es, wenn ihr euren Hahnenkampf auf nach dem Mittagessen verschiebt?« Eine rundliche ältere Dame kam auf sie zugehumpelt.

»Isla, altes Mädchen. Ich hoffe, du hast uns etwas Leckeres gekocht. Ich bin ziemlich ausgehungert.«

Die Frau trug ein dunkelbraunes Kleid aus dickem groben Stoff, das vorne unter der Brust geschnürt war. Über dem Rock hatte sie eine weiße Schürze, an der sie sich die Hände abwischte. Die Schnürung brachte ihren riesigen Busen noch mehr zur Geltung. Ihre dunkelbraunen, mit Grau durchzogenen, Haare hatte sie in einer komplizierten Frisur auf dem Hinterkopf festgesteckt. Die Frau wirkte sehr mütterlich, was Amber sofort sympathisch war. Ihre Wangen glühten vor Freude, als sie Cailean die Arme um die Taille schlang.

»Aye, es gibt einen saftigen Braten, und Nussbrot habe ich gebacken. Hast du mit, was ich dir aufgetragen habe?«

»Ich fürchte, Samanthas Schokoladentorte hat die Reise nicht überlebt. Wir hatten ein paar Schwierigkeiten.«

»Schwierigkeiten? Du hättest sie mit deinem Leben beschützen müssen! Ich hoffe, die Schokolade hat es wenigstens bis hier hergeschafft. Und die Erdbeeren und die Äpfel und die Orangen. Wir sollten wirklich überlegen, ob es sich nicht lohnen würde, regelmäßige Lieferungen aus der Menschenwelt zu holen. Ich will ja gar nicht viel, nur ein paar Seifen und Bäder und …«

Amber fand, das Gespräch auszublenden, wäre wohl das Beste. Sie wollte jetzt noch gar nicht wissen, auf was sie alles verzichten musste. Sie wusste ja noch nicht einmal, wie lang ihr Aufenthalt hier sein würde. Bei der Vorstellung sich mehrere Tage nicht richtig waschen oder sich die Beine rasieren zu können, schauderte es sie. Plötzlich war Amber erleichtert, sich nach ihrem Geburtstag, mal wieder einen Termin bei der Kosmetikerin gegönnt zu haben. Mit gewachsten Beinen würde sie zumindest noch ein paar Wochen stoppelfrei bleiben.

Amber sah sich weiter um. Ein paar Männer deren Körper allem Anschein nach Caileans in Nichts nachstanden hielten sich einige Schritte entfernt auf. Sie hielten Holzschwerter in ihren Händen. Vielleicht hatten sie gerade trainiert. Auch sie trugen Plaids um ihre Taillen geschlungen und dann über einer Schulter drapiert, darunter trugen sie weiße Leinenhemden, wie auch Cailean sie immer trug. Ledergurte waren über Kreuz um ihre Oberkörper geschlungen, ein dritter Gurt einmal um ihren Brustkorb herum. Unter den Gurten steckten mehrere Messer fest. Amber warf Cailean einen Seitenblick zu. Wie er wohl aussehen würde in einem Plaid?, überlegte sie und zog ihre Unterlippe zwischen die Zähne, weil die Vorstellung ihr irgendwie gefiel. Es jagte ihr sogar ein Flattern in den Bauch.

Aus dem Haus trat eine junge Frau mit feuerrotem Haar. Ihr Haar floss offen bis hinunter zu ihrer Taille, wallte in sanften Wellen bei jeder Bewegung. Sie kam anmutig und mit stolzem Gang auf sie zu. Ihr moosgrünes Kleid glänzte im Licht der Sonne und passte einfach perfekt zu ihrem Haar. Diese Frau konnte mit Recht stolz sein, denn sie war schön; blasser Teint, hohe Wangen, eine volle Brust und eine schmale Taille. Amber verschränkte die Arme vor ihrer Brust, plötzlich hatte sie den Verdacht, dass sie etwas wenig da vorne hatte. Bei jedem Schritt wiegten sich ihre Hüften und versetzten den Rock in ein leichtes Schwingen. Anders, als die Frauen, die sich hier im Hof aufhielten, strahlte sie die Eleganz einer Adligen aus. Machte man hier wirklich noch Unterschiede?

Die Männer mit den Holzschwertern machten irgendeinen Scherz, die Frau warf ihnen ein kurzes Lächeln zu und schritt weiter auf Cailean zu. Sie hatte nur Augen für ihn und auch Cailean musterte sie. Es versetze Amber einen Stich, doch sie fasste sich sofort wieder. Sie lächelte höflich, als die Rothaarige ihr einen abschätzigen Blick zuwarf. Dann umarmte auch sie Cailean. Aber nicht so, wie es Isla vorhin getan hatte, sondern auf eine viel intimere Art. Ihre Finger verschränkten sich in Caileans Nacken, zogen ihn zu sich herunter – nur ein kleines Stück, denn sie war fast genauso groß wie er, stellte Amber missmutig fest -, dann hauchte sie ihm einen Kuss auf die Wange, dabei sah sie unter zusammengekniffenen Lidern zu Amber.

»Willkommen Zuhause, Cailean«, hauchte sie.

Cailean lächelte, dann löste er sich aus der Umarmung und gab einem Knaben in schmutzigen Stoffhosen, die nur bis an die Waden reichten, die Anweisung, seinen Hengst in die Stallungen zu führen und ihn gut zu versorgen. Er legte Amber eine Hand auf den Rücken und dirigierte sie auf die große Tür des Haupthauses zu. Die Rothaarige lief auf seine andere Seite und hakte sich bei ihm ein. Amber fühlte sich gerade noch unwohler als zu dem Zeitpunkt, da sie die vielen Fremden gesehen hatte. Konnte es sein, dass alle hier sie ignorierten?

Eine Hand glitt in ihre, weich und warm. Amber hob den Blick, es war Isla, die ihr aufmunternd zunickte. »MyLady, ich hoffe, der Herr war gut zu Ihnen. Er kann manchmal etwas rau sein. Aber er meint es nicht so. So sind die Highlander nun mal. Als Chieftain muss er etwas härter sein. Er hat die Verantwortung für den ganzen Clan.« Isla sprach gälisch mit ihr. Es war etwas anders, als das, das sie gelernt hatte. Vielleicht ein Dialekt? Aber mit etwas Mühe verstand Amber es. Sie hoffte aber trotzdem, dass nicht alle hier gälisch sprachen, sie würde sich vielleicht verständigen können, aber nach nur zwei Jahren Kurs, wollte sie nicht das Risiko eingehen, jemanden unabsichtlich zu beleidigen. Amber schluckte schwer, entgegnete aber nichts. Alles, was sie sich abringen konnte, war ein vorsichtiges Lächeln.

Der erste Raum, in den man Amber brachte, war die sogenannte Halle. In dieser Halle stand eine U-förmige Tafel.

Junge Frauen und Mädchen trugen das Essen herbei. An den grauen steinernen Wänden hingen Gemälde, Wandbehänge und brennende Fackeln. Kandelaber reihten sich auf den langen Tafeln, standen auf dem riesigen Kamin, in dem ein Mensch gut hätte stehen können. Alles sah genau so aus, wie sie es sich immer vorgestellt hatte. Elektrisches Licht konnte Amber nirgends ausmachen. Konnte es sein, dass die Menschen hier sich nicht nur wie vor dreihundert Jahren kleideten, sondern sie auch noch so lebten?

»Gibt es hier keinen Strom?«, flüsterte Amber Cailean zu, nachdem sie neben ihn auf einen Stuhl an der Stirnseite der Tafel gesetzt wurde – die Rothaarige saß an seiner rechten Seite. Amber flüsterte, weil sie nicht wusste, ob sie offen über so moderne Dinge wie Energie reden durfte. Gut möglich, dass die Menschen hier all so was nicht kannten, und sie wollte nicht schuld sein, wenn irgendjemand hier einen Schock erlitt, nur weil sie von Handys und Toiletten mit Spülung sprach. Sie selbst konnte am besten nachvollziehen, wie es war Dinge zu sehen, die es eigentlich nicht geben sollte.

»Nein, gibt es nicht. Die Magie und Elektrizität stehen auf dem Kriegsfuß. Da Anwynn von Magie durchdrungen ist, können wir hier nichts betreiben, was Strom braucht. Wir haben es versucht, aber wir müssen ohne diesen Luxus auskommen, wenn wir nicht ständig irgendwelche Brände löschen wollen.«

Also kein Strom, Amber seufzte. Auf was würde sie wohl noch verzichten müssen? Sie befürchtete schon, dass aus der ersehnten Dusche nichts würde, und die hatte sie sich nach dem langen Fußmarsch doch verdient. Sie wusste ja noch nicht einmal, wie lange ihr Aufenthalt hier dauern würde. Cailean hatte ihr immer noch nichts verraten. Langsam bekam Amber den Eindruck, dass er seine Absichten verschwieg, weil ihr gar nicht zusagen würde, was er mit ihr vorhatte. Ein Teller wurde vor ihr hingestellt. Zumindest war das Geschirr aus Porzellan und das Besteck aus … Gold?

»Gold?«, hakte sie nach?

»Aye, du kennst doch unser Problem …«

»… mit Eisen«, setzte sie fort. »Ja.« Sie konnte gerade noch ein Augenrollen verhindern. Schließlich wollte sie nicht unhöflich werden, auch wenn sie nicht ganz freiwillig hier war.

Zumindest hatte sie gute Chancen, in den nächsten Tagen viel über das Leben Früher herauszufinden, denn je länger sie hier saß und die Menschen um sich herum beobachtete, desto mehr bekam sie das Gefühl, dass sie hier tatsächlich noch lebten wie vor dreihundert Jahren. Solange sie darüber nur in Liebesromanen gelesen hatte, fand sie die Vorstellung romantisch, aber langsam schwante ihr, dass dem wohl nicht so war. Ein Blick auf die etwa fünfundzwanzig männlichen Highlander, einige wenige Frauen jeden Alters und die Bediensteten weckte ihr Mitleid mit den Armen Kreaturen, die hier die Wäsche mit der Hand schrubben mussten.

»Die McKenzies haben uns zwölf Rinder gestohlen.« Duncan schielte um Amber herum, um Cailean sehen zu können. Er schob sich ein Stück Braten in den Mund und kaute genüsslich.

»Haha, dachte ich mir doch, dass sie meine Abwesenheit nutzen werden.« Cailean strahlte über das ganze Gesicht. Amber verstand nicht, was so lustig daran war, bestohlen zu werden. Sie runzelte fragend die Stirn.

»Es gibt Traditionen, die in den schottischen Highlands mit der Schlacht bei Culloden gestorben sind. Nicht hier bei uns. Wir geben uns Mühe, unsere Traditionen aufrechtzuerhalten.«

»Aber was ist so lustig daran, sich gegenseitig zu bestehlen und zu bekämpfen?«

»Mädchen, du verstehst das nicht.« Duncan klopfte sich auf den Schenkel. Seine langen blonden Haare hingen ihm über die Schultern ins Gesicht. Er strich sie zurück und entblößte eine dicke wulstige Narbe, die sich von seinem Ohr bis hinunter zu seinem Kragen zog, wo sie dann im Hemd verschwand. Ein Stück von seinem Ohrläppchen fehlte auch. Eisgraue Augen musterten Amber, dann zog er seine schmale Nase kraus. Duncan war nicht so attraktiv wie Cailean, dafür wirkte er gefährlicher und das wiederum machte ihn sehr anziehend. Er hatte genau die wilde Ausstrahlung, die sie sich immer vorgestellt hatte, wenn sie an einen Highlander aus der Zeit vor der letzten Schlacht gedacht hatte.

»Es ist die Befriedigung, das Vieh zurückzuholen. Wir reiten los, verprügeln ein paar McKenzies, holen uns einige blaue Flecken und Kratzer und das gestohlene Vieh.«

»Und ihr tötet Menschen. Aus Spaß, will ich betonen.« Amber sah zwischen beiden Männern missbilligend hin und her. Neben ihr lachte Cailean und erntete dafür von Duncan einen bösen Blick.

»Wir sind doch keine Barbaren. Natürlich nicht.«

»Ihr kämpft also nur zum Spaß?«

»Aye.«

»Ihr verletzt euch auch nur zum Spaß?«

»Aye«, knurrte Duncan.

»Und das soll Spaß machen?«

»Aye, macht es.«

»Das kann sie ewig so weitermachen«, mischte sich Cailean grinsend ein.

Duncan wandte sich murmelnd seinem Teller zu. »Verstehe einer die Weiber.«

»Wann wollt ihr losreiten?« Amber sah auf und warf der Rothaarigen einen fragenden Blick zu. Diese ignorierte Amber und legte eine schlanke Hand auf Caileans Arm und streichelte ihn. Damit beendete Amber ihre Versuche, sich gut mit der Schönheit zu stellen. Auch sie hatte ihren Stolz und sie würde sich davor hüten, Speichel zu lecken.

Die Schönheit saß auf Caileans rechter Seite. Scheinbar war das ihr Platz, direkt neben ihm. Die zwei gingen sehr vertraut miteinander um. Amber schluckte einen Kloß runter, der unangenehm auf ihre Kehle drückte. Konnte es sein, dass Cailean und sie ein Paar waren? Aber wie konnte er sie dann küssen? Er hatte doch deutlich gezeigt, dass er es nicht gut fand, was Eric Amber angetan hatte. Wie konnte er dann mit dieser Frau das Gleiche tun? Amber war es, als lastete ein Stein auf ihrer Brust. Sie wusste nicht, was sich schlimmer anfühlte; den Mann einer anderen geküsst zu haben oder zu sehen, dass der Mann zu dem sie sich hingezogen fühlte, einer anderen gehörte? Waren sie am Ende vielleicht sogar verheiratet?

»Morgen Mittag, nachdem ich Amber ein wenig von der Umgebung gezeigt habe. Vielleicht reite ich mit ihr hinunter ins

Dorf. Sie braucht ein paar Kleider. Könntest du ihr eins von deinen geben, Maria?«

Maria zog die Augenbrauen erstaunt hoch, dann warf sie Amber einen eisigen Blick zu. Amber nahm an, dass das wohl Nein hieß, was sie ehrlich bedauerte, denn sie wollte schon immer irgendwann einmal eins dieser wundervollen Kleider mit den weiten Röcken tragen, auch wenn sie diese Kleider wohl nicht so gut ausfüllen würde, wie Maria es tat.

»Sicher, Chieftain«, sagte sie bissig.

Cailean wandte sich wieder Amber zu, die noch immer skeptisch ihren Teller musterte, von dem sie bisher keinen Bissen genommen hatte. »Du isst nicht?«

»Ich bin Vegetarierin.« Amber warf ihm einen unschuldigen Blick zu.

»Vegetarierin? Was ist das denn?«, ließ sich Duncan vernehmen.

»Sie isst kein Fleisch«, half Cailean aus. Dann erstarrte er. »Aber du hast den Hamburger gegessen!«, rief er entrüstet.

Amber grinste, dann prustete sie los. »War ein Spaß. Ich habe nur noch nie etwas gegessen, was gut auch dreihundert Jahre alt sein könnte.«

»Das ist es nicht. Es könnte nur sein, dass es keins unserer Rinder war, sondern eins der MacPhees.«

»Der MacPhees? Ihr stehlt also auch Vieh?«

»Aye.«

»Ich frag gar nicht weiter«, murmelte Amber.

»Ist wohl besser«, mischte sich Maria ein und zuckte zusammen, als Cailean ihr einen strafenden Blick zuwarf.

Kapitel 11

Ihr Raum hatte tatsächlich Blick auf das Meer. Amber stand am Fenster, beobachtete, wie die Wellen heranrollten und sich irgendwo unter ihr an den Felsen brachen. Soweit Amber das sehen konnte, stand die Burg nicht direkt an den Klippen, zwischen dem Gebäude und der Tiefe war noch ein schmaler Streifen, der als Garten genutzt wurde. Ambers Zimmer befand sich in der ersten Etage, direkt neben Caileans Zimmer. Irgendwann in den fünfziger Jahren Menschenzeit hatte man ein Bad eingebaut, das von beiden Zimmern aus begehbar war. Die Toilette hatte noch einen Spülkasten, der unter der Zimmerdecke hing und mittels Kettenzug betätigt wurde. Die Badewanne stand auf Füßen, die Armaturen waren golden, eine Dusche und Fliesen gab es nicht. Alles in allem wirkte das Bad spartanisch, erfüllte aber seinen Zweck und Amber war erleichtert, dass sie nicht auf einen Nachttopf musste, den dann Fremde für sie leeren mussten. Das wäre ihr wirklich peinlich gewesen.

Ihr Zimmer war ganz im Gegensatz zum Bad sehr gemütlich. In einem großen steinernen Kamin brannte ein warmes Feuer. Kerzen waren im Raum verteilt und verliehen eine bezaubernde warme Atmosphäre. Am Ende des riesigen Holzbettes, in das aufwendige Ornamente geschnitzt waren, stand eine große hölzerne Truhe. Zwischen den beiden Fenstern des Zimmers stand ein Schminktisch mit Spiegel. An den Wänden hingen Wandteppiche auf denen Männer und Frauen in Kilts und Plaids anzügliche Szenen und Schlachten zeigten.

Amber hatte den Eindruck, dass die Bewohner dieser Festung, sich an Annehmlichkeiten aus der modernen Welt geholt hatten, was sie hier in Anwynn nutzen konnten. Auf dem Bett lagen richtige Matratzen, keine mit Stroh oder Federn gefüllten, wie sie sie in Museen gesehen hatte. Die Fenster schienen wirklich dicht und Amber konnte nicht behaupten, dass es in dieser Burg zugig oder kalt war.

Isla hatte sie vorhin gleich in die Badewanne gesteckt und Rosenduft ins Wasser gegeben. Die dunkle unregelmäßige Seife war bestimmt selbstgemacht und duftete herrlich nach Lavendel und Honig. Als Amber aus der Wanne kam, lag auf dem Bett ein marineblaues Seidenkleid mit weißem Spitzenbesatz. Isla hatte ihr ein junges Mädchen zur Seite gestellt, das ab sofort ihr »Mädchen« war. Amber nahm an, dass sie von einer Zofe sprach. Amber hatte sich gesträubt, aber gegen Isla war kein Kraut gewachsen, sie war wirklich sehr dominant. Sie schien im Haus diejenige zu sein, die allen anderen Angestellten vorstand.

Davina, Ambers »Mädchen«, musste etwa siebzehn sein. Sie hatte höflich geknickst beim Eintreten, den Kopf immer gesenkt gehalten und eigentlich überhaupt nicht gesprochen, was Amber traurig fand. Sie hätte gerne jemanden zum Sprechen gehabt. Das Mädchen hatte sie in das Kleid gesteckt, Ambers Haare frisiert, was Amber wirklich erstaunlich fand, denn mit dieser Frisur sah sie wirklich aus, wie eine Lady aus dem 18. Jahrhundert. Leider hatte sie, was das Kleid betraf recht gehabt, Marie war viel größer und besser proportioniert, also hing Amber in dem Kleid wie ein Schluck Wasser. Aber Davina hatte hier und da ein wenig gezupft und festgesteckt und plötzlich sah es viel besser aus. Immer noch nicht perfekt, aber akzeptabel.

Es klopfte an der Tür. Amber trat vom Fenster weg und wandte sich der schweren Doppeltür zu. »Ja, bitte?«

Cailean steckte seinen Kopf herein. »Habe ich dich gestört?«

»Nein, komm doch rein.«

Der Schotte zögerte, dann öffnete er die Tür weiter und trat ein. Es verschlug ihr den Atem. Einen prachtvolleren Mann hatte sie noch nie gesehen. Cailean trug ein Plaid um die Taille gewickelt und über die Schulter gelegt, wie sie es schon bei den Männern im Hof gesehen hatte, das etwa eine Handbreit über seinen Knien endete und Amber einen Eindruck von den Muskeln verlieh, die sich unter dem Rock verbargen.

Er musste die Schenkel eines Gladiators haben. Seine Waden steckten in Strümpfen, die bis unter seine Knie reichten. Er trug weiche Lederschuhe mit einer Schnürung, wie sie sie nur von Römersandalen kannte. Eindeutig hatte er jegliche moderne Kleidung gegen Traditionelle eingetauscht. Am Bauch trug er einen Sporran aus Fell, an der Seite ein Claymore. Er sah aus, als würde er in den nächsten Minuten in die Schlacht ziehen. Ein Kloß bildete sich in Ambers Kehle. Ihre Brustwarzen wurden hart und streckten sich dem anziehenden Krieger entgegen, und sie musste sich daran erinnern, dass dieser Mann einer anderen gehörte.

Cailean trat herein, sein schwarzes Haar noch feucht. Auch er musste gerade Baden gewesen sein. Amber musste unwillkürlich an ihre gemeinsame Dusche denken und noch mehr Feuer schoss in ihren Unterleib. Sie biss sich auf die Unterlippe und fragte sich, was wohl passiert wäre, wenn er ins Bad gekommen wäre, solange sie noch darin gewesen war. Nichts!, ermahnte sich Amber. Nichts!

»Ich wollte nur sehen, ob es dir gut geht.«

Amber schluckte. »Es geht mir gut.«

Er kam näher. »Du siehst wunderschön aus. Aber die engen Jeans haben nicht so viel von deinem Körper versteckt, weswegen ich eindeutig für die Hosen bin. Ich nahm an, du fühlst dich besser, wenn du eher gekleidet bist, wie alle anderen Frauen hier auch.«

Da nahm er richtig an. Zumal sie sich wirklich fühlte, als befände sie sich im 18. Jahrhundert. Und das gefiel ihr. Sie wich einen Schritt zurück und stieß gegen die Schminkkommode, als Cailean so nah vor ihr stehenblieb, dass sie seinen Atem auf ihrem Gesicht spüren konnte.

»Sonst noch was?«, sagte sie bemüht kalt.

Cailean blieb mit gerunzelter Stirn vor ihr stehen. »Stimmt etwas nicht?«

»Nein, alles bestens.« Sie strengte sich an, das Zittern in ihrer Stimme zu verbergen, dass seine Nähe auslöste, aber es gelang ihr nicht.

Er sah sie noch immer verwundert an, dann schüttelte er den Kopf und kam weiter näher. Amber konnte nicht mehr ausweichen, also hob sie abwehrend die Hand. »Was glaubst du, wird das hier?«

Wieder blieb Cailean stehen und verschiedene Gefühle spiegelten sich in seinem Gesicht: Zorn, Verwunderung, die Frage, warum Amber sich so zierte. Er rieb sich mit einer Hand über sein rasiertes Kinn. »Ich wollte dich küssen?«

Sie schüttelte den Kopf. Warum schüttelte sie den Kopf? Seines Wissens nach hatten sie sich auf der Straße nach Glasgow geküsst. Seither ist auch nichts vorgefallen, was dieses plötzliche Umdenken erklären könnte. Cailean ging die letzten Stunden noch einmal gedanklich durch, aber ihm viel kein Grund ein, warum sie sich jetzt zierte. Und er war mit der Absicht in ihr Zimmer gekommen, ihre Beziehung etwas mehr zu vertiefen, weil er es aufgegeben hatte, sich von ihr fernhalten zu wollen. Gut, er musste gestehen, er war etwas kühl ihr gegenüber gewesen, aber doch nur, weil er noch immer gegen seine Empfindungen für sie angekämpft hatte. Was er jetzt absolut nicht mehr vorhatte.

Als er sie in seiner Halle gesehen hatte, nahe neben ihm, da hatte er an nichts anderes mehr denken können. Jede zufällige Berührung ihrer Schenkel hatte Hitze durch ihn hindurch gejagt. Die Minuten wurden zur Qual, weil sie ihm so nahe war und er sie nicht berühren konnte. Es hatte ihn wirklich all seine Kraft gekostet, nicht ihre Hand zu packen und sie in seine Gemächer zu zerren. Und sie empfand ganz ähnlich, das fühlte er so deutlich, wie seine eigenen Empfindungen, durch diese Verbindung, die immer wieder aufflammte zwischen ihnen. Etwas was ihn noch mehr verwirrte. Er wusste nur, dass dieses Band mit jeder Minute, da er mit ihr zusammen war, wuchs.

Er hatte zwar beschlossen gehabt, dass er nichts vertiefen wollte, da er sie in spätestens drei Tagen würde ausliefern müssen, aber als er sie an seiner Tafel gesehen hatte, wie sie Duncan fast in den Wahnsinn getrieben hatte, und wie der Rest seiner Clansmänner sie mit Blicken verschlungen hatte, da hatte er nicht anders gekonnt. Er musste sie haben, musste die Erektion, die ihn jetzt schon seit Tagen immer dann quälte, wenn er sie sah oder auch nur an sie und ihre wundervollen Brüste dachte, in ihr vergraben. Er war egoistisch, aber sie stellte etwas mit ihm an, das er sich nicht erklären konnte. Mit ihrer unschuldigen und unabsichtlich frechen Art brachte sie seine Welt ins Wanken. Er konnte ihr nicht länger fernbleiben. Alles in ihm schrie, dass sie die Seine war.

»Aber, wir haben uns schon geküsst«, stellte er fest und verfluchte seine hämmernde Erektion, die aus seinem Plaid ein Zelt machte. Sie musste sie längst bemerkt haben. Er hätte seine Hose anbehalten sollen. Aber hier auf der Burg erwartete man von dem Chieftain, dass er sich in den traditionellen Farben des Clans kleidete.

Sie verschränkte ihre Arme vor der Brust und kniff ihre weichen vollen Lippen fest zusammen. »Vielleicht ist es besser, du lässt Maria sich um dein Problem kümmern«, sagte sie und wies auf sein Zelt.

»Maria?« Hatte ihr etwa jemand von seiner Beziehung zu Maria erzählt? Wer konnte das gewesen sein? Er rieb sich die Stirn. Sie würde ihn in den Wahnsinn getrieben haben, noch bevor es soweit war und er sie verlieren würde.

»Willst du etwa leugnen, dass du und sie …« Sie zog fragend die Augenbrauen hoch und in ihr Gesicht stieg eine leichte Röte, als sie mit den Händen artikulierte, um nicht weitersprechen zu müssen.

Cailean konnte ein listiges Lächeln nicht unterdrücken. Es war ihr unangenehm, es auszusprechen. Er näherte sich ihr wieder einen Schritt, nicht gewillt jetzt aufzugeben. Nur zu genau erinnerte er sich daran, wie sie sich angefühlt hatte unter der Dusche; weich und anschmiegsam.

»Wehe, du kommst noch näher.«

»Das werde ich.«

»Ich werde schreien!«

Er lachte. »Du vergisst, ich bin hier der Herr im Haus. Es wird niemand kommen.«

»Wie kannst du nur? Du bist mit ihr zusammen und willst in mein Bett!«, keuchte sie mit einer Verzweiflung in der Stimme, die ihn innehalten ließ. Noch mehr Zornesröte stieg in ihr Gesicht, als er so nahe war, dass die Spitze seiner Eichel gegen ihren Unterleib drückte. Er stieß zischend die Luft aus.

»Wir sind kein Paar, wenn du das meinst?«

Ihr süßer Mund klappte auf und Cailean kam nicht umhin sich vorzustellen, wie es sich wohl anfühlte, wenn diese feuchte

Höhle sich um seinen Schwanz schloss. Er überbrückte die letzten Zentimeter, stützte seine Hände zu ihren Seiten auf den Tisch, sodass sie ihm nicht mehr entfliehen konnte. Sie schnappte nach Atem.

»Du meinst also, du nimmst sie, wann dir danach ist?« Da ist sie wieder, die kleine Freche mit ihren Fragen, die kein Ende nehmen wollen. Was sollte er jetzt darauf antworten? Eigentlich hatte sie recht. Nur konnte er ihr das unmöglich sagen, wenn er sie heute noch dort drüben in die Daunen drücken wollte. Und das wollte er wirklich dringend.

»Ach, verdammt. Aye.«

Entsetzt drückte sie ihre Hände gegen seine Brust und wand sich, was ihn nur noch mehr erregte, weil sie unbewusst an seinem Schaft rieb. Er drückte sich gegen ihre Hüften, um den Kontakt zu verstärken. Ihre kleine Kehle hüpfte aufgeregt und ihre Atmung beschleunigte sich. Er wollte sie so dringend. Er musste die Feuer, die sie in ihm entfachte löschen. Die Hitze brandete durch seine Adern und raubte ihm jegliche Kontrolle. Und wahrscheinlich auch den Verstand, warum hatte er das nur gestanden?

Damit hatte er jede Chance, noch heute in ihr seine Erfüllung zu finden, zerstört. Und seit wann bereitete es ihm solche Qualen, wenn er eine Frau nicht haben konnte? Bisher hatte ihn das nie interessiert, wenn die eine nicht wollte, hatte er eben eine andere in sein Bett geholt. War es die Jagd, die ihn so anfachte? Er musste nie um eine Frau kämpfen. Wenn er eine wollte, reichte ein Winken mit dem Finger und sie gaben sich ihm freiwillig hin. Nun gut, seit dem Fluch war er weitestgehend zurückgetreten und hatte eigentlich nur noch Maria vertraut. Sie kannten sich schon seit ihrer Kindheit. Sie waren zusammen aufgewachsen. Sie beide wussten, dass es nichts zu bedeuten hatte, wenn sie miteinander schliefen. Ohnehin hatte er sie seit Monaten nicht mehr berührt.

»Es ist eine Weile her, seit sie das letzte Mal mein Bett gewärmt hat. Du hast nichts zu befürchten.«

Amber entspannte sich merklich. Ihre Hände drückten nicht mehr gegen seine Brust, sondern lagen nur noch zart wie Schmetterlingsflügel auf seinen Muskeln. Sie legte den Kopf leicht schief. »So hatte es vorhin nicht den Anschein. Ihr habt sehr vertraut gewirkt.«

»Ich denke, das sind wir auch. Wir sind zusammen aufgewachsen.«

»Oh«, sagte sie und lächelte unsicher. »Aber ich weiß nicht«, sagte sie und wand sich unter seinen Armen hindurch, um sich viel zu weit von ihm zu entfernen. Sie setzte sich auf das Bett und warf ihm ein Lächeln entgegen, das seinen Körper erbeben ließ.

Diese Frau ließ ihn altern. Er würde graue Haare bekommen, und das in Anwynn, wo die Zeit stillstand. Worauf wartete sie noch? Er stand hier, direkt vor ihr und er wollte sie? Nicht nur, weil er sie so sehr begehrte, auch, weil sich in ihm ein Hochgefühl breitmachte, denn in ihm reifte ein Plan, wie er sie doch noch retten konnte. Vielleicht hätten sie beide wirklich eine Chance auf eine gemeinsame Zukunft. Gemeinsame Zukunft, hatte er das wirklich gedacht? Daran hatte er bei noch keiner Frau gedacht. Woher kam der Wunsch, sich auf ewig an sie zu binden? Er war nie ein Mann für eine langwierige Beziehung gewesen, auch wenn er in den letzten Jahren darüber nachgedacht und eine gewisse Sehnsucht nach einer Familie verspürt hatte.

»Was weißt du nicht?« Langsam schlich er sich näher, blieb vor ihr stehen und sah auf sie hinunter. Was für ein köstlicher Ausblick auf ihr Dekolleté. Er verkrampfte sich. Sein Puls hämmerte gegen seine Schläfen. Er wollte die Hände nach diesen verlockenden Rundungen ausstrecken, stattdessen verschloss er sie zu Fäusten und presste sie nahe an seine Seiten.

»Ob ich dir glauben kann. Aber es ist ohnehin egal, ich finde dich nicht anziehend genug, um mit dir das zu tun, was dir ganz offensichtlich durch … den Kilt geht«, sagte sie mit Blick auf seine Ausbuchtung. Sie wackelte mit ihren schmalen schwarzen Augenbrauen und zwirbelte lächelnd eine Strähne ihrer Haare zwischen ihren Fingern. Ihre Augen auf seinen Penis gerichtet zu wissen, trieb noch mehr der flammenden Glut in genau diesen Körperteil und er zuckte aufgeregt.

»Du findest mich nicht anziehend?« Er lächelte, da er wusste, dass das nicht stimmte. Er hatte ihre Reaktionen auf ihn gespürt, wie sie ihn immer wieder heimlich beobachtete, sich dann auf die Unterlippe biss oder auf einer Strähne ihrer Haare kaute, wie sie zusammenzuckte, wenn er sie dabei erwischte, wie sie zu Wackelpudding wurde, wenn er sie berührt hatte. Er hatte es gefühlt, jedes Mal, wenn ihre Emotionen so sehr verrückt spielten, dass er sie in seiner Seele fühlen konnte.

»Kein bisschen«, erwiderte sie und senkte den Blick auf ihre im Schoß gefalteten Hände.

Er beugte sich zu ihr runter, strich mit seiner Wange die ihre, hauchte ihr sanft ins Ohr. »Bist du dir sicher.« Ihr Atem stockte, ihr Puls beschleunigte sich und ein Schaudern durchlief ihren Körper. Alles Reaktionen, die er nur zu gerne beobachtete.

»Nein, nichts.« Ihre Stimme war hörbar belegt und Cailean war sich sicher, dass sie log. Ihre Erregung stand seiner in nichts nach. Diese Verbindung war wirklich hilfreich für ihn. Er konnte genau fühlen, wie sie auf seine Annäherungen reagierte. Es war nie so leicht, die richtigen Knöpfe bei einer Frau zu drücken. Er ließ einen Finger unter den Rand ihres Ausschnitts gleiten und fuhr dann sachte daran entlang. Sie keuchte auf und kam ihm ein Stück entgegen.

»Ich denke, doch«, sagte er heiser. Auch sein Atem hatte sich beschleunigt. Noch einmal fuhr er über ihren Brustansatz, dann hakte er seinen Finger unter den Stoff und zog sie daran hoch in seine Arme. »Ich will dich, Amber. Und ich bin Manns genug, es zuzugeben. Du stellst mit meinem Körper Dinge an, die ich noch nie empfunden habe.« Wie zum Beweis nahm er eine ihrer Hände und legte sie auf sein Plaid. Als ihre Finger seine Härte berührten, sog er zischend die Luft ein. Sein Schaft pulsierte und drängte sich dieser Berührung entgegen.

»Ich könnte wetten, das …«, sie umschloss ihn und drückte zu, »… hat er schon vorher einige Male getan.«

Cailean verschlug es für einen Augenblick die Sprache, als er sie wiedergefunden hatte, sagte er: »Ja, aber es war nie so schmerzhaft gewesen. Ich muss dich nur ansehen und verbrenne innerlich.« Er zog sie näher, umschlang sie so fest er nur konnte, rieb seinen Penis an ihrem Bauch. Sie sah zu ihm auf und in ihren Augen konnte er das gleiche Verlangen sehen, wie er es verspürte.

»Lügnerin«, flüsterte er und strich mit seinem Daumen über ihre Wange, dann über ihre Unterlippe, die sie schon wieder zwischen ihre Zähne gezogen hatte. Er legte die Hand um ihren Nacken und fuhr fort, ihre weiche gerötete Wange zu liebkosen. Ihre Lippen öffneten sich einen Spalt und sie atmete zitternd ein.

Durfte er sie jetzt küssen? Er würde es auf einen Versuch ankommen lassen. Er senkte seine Lippen auf ihre. Dieses Mal strich er erst sanft darüber. Er wollte ihr die Möglichkeit geben, es sich anders zu überlegen. Aber das tat sie nicht, stattdessen hielt sie ganz still und rührte sich nicht.

Er zupfte mit seinem Mund an ihrem, knabberte mit seinen Zähnen, wartete auf ein Zeichen von ihr, dass sie sich ihm ergab. Sie sank gegen seine Brust und schlang die Arme um seinen Hals – sein Zeichen. Er strich mit seiner Zunge über den winzigen Spalt zwischen ihren Lippen. Sie öffnete sich für ihn und ließ ihn ein in ihre feuchte Höhle. Seine Zunge berührte ihre. Sie schmeckte süß, nach dem Met, den sie vorhin getrunken hatte. Er intensivierte den Kuss. Sie seufzte. Ihre Hände wanderten über seinen Rücken, jede Berührung zog kleine Flammenspuren nach sich. Er wünschte sich, sie würde nackte Haut streicheln.

Nervös kämpfte er mit dem Verschluss ihres Mieders und zum ersten Mal wurde ihm klar, dass Jeans und T-Shirt so viel einfacher auszuziehen waren. Er schob das Kleid über ihre Schultern, es glitt wie ein sanfter Regen an ihrem Körper hinunter. Als sie in ihrer Unterwäsche vor ihm stand, hörte er auf zu atmen.

Zum ersten Mal war er froh, dass Maria die moderne Unterwäsche der Menschenfrauen bevorzugte. Sie hatte Amber wundervolle Dessous herausgesucht. Amber war in einen Hauch von mitternachtsblauer Seide gekleidet, die auf ihrer hellen, cremefarbenen Haut wie ein wahr gewordener Traum wirkte. Die Körbchen des Bhs waren ein wenig zu weit, da Maria eine etwas größere Oberweite hatte, aber dadurch konnte er einen seiner Finger unter den Stoff gleiten lassen und vorsichtig über ihre harte Knospe streichen.

Er genoss den Anblick ihres flachen Bauches, der sanften Rundung ihrer Hüften und den ihrer Brüste, von denen er wusste, dass sie perfekt in seine Hände passen würden. Er umschloss die zwei Hügel, streichelte mit seinen Daumen über ihre Spitzen, die sich ihm entgegen drängten. Amber seufzte auf, ihre Zunge strich über ihre Unterlippe, ihre Atmung flatterte nervös. Ihr Gesicht war erhitzt wie ihr Körper. Sie kämpfte mit dem Verschluss seines Sporrans, ließ ihn zu Boden fallen, dann folgte sein Plaid. Mit den Ledergurten würde sie ihre Sorgen haben, er war sich sicher, etwas Ähnliches hatte sie noch keinem Mann ausgezogen. Cailean hielt gespannt inne, als der Stoff fiel und sich um seine Füße bauschte.

»Du trägst wirklich nichts drunter«, keuchte sie erstaunt, als seine Härte sich ihr entgegen reckte. »Ich hatte angenommen, das wäre ein Gerücht.«

»Kein Gerücht.« Er half ihr mit den Gurten, zerrte sich das Hemd über den Kopf und wollte sie rückwärts auf das Bett stoßen, als sie ihn aufhielt. Sie musterte seinen Körper.

»Ich will erst sehen, was du zu bieten hast.«

Ihre Finger strichen aufreizend über seinen Bauch hinauf zu seinen Brustmuskeln, wo Amber das Streicheln regelrecht zu zelebrieren schien. »Ich wollte schon immer wissen, wie sich ein Körper wie deiner anfühlt. Du bist hart und weich zugleich.«

Hart war er, das konnte man wohl sagen. Er wollte ihre Forschungsreise ungern unterbrechen, aber er konnte nicht länger warten. Sein Schaft fühlte sich an als wolle er bersten. »Amber«, keuchte er, als ihre Finger enervierend langsam über seine Armmuskeln strichen. »Ich brauche dich.«

Ihre Augen blitzten schelmisch auf. »Und wenn ich dir sage, dass ich es mir anders überlegt habe?«

»Tu das nicht«, flehte er.

Ihre Finger glitten wieder zurück zu seiner Brust, umkreisten seine Brustwarzen, dann näherte sie sich ihnen mit dem Mund. Sie ließ ihre Zunge über die Warzen gleiten, dann saugte sie daran. Caileans Knie knickten ein, aber er fing sich sofort wieder. Sowas hatte er noch nie verspürt. Bei keiner anderen Frau hatte diese Geste, seine Knochen zu Wachs werden lassen.

»Deine Haut ist ganz weich, ich mag das«, flüsterte sie heiser und küsste weiter seinen Oberkörper. Ihre Hände folgten ihren Küssen nach und heilten überall dort Narben, wo sie seinen Körper berührte. Cailean sah ihr fasziniert dabei zu und genoss das sanfte Kribbeln, das sie mit diesen Heilungen auf seiner Haut auslöste. Wenn sie so fortfuhr, würde sein Körper bald wieder makellos sein und nichts würde mehr an das erinnern, was man ihm angetan hatte. Hatte diese Heilung seiner Souvenirs ihn beim ersten Mal noch erschrocken und durcheinandergebracht, so ließ er sie dieses Mal gewähren. Er war soweit, loszulassen.

Bei Danu, bewegte sie ihren süßen Mund gerade weiter nach unten? Ihre Lippen glitten über seine Bauchmuskeln, wurden von der Spitze ihrer Zunge abgelöst, die in seinen Bauchnabel eindrang und Blitze durch seinen Körper schießen ließ. Cailean erschauderte, sein ganzer Körper stand unter Anspannung, als sie noch tiefer glitt. Sein Atem flatterte nur noch. Diese süße Qual, wie konnte er das noch länger ertragen? Dann durchfuhr ihn ein Stromstoß. Er stöhnte. »Amber!«

Sie fuhr mit ihrer frechen kleinen Zunge noch einmal über seine Eichel. »Du schmeckst gut.«

Er war fassungslos. Wenn er sie bisher für unschuldig und schüchtern gehalten hatte, dann musste er das jetzt korrigieren. Sie war keineswegs schüchtern. Und was sie mit ihrer Zunge da unten vollführte, brachte ihn an seine Grenzen. In seinem Magen flatterte es tatsächlich, und bisher hatte er angenommen, dass das Weiberkram war. Er hatte sich in sie verliebt. Wo sonst sollte dieses Gefühl in seiner Brust plötzlich herkommen? Er hatte noch nie Eifersucht verspürt, doch die Vorstellung, dass sie das vorher an anderen Männern ausprobiert haben musste, brachte ihn fast um. Und schon waren diese trüben Gedanken wie weggeblasen, als sie ihre wundervollen Lippen um ihn schloss, ihn tief in sich aufnahm, an ihm leckte und saugte. Ihre Hände strichen dabei zärtlich über seine Oberschenkel.

Alles in ihm zog sich zusammen und floss zu der einen Stelle hinunter, die sie gerade auf so kunstvolle Weise mit ihrem Mund bearbeitete. Ihm wurde ganz schwindelig, so viele Gefühle schossen durch sein Innerstes. Es zerriss ihn fast. Er hatte wahrlich schon viele Frauen gehabt – in letzter Zeit weniger – aber keine hatte solche Empfindungen in ihm ausgelöst. Amber fuhr wie ein Orkan durch ihn hindurch. Es fühlte sich zu wundervoll an, doch dabei sollte er nicht vergessen, dass er sie in wenigen Tagen würde ausliefern müssen. Er kniff die Augen zusammen, wenn es helfen würde, würde er Airmed umbringen, aber damit rechnete sie wahrscheinlich. Sie würde vorbereitet sein auf alles, was er versuchen könnte. Und er allein gegen ihre gesamte Armee? Keine Chance. Es gab nur diese eine Hoffnung, wenn das nicht funktionierte, dann war sie verloren. Nein, das würde er nicht zulassen. Er musste mit Duncan reden, unmöglich konnte er diese Frau verlieren.

»Amber, warte«, keuchte er. Er schlang ihr die Finger um die Oberarme und zog sie zu sich herauf. »Du machst das wirklich gut, zu gut. Wenn du nicht willst, dass diese Sache gleich vorbei ist, dann sollten wir uns jetzt lieber auf dich konzentrieren.« Sie grinste ihn an, fuhr mit ihrer Zunge über ihre Lippen und stöhnte.

»Hmmm.«

Ein Feuersturm zog durch seinen Bauch. Seine Oberschenkel zitterten. Er war noch nie so aus der Fassung gebracht worden, genauso frech wie mit ihrer Zunge, war sie anscheinend auch in Liebesdingen. Mit einem Knurren packte er sie und warf sie auf die Decken.

Lachend blieb sie liegen. Sie trug noch immer ihre Unterwäsche, während er schon lange nackt war. Das würde er als Erstes ändern. Genug Zeit für ihn, etwas herunterzukommen. Er schob seine Finger unter ihren Bh, ließ sie langsam zwischen ihre Brüste wandern und öffnete den Magnetverschluss – er liebte die BHs, die sich vorne öffnen ließen. Der halterlose BH glitt zu ihren Seiten hinunter und blieb auf der Decke liegen. Jetzt würde er ihr zurückzahlen, was er von ihr bekommen hatte. Er strich mit dem Daumen über eine ihrer rosa Knospen, die sich ihm bettelnd entgegen reckte. Zwischen seinen Fingern zwirbelte er die kleine Knospe, bis Amber sich wimmernd zu ihm aufwölbte. Ihr Blick war verschleiert und über dieses Band, das ihn ihre Empfindungen spüren ließ, kamen Erregung, Verlangen und Verzweiflung zu ihm durch. Und noch etwas, das ihn zutiefst erschütterte; Vertrauen.

Er ließ die Welle über sich hinwegspülen und ignorierte das letzte Gefühl, verdrängte es in eine Ecke tief in seiner Seele, weil er es nicht verdient hatte. Mit seinem Mund kam er der Einladung ihrer Brust nach. Er sog die harte Erbse in seine feuchte Höhle, ließ seine Zunge darum kreisen, knabberte an ihrer Warze und sog abermals daran. Jedes Stöhnen, das ihren Lippen entkam, traf direkt in sein Herz und entflammte es für diese wundervolle Frau.

Ihr Unterleib hob sich seinem entgegen. Sie rieb ihre Spalte an seinem Schaft und benässte ihn mit ihrer Feuchtigkeit. So war das nicht gedacht. Er musste sie davon abhalten, ihn weiter zu bearbeiten. Er legte seine Hände auf ihr Becken und drückte sie zurück in die Decken. »Das ist nicht brav«, stöhnte er mit rauer Stimme.

»Ich weiß.« Ihre Augen blitzten schelmisch und ihr Becken kämpfte gegen seine Blockade an. »Ich brauche dich«, wimmerte sie unter gesenkten Lidern. Fast hätte er nachgegeben, doch er wollte das hier für sie beide herauszögen.

»Nicht so schnell.«

Amber blies gefrustet die Haare, die sich in ihr Gesicht verirrt hatten, weg. Wenn Cailean sie noch lange hinhalten wollte, dann würde sie platzen. Hatte er auch nur annähernd eine Vorstellung davon, wie sehr er sie quälte. Jede Zelle ihres Körpers lechzte nach Erlösung und nur er konnte sie ihr geben. Sie strich aufreizend über seine Muskelberge. Wenn es einen Körper gab, den man anbeten sollte, dann diesen. Alles an diesem Mann war perfekt; sein nachtschwarzes seidiges Haar, das er in einem Zopf gefangen hielt, diese wilden Augen, in denen Begierde und Verlangen glänzten, die breiten Schultern, die harte Brust.

Sie erforschte jeden Zentimeter davon und genoss es, all das berühren zu dürfen. Sie musste im Himmel sein. Sie verstand nicht, wie ein Mann wie Cailean sie überhaupt nur wahrnahm, aber er tat es. Der Beweis war deutlich in seinem Gesicht zu sehen; seine Zähne hatten sich verlängert und seine Augen leuchteten in diesem animalischen Rot, das sie zuerst erschreckt hatte, und das ihr jetzt direkt zwischen die Schenkel schoss. Jetzt wo sie wusste, dass diese Veränderungen sich nur zeigten, wenn er besonders wütend oder besonders erregt war. Und da war noch der andere Beweis, der nahe an dem Punkt pulsierte, an dem sie ihn am meisten wollte. Seine wundervolle, große Härte, die sie vorhin gekostet hatte.

Sie wusste nicht, was sie da geritten hatte. Sowas hatte sie noch nie getan, zumindest nicht gleich beim ersten Mal. Bei Eric hatte sie Monate gebraucht, bis sie es sich gewagt hatte, in dieser Art die Initiative zu ergreifen. Aber bei Cailean, er hatte mit seinen Küssen ihren Körper auf eine Art entfacht, die sie nicht kannte. In ihr brodelte ein Verlangen, das größer war, als sie es ertragen konnte. Dieser Mann mit all seinen dunklen Geheimnissen, seiner Stärke, seiner Undurchdringlichkeit eroberte nicht nur ihren Körper, sondern auch ihr Herz. Sie wollte es sich verbieten, aber er hatte sie durchschaut; ihr Verstand hatte sie warnen wollen, aber ihr Körper hatte sie verraten. Er hatte sie nur noch ernten brauchen. Und das tat er gerade. Seine Hände, seine Zunge, sein Körper erforschten ihren. Jede seiner Berührungen ließ sie erzittern. Cailean schien genau zu wissen, was er tun musste, um ihr kleine Schreie zu entlocken. Jede Zelle ihres Körpers stand unter Strom und sehnte sich danach, von diesem Mann erlöst zu werden.

Caileans Hände strichen sanft über sie, seine Lippen bewegten sich auf ihrem Hals und lösten Schauerwellen in ihr aus. Sie zuckte unruhig mit ihrem Unterleib, suchte mit ihrer Mitte die seine. Doch Cailean lag nicht mehr zwischen ihren Schenkeln, sondern rechts neben ihren Beinen, sodass sie ihn nicht länger dazu benutzen konnte, das Feuer ihrer hämmernden Begierde zu ersticken. Seine Zunge malte Kreise in der kleinen Kuhle über ihrem Schlüsselbein. Sie wimmerte. Noch nie hatte es sie so sehr nach Erlösung verlangt. Zwischen ihren Beinen pulsierte ihre Scham. Ihr Höschen, das sie noch immer trug, war durchnässt und kühlte ihre Hitze, nur damit Cailean sie wieder entfachen konnte. Und bisher hatte er sie dort, wo sie ihn haben wollte, noch nicht einmal berührt.

Sie hatte versucht, sich ihm zu entziehen, aber sie hatte schon verloren gehabt, als er zu ihr unter die Dusche gekommen war. Er brauchte sie nur anzusehen mit seinen dunklen unergründlichen Augen, und sie wünschte sich nichts mehr, als diesen Mann nur ein einziges Mal kosten zu dürfen. Seine ganze gefährliche Ausstrahlung war ein reiner Siegeszug gegen ihre Widerstandskräfte.

»Cailean, ich flehe dich an. Wenn du es nicht tust, werde ich es selbst tun müssen.«

Mit einem dunklen Knurren gab er ihr zu verstehen, dass er das niemals zulassen würde. Er umklammerte ihre Hände mit seinen und bog sie über ihren Kopf zurück. Amber warf diesen verzweifelt hin und her. In ihrem Unterleib hatte sich ein solcher Druck aufgebaut, dass sie glaubte zu sterben, wenn Cailean nicht bald etwas dagegen unternahm. Er senkte sein Gesicht auf ihren Bauch, küsste sie erst ganz zärtlich, dann leckte er sich einen Pfad zu ihrem Bauchnabel, wo er seine Zunge genüsslich eintauchte und mit ihr den Tanz vollführte, den sie sich etwas weiter unten wünschte. Wünschte! Genau, sie wünschte es sich.

»Ich …« Nein, das konnte sie nicht tun, er sollte es von alleine machen, nicht, weil sie ihn dazu zwang. Das wäre nicht richtig. Amber fluchte innerlich. Konnte ihr Gewissen nicht einmal etwas zurückschrauben?

Cailean blickte zu ihr auf, seine Augen funkelten. Mit einem Ruck riss er ihr das Höschen vom Leib. Der dünne Stoff gab so schnell nach, dass Amber es kaum mitbekam. Kühle Luft traf auf ihre feuchte Hitze. Sie keuchte, sog zischend den Atem ein und hielt ihn an, als Cailean ihre Schamlippen mit einem Finger teilte. Ihr Unterleib zuckte zurück, so empfindlich war sie da unten, und drängte sich seiner Hand entgegen, um noch mehr Aufmerksamkeit zu bekommen.

Sein Daumen fuhr langsam durch ihre dunklen Locken, seine Zunge folgte ihm. Sie erzitterte, als er seinen Mund auf ihre Scham drückte und sie leckte. Jeder Schlag auf ihren Kitzler mit seiner feuchten Zunge ließ sie erbeben, fuhr wie ein Stromstoß durch ihren Körper. Ihre Finger schlangen sich in sein Haar, hielten ihn dort unten fest, wo er ihre ganze Welt auf den Kopf stellte. Mit jedem Kreisen um ihren Lustpunkt baute sich der

Druck in ihrem Unterleib mehr und mehr auf. Amber war wie wild. Sie warf sich umher, schlang ihre Finger in sein Haar und presste sein Gesicht fester auf ihr Geschlecht. Sie stöhnte laut auf, als er einen Finger in sie schob und ihn im selben Rhythmus bewegte, wie seine Zunge. Ihr blieb nur noch, hilflos zu jammern.

Der Orgasmus kam über sie wie ein Orkan, zerriss ihr Innerstes in tausend Scherben. Sie schrie, bäumte sich auf. Ihr Unterleib zuckte, brachte immer neue Wellen hervor. Als ihr Körper sich wieder beruhigt hatte, lag sie zitternd in den Laken. Wenn er mit der Zunge sowas vollbrachte, was würde dann passieren, wenn er sie erst ganz ausfüllte. Amber sah an sich hinunter zu Cailean, der zwischen ihren Schenkeln kniete, seinen großen, verführerischen Schaft in seiner Faust. Ein Bild, das so erotisch war, dass Amber die Luft wegblieb. Er hielt die Spitze an ihren Eingang. Sie konnte ihn dort unten schon spüren.

»Ja«, keuchte sie voller Erwartung. Ja!

Doch Cailean bewegte sich nicht. Starr blickte er auf seinen Penis hinab, das Glimmen in seinen Augen war erloschen. Er zitterte.

»Ich kann das nicht tun.« Er setzte sich auf den Rand des Bettes, viel zu weit weg von ihr.

»Was? Wieso kannst du es nicht tun?« Sie blickte auf seinen Penis. Erektionsprobleme hatte er nicht. Lag es an ihr? Konnte er es nur mit ihr nicht tun? Ambers Herz setzte einen Schlag aus. War sie nicht hübsch genug für ihn? Hatte er gelogen? Hatte er gerade mit ihr Maria betrogen? Bitte nicht!

»Sag, dass es an mir liegt und nicht an Maria.«

»Nay, es liegt nicht an dir. Und erst recht nicht an ihr. Ich habe dir doch gesagt, dass wir kein Paar sind.«

»Aber …« Amber verstand nicht. Hatte sie etwas falsch gemacht? Vielleicht war sie zu ungestüm gewesen für einen Mann seiner Zeit?

»Es wäre nicht richtig. Das kann ich dir nicht antun. Nicht bei …« In seinem Gesicht sah sie eine Verzweiflung, die selbst ihr schmerzte. Gerade noch hatte er sie auf solch wundervolle Weise befriedigt, warum wich er jetzt von ihr ab?

Amber sah die Qual in seinen Augen. Er saß auf dem Bettrand, rieb sich die Schläfen und seine Hände zitterten. Etwas trieb sie dazu, das einzig Richtige zu tun. Diese Pein, die ihn quälte, Amber war sicher, die konnte nur von dem herrühren, was er erlebt hatte. Vielleicht hatte sie sich in ihm getäuscht und der Missbrauch hatte ihn so sehr in seinen Fängen, dass er nicht in der Lage war zu vergessen, dass er nicht mit einer Frau zusammen sein konnte, ohne dass die Erinnerungen ihn übermannten. Ihre Kräfte einzusetzen, um ihm zu helfen, war das Einzige, das sie für ihn tun konnte. Und sie wollte etwas für ihn tun. Sie empfand so tief für diesen Krieger. In der kurzen Zeit, die sie bisher hatten, hatte er etwas in ihr berührt, das kein anderer Mann erreicht hatte.

Sie rückte neben ihn, legte ihm ihre Hand auf die Brust, direkt über sein Herz. Ihr Geist glitt in seinen. Und alles wurde dunkel. Und dann war sie wieder dort in dem Kerker, in den sie niemals hatte zurückkehren wollen. Aber nein, dies war ein anderes Gefängnis, stellte sie mit Schrecken fest. Wie oft schon hatte dieser Mann Leid ertragen müssen?

In einer Ecke des schmutzigen, stinkenden Raumes lag Ian zusammengekauert auf dem Boden. Sein schwarzes Haar klebte dreckig, verkrustet und wirr an seinem Kopf. Cailean konnte sein Gesicht unter dem Vorhang nicht erkennen. Seine Brust hob und senkte sich kaum merklich, nur bei genauerem Hinsehen sah er, dass sein Bruder noch lebte. Blut sickerte aus tiefen Wunden in seinem Körper und tränkte das Stroh, mit dem man den Boden unter ihm ausgelegt hatte. Er war nackt, seine Muskeln erwachten immer mal wieder zu einem Beben.

Erst nahm Cailean an, dass er weinte, aber er fror. Wahrscheinlich hatte er Fieber. Wer, wenn nicht er hätte verstehen können, wenn Ian sich seinem Schmerz überlassen hätte. Niemandem hätte Cailean gewünscht, das durchmachen zu müssen, was man ihm angetan hatte. Und jetzt war es ausgerechnet sein jüngerer Bruder, der mit der gleichen Schande leben musste wie Cailean.

Die Fesseln, mit denen man ihn festhielt, rasselten, als Cailean versuchte, zu seinem Bruder zu gelangen. Er fluchte, weil er so schwach war, dass er ihm nicht helfen konnte. Auch er hatte unzählige Verletzungen; seine Rippen waren gebrochen, mehrere seiner Finger, sein Schädel hämmerte und er hatte mehrfach Blut erbrochen. Aber es interessierte ihn nicht. Er machte sich nur Sorgen um seinen jüngeren Bruder. Seit man ihn zu ihm in die Zelle gezerrt hatte, lag er dort – reglos. Cailean wollte ihm zu gerne helfen. Er verfluchte Airmed und ihre Laufburschen. Was auch immer sie von ihm wollte, er hätte es sowieso tun müssen. Und das wusste die Hexe. Sie wusste, dass er sich den Wünschen nicht entziehen konnte. Dass es seinen Tod bedeutete, wenn er sich trotz der drängenden Qual in seinem Inneren einem Wunsch widersetzte. Sie hätte Ian nicht holen müssen.

Schritte näherten sich, Cailean blickte hasserfüllt in Richtung der Gitter. Die Hexe kam und ließ sich von einem der Wächter die Gittertür öffnen. Im Vorbeigehen warf sie Ian einen verächtlichen Blick zu, dann kam sie auf Cailean zu, mit diesem selbstsicheren Grinsen im Gesicht, das er ihr eines Tages persönlich herausprügeln würde. Sie blieb vor ihm stehen, hielt gerade genug Abstand, damit er sie nicht erwischen konnte, und hielt sich angewidert die Nase zu.

»Ihr Highlander stinkt, wusstet ihr das?« Sie zog ein Blatt Papier hinter ihrem Rücken hervor, betrachtete es einen Moment und sah dann wieder zu ihm auf. Ihre Augen blitzten und verrieten ihre Vorfreude. »Ich hab meinen besten Gelehrten an die Formulierung des Wunsches gesetzt. Bald dürfte sich herausstellen, ob er seinen Ruf nicht doch umsonst hat.« Sie räusperte sich theatralisch.

»Nun lass es uns schon endlich hinter uns bringen«, stöhnte Cailean genervt. »Ich bin beschäftigt, siehst du das nicht?«

Sie lief auf und ab. »Wenn ich dich nicht bald bräuchte, würde ich dich dafür auspeitschen lassen. Nun gut, du hast Glück. Ich brauche dich sogar sehr bald.«

Cailean rollte genervt die Augen, aber tief in ihm zerriss es ihn. Er wollte diesem Miststück die Finger um den Hals legen, wollte so lange zudrücken, bis er ihre Kehle zu Brei verarbeitet hatte.

»Ich muss schon sagen, mein Schatz, du hast schon bessere Zeiten gehabt. Du siehst Scheiße aus. Ich hab so meine Sorge, ob du es in diesem Zustand schaffst, eine Frau zu betören. Du wirst sie wohl mit Gewalt entführen müssen. Das soll nicht meine Sorge sein. Für mich zählt nur das Ergebnis.« Sie kam näher, Cailean zerrte an seinen Ketten und knurrte, als wäre er ein Höllenhund. Mit gefletschten Zähnen schnappte er nach ihr.

»Sollte ich jetzt beleidigt sein? Als du es mir mit deiner Zunge gemacht hast, hast du mir besser gefallen.« Sie zuckte lässig mit den Schultern. »Was soll es? Ich würde sagen, wir beenden das jetzt hier.«

»Wird Zeit, dein Monolog nervt.« Caileans Hals kratzte. Er hatte seit Tagen keinen Schluck Wasser mehr bekommen.

Sie nahm das Blatt Papier, hielt es vor sich hin, ihre Hände zitterten leicht. Was auch immer sie von ihm wollte, es musste ihr sehr wichtig sein. »Cailean MacLean, ich wünsche mir, dass du mir Amber Connell in sieben Tagen zum Sonnenaufgang in meinen Garten vor meiner Burg bringst. Du wirst mit ihr allein kommen, du wirst unbewaffnet sein, sie wird unbeschadet sein, ihr werdet in der vorhergehenden Nacht am Waldrand direkt neben meinem Garten übernachten, damit ich sichergehen kann, dass euch niemand folgt, du wirst mit niemandem darüber reden, du wirst danach nicht versuchen, sie zu befreien und du wirst mich und meine Burg niemals angreifen.« Zufrieden faltete sie das Papier zusammen. »Ich denke, wir dürften alle Punkte bedacht haben. Es sollte für dich also kein Schlupfloch geben. Du wirst diesen Wunsch erfüllen müssen und mir diese Frau ausliefern müssen.«

Das Rauschen in seinen Ohren, als er den Namen der Frau vernommen hatte, hatte es fast unmöglich gemacht, ihre letzten Worte zu hören. Sein Herz schlug gegen seine Brust. Er konnte ihr unmöglich diese Frau bringen. Einst war er es, der Danu geholfen hatte, die heilige Quelle in den Körper des Babys zu transferieren, das sie damals gewesen war. Die Quelle durfte unter keinen Umständen zurück nach Anwynn gelangen. Cailean wand sich. Ein Schrei stieg seine Kehle herauf, weil der Schmerz in seinem Schädel drohte, ihn umzubringen. Der Fluch bestrafte ihn dafür, dass er nur daran dachte, sich dem Wunsch zu verweigern. Er presste die Kiefer aufeinander. Kein Ton würde über seine Lippen kommen.

Die Augen weit aufgerissen saß Amber neben Cailean. Sie fühlte sich wie erstarrt. Zuerst war ihr Kopf wie leer gesaugt, dann drangen die Informationen langsam zu ihr durch. Und dann kam das Begreifen. Ihre Hand lag noch immer auf seiner Brust. Als hätte sie sich verbrannt, zog sie sie fort. Cailean sah sie verwirrt an.

»Was …?«

»Oh mein Gott! Das ist der Grund, weswegen du mich hier hergebracht hast? Du willst mich ausliefern?«, polterte sie wütend los. Sie rückte von ihm ab, als hätte er einen widerlichen Ausschlag. Wie konnte dieser Mann sie auf diese Art berühren, wie sie es ihm gestattet hatte, und wissen, dass er vielleicht ihr Todesurteil unterschrieben hatte? Sie griff nach ihrem BH, zog eine der Decken vom Bett und hüllte sich darin ein. »Das ist der Grund für all das?« Amber hatte das Gefühl zu platzen vor Wut. Gleichzeitig war sie enttäuscht, entrüstet und fühlte sich verraten von ihm. Tränen brannten in ihren Augen.

Er wollte sie tatsächlich in die Fänge dieser Frau geben und machte ihr trotzdem in aller Ruhe schöne Augen! Amber konnte es gar nicht fassen. Diese Frau, der Kerker, der Zustand der beiden Männer. Wenn Cailean sie wirklich nur entführt hatte, um sie dorthin zu bringen, dann wusste Amber schon jetzt, dass er sie geholt hatte, um sie in den Tod zu schicken. Sie hatte niemanden etwas getan. Sie kannte diese Frau nicht einmal. Was wollte sie von ihr?

Und warum sagte er nichts? Er musste doch irgendetwas dazu sagen! Stattdessen sah er sie an, die Augen weit aufgerissen, den Mund offen. Er wirkte, als hätte man ihm gerade eine schlechte Nachricht überbracht. Dabei hatte sie die schlechte Nachricht bekommen. Amber suchte nach ihrem Unterhöschen. Als sie es fand, ließ sie es sofort wieder fallen, es war zerrissen. Er hatte es zerrissen, erinnerte sie sich. Sie weigerte sich, ihn anzusehen. Das konnte sie jetzt nicht. Tränen rannen ihr über die Wangen und sie wollte nicht, dass er die Erniedrigung sehen konnte. Sie fühlte sich betrogen, schlimmer noch, als sie Eric erwischt hatte. Selbst das hatte nicht so wehgetan. Warum schmerzte dieser Betrug so sehr? Sie kannte Cailean doch kaum.

Wie hatte sie ihm nur vertrauen können? Ihre Hormone waren schuld. Sie hatten auf ihn reagiert, als gäbe es keinen anderen Mann mehr auf diesem Planeten. Vom ersten Moment an hatte ihr Körper sie verraten. Aber sie war es gewesen, die zugelassen hatte, dass er sich in ihr Herz stahl. Wie konnte sie nur?

Innerhalb weniger Tage hatten zwei Männer sie hintergangen und auf grauenhafte Weise verletzt. Amber war, als würde sie auseinander brechen. Nach Eric hätte sie es besser wissen sollen. Und wie hatte sich Cailean überhaupt so schnell in ihr Herz schleichen können? Wie hatte sie sich nur so schnell in diesen geheimnisvollen Mann verlieben können? Sie lachte bitter, als ihr die Worte »er kam, sie sah, er siegte« durch das Hirn waberten. Genau so war es gewesen. Sie hatte mit einer Heftigkeit auf seine Nähe reagiert, die sie hatte ihren Verstand ausschalten lassen. Trotzig wandte sie sich der Badezimmertür zu.

»Warte!« Amber stockte mit der Hand auf der Türklinke.

»Wenn du mir nicht erklären willst, was hier los ist, dann rate ich dir, aus dem Zimmer zu sein, wenn ich aus dem Bad komme. Ich hab das dringende Bedürfnis, in einer Menge Seife zu baden.« Amber zuckte bei diesen Worten innerlich zusammen. In Wirklichkeit tat es ihr weh, die Spuren seiner Küsse von ihrer Haut zu waschen, aber sie wollte ihn verletzen. Irgendwie wollte sie ihm zumindest einen Teil der Schmerzen zurückzahlen, die er ihr bereitet hatte.

Sie drückte die Türklinke runter.

»Woher weißt du es?«, flüsterte er. Er stand hinter ihr. Sie konnte die Hitze seines Körpers spüren. Sie schloss die Augen, gestattete sich einen Moment und seine Nähe zu genießen. Ein Kloß stieg in ihrer Kehle auf. »Ich habe es gesehen«, flüsterte sie heiser.

Er schwieg, sie hörte nur seinen leisen Atem. Sie sah ihn über die Schulter an und bereute es sogleich. Das Leid in seinem Gesicht traf sie tief in ihrer Seele. Mit einem leisen Seufzer wandte sie sich zu ihm um. Sie fand, sie sollte ihm zumindest erklären, was sie meinte. Vielleicht würde er ihr dann auch erklären, was sie gesehen hatte. Und wenn sie das wusste, konnte sie vielleicht viel besser sehen, dass sie aus dieser Situation wieder rauskam. Amelia wäre begeistert, zu sehen, wo ihre Tochter sich da wieder herein manövriert hatte.

»Das ist Teil meiner Gabe«, sagte sie verächtlich. Mittlerweile war diese Gabe nur noch ein Fluch wie der, der auf Cailean lastete. Vielleicht war auch sie für etwas bestraft worden, dass sie irgendwann einmal getan hatte in einem früheren Leben. Sie konnte sich nicht vorstellen, dass sie als Kind etwas so Furchtbares getan hatte, dass sie das verdient hatte, also musste es eine Strafe für ein früheres Leben sein. »Ich sehe, was den Schmerz verursacht.« An seinen zusammengekniffenen Lippen konnte sie erkennen, als er verstand, was sie gerade gesagt hatte, und was es bedeutete. Er senkte den Blick und stöhnte leise. Sie wandte sich wieder der Tür zu und diesmal ging sie. Er würde ihr nicht antworten, dazu hatte er zu viel zu verarbeiten. Es war besser, wenn sie beide sich aus dem Weg gingen.

Kapitel 12

Er hatte sie in dem Moment verloren, in dem sie ihre Hand von seiner Brust nahm, die Augen vor Schreck geweitet. Das Entsetzen stand ihr ins Gesicht geschrieben. Er wäre es an ihrer Stelle auch gewesen. Das, was er vorhatte zu tun, war ein Verrat, den sie ihm niemals verzeihen würde. Und das brachte ihn um. Er musste sich an der Hoffnung festhalten, dass sein Plan funktionieren würde.

Wütend auf sich selbst und den Fluch, der ihn zwang ihr das anzutun, verließ er ihr Zimmer. Vielleicht war es besser so, wenn sie ihn hasste. Seine Gefühle für sie durften ihn nicht weiter ablenken. Er musste sich zuerst darum kümmern, sie zu retten. Wenn er das geschafft hatte, dann konnte er sich darauf konzentrieren, ihr Herz zu erobern. Oder wenigstens zu hoffen, dass sie ihm verzieh. Wie auch immer, er würde sich um diese Frau kümmern, die mit einem einzigen Lächeln bewirkte, dass er sich fühlte wie ein Knabe und dann wiederum es schaffte, ihn sich fühlen zu lassen wie ein Mann. Was es für ihn bedeutete, dass sie diese Visionen hatte, darüber wollte er nicht nachdenken. Er wollte nicht wissen, ob sie gesehen hat, was er hatte ertragen müssen, was die Narben verursacht hatte, die sie geheilt hatte. Jetzt zählte nur, sie hatte den Grund für ihre Anwesenheit auf seinem Burgfried gesehen. Und doch sang eine leise Hoffnung in ihm, wenn sie wirklich gesehen hatte, was Lancaster und seine Bastarde mit ihm getan hatten, und sie trotzdem noch so tief für ihn empfand, wie er es durch ihr gemeinsames Band verspürt hatte, dann konnte dieses Wissen keine Abscheu in ihr verursacht haben. Es hatte sie nicht abgeschreckt, sie begehrte ihn trotzdem.

Duncan kam ihm schnellen Schrittes auf dem Gang entgegen. Mit einer Hand band er sich sein Claymore um, mit der anderen artikulierte er wild in Caileans Richtung. »Sie haben Fomori auf unserem Gebiet ausgemacht. Sie schleichen herum, als suchten sie etwas. Und ich meine zu wissen, was sie suchen.« Duncan sah ihn mit blitzenden Augen an. Seine Miene wirkte zwar vorwurfsvoll, aber Cailean wusste, dass Duncan froh war, einen Kampf erwarten zu dürfen. Genau danach lechzte auch Cailean jetzt.

»Ich kläre dich unterwegs auf. Ist mein Pferd gesattelt?«

»Alles bereit, mein Freund. Die Männer warten nur noch auf dich.« Vorfreude bemächtigte sich Caileans. Er würde all seinen Frust an den Fomori auslassen und mit seinen Männern seine Pläne besprechen. Er hoffte, dass er nichts übersehen hatte, aber Duncans wacher Verstand würde jedes Problem, dass sich ihnen in den Weg stellen könnte, finden.

Zitternd stieg Amber in ihr geliehenes Kleid. Sie konnte es noch immer nicht glauben. Er hatte sie einzig aus dem Grund, sie an diese Airmed auszuliefern, in diese Welt gebracht. Und obwohl er das wusste, hatte er es gewagt, sie zu verführen. Aber Amber war selbst schuld, es hatte nicht viel gebraucht, um ihren Körper davon zu überzeugen, sich diesem Kriegsherren hinzugeben. Alle Frauen ihrer Zeit mussten so reagieren, wenn sie einen solchen Mann sahen. Mit seiner unfassbar maskulinen Ausstrahlung, seiner stolzen Haltung, den tiefgründigen, geheimnisvollen Augen und dem Versprechen im Blick, eine Frau zum Wimmern zu bringen, hatte er nicht nur ihren Körper zum Vibrieren gebracht, sondern auch ihr Herz erobert. Und jetzt musste Amber selbst mit dieser Enttäuschung fertigwerden, denn sie hatte zugelassen, dass er all das mit ihr tat.

Vorsichtig öffnete sie die Bartür und linste in das Zimmer. Er war weg. Hatte sie einfach zurückgelassen in dem Wissen, dass sie wusste, was er ihr antun wollte. Ein Knoten zog sich in Ambers Brust zusammen. Sie wusste, dass es besser war, dass er fort war. Aber es stimmte sie auch traurig. Ein Teil von ihr hatte gehofft, er würde bleiben, um zu kämpfen. Dass er sie so schnell aufgab, schmerzte sie mehr, als sie sich hatte vorstellen können.

Sie durchquerte den Raum, schnappte sich ihre Jeans und sein Leinenhemd von der Truhe am Fußende und trat auf den Flur hinaus. Flucht war die einzige Möglichkeit, die ihr in den Sinn kam. Er würde sich dem Fluch nicht widersetzen können. Und wenn sie ehrlich zu sich selbst war, wollte sie das auch nicht. Sie hatte gesehen, dass diese Frau seinen Bruder in Gefangenschaft hielt. Es wäre dumm von ihr, anzunehmen, dass Cailean für sie das Leben seines Bruders beenden würde. Genau das täte er, wenn er sich dem Wunsch widersetzte. Sie hatte keinen Zweifel daran, dass diese Frau Ian töten würde, wenn sie nicht bekam, was sie wollte. Und wenn Cailean den Wunsch nicht erfüllte, würde auch er sterben.

Aber was sollte sie tun? Sie konnte unmöglich hier bei ihm bleiben und darauf warten, dass sich ihr Schicksal erfüllen würde. Sie wusste ja noch nicht einmal, warum diese Airmed sie wollte. Es musste mit ihrer Gabe zusammenhängen. Nur warum sollte die Fähigkeit zu Heilen, so besonders sein? Diese Wesen in Anwynn lebten ewig. Wozu dann Heilen können? Sie hätte auf eine Erklärung von Cailean bestehen sollen. Aber sie hatte es nicht fertiggebracht, ihn länger anzusehen oder seine dunkle erotische Stimme zu hören, die sich wie Samt über ihren Körper legte und ihn zum Klingen brachte. Sie hatte ihm aus dem Weg gehen müssen.

Amber sah aus einem der Fenster auf dem Gang hinunter in den Hof. Mehrere Männer saßen schwer bewaffnet auf Pferden. Aufgeregte Stimmen drangen zu ihr nach oben. Den Wortfetzen konnte sie entnehmen, dass die Krieger sich auf den Weg machten, Eindringlinge zu vertreiben. Sie sah auch Cailean, der gerade und stolz an der Spitze der Gruppe auf Nuada saß. Auf ein Winken mit seiner Hand setzten sich die Pferde in Bewegung, das Klopfen der Hufe auf den Steinen im Hof, ließ Amber erschaudern. Diese Männer ritten einem Kampf entgegen. Es würde Verletzte geben, wenn auch keine Toten, da sie ja unsterblich waren. Oder konnten sie doch sterben? In Ambers Brust pochte es dumpf. Er könnte nicht wiederkehren und die Vorstellung ließ sie zittern. Eine Klaue griff nach ihrem Herzen.

Nein, sie sollte jetzt nicht über diese Möglichkeit nachdenken. Die Krieger ritten aus, eine bessere Möglichkeit zur Flucht würde sich ihr nicht wieder bieten. Sie sah besorgt zum Horizont, an dem die Sonne nur noch halb zu sehen war. Nicht mehr lange, und es würde dunkel werden. Wie lange würden die Männer wohl fort sein? Wenn sie sich gleich auf den Weg machen würde, könnte sie weg sein, bevor Cailean zurückkam.

Andererseits würde sie in der Dunkelheit niemals den Weg zum Steinkreis finden.

Sie ließ die Schultern herabsinken. Sie musste bis zum Morgengrauen warten, wenn sie nicht gefahrlaufen wollte, sich in Anwynn zu verirren. Wer weiß, was es hier noch für Kreaturen gab. Und wie hieß es so schön? In der Nacht erwacht das Leben. Nein, sie konnte nicht riskieren auf Wesen zu stoßen, die gefährlich waren. Bei Tag würde sie mehr Glück haben, hoffte sie. Ihr letzter Fluchtversuch war nicht so gut gelaufen, dieser musste erfolgreich sein, auch, wenn sie damit Cailean und seinen Bruder zum Tode verurteilte. Sie hatte keine andere Wahl, wenn sie nicht selbst sterben wollte. Diese Airmed war eine grauenvolle Frau, mit Sicherheit wollte sie nicht Kaffee trinken mit Amber. Und auch Cailean hätte nicht so gelitten, wenn er sie nur auf einen Besuch zu dieser Dame vorbeibringen sollte.

»Erzähl schon. Was hat es mit deiner Lady auf sich. Dass zwischen euch was läuft, musst du mir nicht sagen. Das Knistern war deutlich zu spüren, ich hatte das Gefühl euer beider Hitze würde mich versengen. Außerdem konnte das Zelt unter deinem Plaid kaum einer übersehen haben. Maria zumindest hat es nicht übersehen. Aber das ist nicht der Grund, weswegen du sie hergebracht hast, sie zu verführen. Warum ist sie hier, alter Freund.« Duncan ritt gemächlich neben Cailean her und grinste anzüglich. Sie ritten um einen felsigen Hügel herum auf die Grenze des Clangebietes zu, an der man die Fomori ausgemacht hatte. Nuada schnaufte unter ihm, als würde er Duncans Meinung teilen. Die Sonne würde in wenigen Minuten untergegangen sein.

Sie beide hatten recht, diese Frau hatte ihn in ihren Bann gezogen. Er musste sich nur ihre Augen eines Winterhimmels vorstellen und schon zuckte es zwischen seinen Beinen. Doch dann wurde dieses Bild von den Tränen auf ihren Wangen und der Enttäuschung in ihrem Gesicht abgelöst und er wäre am liebsten umgekehrt, um ihr alles zu erklären, sie um Verzeihung anzuflehen und sie dann unter sich zu nehmen, um sich in ihr zu versenken, bis auch der letzte Zweifel aus ihrem Herzen getilgt war.

»Ich bin mir sicher, sie ist meine Gefährtin.« Das war das Einzige, was er Duncan über sie sagen durfte, ohne den Wunsch zu verletzen.

Duncan starrte ihn entrüstet an. »Deine Gefährtin? Wie kommst du darauf? Für uns gibt es keine Gefährtinnen, wir sind noch nicht einmal richtige Dunkelelfen.«

»Kannst du dich erinnern, was Danu sagte, als sie uns erzählte, was wir von nun an bis in alle Ewigkeit sind?« Cailean wagte nicht, seinen Freund anzusehen.

»Ja, wir sind zum Teil Dunkelelfen.«

Cailean nickte bestätigend. »Und was sagte sie über die Gefährten?«

»Jedem Dunkelelfen wird eine Partnerin geboren, mit der er sein ewiges Leben teilen kann. Sie ist das Licht in seinem Leben. Aber wir sind keine Dunkelelfen, nicht wirklich. Und Danu sprach davon, dass den Dunkelelfen eine Lichtelfe geboren wird. Sie ist menschlich.«

»Ich weiß. Aber es muss so sein. Wenn sie in meiner Nähe ist, dann fühlt es sich an, als würde ich zu ihr hingezogen.« Cailean lachte bitter. »Vom Licht angezogen. Sie verbrennt mich mit ihrer Hitze. Ich kann an nichts anderes mehr denken, als daran, sie zu besitzen. Sie zur Meinen zu machen.«

»Erspar mir die Details, mein Freund.« Duncan lachte. »Du hast hunderte Frauen gehabt. Menschen wie Sidhe und dieses zarte Frauenzimmer hat dein Herz in einen Klumpen jammernden Jüngling verwandelt. Aber sie ist ein Mensch. Unmöglich. Wir leben jetzt schon seit Jahrhunderten in Anwynn, sehen zu wie unsere Sidhe-Brüder ihre Gefährtinnen auf der anderen Seite finden, aber für uns war noch keine dabei gewesen. Nicht, dass ich vorhätte, mich an ein Frauenzimmer zu binden. Wir sind keine echten Sidhe, deswegen gibt es für uns keine Gefährtinnen. So einfach ist das.«

Jetzt blickte Cailean Duncan stur an. In ihm brannte Zorn, denn er war sich sicher, dass es so sein musste. Anders konnte er sich die Anziehung zwischen ihnen beiden nicht erklären. Er konnte sich nicht vorstellen, dass eine Frau wie Amber, besonders da sie erst von ihrem Freund betrogen wurde, sich so schnell in den Armen eines Anderen in Wachs verwandeln würde. Aber sie wurde von ihm genauso angezogen, wie er von ihr.

»Wir sind Menschen, was wenn wir unsere Gefährtinnen unter ihnen suchen müssen? Danu hat gesagt, es gäbe für jeden von uns eine. Es muss so sein.« Manchmal verfluchte er Danu. Und er verfluchte es, dass sie sich seit unendlichen Jahrzehnten nicht mehr um ihre Krieger geschert hatte. Nur zu gut wusste er, dass einige der Männer verzweifelten, weil sie eben diese Gefährtinnen nicht fanden. Jeder Sex mit einer anderen Frau war eben nur das, Sex. Und viele von ihnen hatten es satt, darauf zu warten, dass die Leeren ihrer Herzen und Seelen ausgefüllt wurden.

Auch Cailean wünschte sich seit geraumer Zeit eine Familie. Er hatte schon in Erwägung gezogen, um Maries Hand anzuhalten, auch wenn er wusste, dass sie nicht die Frau war, die sein Herz berührte. So konnte sie dennoch seine Bedürfnisse befriedigen. Er wollte sein Leben mit Kinderlachen füllen.

»Vielleicht hast du recht«, murmelte Duncan, dann klopfte er Cailean auf die Schulter. »Aber, wenn sie es ist, was hält dich dann davon ab, den Bund mit ihr einzugehen?«

Cailean sah seinen Freund traurig an. Es war an der Zeit, zu sehen ob der Plan, den er in den letzten Tagen erdacht hatte, bereit war, Früchte zu tragen.

»Ich möchte mit dir über etwas anderes sprechen.«

»Du lenkst ab«, warf Duncan ihm lachend vor.

»Aye. Ich habe einen Auftrag von höchster Wichtigkeit für dich. Du wirst meine Männer gegen die Seelenlosen führen.« Airmed hatte gesagt, er dürfe sie und ihre Burg nicht angreifen. So musste es einfach klappen. Er griff nicht an. Und seine Männer griffen nur die Seelenlosen an. Die lebten zwar in Airmeds Burg, aber von ihnen war nie die Rede. Und da er das soeben Duncan hatte befehlen können, ohne bei dem Versuch zu ersticken, hieß es, es widersprach nicht dem Wunsch. Und wenn Duncan den Angriff führte und Cailean nichts damit zu tun hatte, verstieß auch das nicht gegen Airmeds Wunsch.

»Die Seelenlosen? Aber warum? Sie foltern Ian und ich kann nicht zu ihm, weil ein anderer Auftrag mich davon abhält.«

»Du meinst ein Wunsch? Ian, verdammte Scheiße, warum das denn? Warum sagst du es erst jetzt? Wo zur Hölle warst du die letzten Wochen?« Sein Freund runzelte die Stirn, in seiner Stimme ein Zittern, das verkündete, dass der Berserker in ihm an der Oberfläche brodelte. Und wenn dieser erst ausbrach, war nichts und niemand mehr vor ihm sicher. Duncan hatte ein Wutproblem, das ihn unkontrollierbar werden ließ. Nur ein Kampf hin und wieder konnte diesen Mann unter Kontrolle halten. »Ach vergiss es. Ich versteh schon, was dich abhält. Diese Hexe missbraucht deinen Fluch zum letzten Mal. Sobald diese Sache vorbei ist, wirst du mir alles erklären.«

Cailean war erleichtert, manchmal glaubte er, sein Freund durchschaute seinen Fluch besser als er selbst. Ohne etwas gesagt zu haben, hatte sein Freund begriffen. Jetzt konnte er nur noch hoffen, dass der Angriff Ambers und Ians Rettung beinhalten würde.

»Wann geht es los?«, grollte Duncan.

»In zwei Tagen.«

»Aye, aber erst kümmern wir uns um die da.« Er zeigte auf einige Fomori, die gerade versuchten zwischen den Bäumen des Waldes zu verschwinden, der das MacLean-Land von dem Dian Cechts trennte. Johlend und voller Dankbarkeit einen so guten Gefährten an seiner Seite zu wissen, stürzte er sich in den Kampf. Aus dem Wald erklang das Klirren von Schwertern. Seine Männer hatten die Fomori schon gestellt.

Kapitel 13

Die ganze Nacht hatte Amber kein Auge zugetan. Sie hatte sich davor gefürchtet, Cailean und seine Männer würden zurückkommen, bevor sie die Flucht ergreifen konnte. Dann wieder hatte sie gehofft, dass er zurückkommen würde, bevor sie Aillen Castle verlassen hatte, damit sie sich versichern konnte, dass es ihm gut ging. Sie hatte sich selbst auch versucht zu erklären, dass es wenig logisch war, dass sie sich Sorgen um den Mann machte, der sie entführt hatte und sie einer Irren übergeben wollte. Aber das hatte nichts gebracht, als die Männer die ganze Nacht nicht wieder zur Burg kamen, wurde sie mit jeder Stunde nervöser. Und das wiederum hatte ihren Zorn auf den Mann gesteigert, weil er so unlogische Gefühle in ihr hervorrief. Ja, sie bekam sogar jedes Mal, wenn sie an ihn dachte, Herzklopfen, ihre Hände wurden feucht und ihr Mund ganz trocken, und in ihrem Bauch flatterte es heftig. Und wenn die Erinnerungen sie an den vergangenen Nachmittag einholten, und an das, was er mit ihrem Körper gemacht hatte, dann war sie ganz verloren. Dann war sie drauf und dran, ihre Fluchtpläne aufzugeben.

Amber musste sich eingestehen, sie empfand mehr für diesen Highlander, als sie sollte. Und das wiederum festigte ihren Entschluss, schleunigst hier zu verschwinden. Mit dem ersten Grau, das sich am Himmel abzeichnete, schlich sie aus ihrem Raum. Sie hatte das Kleid gegen ihre Jeans eingetauscht, weil Hosen einfach bequemer waren, wenn sie sich über die teilweise felsige Landschaft stahl. Leider trug sie noch immer ihre Manolos und die hatten ihr gestern schon die Wanderung vom Blackhouse hin zum Steinkreis gehörig schwer gemacht.

Sie schlich sich den Gang hinunter bis zur breiten Treppe, dort verharrte sie einen Augenblick, lauschte auf Geräusche, die vielleicht aus der großen Halle kamen. Alles war ruhig im Burgfried. Barfuß lief sie die Stufen hinunter, schielte kurz in die Halle, nur um ganz sicher zu gehen. Auf dem Hof kam ihr ein großer dunkler Hund entgegengelaufen. Er wedelte mit dem Schwanz und sprang aufgeregt um sie herum.

»Ein Wachhund bist du nicht gerade«, flüsterte Amber erleichtert und schickte den Hund mit mehreren »Kusch, Kusch« fort. Aus dem Stall hörte sie das leise Schnauben von Pferden. Kurz erlaubte sie sich den Traum, so ein Tier zu holen und auf dem Rücken eines Pferdes den Marsch zum Steinkreis anzutreten. Aber das Risiko, dass jemand auf sie aufmerksam wurde, war zu hoch. Ohnehin konnte sie nicht reiten. Sie wusste, dass oben auf der Mauer Wachen liefen, das hatte sie gesehen, als sie gestern ankamen, deshalb hielt sie sich in den Schatten der Gebäude auf und schlich nahe der Mauern auf das Tor zu. Was sie tun sollte, wenn sie erst das Tor durchschritten hatte und auf freie Fläche trat, wusste sie noch nicht. Aber rennen schien ihr wohl ein guter Plan.

Also tat sie das auch. Sie rannte so schnell sie nur konnte. Blieb nicht ein einziges Mal stehen, um sich nach den Wachen umzusehen. Sie hoffte, dass sie keine Rufe hörte, war ein gutes Zeichen. Sie stolperte einige Male über aus dem Boden ragende Steine, schaffte es aber immer sich rechtzeitig zu fangen. Erst als sie sicher war, dass die Burg nicht mehr zu sehen war, und die Wachen auch sie nicht mehr sehen konnten, blieb sie stehen, um kurz Atem zu holen. Ihr Herz pochte kräftig gegen ihre Brust. Sie hatte eine Weile keinen Sport mehr getrieben. Wenn sie ehrlich war, seit sie die Schule abgeschlossen hatte.

Am Horizont konnte sie das erste Orange sehen. Die Sonne ging auf. Sie hoffte, dass sie nicht gerade den heimkehrenden Männern begegnen würde. Aber wahrscheinlich übernachteten die irgendwo unter freiem Himmel.

Sie versuchte, sich zu orientieren. Die Burg war in ihrem Rücken, gestern Mittag waren sie den Hügel hinauf gekommen. Dort musste irgendwo der Pfad sein, der zum Steinkreis führte. Wahrscheinlich benutzte man den Steinkreis häufiger, um zwischen den Welten zu reisen. Ein wenig bedauerte sie, dass sie nicht mehr von Anwynn hatte sehen können. Das mittelalterliche Burgleben, der freundliche Umgang seiner Bewohner untereinander, wenn man Maria mal ausließ, die alten Traditionen und die Männer in ihren anziehenden Plaids.

Amber hatte den Pfad gefunden und folgte ihm nun immer bergabwärts. Mit dem Pferd waren sie etwa zwanzig Minuten unterwegs gewesen. Cailean hatte Nuada kaum angetrieben, sie waren also nicht wirklich schneller gewesen, als ein Mensch zu Fuß. Amber sollte also ziemlich bald die Menhire entdecken, die sich dem Himmel entgegen reckten.

Sie dachte darüber nach, was sie zuerst tun würde, wenn sie auf der anderen Seite zurück war. Sie hatte weder Geld noch einen Ausweis noch sonst etwas Hilfreiches. Ihr blieb nur der Weg zur Polizei. Aber die würden eine Anzeige aufnehmen wollen und Amber war nicht ganz wohl dabei, Cailean anzuzeigen. Nein, eigentlich wollte sie das gar nicht, was wieder so ein unlogisches Verhalten war. Sie konnte sich ja einen Fantasiemann ausdenken, den sie der Polizei schilderte. Amber musste lachen, als ihr der Gedanke kam, sie könnte ihnen Erics Beschreibung geben. Aber natürlich würde sie das nicht tun, so lustig es auch sein würde.

Auf jeden Fall sollte sie so schnell wie möglich verschwinden, denn sie war sich sicher, dass Cailean ihr folgen würde. Genauso wenig wie sie selbst sterben wollte, würde er es auch nicht wollen. Und er würde natürlich auch das Leben seines Bruders retten wollen.

Sie könnte versuchen, per Anhalter zu reisen, aber bei den Erfahrungen der letzten Tage schloss sie auch das aus. Amelia anzurufen, würde auch nicht viel bringen, außerdem würde es viel zu lange dauern, bis jemand von London herkam. Ihr blieb also nur die Polizei.

Vor den Menhiren blieb Amber stehen. Sie ließ ihren Blick über die Steine gleiten. Der Anblick war einfach atemberaubend. Vor so vielen Jahrhunderten errichtet, würden sie in Anwynn ewig stehen. Sie verstand noch immer nicht, wie das funktionierte, und jetzt würde sie es auch nicht mehr herausfinden. Sie schritt entschlossen auf das Portal zu, streichelte den rechten Stein ehrfürchtig, dann ging sie hindurch und kam auf der anderen Seite wieder heraus. Hmm, dachte sie, das hat sich nicht so angefühlt wie beim ersten Mal. Mit gerunzelter Stirn drehte sie sich im Kreis; alle Steine standen aufrecht. Das hat wohl nicht funktioniert, stellte sie missmutig fest.

Sie ging von der anderen Seite hindurch, vielleicht funktionierte das Portal ja bloß, wenn man es von Süden nach Norden durchschritt. Sie schloss die Augen, als sie durchlief, und öffnete sie erst wieder, nachdem sie mehrmals ein- und ausgeatmet hatte. Wieder nichts. Sie versuchte, sich an die Worte zu erinnern, die Cailean gemurmelt hatte, aber das war zwecklos. Sie hatte so sehr gehofft, dass es funktionieren würde. Entmutigt starrte sie auf das Portal und schimpfte auf Cailean, während sie nochmal über die Steine strich, ein Stoßgebet an Gott schickte und an diese Danu. Aber auch das half kein bisschen weiter.

Dann schrie sie ihren Frust heraus, stampfte mit den Füßen auf wie ein kleines Kind und verfluchte Cailean lauthals, der ihr das alles eingebrockt hatte. Sie war so laut, dass sie die Pferdehufe und das kehlige Lachen hinter sich erst vernahm, als sich ein starker Arm um ihre Taille schlang und sie auf ein Pferd zog.

Vor Schreck hielt sie die Luft an und stieß sie in einem Fauchen wieder aus, als sie sah, in wessen Armen sie da gelandet war. Sie wand sich auf dem Pferderücken und kniff mit ihren Nägeln in die muskulösen Unterarme, die sie gefangen hielten.

»Lass mich los, Cailean!«, forderte sie.

Stattdessen vergrub er seine Nase in ihrem Haar und knurrte gefährlich, als sie weiter zappelte. »Wo wolltest du hin, kleine Amber?«

»Nach Hause, großer Schuft.« Sie mochte es noch nie, wenn jemand sie als klein bezeichnete. Sie wusste selbst, dass sie nicht besonders groß war.

»Zurück zu diesem Eric?« In seinen Augen blitzte es gefährlich.

»Nein. Natürlich nicht.«

»Davon hätte ich dir auch abgeraten, ich würde ihn umbringen, wenn er dir noch einmal wehtun würde.«

Sie sah ihn an, er wirkte zornig. An seinem Kinn zuckte ein Muskel. Sie legte eine Hand an seine Wange und blickte ihm direkt in die Augen. »Warum lässt du mich nicht gehen? Ich verstehe, dass du deinem Bruder helfen willst, aber wenn es dir nicht möglich ist, den Wunsch zu erfüllen, wird er dann nicht einfach hinfällig? Könnte es nicht sein, dass er dann einfach verschwindet?«

Eigentlich sollte sie wütend auf ihn sein, sich vor ihm fürchten, aber das tat sie nicht. Sie hatte Mitleid mit ihm. Und sie hatte sich entspannt, als sie sich in seinen Armen wiedergefunden hatte. Er fühlte sich an, wie eine warme schützende Decke. Wie konnte man sich vor so jemanden fürchten? Sie wollte ihren Kopf an seine Brust legen, ihre Arme um ihn schlingen und ihn nicht wieder loslassen. Er war unverletzt zurückgekehrt und die Erleichterung darüber, ließ sie ihre eigenen Probleme vergessen.

Er zog sie an sich und hüllte sie in sein Plaid ein, weil ihr fröstelte. Sie ritten eng beisammen, den Sonnenaufgang an ihrer Seite. Eine perfekte Kulisse, würde nicht das Unwetter über ihren Köpfen drohen.

»Nay, der Wunsch würde sich nicht auflösen. Wenn ich ihn nicht erfülle, dann werde ich sterben. Und wenn ich sterbe, wird Ian auch sterben. Dann wird sie ihn keine Sekunde länger am Leben lassen. Und sie wird einen anderen Weg finden, deiner habhaft zu werden.« Er zögerte, strich ihre Haare über ihre Schulter zurück und strich mit seiner Nase über Ambers Puls. Ambers Haut kribbelte und ihr Unterleib ging sofort in Flammen auf, zog sich erwartungsvoll zusammen. Sie wich ihm aus.

»Cailean, du kannst das nicht tun und mich gleichzeitig in die Hände dieser Frau geben.«

Brummend zog er sie wieder näher an seinen heißen Körper. »Ich kann nicht anders. Ich muss dich berühren, wenn du in meiner Nähe bist. Es ist wie die schlimmste Folter, wenn ich es nicht tue. Wenn du es mir verweigerst, sterbe ich auch ohne den Fluch.«

Seufzend rückte Amber von Cailean ab und legte ihm beide Hände flach auf die Brust. Sie sah ihm prüfend in das markante, gut aussehende Gesicht. »Aber du kennst mich gar nicht«, protestierte sie. »Und wenn dem so wäre, würdest du mich nicht aufhalten, dann würdest du mich gehenlassen.«

»Ich kann dich nicht gehenlassen. Und es bringt mich um, dass ich es muss.« Er umfasste ihr Gesicht mit seinen Händen, während Nuada gemächlich zur Burg zurücklief. »Aber es gibt einen Ausweg. Er wird nicht einfach zu beschreiten sein, aber er wird funktionieren, da bin ich sicher. Duncan bereitet in eben diesem Moment alles vor.« Seine Augen leuchteten auf und sie sah die Hoffnung darin, aber ihre Zweifel waren zu groß. Immerhin ging es hier um ihr Leben. Sie konnte sich unmöglich auf andere verlassen, wenn es darum ging, sie zu retten. Sie hatte sich zu lange auf andere verlassen und ihr Leben in deren Hände gegeben.

Sie schüttelte seine Hände ab. »Es tut mir leid, Cailean, aber ich kann nicht aufhören, um eine Chance zu kämpfen. Du kannst nicht von mir verlangen, dass ich hoffe, dass andere für mich eine Lösung finden. Ich habe noch nicht einmal verstanden, um was es hier überhaupt geht. Wenn du willst, dass ich dir vertraue, dann musst du mir mehr geben.«

»Reden wir.« Nuada blieb stehen, Cailean stieg vom Pferd und hob Amber zu sich herunter. Er hielt sie einen Moment an der Taille ganz nahe an seinem Körper. Seine Augen versenkten sich in ihren, dann stieß er frustriert die Luft aus und ließ Amber los. Hatte er irgendeine Reaktion von ihr erwartet? Dann hätte er sie nur etwas länger so halten müssen, an seinen Oberkörper gedrückt, und sie hätte den Kampf gegen ihren verräterischen Körper verloren.

Er ließ sich auf einen großen Stein nieder und klopfte auffordernd neben sich. »Wie viel weißt du? Was hast du gesehen?«

Amber überlegte, was sie ihm sagen sollte. Ob sie ihm gestehen sollte, was sie über sein Erlebnis im Kerker der Engländer wusste. Sie fürchtete sich vor seiner Reaktion. Was, wenn er nicht wollte, dass sie es wusste. Es würde ihn vielleicht zutiefst beschämen. Aber sie konnte es ihm auch nicht verheimlichen, das wäre nicht richtig ihm gegenüber. Sie fühlte sich hin- und hergerissen. Aber sie wollte zugleich auch Schluss machen mit den Geheimnissen zwischen ihnen. Und wie sollte sie von ihm Ehrlichkeit verlangen, wenn sie selbst es nicht war? Sie kaute auf ihrer Unterlippe herum und entschied sich für die Wahrheit.

»Zuerst solltest du wissen, ich kann nicht beeinflussen, was ich sehe. Es passiert einfach. Ich wollte also nicht in deine Vergangenheit eintauchen und dich in deinen dunkelsten Stunden sehen. Ich weiß, es wird dir wahrscheinlich lieber sein, ich hätte nicht gesehen, was ich gesehen habe.« Sie zögerte und sah ihn ernst an. Sie versuchte nicht allzu mitleidig zu wirken, denn sie glaubte, dass Cailean kein Mitleid wollte. Mitleid würde es nur noch schlimmer machen.

Er ist ein Mann, der nicht ertragen würde, dass man seine Schwächen kannte, ein Krieger. Gerade das macht ihr Wissen so kompliziert. »Ich habe nicht nur gesehen, was in Airmeds Gefängnis passiert ist, sondern auch, was die Engländer dir angetan haben.« Sie sah ihm fest in die Augen. Er sollte wissen, dass nichts von dem ihre Gefühle für ihn ändern konnte. Wegzublicken, würde ihn nur verunsichern. Aber sie wollte ihm zeigen, dass sie damit umgehen konnte, auch wenn es noch so grauenvoll war. Er sollte wissen, dass sie ihm keine Schuld geben würde. Dass er in ihren Augen deswegen kein schlechterer Mann war.

Er hielt ihren Blick einige lange Sekunden fest, dann senkte er ihn vor seine Füße und nickte verstehend. »Ich habe mir so was schon gedacht. Und ich weiß wirklich nicht, was ich davon halten soll. Ich meine, was dort passiert ist, schmeichelt mir nicht gerade.«

»Du kannst nichts dafür«, fuhr Amber entrüstet auf. »Nichts davon ist deine Schuld.« Er nahm einen Stein und feuerte ihn wütend weg. »Egal, was du glaubst, ich werde dich immer anziehend finden. Was dir angetan wurde, kann daran nichts ändern. Es lässt dich nicht weniger wert sein.« Erschrocken über sich selbst, fuhr Amber zusammen. Sie hatte nicht geplant, ihm zu sagen, was sie für ihn empfand. Es war einfach aus ihr herausgeplatzt, aber es stimmte. Wozu leugnen, er wusste es ohnehin schon.

Er hob seinen Blick zu ihr und grinste unverschämt. »Ich dich auch.«

Wenn du wüsstest, wie sehr du mich anziehst, dachte er. Sie hatte es also gesehen. Hatte gesehen, wie er von Männern erniedrigt wurde, hatte gesehen, wie sie ihn genommen hatten als wäre er eine Frau. Sein Magen krampfte, aber in ihren Augen sah er, dass sie deswegen nicht schlecht über ihn dachte. Einzig, dass er sie entführt hatte, um sie dieser Hexe in die Arme zu werfen, das enttäuschte sie. Aber das war etwas, wogegen er hoffentlich etwas unternehmen konnte.

»Ich möchte, dass du weißt, ich würde niemals zulassen, dass dir etwas geschieht. Selbst dieser Fluch kann mich nicht dazu zwingen. Ich werde dafür sorgen, dass dir niemand etwas antun wird.« Er nahm ihre Hand und lächelte unsicher.

Er wollte ihr sagen, was er herausgefunden hatte, vielleicht konnte sie das überzeugen. In seinem Magen flatterte es vor Aufregung. Seine Hände schwitzten und seine Kehle fühlte sich ganz trocken an. So musste es für einen Menschenmann sein, wenn er seiner Geliebten einen Antrag machte. Das, was er ihr sagen wollte, kam dem fast gleich. Nein, es war noch bedeutender. Dies hier war für die Ewigkeit. Menschenehen konnten geschieden werden. Ihre Gefühle füreinander erstarben viel zu oft im Laufe der gemeinsamen Jahre. Bei den Sidhe war das anders.

Sie waren miteinander verbunden. Ihre Seelen fanden sich und fügten sich zu etwas Vollkommenen zusammen. Ohne einander zu haben, würde es kein Überleben mehr geben. Sie würden einander immer suchen und finden. Ihre Liebe würde wirklich bis in alle Ewigkeiten andauern.

»In Anwynn gibt es für jeden Sidhe einen ihm bestimmten Partner. Meist findet ein Dunkelelf seine Gefährtin unter den Lichtelfen. Es ist wie ein unsichtbares Band, das die beiden zueinander hinzieht. Wenn sie dann aufeinandertreffen, werden sie von starken Gefühlen füreinander überwältigt. Ich denke … nein, ich bin sicher, du bist meine mir bestimmte Gefährtin.«

»Das klingt wirklich romantisch, aber wie kannst du dir da sicher sein?«

Hitze war in Ambers Gesicht gestiegen, es erinnerte ihn daran, wie sie ausgesehen hatte, nachdem er sie mit seiner Zunge bis zum Orgasmus getrieben hatte. Das Bild, wie sie vor ihm ausgebreitet lag, erhitzt und ermattet, entflammte sein Inneres und ließ ihn hoffen, dass er ihr Vertrauen gewinnen konnte, damit sie fortführen konnten, was sie gestern begonnen hatten.

»Das bin ich nicht, aber es muss so sein, weil ich noch nie so tief empfunden habe. Ich würde sogar das Leben meines Bruders geben, wenn es dich retten würde. Ich würde mein eigenes geben und das eines jeden Mannes in meinem Clan. Es zerreißt mir das Herz, dich vielleicht verlieren zu können.« Er wandte sich ihr zu und sah ihr tief in die Augen.

In ihren Wimpern glänzten Tränen, die im Licht der aufgehenden Sonne glitzerten. Sie war wunderschön. Sein Puls beschleunigte sich, als er sie im Morgenlicht betrachtete. »Da gibt es etwas zwischen uns. Ich denke, das ist das Band. Manchmal spülen deine Gefühle über mich hinweg. Es ist fast so, als würde deine Seele nach meiner greifen, und in diesen Momenten empfinde ich, was du fühlst.«

Sie sah ihn ungläubig an und spielte mit einer ihrer Haarsträhnen. »Das klingt merkwürdig, aber auch sehr hübsch. Das bedeutet nicht, dass ich dir glaube, aber was heißt das für uns, für mich? Wirst du mich nicht fortbringen?«

»Das heißt, ich werde alles tun, um dein Leben zu schützen. Egal, ob du den Bund mit mir eingehen wirst, von jetzt an bist du das Wichtigste in meinem Leben. Aber es heißt nicht, dass ich mich Airmeds Wunsch nicht fügen werde. Wenn ich mich widersetze und Ian sterben lasse und selbst sterbe, dann wird niemand mehr da sein, dich zu schützen. Nicht so, wie ich es tun würde. Uns bleibt also nur, den Wunsch zu beenden, damit der Fluch befriedigt ist, und dann unsere eigenen Pläne zu verfolgen. Ich schwöre bei Danu, es wird dir nichts geschehen.«

Sie seufzte. In ihrem Gesicht konnte Cailean lesen, dass sie einwilligen würde, aber sie hatte noch immer Zweifel. Ob an seinen Plänen zu ihrem Überleben oder an der Bindung, das konnte er nicht sagen. Aber er vermutete an beidem. Er streichelte mit dem Daumen über ihren Handrücken. Viel lieber hätte er sie in seine Arme gezogen und sie so lange geküsst, bis auch ihre letzten Zweifel verschwunden waren.

»Erzähl mir von deinem Fluch. Was hast du getan, dass du so bestraft wirst?«

Eine eiskalte Klaue grub sich in seine Brust. Um ihr das zu erzählen, musste er ihr auch erklären, warum er sich mit hunderten von Frauen eingelassen hatte. Ihm war es nicht angenehm, seiner Gefährtin gegenüber zu erwähnen, dass er so gut wie jede Frau Anwynns in sein Bett geholt hatte, und da waren auch noch einige Menschenfrauen gewesen. Er sammelte sich, atmete tief durch und erinnerte sich daran, dass er ihr blindes Vertrauen gewinnen wollte.

»Als Ian und William mich aus den Fängen von Lancaster befreit hatten, gab es für mich nur den Gedanken an Rache. Ich bin durch das Lager der Engländer gezogen wie ein Dämon. Ich habe sie alle hingerichtet. Es war nicht richtig, das zu tun und es hat mich auch nicht von der Scham und Erniedrigung erlöst, aber ich dachte damals, das würde es tun. Bald darauf habe ich festgestellt, dass die Dämonen in meinem Geist nicht gegangen waren, sondern fortwährend an mir fraßen, trotz meiner Rache. Um mir selbst zu beweisen, dass ich nicht Erfüllung darin fand, von einem Mann genommen zu werden, habe ich mit jeder Frau geschlafen, die meinen Weg gekreuzt hat. Kurzzeitig hat der Sex mit einer Frau die Dämonen zum Schweigen gebracht, aber nach nur wenigen Stunden war diese Schwärze in mir wieder da und breitete sich wieder aus. Vor fünfundsiebzig Jahren dann kam Beasag in mein Dorf. Sie war wunderschön, auf mich wirkte sie wie eine Göttin. Etwas umgab sie, das mich all meine Schmerzen vergessen ließ. Sie war wie ein Zauber. In ihrer Nähe fühlte ich mich einige Zeit frei. Sie wärmte mein Bett wenige Monate, doch irgendwann waren sie wieder da, die nagenden Dämonen. Sie trieben mich dazu, Beasag zu betrügen. Zuerst dachte ich, Beasag könnte meine Gefährtin sein, aber es war nur die Magie, die sie umgab, die meine Dämonen schweigen ließ. Das stellte ich jedes Mal fest, wenn sie nicht in meiner Nähe war. Sie entdeckte den Betrug und legte diesen Fluch auf mich, der mich lehren sollte, Frauen zu respektieren. Er hat es mich gelehrt. Ich würde nie wieder einer Frau wissentlich wehtun wollen. Doch jetzt zwingt der Fluch mich dazu, meine Gefährtin zu verletzen, und das tut mir sehr leid, Amber.«

Sie sah das Bedauern darüber in seinem Ausdruck. Sie glaubte ihm, dass er das nicht wollte. Tiefe Furchen gruben sich in sein Gesicht. Und sie verstand auch, weswegen er so viele Frauen aufgesucht hatte. Es war sein Weg, den Schmerz zu stillen. Er hat es nicht aus Spaß getan, sondern weil er Heilung gesucht hatte. Von daher fand sie Beasags Fluch unfair. Er hatte ihn nicht verdient. Beasag hätte die strafen sollen, die ihm das angetan hatten. In ihr keimte der Entschluss, diese Beasag aufzusuchen, bevor es soweit war, dass sie dieser Airmed gegenübertreten musste. Sollte ihr etwas zustoßen, wollte sie bis dahin wenigstens dafür gesorgt haben, dass Caileans Fluch von seinen Schultern genommen wurde. Und vielleicht, wenn sie das schaffte, gab es auch Hoffnung für sie. Wenn dieser Fluch besiegt war, dann musste er Amber das nicht mehr antun. Sie blickte ihn an und der Schmerz, der sich in seinen Augen spiegelte, sagte ihr, dass es ihn zerbrechen würde, wenn er Airmeds Wunsch erfüllen musste. Ja, er litt unter diesem Wunsch. War es möglich, dass er wirklich so viel für sie empfand, dass er sogar den Tod seines Bruders akzeptieren konnte? Das würde sie niemals zulassen. Sie würde nicht die letzten Stunden in Freiheit damit verbringen, zuzusehen, wie diesem stolzen Krieger noch mehr Leid zugefügt wurde. Konnte sie den Fluch nicht lösen, würde sie freiwillig diese Airmed aufsuchen.

»Es tut mir leid, Cailean. Du hast genug durchgestanden, es war nicht richtig von Beasag, dir das anzutun. Erzähl mir von Airmed, was will sie von mir?« Vielleicht würde das Wissen darum ihr bei ihren eigenen Plänen helfen. Sie musste Beasag einen triftigen Grund bieten, den Fluch von Cailean zu nehmen. Sie selbst wusste je schließlich, wie schmerzhaft so ein Betrug war. Wenn sie mit den richtigen Argumenten kommen würde, konnte diese Druidin unmöglich weiter auf Caileans Bestrafung beharren. Nicht, wenn das bedeutete, dass Unschuldige in Gefahr waren.

»Dazu muss ich dir erzählen, was du bist. Nur so wirst du verstehen, wie wichtig du für Airmed bist.«

Er zog Amber auf seinen Schoß und sie konnte ein leises Seufzen nicht unterdrücken. Sie lehnte sich gegen ihn, wenn stimmte, was er über ihr Band gesagt hatte, dann war es sowieso zwecklos, sich länger zu wehren. Amber hatte so ihre Zweifel an dieser Gefährtengeschichte, aber andererseits erklärte das, ihre intensiven Gefühle für einen Mann, den sie nicht kannte. Wer war sie, sich dagegen zu wehren, von einem solchen Mann begehrt zu werden – bis in alle Ewigkeit?

»Kennst du die Geschichten über den Jungbrunnen? Den Heiligen Gral?« Er sah sie abwartend an und Amber nickte. Wer kannte diese Geschichten nicht? Amber schätzte, dass es nicht einen Menschen auf diesem Planeten gab, der nicht gerne wüsste, wo dieser Heilige Gral sich versteckte. »Du bist der Heilige Gral. Die Tuatha dé Danann nennen ihn die Heilige Quelle. Du hast diese Fähigkeiten, weil Danu die Quelle in dich transferiert hat, als du ein Baby warst.«

Amber schluckte hastig. »Warum sollte sie das tun?« Sie konnte nicht glauben, was sie da hörte. Der Heilige Gral! Andererseits, was gab ihr das Recht nach alldem, was sie in den letzten Tagen erlebt hatte, daran zu zweifeln? Sie suchte den Himmel nach dem dunklen Schatten ab, der ein Drache sein sollte. Sie konnte sich der Wahrheit nicht länger verschließen, wenn diese Wahrheit sie umgab. Sie saß auf dem Schoß eines zweihundert Jahre alten Highlanders, der durch das Blut einer Sidhe-Göttin unsterblich wurde, sie hatte Firbolg gesehen, hatte gesehen, wie sie sich teleportierten, sie war durch ein Portal nach Anwynn gekommen. Warum sollte sie nicht glauben, dass sie so etwas Wertvolles und Unglaubliches war wie der Heilige Gral? Entweder sie glaubte daran, oder sie verlor ihren Verstand, bei dem Versuch diese Dinge zu verstehen.

Cailean streichelte über Ambers Unterarme. Diese kleine Geste wirkte beruhigend auf sie. Wenn auch ihr Geist ihm noch nicht vollkommen vertrauen konnte, ihr Körper tat es. Er entspannte sich in seiner Nähe, als wäre Cailean warme Milch mit Honig.

»Dian Cecht, unser Heiler, er war der Wächter über die Quelle. Aber eines Tages wuchs ihm die Macht über den Kopf. Er hat sich verändert, bis er irgendwann so von Neid zerfressen war, weil sein Bruder ein mächtigerer Heiler ohne die Quelle war, als er mit, dass er ihn umbrachte. Daraufhin hat Danu beschlossen, die Quelle zu verstecken. In dir. Niemand wusste, wo die Quelle war. Nur ich, weil ich ihr geholfen habe.«

»Ich bin der Heilige Gral?«, keuchte Amber fassungslos. »Aber die ganze Welt sucht danach. Wie kann das sein?«

»Weil du das mächtigste Wesen bist, dass es gibt. Du hast die Fähigkeit, zum Leben zu erwecken, was längst tot ist. Zumindest in Anwynn. Und das ist der Grund, weshalb Airmed dich braucht. Sie ist nämlich tot.«

Amber runzelte die Stirn. Sie musste einfach prüfen, ob Cailean Fieber hatte, also legte sie eine Hand an seine Wange. »Kein Fieber«, murmelte sie.

Cailean lachte. »Es ist wahr. Airmed starb in der Menschenwelt, als sie auf der Suche nach Danu war, um sie dort in der Hoffnung zu töten, dass Danu dann nie wieder nach Anderwelt kommen könnte. Airmed hasst ihre Schwester, keiner kennt den Grund dafür. Danu wehrte sich und Airmed starb. Doch ihre Seele fand einen Weg hierher und manifestierte sich in Anwynn als fester Körper. Da ihre Seele jetzt ein Körper ist …«

»… hat Airmed keine Seele?«, beendete Amber Caileans Satz, weil sie begriff, was das bedeutete. Airmed war durch und durch böse.

Sie hatte unbewusst angefangen Caileans Brust zu streicheln und zog jetzt peinlich berührt ihre Hand von ihm zurück. In Caileans Augen blitzte Bedauern auf. Aber er lächelte sie sanft an und fuhr weiter, sie zärtlich zu liebkosen.

»Richtig. Sie und ihre Armee aus Seelenlosen können Anderwelt nicht mehr verlassen. Sie sitzen hier fest. Und mithilfe der Quelle will Airmed das ändern. Sie könnte die Quelle dazu benutzen, um sich und all ihre seelenlosen Kreaturen zu heilen. Dann könnte sie die Macht in Anwynn übernehmen und damit die Kontrolle über die Portale zwischen den Welten. Sie würde sich nicht mit der Macht über Anwynn zufriedengeben.«

Amber kicherte. Es war nicht zum Lachen, aber diese Geschichte erinnerte sie unweigerlich an alte Cartoons in denen Laborratten in jeder Folge beschließen, die Weltherrschaft zu übernehmen. Wie hieß die Serie doch noch gleich? Pinky und Brain.

»Diese Frau ist das Klischee des Bösen. Wie in einem schlechten Kinofilm.« Amber grinste Cailean an. »Und ich bin der Heilige Gral? Ja, ich stecke in einem Film fest. Wie kann ich da noch an einem Happy End zweifeln?«

Auch Cailean fiel in ihr Lachen ein. Er zog sie fest an sich und drückte ihr einen Kuss auf die Wange.

»Hey, soweit waren wir noch nicht«, protestierte Amber, wehrte sich aber nicht dagegen.

»Okay, lass mich überlegen«, setzte sie ernst an. »Ich weiß über deinen Fluch Bescheid, und dass du ihn nicht verdient hast. Ich weiß, warum Airmed hinter mir her ist und warum du mich so sexy findest.« Sie grinste Cailean breit an und sprang von seinem Schoß. »Du weißt, dass meine Gabe sich nicht nur auf Heilen beschränkt, und dass ich dich kein bisschen sexy finde.«

Sie wich rückwärts aus, als Cailean dunkel grollend nach ihr griff. Lachend wandte sie sich von ihm ab und versteckte sich hinter Nuada. Das Pferd schnüffelte an ihren Hosen, schnaubte frustriert und gab Caileans Sicht auf Amber wieder frei, indem es einige Schritte weiterlief und an anderer Stelle weiter Gras zupfte.

Amber sah Nuada grimmig an und nahm ihre schwarzen Haare in einem Zopf zusammen. »Verräter«, schimpfte sie den Hengst aus. »Also, Highlander, was ich noch nicht weiß, warum sind diese Dämonen hinter mir her? Sind das Freunde von Airmed?«

Geschmeidig stand Cailean von dem Felsen auf, streckte aufreizend seine Muskeln und ließ sie sich unter seiner Haut bewegen, sodass es Amber unmöglich entgehen konnte. In seiner Wange zuckte es und er strich langsam mit seiner feuchten Zunge über seine Lippen. Amber entging auch nicht, dass sein Plaid sich wieder aufgerichtet hatte, als er langsam wie ein dunkler Panther auf sie zukam. Sie lachte, wollte wieder rückwärts ausweichen, prallte aber gegen einen festen Pferdekörper, der sie von ihrer Flucht abhielt.

»Du weißt, dass ich dich bekommen werde, wenn ich dich will?« Hatte sie die Doppeldeutigkeit in seiner Stimme wirklich gehört? Und warum drängte das Pferd sie in Caileans Richtung? Amber blinzelte verwundert. Dieses Tier war intelligenter, als gut für es war.

»Du hast die Firbolg vergessen«, erinnerte sie Cailean, der inzwischen vor ihr stand und sie zwischen Pferdekörper und sich einklemmte. Unter zusammengekniffenen Augenbrauen sah er sie an. Sein Atem ging schwer und strich kribbelnd über Amber hinweg. Amber wich seinem Blick ergeben aus. Sie konnte nicht länger in diese verlangenden Augen blicken, sonst würde sie auf der Stelle nachgeben.

»Nicht nur Airmed möchte die Quelle haben, auch Dian Cecht. Er ist aber keine Gefahr für dich. Er ist ein Schwächling, wie dieser Eric. Von ihm geht keine Bedrohung aus. Wir können es uns leisten, ihn zu ignorieren.« Cailean schien sich dessen sicher zu sein, also wollte Amber ihm glauben.

»Und wie konnten sie mich finden, wenn ich doch so gut versteckt sein sollte?« Konnte es sein, dass sie von sich selber als die Quelle sprach? Unfassbar. Selbst in ihren eigenen Augen war sie innerhalb weniger Sekunden zu einem Gegenstand geworden, wenn auch einem scheinbar wertvollen. Sie sollte schnellst möglich wieder umdenken. Sie war Amber, nicht der Gral, nicht irgendein Machtobjekt.

Cailean stöhnte und zupfte an einer ihrer Strähnen. »Immer Fragen und Fragen. Lass uns das Thema wechseln. Ich hätte Pläne für uns.« Seine Brust drückte gegen ihre. Er strich mit einem Finger ihren Hals entlang und dann über ihre Lippen. Amber atmete zitternd ein und konnte nicht verhindern, dass ihre Brustwarzen sich verräterisch aufrichteten und um seine Aufmerksamkeit bettelten.

»Immer keine Antworten, keine Antworten«, flüsterte Amber heiser und schlängelte sich unter Caileans Arm hervor, bevor sie die Kraft nicht mehr dazu fand.

Frustriert stieß Cailean die Luft aus seinen Lungen und strich sein Haar zurück. »Die magische Spur. Jedes Mal, wenn du deine Kräfte benutzt hast, hast du einen kleinen Magieanstieg in deiner Nähe verursacht. Das hat wohl ein paar Leute neugierig gemacht.«

Sie war schuld daran, entdeckt worden zu sein? Wenn sie niemanden geheilt hätte, würde sie jetzt gemütlich zu Hause vor dem Fernseher sitzen oder ein Buch lesen, in dem es vielleicht um einen Highlander ging, der eine Frau rettete, aber sie wäre in Sicherheit gewesen. Amber dachte ernsthaft darüber nach, ob sie jetzt lieber ein Buch lesen würde.

Sie wäre Cailean nie begegnet, hätte nie seine Burg gesehen, nie erfahren, wer sie wirklich war. Aber vor allem wäre sie Cailean nie begegnet. Und diese Vorstellung schlang ein Stahlband um ihre Brust. Sie musterte ihn und war sich sicher, wäre diese kleine Sache nicht zwischen ihnen, dann hätte sie glücklich sein können mit ihm. Dann hätte sie ihn wirklich lieben können. Er kann nichts dafür, sagte sie sich. Trotzdem konnte sie die finsteren Gedanken nicht ganz zurückdrängen. Diese eine Sache würde zwischen ihnen stehen.

»Verrätst du mir deine Pläne zu meiner Rettung.«

Überrascht zog er die Stirn kraus, dann schüttelte er den Kopf. »Das geht nicht. Wir können das Risiko nicht eingehen, dass sie etwas mitbekommt. Selbst Duncan weiß nichts, weil ihr Wunsch beinhaltet hat, dass ich mit niemandem darüber sprechen darf.«

»Aber du hast mit mir darüber gesprochen.«

Cailean stieg auf Nuadas Rücken und winkte ihr, näher zu kommen. Sie ließ sich von ihm auf das Pferd ziehen. »Ja, bei dir ging es. Ich bin mir nicht sicher warum, aber entweder, weil du damit zu tun hast, oder weil du es in der Vision gesehen hast.«

»Aber wie will Duncan mir dann helfen?«

»Das darf ich dir nicht sagen. Aber es wird alles gut gehen, du wirst sehen. Du darfst nur niemandem gegenüber etwas erwähnen. Duncan muss glauben, dass es ein Auftrag wie jeder andere ist.« Er legte seinen Arm um ihre Taille und versetzte Nuada in Bewegung. Seine Nase rieb sich an Ambers Ohr, dann leckte er über ihr Ohrläppchen. »Hattest du schon einmal Sex auf einem Pferd?«, hauchte er rau.

Ambers Herz machte einen kleinen Sprung. »Nein, nie. Und nein, definitiv nicht.«

Mit seiner Hand rieb Cailean Kreise über Ambers Bauch und zog immer größere Bahnen, bis er fast ihren Schamhügel berührte. »Was heißt, definitiv nicht.«

»Dass wir das nicht tun werden. Nicht auf diesem Pferd und auch sonst nirgendwo.«

Kapitel 14

Zornig ließ Cailean von ihr ab. »Warum sträubst du dich so dagegen.«

»Weil dieses Pferd ziemlich klug zu sein scheint. Und weil ich nichts Derartiges mit dir tun werde, bis ich mir sicher bin, dass ich das alles hier überleben werde.«

»Nay, Mädchen. Du kannst deinen Gefährten nicht von dir fernhalten. Das ist eine schmerzhafte Qual, der du mich unmöglich aussetzen kannst.«

Amber wandte sich zu ihm um, das Leuchten in ihren Augen hätte ihm schon eine Warnung sein müssen. Sie legte ihre Hand auf seinen harten Schaft. »Ich kann.« Dann ließ sie sich mit einem zufriedenen Strahlen vom Pferd gleiten und ging zu Fuß durch das Tor.

Seit er aufgebrochen war, um die Fomori zu vertreiben, war sein Schwanz nie wirklich schlaff geworden. Er sehnte sich so sehr danach, diese Frau endlich unter sich zu nehmen. Mit jedem Augenblick, den er in ihrer Nähe verbrachte, wusste er mehr, dass sie seine Gefährtin war. Nur eine Gefährtin konnte ihren Mann in diesen Zustand versetzen. Er würde sie einfach schnappen, wenn sie nicht recht hätte. Er konnte nicht mit ihr das Bett teilen und sie dann fortbringen. Es gab immer noch die Möglichkeit, dass sein Plan, sie zu retten, schief ging. Es mochte gut möglich sein, dass Airmed ihrerseits an Möglichkeiten feilte.

Er sah ihr nach, wie sie mit erhobenem Kopf und schwingenden Hüften den Hof verließ. Seine Geduld wurde auf eine harte Probe gestellt. Er würde heute Abend einen neuen Versuch starten, diese reizende Schönheit zu verführen.

Nachdenklich lief Amber durch das Innere der Burg. Die flackernden Kerzen und Öllampen an den Wänden tauchten alles in ein warmes Licht. Nicht so grell, wie das elektrische Licht in der Menschenwelt. Diese zuckenden Flammen verliehen den Räumen hier etwas Romantisches. Sie betrachtete im Vorbeigehen die Wandbehänge mit den Jagdszenen und die Portraits in den ausladenden goldenen Rahmen. Ihre Gedanken waren aber bei Cailean und dem, was er ihr über sie erzählt hatte. Alles an ihr sträubte sich, daran zu glauben, sie wäre der Heilige Gral. Unmöglich!

Solange die Menschheit denken konnte, war sie auch auf der Suche nach diesem Relikt. Und sollte der Gral nicht eigentlich der Becher sein aus dem Jesus beim letzten Abendmahl getrunken hatte, oder verdankte sie diese Erinnerung nur Indiana Jones?

Andererseits behauptete Dan Brown in seinem Buch Sakrileg, der Heilige Gral wäre Maria Magdalena gewesen. Und eine Frau war Amber zumindest, da war sie sich sicher, besonders, wenn Cailean sie mit seinen Berührungen und Küssen zum Beben brachte, dann fühlte sie sich sehr weiblich. Und sie hatte in den letzten Tagen, seit sie diesem Mann begegnet war, so viele unglaubliche Dinge gesehen, warum sollte sie jetzt anfangen zu zweifeln? Zumal sie schon immer eine Erklärung für ihre Andersartigkeit gesucht hatte. Eine Erklärung für ihre Gabe und das, was sie mit ihr anstellte. Sie hatte sich immer als Außenseiterin gefühlt, immer Angst vor Entdeckung gehabt. Zumindest wäre das eine Antwort auf die Frage, die sie ein Leben lang gequält hatte.

Trotzdem konnte sie nicht behaupten, dass ihr gefiel, was sie sein sollte. Es schockierte sie sogar. Wie konnte sie etwas so Wichtiges sein? Sie war doch nur sie; Amber, unscheinbar, klein, unwichtig. Sie rieb sich über ihre fröstelnden Arme. Amber beendete ihren Rundgang und kehrte zurück an die breite Steintreppe, die in die untere Etage führte. Es brachte ihr nichts, weiter darüber nachzugrübeln, ob sie wirklich war, was Cailean behauptete oder nicht. Ihr bliebe nur noch wenig Zeit, um eine Lösung für ihr Problem zu finden. Wenn sie die Sache überstehen würde, wäre noch genug Zeit zum Grübeln.

Diese Airmed verursachte ihr eine Gänsehaut. Wie konnte ein Mensch andere foltern? Noch dazu eine Frau? Und dieser Person sollte sie sich ausliefern? Amber musste sich eingestehen, sie hatte Angst und sie suchte nach einem Ausweg. Aber Cailean hatte recht, es gab keinen. Er konnte sich dem

Fluch nicht erwehren, und dass er für sie starb, würde sie nicht zulassen. Sie würde auch nicht zulassen, dass sein Bruder für sie starb. Sie könnte sich selbst das Leben nehmen, überlegte sie. Sie müsste nur um die Festung herumlaufen, sich nahe an den Rand der Klippe stellen und sich in die Fluten stürzen. Schon gäbe es sie nicht mehr und der Wunsch konnte nicht Caileans Leben fordern. Er könnte seine Krieger nehmen und mit ihnen seinen Bruder retten.

Sie bearbeitete ihre Unterlippe mit den Zähnen und strich über eine dunkle Holzkommode am Fuß der Treppe, auf der eine große chinesische Porzellanvase stand. Und erstarrte. Aus der Halle hörte sie leise Stimmen, die miteinander zu streiten schienen. Sie wich etwas zurück und versuchte zu lauschen, als sie glaubte, ihren Namen gehört zu haben, aber sie verstand nichts von dem, was gesagt wurde. Auf Zehenspitzen schlich sie sich näher an den breiten Durchgang und lehnte sich mit dem Rücken gegen die Wand daneben. Sie hatte einen kurzen Blick auf die zwei Personen erhaschen können; Maria und Cailean, und wie es aussah, war Maria recht aufgebracht.

Als schwere Stiefel sich von oben den Stufen näherten, schlich Amber auf die Küche zu, weil sie nicht beim Lauschen erwischt werden wollte. Sie hoffte, dass der Streit sich nicht um Amber drehte, aber sie befürchtete, sie hoffte umsonst.

In Marias Brust wuchs ein Knoten aus Enttäuschung, Wut und Eifersucht. Sie wollte am liebsten auf Cailean einschlagen. Sie hatte nie auch nur den geringsten Zweifel daran gehabt, dass er sie zur Frau nehmen würde, nachdem er sie erst in sein Bett gelassen hatte. Jahrhunderte hatte sie um seine Gunst kämpfen müssen, aber er hatte sie immer nur als das Mädchen betrachtet, das mit ihm zusammen aufgewachsen war. Die Schwester seines besten Freundes, Duncan MacDonald. Als er vor so vielen Jahren nach Anwynn gegangen war, hatte er einige wenige Menschen, die ihm etwas bedeuteten nachgeholt. Sie hatte ihn schon damals geliebt und war froh, ihm folgen zu dürfen. Doch nie hatte er sie mit den gleichen Gefühlen im Herzen angesehen, wie sie ihn. Diese Abweisung hatte die Jahrhunderte zur Qual gemacht. Sie hatte ihm dabei zusehen müssen, wie er jede

Frau in sein Bett nahm, die seinen Weg kreuzte. Nur sie hatte er nie beachtet. Sie war für ihn immer nur eine Schwester, nie eine Frau, der er sich auf vergnüglichere Art nähern würde. Und Maria hatte sämtliche Verführungen versucht, die ihr eingefallen waren. Er hatte nicht einmal bemerkt, dass sie ihn verführen wollte. Bis ihr der Fluch zu Hilfe kam.

Und nach all den Mühen zerstörte dieses kleine unscheinbare Frauchen all ihre Träume? »Ich verstehe nicht, was du an ihr findest«, flüsterte sie wütend. Die Hilflosigkeit, die sich ihrer bemächtigte, dabei zuzusehen, wie er ihr entglitt, ließ sie verzweifeln. Dieser Mann gehörte ihr, schon immer.

Er sah sie beschwichtigend an, in den Augen den Blick, der ihr zeigte, dass er sie liebte, aber nicht auf die Art, die sie sich von ihm wünschte. »Sie ist die mir Bestimmte. Ich bin ganz sicher. Maria, es tut mir leid.«

»Es tut dir leid? Ich hatte angenommen, wir wären mehr, als nur zwei Menschen, die sich gegenseitig Vergnügen bereiten. Hast du wirklich gedacht, ich käme unter deine Decken, damit du meinen Körper benutzen kannst?«, warf sie ihm unwirsch vor.

Cailean kniff die Augen zusammen, für Maria, die ihn gut kannte, ein Zeichen, dass er nicht wusste, wie er mit der Situation umgehen sollte. »Eigentlich hatte ich angenommen, dass du wüsstest, dass wir nicht mehr als das sind.«

Am Anfang ihrer Beziehung hatte er ihr das gesagt, leider stimmte das. Doch nach all den Jahren, da er immer wieder ihre Wärme gesucht hatte, hatte sie angenommen, er hätte seine Meinung geändert. Er hatte immer wieder andere Frauen gehabt, und sie hatte es erduldet, hatte weggeschaut, wie es eine Ehefrau ihrer Zeit getan hätte, wenn der Mann sich sein Vergnügen auch in anderen Betten gesucht hatte. Am Ende zählte doch nur, dass er immer wieder zu ihr zurückgekommen war. Nur das war wichtig. Und jetzt stand er vor ihr und wies sie ab. Marias Brust schnürte sich zu vor Schmerz. »Du bist in all den Jahren immer zu mir zurückgekommen. Du wirst es auch jetzt tun«, sagte sie trotzig.

Cailean schüttelte den Kopf. Sie ignorierte sein tonloses Nein und beschloss, einen letzten Versuch zu unternehmen. Sie trat ganz nahe an ihn ran, schmiegte sich an seine Brust und ließ ihre Hände über seinen Oberkörper wandern. »Cailean, es muss dir klar gewesen sein, dass ich dich aus ganzem Herzen liebe, schon immer.«

Seine Hände schlangen sich um ihre Gelenke und er hielt sie fest. »Ich gestehe, ich habe wohl einen Fehler begangen. Ich hätte diese Nähe zwischen uns nie zulassen dürfen. Mich muss ein Dämon besessen haben, als ich unsere geschwisterliche Beziehung in eine körperliche gewandelt habe. Das hätte ich niemals tun dürfen.«

Maria rieb ihre Hüften an seinen und schnurrte wie eine Katze. Nicht ein Dämon hatte ihn besessen, sondern sie. Sie hatte seinen Fluch benutzt, um ihn dazu zu bringen, sie zu nehmen. Sie hatte sich einfach gewünscht, dass er die Grenzen überschreiten würde und sich auf sie einlassen würde. Erst hatte sie ihn so betrunken mit Met gemacht, dass er sich nicht mehr erinnern würde, und dann hatte sie den Wunsch ausgesprochen. Sie wusste, dass er ihr vertraute, dass sie seinen Fluch nicht missbrauchen würde, deswegen hatte sie zu dieser List gegriffen.

»Nimm mich in dein Bett. Du hast es die ganze Zeit getan. Ich werde wie immer die Augen davor verschließen, wenn du dein Vergnügen auch bei anderen Frauen suchst. Meinetwegen auch bei ihr. Es wird alles so bleiben wie bisher.«

Mit einem traurigen Seufzen und Mitleid in den Augen schob er sie von sich. »Niemals. Ich habe kein Interesse mehr an anderen Frauen.«

»Soll ich dich mal wieder vor einem Weib retten«, dröhnte Duncans Stimme, als er die Halle betrat und wie immer die Situation sofort richtig einschätzte. Maria wollte vor Wut schreien. Gerade hatte sie den Plan gefasst, sich einfach von Cailean zu wünschen, dass er sie zur Frau nehmen würde. Sie war sich sicher, dass dieser Weg der einzige war, der ihr noch offen war. Sie musste ein weiteres Mal seinen Fluch missbrauchen, um sich den Mann zu sichern, den sie mehr als alles andere liebte.

»Duncan«, zischte sie und trat einen Schritt von Cailean zurück, der sich sofort aus der Ecke befreite, in die sie ihn gedrängt hatte.

»Machst du dem Burgherren Avancen, Maria? Glaube mir, das wird zwecklos sein. Selbst als wir gestern auf der Jagd waren, hat er nur Worte für sie gehabt. Er konnte sie nicht einmal vergessen, als er mit dem Claymore ein paar Fomori vermöbelt hat. Vielleicht solltest du dich besser an mich halten«, ertönte die lachende Stimme von Fraser, der hinter ihrem Bruder die Halle betrat.

»Darauf könnt Ihr lange warten, Fraser McFadden«, antwortete sie wütend und stürmte aus der Halle. Sie würde ihre Pläne umsetzen, wenn sie Cailean das nächste Mal allein antraf. Cailean würde sie heiraten und niemals mehr an dieses winzige Weibchen denken.

Amber grübelte noch immer, als sie die große geräumige Küche betrat. Isla, die rundliche ältere Frau, die Amber gestern so freundlich begrüßt hatte, stand an dem großen steinernen Herd, der an der Außenwand angebracht war. Über der Kochstelle schwebte ein riesiger Rauchabzug, der den Qualm aus dem Feuer unter dem Herd nach draußen leitete. Die alte Frau rührte mit einem riesigen Holzlöffel in einem noch größeren Kupferkessel. In der Küche war es so warm, dass Isla der Schweiß auf der Stirn stand. Im Winter wäre dies sicher ein angenehmer Platz zum Ausruhen. Amber konnte sich gut vorstellen, an dem riesigen schweren Holztisch in der Mitte zu sitzen und eine Tasse Tee zu trinken.

Isla wandte sich genau in dem Augenblick dem Tisch zu, auf dem Mehl gestäubt war, und knetete einen Klumpen Teig. »Kommt rein MyLady. Was kann ich für Euch tun?«

Zögernd trat Amber näher. Wie konnte sie nur beginnen? Mit dem Zeigefinger malte sie Kreise in die Mehlschicht.

»Ihr solltet Euch in Acht nehmen, MyLady. Maria sieht nicht gern, wie der Herr Euch ansieht. Und ich habe noch nie gesehen, dass der Herr überhaupt eine Frau so angesehen hat wie Euch.«

Amber kniff die Lippen zusammen. »Bestimmt hat er viele Frauen.«

»Aye, er sieht gut aus, unser Herr, aber in letzter Zeit hält er sich fort von den Frauen. An Euch muss er wirklich Gefallen gefunden haben, dass er Euch vertraut, oder habt Ihr ihn etwa mit einem Wunsch belegt?« Die Alte sah mit hochgezogenen Augenbrauen zu Amber auf. »Erzählt, warum hat er Euch hergebracht? Kennt Ihr den Grund? Der Herr macht ein großes Geheimnis daraus. Und aus Euch. Das versetzt Maria in Ärger.« Isla grinste. »Sie wird noch ganz verrückt werden.«

Amber wusste nicht, ob sie der Frau etwas sagen sollte, sie wusste Cailean konnte es wegen des Fluchs nicht, aber sie entschied sich dafür, erst einmal abzuwarten. Er hatte sie darum gebeten zu schweigen, weil er fürchtete, dass seine Pläne sonst nicht aufgehen würden. »Wer ist diese Maria? Die Geliebte des Herren?«, hakte Amber nach. Es konnte nicht schaden, eine außenstehende Person zu fragen. Nicht, dass sie Cailean nicht glauben wollte, aber sie kannte ihn ja kaum.

Die Alte lachte lauthals, eine Strähne ihrer Haare fiel ihr in die Stirn, sie steckte sie hinter ihr Ohr und strich dabei Mehl in ihr Gesicht. »Sie wäre gern des Chiefs Lady, aber das ist sie nicht. Manchmal lässt er sich von ihr das Bett wärmen, aber er macht nie einen Hehl daraus, dass es nur das ist.«

Amber musste irgendwie das Thema in die richtige Richtung lenken, ohne dass Isla Verdacht schöpfte. Vielleicht sollte sie sogar versuchen, das Vertrauen der Alten zu erlangen. Es konnte nicht schaden, wenn sie jemanden hatte, der ihr half.

»Er hat mir von Beasag erzählt und wie es geschah.«

»Beasag«, sagte Isla und ein wehmütiger Ausdruck trat auf ihr Gesicht. »Zumindest hat sie einen Mann aus Lord MacLean gemacht, der bedachter wählt, welche Frau er in sein Bett lässt. Er hat seit dem Fluch neben Maria nur noch wenige andere gehabt. Aber dieser Fluch hat ihn auch verändert. Er ist ernster geworden, oft wütend und scheint immer unter Spannung zu stehen. Oft hat er sich allein zurückgezogen und er hat sich mit Gier in jeden Kampf gestürzt, den er bekommen konnte. Selbst wenn er einen unter seinen Männern provozieren musste. Aye …«, sagte sie seufzend, »… dieser Fluch hat ihn verändert. Und dann seid Ihr gekommen und der Herr ist wieder der Alte, lacht und scherzt und sieht sehr glücklich aus. Dafür danke ich Euch.«

Amber sah verlegen zu Boden. Ja, diese Qual hatte sie deutlich in ihm gespürt. Dass er jetzt glücklicher war, lag aber nicht an ihr, sondern nur an ihrer Gabe, die diese Finsternis gelöscht hatte.

»Lebt die Druidin noch hier?«

»Warum, braucht ihr einen Kräutertrank. Sie macht gute, Ihr werdet bestimmt nicht ungewollt schwanger, wenn Ihr Euch von ihr helfen lasst.«

Hitze stieg in Ambers Wangen, aber Isla hatte ihr ungewollt einen Grund gegeben, die Druidin aufzusuchen, ohne dass sie Isla die Wahrheit sagen musste.

»Ja, ich denke, ich brauche so einen Trank. Glaubt Ihr, Euer Herr würde mich auf einen Besuch ins Dorf gehen lassen?«

»Ich werde Euch Drustan mitschicken. Der Junge wird gut auf Euch aufpassen. Wir müssen dem Herren ja nicht auf die Nase binden, wo Ihr hingehen wollt. Obwohl ich mir wünschen würde, bald einen kleinen Laird auf unserer Burg lachen zu hören. Aber Ihr tut recht, noch etwas zu warten.«

Kapitel 15

Der Junge – Drustan – war fast schon ein Mann. Sein Bart hatte sich noch nicht durchgesetzt, aber er hatte einen drahtigen Körperbau mit gut definierten Muskeln. Er diente Duncan als Knappe, der Drustan dafür wiederum in die Lehre nahm und ihm den Umgang mit allerlei Waffen beibrachte. Der Junge hatte Amber angeboten, zu Pferd in das Dorf zu reiten, dass etwa eine Stunde Fußmarsch entfernt war. Amber hatte dankend abgelehnt, da sie nicht mit einem Pferd umgehen konnte, außerdem wollte sie die Chance nutzen und sich die Umgebung etwas ansehen und Drustan vielleicht das ein oder andere Geheimnis über Cailean entlocken.

»Der Laird ist ein gerechter Herr. Ihm sind die alten Traditionen wichtig. Bald wird es wieder ein Highlandgame geben. Darauf freue ich mich besonders. Ich hoffe, dass ich gut abschneiden werde. Ich trainiere schon den ganzen Sommer dafür.« Drustan standen der Stolz und die Vorfreude ins Gesicht geschrieben. Amber hätte dieses Fest gerne miterlebt, aber so wie es aussah, würde sie dann wohl anderweitig beschäftigt sein, wenn Beasag ihr nicht helfen konnte oder wollte.

Ein hasenähnliches Tier saß ganz still einige Schritte entfernt auf einem kleinen Felsen und beobachtete die beiden Menschen, die es sich wagten, durch sein Revier zu laufen. Das Tier war ungefähr so groß wie ein Pudel, hatte riesige breite Löffelohren und den Körper eines Erdmännchens. Sein Fell glich dem eines Wildhasen. Es saß aufrecht, die Vorderpfoten angewinkelt an die Brust gedrückt und war starr wie ein in Stein gemeißeltes Bildnis.

»Was ist das für ein Tier?«, fragte Amber ehrfürchtig flüsternd und beobachtete das niedliche Wesen. Sie lief ganz vorsichtig weiter, um es nicht zu erschrecken.

»Ein Devag«, sagte Drustan, löste seine Armbrust, die über seiner Schulter auf seinem Rücken hing, legte an und schoss, ohne zu zögern. Das kleine Tier hatte kaum die Chance zu blinzeln, da wurde es schon von Drustans Pfeil niedergestreckt.

Drustan rannte strahlend auf sein Opfer zu und band es an seinem Gürtel fest. »Isla wird mir dafür etwas ganz Leckeres zur Belohnung geben. Vielleicht eine Kleinigkeit von den leckeren Sachen, die der Chief immer aus der Menschenwelt mitbringt.«

Amber tat das kleine Tier in der Seele weh. Sie musste sich daran erinnern, dass die Menschen damals ihr Essen noch selbst erlegt hatten und nicht einfach in den Supermarkt gegangen waren, um irgendein gesichtsloses Stück Fleisch zu kaufen.

Das Dorf bestand aus verschiedenen Häusern aus scheinbar verschiedenen Epochen, Blackhouses, Holzhäuser, Herrenhäuser. Alle Häuser in sehr gepflegtem Zustand. Auf den Wiesen um das Dorf herum weideten Schafe und Hochlandrinder. Am Horizont konnte Amber gerade noch eine Steinmauer ausmachen, die das Dorf einschloss und die wahrscheinlich, bis hinauf zu Aillen Castle reichte. Alles war ruhig und faszinierend idyllisch. Frauen hängten Wäsche auf Leinen, arbeiteten in Kräutergärten oder unterhielten sich miteinander. Kinder spielten auf den ausgetretenen Straßen und lachten. Amber sah auch ein paar wenige Männer geschäftig durch das Dorf laufen. Genau so hatte sie sich das Dorfleben vor einigen hundert Jahren immer vorgestellt.

Ein junges Mädchen schöpfte mit einem Holzeimer Wasser aus einem Brunnen. Als Drustan mit Amber an ihr vorbeilief, lächelte sie und sah dann verlegen zur Seite. Auch in Drustans Gesicht stieg eine leichte Röte. Amber grinste freudig vor sich hin. Die zwei schienen sich zu mögen.

»Bist du schon mit ihr ausgegangen?«, hakte Amber neugierig nach, als sie außer Hörweite waren.

»Ausgegangen?«

»Hast du sie schon eingeladen? Auf ein Fest begleitet?«

Drustan räusperte sich angestrengt. »Nein, noch nicht My-Lady.«

»Das solltest du tun. Lade sie zu den Highlandgames ein. Ist es nicht so, dass du den Beistand einer Dame brauchst für die Wettkämpfe, damit sie dir Glück bringt?«

»Aye.« Drustan lief unsicher neben Amber her. In seinem Gesicht arbeitete es. Mit Sicherheit lag ihm noch etwas auf dem Herzen, aber er wagte nicht, sie zu fragen.

»Du kannst mir alles sagen, ich verrate es niemanden«, sagte Amber kichernd und stupste Drustan aufmunternd in die Seite.

»Ich habe noch nie ein Mädchen eingeladen. Was soll ich ihr denn sagen? Wenn ich einem gegenüberstehe, verschlägt es mir immer die Sprache.«

»Aber das geht doch jedem so«, erwiderte Amber leichthin. Sie mochte Drustan. Seine schulterlangen blonden Haare vielen lockig auf seinen Rücken und die blauen Augen hatten die gleiche Farbe wie der wolkenfreie Himmel. Seine enorme Größe ließ ihn schlacksig wirken.

Er fingerte im Griff seines Claymore herum und besah sich eines der Häuser mit Reetdach. »Dem Laird und Duncan geht es nicht so. Sie sind immer total entspannt, wenn Frauen in der Nähe sind.«

»Sie haben schon einige Übung, das ist alles. Aber, wenn du ein Mädchen wirklich für dich erobern willst, dann solltest du dich mehr anstrengen. Mädchen mögen Männer, die es ernst mit ihnen meinen. Die nicht nur ein Abenteuer in ihnen sehen.«

In seinen Augen blitzte es auf. »Aye, ich denke, Ihr habt recht. Wird es ihr also nichts ausmachen, wenn ich mich aufführe wie ein Trottel und meine Einladung stotternd überbringe?«

»Nicht, wenn sie dich wirklich mag. Und ich habe den Eindruck, sie mag dich.« Amber zwinkerte Drustan wissend zu.

»Meint Ihr?« Drustan blieb stehen.

»Oh ja, ich bin sicher. Hast du gesehen, wie verlegen sie war?«

»Aye.«

»Da hast du deine Antwort. Und wer sollte dich nicht mögen, du bist ein gut aussehender Mann. Und du hast mich tapfer vor allen Gefahren beschützt«, scherzte Amber.

Drustan lachte laut auf und klopfte sich auf die Oberschenkel, so wie auch sein Lehrmeister Duncan es getan hatte. »Wir sind da«, sagte er, nachdem er wieder zu Atem gekommen war. »Ich werde hier draußen warten und Euch weiter vor Devags beschützen.«

Amber wandte sich zu dem Haus in ihrem Rücken um, ein besonders farbenfrohes Steinhaus. Überall wuchsen Kräuter und Blumen und aus jedem Stein rief dieses Haus ihr zu, dass es einer Naturliebhaberin gehörte. In den Fenstern schaukelten sanft Bündel mit Kräutern, aufgehängt zum Trocknen.

»Dann will ich mal«, murmelte Amber und ging zögernd auf die Tür zu. Sie klopfte an das dunkle Holz und wartete. Eine Frau, die etwa in Ambers Alter zu sein schien, öffnete ihr. Ihr hellrotes Haar schien sie vollkommen zu umhüllen. Es ging ihr bis hinunter zu den Waden und umschloss ihren Körper wie eine Decke. Die Frau war nicht viel größer als Amber, hatte eine wohlgeformte, runde Taille und sah Amber aus ihren grauen Augen musternd an.

»Ihr seid es.«

Amber runzelte fragend die Stirn.

Sie winkte einfach ab und nickte mit dem Kopf in das Innere des Hauses. Amber trat nach ihr ein und schloss die Tür. Es war recht dunkel, nur wenige Kerzen gaben flackernd Licht. Es roch würzig nach Kräutern. Amber sah sich um. Es schien nur einen Raum zu geben. In der Mitte einen kleinen Holztisch mit zwei Stühlen, an den Wänden Schränke und Regale, der Boden festgetretene Erde. Im Kamin knisterte ein Feuer. Genau so hatte sich Amber die Hütte einer Druidin vorgestellt. Dem Bett in der Ecke schenkte Amber keine Beachtung, weil sie sich sofort die Schönheit mit Cailean darin vorstellte und das schnürte ihr die Kehle zu.

»Was darf ich für Euch tun?«

Amber nahm auf dem Stuhl Platz, den die Druidin ihr anbot. Die Druidin nahm den anderen Stuhl.

»Warum sagtet Ihr »Ihr seid es?««

»Ich habe gesehen, dass Ihr kommen würdet.«

Erstaunt zog Amber die Augenbrauen hoch. »Ihr wusstet, dass ich Euch besuchen würde?«

»Nein, dass er Euch nach Anwynn bringen würde. Und ganz offen, es gefällt mir gar nicht.«

»Warum?«, wollte Amber wissen und verspürte einen Anflug von Zorn in sich aufsteigen. War Beasag nach all den Jahren noch immer eifersüchtig? Das würde die Lösung ihrer Probleme vielleicht behindern.

»Weil Ihr die Sicherheit unserer Heimat bedroht. Nun sagt, was Ihr wünscht. Ich habe Erledigungen, die nicht warten können.« Die Stimme der Druidin verriet deutlich, dass sie Amber nicht mochte. Aber darauf konnte Amber jetzt keine Rücksicht nehmen.

»Nehmt den Fluch von Cailean und die Gefahr, die ich bedeute, ist gebannt. Ich wäre frei, Anwynn zu verlassen. Nur sein Fluch hält ihn davon ab, mich gehenzulassen.

»Nicht nur der«, sagte Beasag gedehnt. Sie wand sich einen Bund ihrer Haare um den Arm und zupfte daran. »Ich kann den Fluch nicht rückgängig machen.«

»Aber Ihr müsst. Menschenleben sind in Gefahr. Unter diesen Voraussetzungen könnt Ihr es unmöglich verweigern.«

»Ihr kommt, um um Euer Leben zu flehen. Ich kann Euch nicht helfen. Nur er kann den Fluch brechen.«

Frustriert sackte Amber auf dem Stuhl zusammen. Sie konnte nicht einschätzen, ob Beasag ihr die Hilfe nur verweigerte oder ob sie wirklich nicht helfen konnte.

»Was muss er tun?«, fragte Amber bedrückt. Ihre Hoffnungen begannen sich aufzulösen.

»Das kann ich nicht sagen. Bei jedem Menschen löst sich ein Fluch auf eine andere Art auf. Es kommt auf die Person an.« Beasag kniff die Augen zusammen. »Aber er scheint auf dem richtigen Weg.«

»Was meint ihr damit?«

»Er hat Euch gefunden.«

Amber verstand nicht, worauf die Frau hinaus wollte. Sie runzelte die Stirn und legte die Hände flach auf die Tischplatte, um nicht in ihrem Zorn die Fingernägel so tief in ihre Handinnenflächen zu treiben, dass sie sich verletzte. »Und er wird mich an diese Hexe übergeben müssen. Wie soll das seinen Fluch lösen?«

»Das wird es nicht. Aber mit etwas Glück werdet Ihr es. Ihr seid der Schlüssel zu allem.«

»Wie?«, fuhr Amber ungeduldig auf. Ihr war klar, aufbrausend zu werden, half ihr bei Beasag nicht weiter, aber diese Frau war so undeutlich, dass es Amber schwerfiel ruhig zu bleiben. Diese Druidin meinte, sie hätte keine Zeit. Was bitte sollte Amber dazu sagen? Ihr blieb nur noch der heutige Tag, um dieses Problem zu lösen.

»Das kann ich nicht sagen.«

»Könnt Ihr nicht oder wollt Ihr nicht?«

»Ich kann nicht«, antwortete Beasag und sah Amber genervt an. »Gibt es noch etwas, das ich für Euch tun kann, MyLady?«, sagte sie aufmüpfig.

»Nicht, wenn es nicht den Fluch betrifft.«

»Hmm«, machte Beasag verschnupft und ließ ihren Bund Haare wieder fallen. Dann musterte sie Amber abermals unter gesenkten Lidern. »Vielleicht noch dies: Nehmt Euch vor Maria in acht. Am Ende könnte sie alles verderben, wenn Ihr nicht rechtzeitig Euren Weg erkennt.« Sie erhob sich ohne ein weiteres Wort, strich ihr Baumwollkleid glatt und richtete das schwarze Mieder unter ihrer Brust. »Mehr kann ich nicht für Euch tun, außer Ihr benötigt etwas zur Verhütung.«

Amber knurrte unwirsch. »Nein, danke.« Sie verabschiedete sich enttäuscht und zornig. Es schien so, als wären alle jungen Frauen in Anwynn ihr nicht besonders wohlgesonnen. Und sie konnte es ihnen nicht einmal verübeln, da sie alle abgelegte Damen von Cailean waren. Sie beschloss, sich nicht weiter auf Cailean einzulassen. Sie wollte nicht auch eine dieser Damen werden. Morgen würde er sowieso mit ihr abreisen und dann wäre die Sache zwischen Ihnen ohnehin erledigt.

»Habt Ihr erfahren, was Ihr wissen wolltet«, hakte Drustan nach.

»Nein, leider nicht.« Amber wandte sich noch einmal zu dem Haus um und warf ihm einen bösen Blick zu. »Beasag war nicht sehr redselig.«

»Das dachte ich mir fast. Sie ist nie sehr deutlich und spricht gerne in Rätseln. Manchmal glaube ich, sie kennt die Antworten selbst nicht. Aber meine Mutter meint, das liegt daran, dass ihre Voraussagen, die sie erhält, nicht besonders klar sind.«

»Sie hat Visionen?«

»So heißt es.«

Den Rückweg traten die beiden an, indem sie gemeinsam zu ergründen suchten, was Beasag gesagt hatte. Leider fanden sie nicht heraus, was all das wirre Zeug zu bedeuten hatte. Amber packte alles zusammen mit der Erfahrung, die sie mit Beasag gemacht hatte, in eine Schachtel in ihrem Kopf und beschloss, sich nach anderen Möglichkeiten umzusehen. Wenn sie nichts fand, blieb ihr nur, auf das zu vertrauen, was Cailean plante. Und da sie nicht wusste, was das beinhaltete, wollte sie sich ungern nur darauf verlassen.

»Herrin, der Krieger hat sie nach Anwynn gebracht. Sollen wir sie zu Euch bringen?«

Airmed wandte sich ihrem Untertan zu, der sie mit leerem Blick ansah und auf ihre Befehle wartete. Bald würde diese Leere weichen und durch menschliche Züge ersetzt werden. Die Sidhe nannten Airmed und ihr Volk die Seelenlosen und damit hatten sie auch recht. Sie waren Seelenlose, nur hatten die Sidhe keine Ahnung, was es bedeutete, so zu sein. Man war leblos, von Finsternis umgeben, keine Freude, keine Liebe, keine Schmerzen nur unendliche Leere. Jahrhunderte voller Nichts. Sie konnten die Langeweile, die dieses seelische Nichts verursachte nicht einmal empfinden. Und Airmed sehnte sich danach, wieder einmal zu empfinden.

Sie war nicht einmal dazu in der Lage, Mitleid mit ihren Untertanen zu empfinden, die genau die gleiche Leere mit ihr teilten. Nur das gemeinsame Schicksal band sie aneinander. Bald würde sie dieser Schwärze ein Ende setzen. Aber sie musste geduldig sein. Sie durfte nichts übereilen.

Sie strich mit ihren langen Fingernägeln über den nackten Körper, der vor ihr ausgebreitet lag. Sie hatte Ian, den schönsten unter den Highland Warriorn, auf einen Steinaltar gebunden. In den letzten Tagen hatte sie auf unzählige Arten versucht, Gefühle in sich hervorzurufen. Sie hatte Ian gefoltert, ihm viele Wunden zugefügt, hatte jedes noch so kleine Zucken in seinem Gesicht, das ihr seine Schmerzen zeigte, in sich aufgesaugt, um selbst fühlen zu können, was er fühlte. Sie hatte ihn mit falschen Visionen von Freiheit und schönen Frauen verführt, hatte ihn bestiegen, doch nichts hatte auch nur einen Funken in ihr entzündet. Sie hätte Stunden damit verbringen können, diesen wundervollen Körper zu verführen, zu verwöhnen und ihm Freuden zu spenden, sie wäre nicht einmal feucht geworden.

Sie konnte sich nur in den Erinnerungen von Gefühlen verlieren, bevor sie ihren Körper verloren hatte und ihre Seele beschlossen hatte, diesen zu ersetzen. Sie betrachtete Ian, während sie mit ihren langen Nägeln über seinen blutenden Körper strich. Dieser Krieger wäre bestimmt ein Orkan im Bett. Er könnte Frauen auf unzählige Weise beglücken, da war sie sich sicher. Bald würde sie sich davon überzeugen. Wenn sie auch nichts empfand, dieser Mann regte etwas in ihr. Man könnte sagen, er war in all den Jahren ihr liebstes Spielzeug. Und sie wäre fast ein wenig wehmütig gewesen, wenn sie denn über Gefühle verfügen könnte, weil sie ihn bald in die Obhut seines Bruders geben musste. Aber Geschäft ist Geschäft, und sie hatte sich noch immer an ihre Versprechen gehalten. Das war eins der wenigen Dinge, an denen sie festhielt, wenn auch nur, um den Anschein einer fühlenden Kreatur zu wahren. Zu diesen Dingen gehörte auch, im passenden Moment die entsprechenden Gesichtszüge aufzusetzen.

»Nein, bleibt hier. Lasst ihn herkommen. Oder seid Ihr wirklich des Lebens überdrüssig und wollt Euch in eine Burg voller Highlander stürzen?«

Airmed war sich sicher, dass sie den Wunsch bestmöglich formuliert hatte. Es gab einen Grund, warum sie Cailean benutzte, damit sicherte sie sich zu, dass die Highlander sie nicht angreifen konnten und ihr ihre Pläne vereiteln würden. Außerdem waren ihre eigenen Männer nicht in der Lage, zwischen den Welten zu wandeln. Und niemand sonst hätte ihr helfen können.

»Das müssen wir vielleicht gar nicht. Sie lassen sie im Dorf herumlaufen.«

»Sie ist also nicht seine Gefangene? Dieser Schwerenöter. Hat er die Kleine wirklich verführt und ihr Hoffnungen gemacht«, meinte Airmed kühl und leckte ein Rinnsal Blut von Ians breiter Brust. Dann strich sie ihm mit der Zunge über die

Lippen. Ian stöhnte und wandte den Kopf ab. Er ist schwach, ihr schöner Prinz. Sie sollte ihm etwas Zeit zur Heilung gönnen.

»Warten wir, bis er sie bringt. Das wird interessanter werden.«

Kapitel 16

Die letzten Stufen die breite Treppe in Aillen Castle hinauf ging Amber nur noch zögernd. Ihr Plan, Caileans Fluch zu brechen, war gescheitert. In ihrem Kopf spielte sie die irrwitzigsten Möglichkeiten durch, was Beasag gemeint haben könnte, wie Cailean den Fluch selbst brechen könnte oder was das mit Amber zu tun haben könnte. Aber sie fand keine Lösung. Das einzige, das ihr einfiel, war, da ihm der Fluch von einer eifersüchtigen Geliebten auferlegt wurde, die er betrogen hatte, dass er lernen musste, sich mit nur einer Frau zu begnügen. Aber unmöglich konnte er das bis morgen bewerkstelligen.

Wie lange müsste er wohl mit nur einer Frau zusammen sein, um den Fluch zu lösen? Monate? Jahre? Bis in alle Ewigkeit?

»Wen haben wir denn da?« Maria zog gerade die Tür zu Caileans Gemach hinter sich zu. Sie strahlte über das ganze Gesicht und kam beschwingt auf Amber zu. »Ich höre, wir waren im Dorf?«

Amber nickte unsicher, wegen der plötzlichen Freundlichkeit der Rothaarigen.

»Das ist schade, denn Ihr habt das Beste des Tages verpasst.« Sie kicherte aufreizend, winkte dann kokett ab und zwinkerte übertrieben mit den Augen. »Ich weiß, ich bin ganz erhitzt vor Aufregung, aber Ihr sollt es als Erste hören. Cailean und ich, wir werden heiraten. Wir haben es eben beschlossen.«

Amber wurde blass vor Schreck. Ihr Herz hämmerte in ihrer Brust so laut, dass es jedem Presslufthammer Konkurrenz gemacht hätte. Marias Worte hallten durch ihren Kopf und jede Silbe bohrte sich schmerzhaft in ihre Seele. Wie konnte Cailean ihr das antun? Heute Morgen hatte er noch behauptet, sie wäre das Wichtigste in seinem Leben, und einen Wimpernschlag lang hatte sie ihm geglaubt, hatte sogar gehofft, er könnte sie wirklich lieben. Hatte er nur mit ihr gespielt, damit sie ihren Widerstand aufgab?

Die Rothaarige wartete Ambers Reaktion gar nicht ab. Sie lief singend die Stufen hinunter und rief laut nach Duncan und den anderen Kriegern. In Amber zersprang etwas in tausend Scherben. Cailean hatte sie nur benutzt. Nach Eric hätte sie schlauer sein müssen. Hatte sie denn wirklich nur mit ihrer Libido gehandelt? Ihr war wie wegrennen, aber das würde sie nicht weiterbringen. Sie konnte Anwynn nicht verlassen. Wo sollte sie hin? Er würde sie wieder einfangen und das Ende dieser verrückten Reise kannte sie bereits. Sie konnte nur auf den morgigen Tag warten und hoffen, dass Caileans Pläne zu ihrer Rettung aufgingen. Danach hätte er keinen Grund mehr, sie in Anwynn zu behalten. Sie konnte wieder zurück in ihr kaputtes, altes Leben. Aber ein Leben ohne fremde Wesen und anziehende Krieger mit Reißzähnen.

In ihrer Verzweiflung und Ratlosigkeit verkroch Amber sich für den Rest des Tages in ihrem Zimmer. Isla brachte ihr das Essen und ihre Zofe versorgte sie mit einem Bad und was sie sonst noch benötigte. Nur von Cailean bekam sie nichts zu Hören oder Sehen. Die Tränen, die sich einen Weg aus ihren Augen suchten, schluckte Amber herunter. Sie schwor sich, dass kein Mann sie jemals mehr dazu bringen würde, auch nur eine Träne an ihn zu verschwenden. Caileans Betrug lastete schwer auf ihr, aber sie gab sich die Schuld, denn sie hätte es wissen müssen – spätestens, nachdem sie gesehen hatte, was er mit ihr tun wollte.

Fünfzehn seiner Männer und Duncan saßen um ihn herum in der großen Halle. Vor ihnen ausgebreitet die Karten des Gebietes um Airmeds Burg. Es belastete Cailean, seinen Männern nicht die Wahrheit über diesen Angriff erzählen zu können. Aber diese Wahrheit würde an den Plänen nichts ändern. Hauptsächlich ging es darum, dass sie in die Burg vordrangen, falls nötig Ian befreiten, sollte Airmed ihr Versprechen nicht einhalten, und eventuelle Gefangene wie Amber.

Was er danach machen würde mit ihr, wusste er noch nicht. Die Gefahr war groß, dass Airmed immer wieder versuchen würde, an Amber heranzukommen. Töten konnte man Airmed nicht, dazu war sie zu mächtig. Seine Männer konnten schon froh sein, ein paar der harmloseren Seelenlosen auf ewig in die Unterwelt zu schicken.

Er könnte Airmed gefangen nehmen und bis auf Weiteres einsperren. Zumindest, bis sie Danu gefunden hatten, die sich seit Jahrzehnten eine Auszeit gönnte. Und dann? Amber an seiner Seite behalten und niemals mit ihr den Bund eingehen können, weil er Maria heiraten würde? Das konnte er ihr nicht antun. Er konnte nicht von ihr verlangen, die zweite Frau zu sein. Wütend schlug er mit der Faust auf den Tisch.

»Immer langsam, Laird«, sagte Lyall lachend. »Wir schaffen das schon. Ian ist auch für uns wie ein Bruder.« Der große blonde Hüne schlug Cailean aufmunternd auf die Schulter. Er war der Wikinger unter den Kriegern. Eigentlich ein waschechter Highlander, aber seine blonden Haare, die hohe Statur und die leuchtend blauen Augen ließen ihn aussehen wie Thor der Donnergott. Ob er ihnen sagen sollte, dass seine Sorge nicht Ian galt?

Gerade war er nicht einmal sonderlich besorgt sondern ungeheuer wütend, weil Maria ihn auf diese hinterhältige Art betrogen hatte. Maria, die Frau, der er blind vertraut hatte. Am Nachmittag war sie in sein Zimmer geschlichen, hatte ihn zuckersüß angelächelt und gesagt: »Ich wünsche, dass du mich heiratest.«

Er hatte noch Glück gehabt, dass sie kein Datum in ihren Wunsch eingebaut hatte. So hatte er zumindest noch ein wenig Aufschub. Er war so wütend gewesen, dass er drauf und dran gewesen war, sie umzubringen. Sie hatte nicht einmal den Anstand besessen, ihm ihr Handeln zu erklären, stattdessen hatte sie ihn in seiner Wut allein im Zimmer zurückgelassen und war losgelaufen, um es jeder Seele in Aillen Castle mitzuteilen. Und er Idiot hatte nichts anderes tun können, als den vielen Gratulanten den Rest des Tages die Hände zu schütteln. Dieser Fluch würde ihn noch in den Wahnsinn treiben. Wenn er je wieder ein normales Leben führen wollte, dann musste er jede Frau auf diesem Planeten töten.

Aber natürlich würde er das nicht fertigbringen, also musste er stattdessen Maria heiraten und die Frau, die er liebte, vergessen, weil er nicht von ihr verlangen konnte, mit ihm zusammen zu sein, während er mit einer anderen Frau verheiratet war. Das letzte, was er für sie tun konnte, war sie zu retten und sie dann zurück in die Menschenwelt zu bringen.

Oh ja, sie hatte sich in sein Herz gestohlen und sein Herz klopfte nur noch ihren Namen; Am – ber, Am – ber … Sie nicht lieben zu dürfen, würde ihn umbringen, es würde ihn zerreißen. Und die Vorstellung, dass sie einen anderen Mann finden könnte, raubte ihm den Verstand. Er konnte nur daran denken, diesen Mann zu töten. Maria hatte ihm alles genommen. Nein, erst musste er Amber vor Airmed schützen, und wenn ihm das gelungen war, dann hätte Maria ihm alles genommen, wofür es sich zu Leben lohnte.

»Bist du noch dabei?«, knurrte Duncan und stieß ihm in die Seite. »Du kannst nachher von deiner Hochzeitsnacht träumen, auch wenn ich deine Hochzeitspläne nicht verstehe.«

Cailean sah Duncan aus blitzenden Augen an. Vielleicht hätte er seinen Männern von Marias kleiner Tücke erzählen sollen, aber das brachte sie nur in Gefahr. Sie war einigen der Krieger schon gehörig auf die Füße getreten und der ein oder andere hätte vermutlich Lust, sie dafür umzubringen.

»Wo waren wir stehengeblieben?« Er sah auf die Karte vor sich. »Ihr werdet zwei Stunden nach Sonnenaufgang angreifen.« Cailean hoffte, dass er bis dahin mit Ian die Burg verlassen hatte und der Wunsch so als erfüllt angesehen wurde. »Ihr solltet am späten Abend morgen losreiten und die Nacht dann bis zum Morgen im Wald vor der Burg verbringen. Haltet euch versteckt. Ihr dürft nicht entdeckt werden. Ich will nicht, dass Ian etwas geschieht, nur weil sie einen von euch sieht.«

»Gibt es einen Grund, warum wir genau zu diesem Zeitpunkt angreifen sollen?«, wollte einer der Männer wissen.

Duncan warf erst ihm einen strafenden Blick zu, dann sah er kurz zu Cailean. »Wenn der Laird sagt, es soll dann sein, dann ist es dann.«

Cailean war Duncan dankbar dafür, dass er keine Fragen stellte, er musste längst begriffen haben, warum das alles passierte und weswegen Cailean nichts sagen konnte.

Die Männer blickten auf und Gemurmel setzte ein, als Maria die Halle betrat. Sie war knapp wie immer bekleidet. Ihre vollen

Brüste wogten fast aus dem Mieder heraus. Es bedurfte nur eines tiefen Atemzugs und jeder Mann in der Halle würde ihre Brustwarzen sehen können. Sie ging stolz zwischen den Männern hindurch und auf Cailean zu, dem die Galle die Kehle hinaufstieg. Er konnte sie gerade nicht in seiner Nähe gebrauchen, sonst konnte er für nichts garantieren. Mit zusammengekniffenen Lidern erhob er sich zitternd von seinem Stuhl. »Ich werde morgen in der Früh zu meinem Auftrag aufbrechen und unseren Gast mitnehmen. Ich verlasse mich darauf, dass ihr die Sache zu meiner Zufriedenheit erledigt.« Er wusste, seine Männer waren geborene Krieger. Sie würden sich gut verstecken, weit genug entfernt, dass niemand ihre Anwesenheit auch nur erahnen würde, aber nahe genug, um pünktlich ihren Angriff ausführen zu können.

Als er Amber erwähnte, trat Zorn in Marias Gesicht. Ja, sie war eifersüchtig. Deshalb hatte sie diese Dummheit begangen. Und ihm blieb nichts anderes, als Maria zu heiraten. Er würde das tun, aber es würde keine glückliche Ehe werden. Und diese Ehe würde mit Sicherheit nicht von Kindern gesegnet, weil er Maria nie wieder in sein Bett holen würde. Er würde sie dulden auf Aillen Castle, aber mehr auch nicht.

Ohne Maria weiter zu beachten, verließ er die Halle, um Amber aufzusuchen. Als er sein Zimmer betrat und durch das Bad in ihren Raum gehen wollte, fand er ihre Tür verschlossen vor. Er trat zornig wieder in sein Zimmer, hinaus auf den Korridor und versuchte es mit dem Vordereingang zu ihrem Gemach und fand auch diese Tür verschlossen. Er klopfte gegen das Kirschholz, dass die Wände vibrierten, aber Amber zeigte keinerlei Reaktion.

Seufzend lehnte er sich mit der Stirn gegen die Tür. »Mach mir auf, Amber«, sagte er so sanft er gerade dazu imstande war.

»Gewiss nicht. Geh zu deiner Verlobten. Ich werde dich nicht in mein Schlafzimmer lassen. Du wirst heiraten«, kam es von drinnen und mit jedem Wort hob sich ihre Stimme zu einem noch wütenderen Quietschen. Er wusste aus der Erfahrung der letzten Tage, dass sie sehr aufgebracht war, wenn ihre Stimme so hoch klang.

Abermals klopfte er, dieses Mal leiser. »Lass uns reden.«

»Ich wüsste nicht, was es da zu Reden gibt. Du wirst heiraten. Das ist okay für mich, aber ich werde dich nicht in dieses Zimmer lassen, weil ich genau weiß, was dann passieren wird.«

Diese Worte entlockten Cailean ein leises Lachen. »So? Was wird denn passieren?«

»Das weißt du selbst am besten!«, warf sie ihm vor. Ihre Stimme klang näher. Sie musste jetzt vor der Tür stehen.

»Ich werde dich küssen, mit meiner Zunge deinen heißen Körper erforschen, meine Lenden an deinem Leib reiben und dich dazu bringen, meinen Namen zur Decke zu schreien?«

»Ich würde niemals deinen Namen schreien. Wahrscheinlich würde ich an jeden anderen Mann denken, während du dich vergeblich an mir reiben würdest. Keinen Ton würdest du mir entlocken.«

»Warum klingst du dann so atemlos?«

»Ich klinge überhaupt nicht atemlos. Und jetzt geh. Du solltest so gar nicht von mir denken, du heiratest Maria. Und ohnehin werde ich nie wieder ein Wort mit dir sprechen, weil du mich benutzt hast, um deinen Willen zu bekommen. Damit du es genau weißt, ich werde noch froh sein, wenn du mich zu dieser Airmed bringst, damit ich dich nicht mehr sehen muss.«

Ihre Worte trafen ihn, aber er verstand sie. Wie sollte er ihr erklären, dass er Maria zwar heiraten musste, dass es in seinem Leben aber nur eine Frau geben würde – sie. Noch nie hatte ihm etwas so wehgetan, wie jetzt von ihr abgewiesen zu werden. Er verzehrte sich nach dieser Frau. Und je mehr sie ihn von sich stieß, desto mehr wollte er sie. Er begehrte sie mit einer Leidenschaft, die alles in den Schatten stellte. Und er war sich sicher, wenn er sie bei Airmed zurücklassen musste, und wenn es auch nur für wenige Minuten war – vorausgesetzt Duncan konnte seinen Plan umsetzen -, dann würde ihm das größere Qualen bereiten, als der Fluch ihm jemals bereiten konnte.

Geschlagen entfernte er sich von der Tür. Sie hatten morgen einen mehrere Stunden langen Ritt vor sich. Er würde eine Möglichkeit finden, ihr zu zeigen, dass sein Herz nur für sie schlug, dass nur sie seine ihm bestimmte Gefährtin war. Mittlerweile hatte er daran nicht den geringsten Zweifel mehr. Selbst durch die Tür konnte er fühlen, wie sehr es sie schmerzte, dass er Maria zur Frau nehmen würde. Das Chaos in ihrer Seele war noch größer, als im Moment, da sie seinen Verrat an ihr erkannte. War es möglich, dass die Heirat mit Maria in ihren Augen ein größerer Vertrauensbruch war als die Tatsache, dass der Fluch ihn Zwang sie an eine seelenlose Kreatur auszuliefern?

Kapitel 17

Er hatte befürchtet, dass sie am Morgen nicht freiwillig mit ihm gehen würde, aber als er die Halle betrat, um zu frühstücken, saß sie bekleidet in Jeans und Leinenhemd auf dem Stuhl neben dem seinen und aß pochierte Eier. Als er eintrat, sah sie nicht auf, nur dass sie sich versteifte, zeigte ihm, dass sie ihn bemerkt hatte. Sie nippte an ihrem Kaffee, schloss die Augen und stöhnte genießerisch. Cailean zuckte zusammen, denn dieses Stöhnen konnte unmöglich dem Kaffee gegolten haben, oder kam es ihm nur so erotisch vor? Dieser heisere Ton schoss ihm sofort in die weichen Lederhosen.

Auch er hatte für die Reise zu Hosen gegriffen, auch, weil er hoffte, dass die enge Hose seinem Schaft etwas Einhalt gebieten würde. Er nahm neben Amber Platz, Isla schenkte ihm Kaffee ein, er bedankte sich mit einem Nicken bei ihr. Ambers Nähe baute sofort ein erotisches Knistern zwischen ihnen auf. Durch ihr Band konnte er spüren, dass sie ihn genauso gerne berühren wollte wie er sie. Er schob seinen Oberschenkel etwas näher an ihren, aber sie zuckte zurück und sah ihn vorwurfsvoll an.

»Lass das!«, zischte sie ihm zu, erhob sich und verließ die Halle, ohne sich noch einmal umzusehen. Cailean schob sein Essen von sich, leerte den Kaffee in einem Zug und stapfte hinter ihr her. Auf dem Weg nach draußen traf er auf Duncan, der ihm lachend auf die Schulter klopfte.

»Ist sie wütend? Ich hatte den Eindruck, sie wäre sehr wütend.«

»Ist sie. Wenn ich zurück bin, werde ich mir überlegen müssen, wie ich Maria am schmerzvollsten töten kann.« Cailean würde Höllenqualen leiden in den nächsten Stunden, nicht weil Amber wütend auf ihn war, sondern weil er heute Morgen schon mit dem Verlangen erwacht war, sich noch heute für alle Ewigkeit an diese Frau zu binden. Aber das war natürlich unmöglich. Er konnte nicht Maria heiraten und mit Amber den Bund eingehen. Oder vielleicht doch? Vielleicht sollte er Beasag noch einmal um Verzeihung anflehen. Aber das hatte er schon einige Male gemacht. Er hatte sich so sehr vor dieser Frau erniedrigt, wie es nicht sein durfte für einen Mann seines Standes. Er hatte es trotzdem getan.

»Viel Glück«, sagte Duncan lachend und klopfte sich auf die Oberschenkel.

Der Mann hatte wirklich gut lachen. Schon der Anblick ihres wundervollen Hinterns ließ in ihm Flammen züngeln, die ihn innerhalb der nächsten Stunden verzerren würden. Er durfte nicht daran denken, dass er mit dieser Verführung alleine sein würde. Er begann in Gedanken Schäflein zu zählen, aber das würde kaum helfen. Nichts konnte ihn davon ablenken, wie sehr er diese Frau wollte. Er musste sich eingestehen, in dem Moment, wo er sie vor dem Club gesehen hatte, war es um ihn geschehen gewesen. Er hatte sie angestarrt wie ein Trottel und wusste, er war hoffnungslos verloren.

Und in wenigen Stunden würde er die Frau, die er liebte, die Frau, die ihm bestimmt war, die er aus tiefster Seele zu der Seinen machen wollte, in die Hände der gefährlichsten Kreatur übergeben, die Anwynn kannte. Ja, er war wahrlich verflucht. Und schon wieder stand er da, mitten in seinem Hof, und starrte Amber an, die bei den Pferden stand und sich tapfer in dieses Schicksal ergab. Und das, obwohl sie ihm nicht vertraute. Sie war die mutigste Frau, die er kannte. Und er hätte stolz auf sie sein können, aber er hatte Angst. Angst, dass etwas schiefgehen würde. Noch niemals hatte er Grund zu befürchten, dass Duncan einen Auftrag vermasselte, doch eben in diesem Moment wollte Cailean zu allen Göttern beten. Er war gezwungen, das Leben der Frau, die er aus tiefster Seele liebte, einem anderen Mann anzuvertrauen. Cailean kam sich vor wie ein totaler Schwächling. Es war seine Aufgabe sie zu schützen, nicht die eines anderen Mannes. Stattdessen verriet er sie, und das nicht nur einmal.

Zögernd ging er auf die Pferde zu. Amber stand mit dem Rücken zu ihm und lachte fröhlich. Ein Lachen, das nicht ihm galt, sondern Drustan, der sie anstrahlte wie ein verliebter Bursche. Eifersucht rollte über ihn hinweg. Er war versucht, den kleinen Verräter seine Faust in dem Magen zu rammen, damit er wusste, dass er es niemals wieder wagen sollte, seine Frau mit diesem Blick zu betrachten. Aber einen Jungen zu verprügeln würde Amber nicht gerade davon überzeugen, Cailean zu lieben.

»Es ist alles vorbereitet, MyLord. Zwei Pferde, mehrere dicke Plaids und Proviant.« Drustan sah Cailean nur kurz an, dann zuckte sein Blick zurück zu Ambers in Hosen gehüllten Körper. Cailean kniff die Augen zusammen und knurrte warnend. Am liebsten würde er Amber sofort packen und sie zurück in seine Räume zerren und sie, als die Seine markieren, damit nie wieder ein anderer Mann sie so ansah. Er konnte regelrecht riechen, welche Gedanken Drustan gerade durch den Kopf stiegen, wahrscheinlich, weil Cailean die gleichen Gedanken durch den Kopf schossen. Er spannte seine Fäuste an und schwang sich auf Nuadas Rücken.

»Ich werde Euch auf das andere Pferd helfen«, schnurrte Drustan und seine Augen leuchteten.

Amber warf Cailean einen wütenden Blick zu. »Danke, du bist ein wahrer Gentleman, ganz im Gegensatz zu anderen hier.« Wie konnten so helle, leuchtende Augen sich auf so grauenhafte, kalte Weise verdunkeln?

»Wirst du nicht«, knurrte Cailean über den Stein in seiner Brust hinweg. »Sie reitet mit mir. Das zweite Pferd ist nur Ersatz, so kann sich immer ein Pferd erholen. Die Lady kann nicht reiten.«

Drustan sah verwirrt von ihm zu ihr, dann zog er die Stirn kraus zu einem erstaunten Ausdruck. Cailean zog Amber vor sich auf das Pferd und seufzte zufrieden, als er ihr seinen Arm um die Taille legen konnte. Er sog den Duft ihres Haares ein und konnte einen Anflug von Siegesfreude nicht unterdrücken. Er ließ sich die Zügel des zweiten Pferdes reichen und wand sie um eine Schnalle an der Seite seines Sattels. Er ließ es sich nicht nehmen, sie noch enger an sich zu pressen. Er wollte sie spüren, ganz nahe bei sich. Und er wollte sie nie wieder loslassen müssen. Am liebsten würde er mit ihr fortreiten und nie mehr zurückschauen müssen. Aber das durfte er nicht. Schon der Versuch würde den Fluch veranlassen, ihm kaum ertragbare Schmerzen zufügen zu wollen. Und wenn er erst tot war, würde

Airmed sie auf irgendeine Weise bekommen. Also sollten sie das Ganze unter seinen Bedingungen durchziehen.

»Ich weiß, ich verlange viel von dir, aber vertrau mir. Ich werde nicht zulassen, dass dir etwas geschieht«, sagte er, während Nuada das Tor passierte.

»Entschuldige bitte, aber ich kann dir nicht vertrauen. Ich bin nur nicht weggelaufen, weil ich keine andere Option habe. Wo hätte ich denn hingekonnt? Außerdem ist Airmed noch immer die bessere Wahl, als mit anzusehen, wie du diese Maria heiratest und immer zu wissen, du hast mich nur benutzt.«

Amber atmete tief ein, aber keine Luft wollte in ihre Lungen strömen. Es fühlte sich an, als müsste sie gegen einen Sturm anatmen. Wie konnte er es wagen, so zu tun, als wäre er besorgt um sie? Wenn er ehrlich zu sich selbst war, handelte er doch nur aus einem schlechten Gewissen heraus. Sie lehnte sich auf dem Pferd nach vorn und schlang ihre Finger in Nuadas schwarze Mähne.

Es hatte ihr den Boden unter den Füßen weggerissen, zu hören, dass Cailean Maria heiraten wollte. Dabei war sie gerade soweit gewesen, sich selbst gegenüber zuzugeben, dass sie diesen Krieger liebte. Sie konnte sich nicht erklären, wo diese Gefühle für ihn herkamen, sie wusste nur, ihre Liebe war so stark, dass sie keine Luft mehr bekam. Ihr Herz drohte aus ihrer Brust zu springen, der Schmerz nahm ihr jeglichen Lebenswillen. Ja, sie freute sich darauf, Airmed zu begegnen und sie hoffte, dass der Schmerz, der jetzt ihren Körper zu zerreißen drohte, dann bald vorüber sein würde. Warum fühlte sie nur so stark für einen Mann, den sie kaum kannte? Wie konnte sie so schnell vergessen haben, was er war? Sie griff nach seinem Arm und befreite sich aus seiner Umklammerung. Sie wollte ihn nicht mehr spüren, wollte nicht seine Berührung fühlen müssen, weil es sie verzehrte.

»Wann werden wir da sein?«

»Morgen bei Sonnenaufgang. Wir müssen im Wald übernachten.«

»Im Wald?«, fuhr sie auf. »Zusammen? Ich würde lieber allein mitten im Eis übernachten, als mit dir zusammen.« Ihr war bewusst, dass das eine Lüge war, noch dazu eine unfaire, aber eine Nacht neben Cailean könnte sie nicht überstehen, ohne mit ihm all die Dinge zu tun, die sie schon die ganze Zeit mit ihm tun wollte. Das Gesündeste wäre wirklich, sie wäre so weit weg von ihm, wie es nur ging. »Können wir uns nicht teleportieren? Dann wären wir gleich da und könnten uns beiden das hier ersparen.«

»Tut mir leid, Airmeds Wunsch sieht vor, dass wir die Nacht im Wald in der Nähe ihrer Burg verbringen. Sie will sichergehen, dass wir auch wirklich allein kommen.«

»Das gefällt mir gar nicht«, murmelte Amber. »Ich werde die Nacht mit einem Mann verbringen, der so gut wie verheiratet ist.«

Nuada blieb plötzlich stehen. Amber sah sich nach dem Grund für den Halt um. Sie standen inmitten einer Heidekrautlandschaft, die in voller Blüte stand. Staunend ließ Amber den romantischen Anblick auf sich wirken. Rechts von ihnen erhoben sich graue Berge, direkt vor ihnen grenzte ein Wald an das lilafarben blühende Meer. »Warum halten wir?«

Mit einem verächtlichen Schnauben stieg Cailean von Nuadas Rücken. Als er inmitten der Farbenbracht stand, und ernst zu ihr aufsah, stockte Ambers Herz. Sie hatte noch nie einen wundervolleren Anblick gesehen. Für einen Moment ergab sie sich in die Vorstellung, mit Cailean in dieser Blütenbracht zu versinken. Sie würde ihm ihre Brüste entgegenstrecken und er würde mit seiner Zunge feurige Kreise um ihre Brustwarzen malen. Sie wollte mehr denn je alles vergessen, sich in seine Arme werfen und diesen wundervollen Krieger küssen, ihn mit Haut und Haar verschlingen.

Ihr Krieger reckte ihr die Arme entgegen und gab ihr zu verstehen, dass auch sie vom Pferd absteigen sollte. Trotzig schwang sie ihr Bein über Nuadas Rücken und ließ sich an ihm heruntergleiten, ohne Caileans Hilfe anzunehmen. Sie hatte vergessen, wie hoch Nuada war, ihre Beine knickten ein, als sie auf dem Boden aufkam und sie strauchelte direkt in Caileans Arme, der sie an seine Brust zog und leise lachte. Ein gefährliches, sexy Lachen, das Amber durch und durch ging, ihre Muskeln vibrieren ließ und ihre Knochen in Wachs verwandelte. Sie stieß sich von Cailean ab und warf ihm einen wütenden Blick zu.

»Was soll das?«, zischte sie und machte eine ausholende Bewegung mit den Armen auf das im leichten Wind wankende Heidekraut.

»Du tust mir unrecht«, sagte Cailean unter hochgezogenen Augenbrauen.

Sie tat ihm unrecht? Sie war diejenige, die enttäuscht wurde, immer und immer wieder. »Wie meinst du das?«

»Maria, sie hat es sich von mir gewünscht.« Die Enttäuschung in Caileans Gesicht wich Zorn. »Ich mach das nicht freiwillig. Es gibt nur eine Frau, die ich wirklich heiraten will, dich.«

Amber musterte Cailean erstarrt. Sagte er die Wahrheit? Aber er und Maria hatten eine Vergangenheit. Es wäre also nicht undenkbar, dass sie heiraten wollten. Sie legte den Kopf leicht schief und zog grübelnd ihre Unterlippe zwischen die Zähne. »Stimmt das?«

»Dass ich nur dich heiraten will oder dass sie es sich gewünscht hat?«

»Beides.« Amber ließ sich in das Heidekraut sinken und zog die Knie an die Brust. Sie war so verwirrt und überfordert mit der Situation. Sie wollte ihm glauben, aber ihre Zweifel waren einfach zu groß.

»Ja, du bist die Eine für mich, Amber. Du musst mir glauben, wenn ich könnte, ich würde mich sofort zu deinen Füßen werfen und dir einen Antrag machen. Ich würde um dich werben, wie es üblich war zu meiner Zeit. Ich kann die verwirrenden Gefühle in dir fühlen, und ich weiß, du empfindest etwas für mich. Amber, mich verschlingt das, was ich für dich empfinde.«

Ambers Herz flatterte bei seinen Worten. Jede Zelle ihres Körpers sehnte sich danach, sich ihm hinzugeben, aber sie konnte nicht. »Du wirst eine Andere heiraten. Cailean, ich werde nicht die Geliebte sein. Das kann ich nicht.« Sie stand auf, ohne ihn noch einmal anzusehen, es würde ihren Entschluss nur zum Wanken bringen. Aber, was auch immer morgen passieren würde, sie würde sich nicht auf den Mann einer anderen Frau einlassen. Sich ihrer Entscheidung sicher, lief sie an Nuada vorbei und ging weiter in die Richtung, in der sie eben unterwegs gewesen waren.

»Jetzt steig schon auf, Mädchen«, grollte Cailean. »Wir haben noch ein gutes Stück Weg vor uns, und wenn die anderen uns einholen, dann geht unser Plan am Ende noch drauf.« Außerdem wollte er wirklich nicht länger zusehen müssen, wie sie neben den Pferden her stolperte. Viel lieber wollte er sie wieder zwischen seinen Schenkeln spüren, nahe an seinem Körper. Auch wenn sie das nicht wollte, er musste einfach ihre Nähe noch so lange genießen, wie es nur möglich war. »Es tut mir leid«, bettelte er weiter und kam sich dabei kein bisschen blöd vor. Er hatte noch nie wegen der Zuneigung einer Frau betteln müssen. Und gerade bei ihr sollte er das nicht tun müssen, oder täuschte er sich wirklich und sie war nicht seine Gefährtin? Als seine Gefährtin sollte sie eigentlich genauso sehr von ihm angezogen sein, wie er von ihr. Ihn brachte es um den Verstand, sie nicht berühren zu können, aber sie schien keinerlei Problem damit zu haben. Er seufzte.

Sie machte ihn wütend und erregte ihn zugleich. Das hatte bisher noch keine Frau geschafft. Er wollte sie schütteln, weil sie so stur war. Er lenkte Nuada näher an sie heran, beugte sich weit nach unten, dazu musste er seine Unterschenkel fest um den Leib des Pferdes zwängen, dann schlang er einen Arm um ihre Taille und hob sie mit einem kraftvollen Ruck vor sich auf das Pferd. Sie zappelte und fluchte, und verpasste ihm ein paar unschickliche Namen, aber nach einer Weile beruhigte sie sich und durch ihr gemeinsames Band drang Erleichterung zu ihm durch.

Er lächelte diebisch. Er hatte geahnt, dass sie nicht viel länger so weiter hätte laufen können. Sie lief jetzt schon seit Stunden neben ihm her. Und die ganze Zeit hatte sie ihn weder angesehen, noch mit ihm gesprochen. Er hingegen hatte sie angefleht, ihm zu verzeihen und ihm doch zu glauben, dass er nichts für Maria empfand und er sie eigentlich nicht heiraten wollte. Was er ihr nicht gesagt hatte, dass er hingegen aber darüber nachgedacht hatte, sie zu seiner Frau zu machen – und zwar auf mehrfache Weise. Aber all seine Beteuerungen hatten nicht zu ihr durchdringen können. Es kam ihm sogar so vor, als hätte sie ihn einfach blockiert. Nach einer Weile hatte er sich nur noch darauf beschränkt, sie dazu zu überreden, wieder auf das Pferd zu steigen.

Er hatte ihr ihren freien Willen nicht nehmen wollen, aber sie näherten sich jetzt dem dunklen Wald. Solange sie sich durch den Teil des Waldes bewegt hatten, der zum Gebiet seines Clans gehörte, drohte ihnen keine Gefahr, aber jetzt kamen sie in das Gebiet der McKenzies und die entführten auch gerne mal Frauen, nicht nur Rinder. Es war also das Beste, sie nahe bei sich zu haben. Obwohl er bezweifelte, dass sie sich oft hier aufhielten, da dieses Stück Wald nur eine Stunde entfernt vom Gebiet der Seelenlosen war. Und den Seelenlosen ging man möglichst aus dem Weg. Leider hatte Cailean diese Wahl nicht. Es wird alles gut gehen, redete er sich schon zum tausendsten Mal ein, seit sie losgeritten waren.

»Hast du dich beruhigt«, hauchte er mit rauer Stimme in ihr Ohr, nachdem er ihr seidiges Haar über ihre Schulter zurückgestrichen hatte.

»Lass das gefälligst«, schimpfte sie und stieß seine Hand von ihrer Schulter.

»Was? Das?«, flüsterte er wieder an ihrem Ohr und strich so zart mit seiner Zunge über ihr Ohrläppchen, dass man es kaum als Berührung ansehen konnte.

»Ja, das.«

»Und was ist damit?«, fragte er und drückte seine Lippen auf ihren Nacken. Sie erschauderte unter seiner Berührung. Eine Reaktion, die ihm alles verriet. Sie begehrte ihn genauso, sie konnte nur besser widerstehen. Er musste unumwunden zugeben, sie hatte den stärkeren Willen.

»Auch das. Einfach alles, was du eigentlich nur mit deiner zukünftigen Frau tun solltest«, zischte sie jetzt und warf ihm einen giftigen Blick über die Schulter zu.

Er lächelte verschlagen zurück. »Ich wollte nur auf irgendeine Art deinen Hunger stillen, der in dir brodelt.«

»Ich habe dir schon vor einer Stunde gesagt, als du Rast machen wolltest, dass ich keinen Hunger habe.«

»Vielleicht nicht auf Nahrung, aber auf mich.«

»Arroganter Kerl«, fluchte sie. »Du irrst dich.«

»Das denke ich nicht«, säuselte er verführerisch und zog sie enger an sich. Er leckte mit seiner Zungenspitze über die zarte Haut hinter ihrem Ohr. »Du vergisst, dass ich fühlen kann, was du fühlst.«

»Dann fühlst du falsch. Was verständlich sein sollte, bei dem Verlagen, das in dir brodelt. Ich habe gehört, dass Männer nicht gut denken können, wenn ihr Blut zwischen ihren Beinen festsitzt.«

Er lachte gefährlich. »Mag sein, aber du hast soeben zugegeben, dass du fühlst, was ich fühle. Also musst du doch erkennen, dass es die Wahrheit ist. Dass ich nur dich will.« Er wurde von überwältigender Freude überrollt, als sie bestätigte, was er schon lange vermutete.

Auch sie konnte das Band spüren. Gleichzeitig übermannte ihn Panik, was wenn er gerade dabei war, sie ihren Tod zu übergeben, dann hatte er seine eigene Gefährtin auf dem Gewissen. Ob Gefährtin oder nicht, er würde Amber retten. Nichts würde ihn aufhalten können. Sein Plan war einfach. Den Wunsch erfüllen, die Burg verlassen und zurückkehren, während seine Männer die Burg überfielen. Er selbst würde nicht angreifen, so wie Airmed es sich gewünscht hatte, sondern nur abwarten.

»Jetzt willst du mich. In diesem Augenblick. Aber ihr Männer seid wankelmütig. In fünf Minuten läuft dir die nächste Frau über den Weg und du willst sie.« Amber wusste, dass es so sein würde. Sie hatte es erlebt. Wenn sie darüber nachdachte, dass sie mit Eric geschlafen hatte, vielleicht kurz, nachdem dieser in einer anderen Frau gewesen war, dann schüttelte sie sich vor Ekel.

»Ich werde dich immer wollen, Amber. Dieses Band zwischen uns, du bist meine Gefährtin. Und nicht einmal Maria könnte etwas dagegen unternehmen. Sie kann sich von mir wünschen, sie zu heiraten. Aber sie kann sich niemals wünschen, dass ich sie liebe. Kein Fluch der Welt kann falsche Gefühle in einem wecken. Lieben werde ich immer nur dich.«

Ambers Herz setzte einen Schlag aus, nur um dann heftig gegen ihre Brust zu schlagen. Hatte er gesagt, er würde sie lieben? Ihre Kehle wurde plötzlich ganz trocken und ihre Hände ganz feucht. Sie wollte ihm glauben, zumal er wirklich recht hatte, wenn sie sich darauf konzentrierte, konnte sie es durch dieses merkwürdige Band hindurch spüren. Dieses Band, das schon die ganze Zeit da gewesen war, das sie hatte seine Erregung, sein Verlangen nach ihr, seine Gefühle für sie spüren lassen. Zuerst hatte sie gedacht, dass es der Teil ihrer Gabe war, der sie oft Emotionen der Menschen spüren ließ, die sie heilte. Aber dann hatte sie gemerkt, dass sie ihn nicht berühren musste, um diese Dinge zu fühlen, so wie es bei ihrer Gabe der Fall war. Dann hatte sie es auf das geschoben, was er war. Hatte geglaubt, dass das ihre Gabe durcheinanderbrachte. Und zu guter Letzt hatte sie sich eingeredet, sie würde diese Gefühle einfach nur in seinem Gesicht ablesen oder sich einfach nur wünschen, dass er so für sie fühlte. Aber sie sah ihm gerade nicht ins Gesicht, und doch fühlte sie genau, dass er die Wahrheit sagte. Und das zerriss ihr das Herz.

»Es ändert nichts an der Tatsache, dass du der Mann einer anderen wirst«, sagte sie kühl. In ihrem Inneren sah es anders aus.

Kapitel 18

Wenn Amber sich ganz sehr konzentrierte, dann konnte sie die schmale Sichel des Mondes über den Wipfeln der Bäume erahnen. Hier und da funkelte auch ein Stern durch die Baumkronen hindurch. Sonst herrschte absolute Finsternis im Wald. Dass sie sich unweit der Burg befanden, in die Cailean Amber morgen bringen würde, das wusste Amber nur, weil Cailean es ihr gesagt hatte.

Sie wartete nervös bei den Pferden, wie Cailean es verlangt hatte, während er Äste und Zweige für ein Lagerfeuer sammelte. Eigentlich hätte sie sich Sorgen wegen der Waldbrandgefahr gemacht, aber Cailean hatte geschworen, dass er schon etliche Male im Wald übernachtet habe. Und ein wärmendes Feuer war etwas, dass Amber unbedingt wollte, denn es war bitterkalt geworden. Irgendwie hatte sie das Gefühl, dass es, je mehr sie in das Gebiet der Seelenlosen eingedrungen waren, umso kälter geworden war.

Als das Feuer brannte und Cailean zwei Deckenlager in der Nähe der knisternden Flammen errichtet hatte, setzte Amber sich auf eines der Lager und starrte still in die Flammen. In ihr machte sich ein mulmiges Gefühl breit, da sie nicht wusste, was Morgen geschehen würde. Im günstigsten Szenario, das Amber sich vorstellte, würde Airmed sie bitten, sie zu heilen und sie dann wieder nach Hause gehen lassen. Aber das würde wohl nicht geschehen. Wahrscheinlich traf eher das schlechteste Szenario ein; Airmed würde die Macht der Quelle aus Amber herausholen, indem sie sie tötete. Das war die Vorstellung, die ihr schon durch den Kopf ging, seit sie die Vision von Cailean empfangen hatte.

Das Feuer wärmte Ambers durchfrorenen Körper. Es war so kalt, dass Amber die ganze Zeit darauf wartete, erste Schneeflocken vom Himmel herunter rieseln zu sehen. Die Suppe, die Isla ihnen mitgegeben hatte, und die Cailean vorhin über dem Feuer erwärmt hatte, wärmte Amber auch von innen. Nach dem langen Tag in der Natur war Amber sehr hungrig und die würzige Kräutersuppe schmeckte wirklich sehr gut. Amber unterdrückte ein Seufzen. Sie ignorierte Caileans abwartende, hoffnungsvolle Blicke. Sie würde ihre Einstellung nicht ändern. Wenn er nicht in der Lage war, sein Begehren nach Amber zurückzudrängen, sie würde es tun. Unmöglich konnte sie Maria antun, was Eric ihr angetan hatte. Die Erinnerung und das Gefühl des Verrats saßen noch zu tief. Ob Cailean Maria nun liebte oder nicht, das tat nichts zur Sache. Es zählte einzig, dass er sie zur Frau nehmen würde. Er machte es Amber aber nicht einfach, da durch das Band immer wieder Bedauern und Begehren und tief empfundene Liebe zu ihr kamen. Zu wissen, dass er sie wirklich liebte, machte es noch schwerer. Und mit jeder Minute schien das Band zwischen ihnen noch zu wachsen.

Seine Gefühle so intensiv zu fühlen, verwirrte Amber, besonders, seit sie sich bewusst war, dass es wirklich seine Gefühle waren und was der Grund dafür war. Nur verstand sie es noch nicht ganz. Sie wüsste gerne mehr darüber, aber hatte das überhaupt noch einen Sinn? Wie hoch konnte schon die Chance sein, sie würde dem Allen irgendwie entkommen? Und selbst wenn sie das gemeinsam durchstehen würden, würde am Ende eine Hochzeit warten. Aber was konnte es schon schaden, ihn nach dieser Verbindung zu fragen?

»Was bedeutet diese Gefährtensache für uns? Wie funktioniert das genau?« Sie sah nicht auf, sondern ließ sich weiter vom Spiel der Flammen einlullen und löffelte geradezu mechanisch ihre Suppe. Es erschien ihr viel zu schwer, den Blick von den Flammen abzuwenden.

»Das Band, das sie miteinander verbindet, lässt sie jederzeit fühlen, was der andere fühlt. Es verstärkt sich, nach der rituellen Bindung noch mehr. Dann können Gefährten über große Entfernungen nacheinander greifen. Wenn sie sich lieben, wird es durch die Bindung noch intensiver. Eine Beziehung zwischen einander Bestimmten ist etwas Wundervolles. Sie werden einander nie verletzen. Bevor sie sich finden, fühlen sie sich immer unvollkommen, sind nicht besonders zufrieden mit ihrem Leben. Und wenn sie dann einander treffen, dann ist es, als würde die Welt gerade gerückt.«

Amber dachte darüber nach und tatsächlich fühlte sie sich besser, seit sie mit Cailean unterwegs war. Sie fühlte sich verstandener, nicht mehr so unzulänglich und keineswegs so unfähig, wie ihre Mutter immer behauptete. Nein, im Gegenteil, sie hatte das Gefühl, dass sie die letzten Tage wirklich gut überstanden hatte. Ihre Fluchtversuche waren vielleicht nicht nach Plan gelaufen, aber sie hatte sie durchgezogen und nicht eine Sekunde gezögert, so wie es die alte Amber getan hätte. Ja, sie war mutiger geworden. Verdankte sie diese neue Selbstsicherheit dem, was von Caileans Seele auf ihre abfärbte? Dass da etwas zwischen ihnen war, das sie schmerzhaft in seine Richtung zog, konnte sie nicht abstreiten. Von der ersten Sekunde an hatte sie das gespürt.

»Was passiert, wenn sie getrennt werden?«

»Sofern sie noch nicht aneinandergebunden sind, wird die Trennung unglaublich wehtun, sie werden bewusst oder unbewusst immer nacheinander suchen und sich nach dem anderen verzehren, aber sie werden damit klarkommen, glaube ich. Ehrlich gesagt weiß ich es nicht genau. Hier in Anwynn finden sie sich irgendwie immer.«

»Und wenn sie gebunden sind?«

»Dann wird es sie in den Wahnsinn treiben.«

»Und wenn ich morgen sterbe?«

»Das wirst du nicht.«

»Aber wenn doch?« Sie sah auf und bemerkte gerade noch, wie Cailean schmunzelte.

»Wenn doch, dann werde ich deine Fragen so sehr vermissen, dass die Leere, die sie in mir hinterlassen, mich nie wieder glücklich werden lässt. Dann ist mein Leben nichts mehr wert, süße, kleine Amber.«

»Und wie funktioniert diese Bindung? Ein Zauberritual?«

»So ähnlich.« Er stand von seinen Decken auf, kam zu ihr rüber und nahm ihr die Holzschüssel aus der Hand. »Met?«

Amber nickte dankbar. Met würde ihr helfen, in der Nacht ruhig zu schlafen und die Gedanken an Airmed und Cailean loszulassen.

Mit zwei Silberkelchen kam Cailean zurück, setzte sich neben sie auf die Decken und reichte ihr einen der Kelche. Mit den Fingern strich er ihr Haar zurück, legte seine Hand in ihren Nacken, dass ihr Herz heftig pochte und es in ihrem Magen flatterte. Sein Daumen strich über ihre Kehle, dann über die Stelle, unter der ihr Puls viel zu schnell schlug. »Du trinkst ein wenig meines Blutes, ich ein wenig von deinem, dann sage ich die magischen Worte, die uns für immer aneinanderbinden, unsere Seelen miteinander verknüpfen und dann sind wir auf ewig Eins.«

Sie schluckte bei dem intensiven Blick, den er ihr zuwarf. Begehren brandete in ihr auf und sie verzehrte sich nach ihm. Waren das ihre Gefühle oder seine? Sie konnte es nicht mehr sagen. Sie wusste nur, sie wollte diesen Mann mehr als jemals etwas zuvor. In ihre Kehle stieg ein Kloß auf, der ihr die Luft nahm und Tränen brannten in ihren Augen. Ihr Herz und ihr Körper verlangten nach diesem dunklen Krieger.

Sie erschauderte, als sein Gesicht sich ihrem näherte. Widerstreitende Gefühle schlugen über ihr zusammen. Sie wollte sich abwenden und wollte sich in seine Arme werfen. Sie spürte genau den Moment, in dem sie ihre Abwehr aufgab und sich sagte, dass es Maria nicht schaden konnte, da sie - Amber - ja schon morgen nicht mehr Marias Problem war. Was war schon diese eine Nacht, wenn Maria Cailean doch für immer haben würde.

Zitternd beugte sie sich ihm entgegen, flehte ihn mit ihren Augen an, sie zu küssen und sie all ihre Bedenken vergessen zu lassen. Niemand würde je hiervon erfahren. Und Maria geschah das recht. Sie hatte sich diesen Mann mit unfairen Mitteln erschlichen. Als Caileans Lippen die ihren trafen, schob sie auch die letzten flüsternden Dämonen beiseite, die sie abhalten wollten, sich zu nehmen, wonach sie sich seit Tagen sehnte. Sie schlang ihre Hände um Caileans Nacken und ergab sich seufzend in seinen alles verschlingenden Kuss.

Er nahm ihre Lippen im Sturm. Und er würde sie nicht wieder loslassen. Für heute Nacht würde sie ihm gehören. Er würde sie die Geister, die um sie herum schwebten und darauf warteten, sie zu trennen, vergessen lassen. Heute Nacht gab es nur sie und ihn und die Liebe, die er ihr zu geben hatte. Er konnte ihr vielleicht nicht mit Worten verständlich machen, dass er für Maria nichts empfand, aber er konnte es mit Taten. Er würde in jede zärtliche Berührung seine Liebe zu ihr fließen lassen. Und er würde diese Liebe über das Band zu ihr schicken. Am Ende der Nacht würde sie keinen Zweifel mehr daran haben, dass er sie liebte. Und über das Morgen würden sie gemeinsam nachdenken, wenn sie es überstanden hatten. O, er schwor bei allem, was ihm heilig war, er würde Airmed die schlimmsten Qualen zufügen, wenn sie dieser Frau auch nur ein Haar krümmte.

Er war so erleichtert, dass sie sich ihm hingab, dass er es nicht in Worte fassen konnte. Es gab in den letzten Stunden so viele Augenblicke, da er glaubte, sie für sich verloren zu haben, dass er am liebsten daran erstickt wäre. Er hatte kaum noch Hoffnung gehabt. Er sog ihre Unterlippe zwischen seine Zähne und knabberte daran, so wie sie es selbst auch immer tat. Mit seiner Zunge leckte er darüber und ließ sie in ihre Mundhöhle gleiten, wo er einen zärtlichen Liebesreigen mit ihrer Zunge tanzte. Er verführte ihre Zunge mit seiner. Sie seufzte und schmiegte sich enger an ihn. Er zog sie auf seinen Schoß, setzte sie rittlings auf sich, sodass ihre heiße Mitte sich an seinen erigierten Schaft drückte.

Seine Hände streichelten ihren Rücken hinauf, legten sich in ihren Nacken und pressten ihren Mund härter auf seinen.

Er wollte sie verschlingen, wollte sich in ihr vergraben. Ungeduldig zerrte er das weiße Leinenhemd aus dem Bund ihrer Jeans. Seine Hände glitten unter den Stoff, streichelten über ihre runde Taille, die Rippen hinauf zu ihren Achseln. Mit den Daumen reizte er die zarte Haut unter ihren Armen und entlockte ihr ein weiteres Seufzen. Er küsste sich einen Pfad zu ihrem Hals, sie warf den Kopf in den Nacken, um ihm mehr Platz zu verschaffen. Er liebkoste die Kuhle unter ihrem Ohr mit der Zunge. Biss vorsichtig hinein, saugte an ihrem Hals und leckte den Schmerz hinfort. Seine Eckzähne verlängerten sich sofort und wollten vollenden, was er gerade begonnen hatte. Aber er konnte sich nicht mit gutem Gewissen an sie binden. Denn selbst wenn sie morgen alle überleben würden, wäre da immer noch ihr kleines Problem mit der Hochzeit. Amber würde dieser Bindung nie zustimmen, wenn er Maria heiraten würde.

Zarte, geschickte Hände schoben sich unter sein Hemd und erforschten seine Muskeln. Er hielt den Atem an, schloss genießerisch die Augen. Ihre Finger glitten die Konturen seiner Bauchmuskeln ab und strichen dann sanft hinauf zu seiner Brust. Sie packte den Saum seines Hemdes und zerrte es über seinen Kopf. Das Funkeln in ihren Augen, als sie seinen nackten Oberkörper sah, erfüllte ihn mit Stolz. Ihre Fingerspitzen machten sich wie beim letzten Mal schon auf die Suche nach Narben auf seinem Körper und ließen eine nach der anderen verschwinden. Das kribbelnde Gefühl jagte kleine Schauer durch seinen Körper, die ihm direkt in den Unterleib schossen und ihn noch wilder vor Verlangen machten. Er bedankte sich bei ihr, indem er seine Hände auf ihre Brüste legte, die heute von keinem BH eingeschlossen waren. Mit seinen rauen Handflächen rieb er über ihre harten Knospen, die sich ihm sofort nach mehr entgegen reckten. Amber keuchte, drückte ihren Rücken durch und presste ihren Unterleib an seinen. Hitze schoss dorthin, wo sie sich an ihm rieb. Zischend sog er die Luft ein. Jeder Muskel in seinem Körper zitterte vor Verlangen nach ihr.

Ganz langsam streifte er ihr Hemd an ihrem Körper nach oben, strich dabei entlang ihrer Arme, die sie gerade über ihren Kopf hielt. Er warf das Leinenhemd hinter sich und griff nach seinem warmen Plaid, drückte Amber sanft in das Lager aus Fellen und Decken und breitete sein Plaid über ihnen aus, um die Kälte auszusperren. Er würde sie mit seinem in Flammen stehenden Körper wärmen.

Als nackte Haut auf nackte Haut traf, durchfuhr es ihn wie ein Stromschlag. Wie hatte er sich nach diesem Gefühl gesehnt! Er hob seinen Kopf, blickte tief in ihre hellen Augen und genoss für einen Augenblick nur dieses überwältigende Gefühl, ihre Haut an seiner zu spüren. Sie sah zu ihm auf, die Glut brannte in ihren Augen, ihr Atem ging kurz und flach. Er konnte ihr Verlangen in ihr toben spüren, so wie seines in ihm tobte. In nichts standen sie einander nach.

Sie wölbte ihm ihre Brüste entgegen in einem stummen Flehen endlich fortzusetzen, was er begonnen hatte. Er ließ sie nicht noch einmal betteln.

Seine Lippen senkten sich zu einem erneuten Kuss auf ihre. Er legte all seine Gefühle für sie in diesen Kuss und entflammte ihre Hitze von Neuem. Vielleicht hatte er nur diese eine Nacht, ihr zu zeigen, wie viel sie ihm bedeutete, also würde er alles geben, was er geben konnte. Er verteilte winzige Küsse ihren Hals hinunter, leckte die Kuhle über ihrem Schlüsselbein und entlockte ihr ein Wimmern. Seine Hände umfassten ihre festen Brüste und in seinen Augen funkelte es, als er sie gierig betrachtete. Sie hatte so wundervolle Brüste, wie er sie noch nie gesehen hatte. Er hatte unzählige Frauen genommen, um die Dämonen in seinem Inneren zum Schweigen zu bringen, doch keine Frau hatte so perfekte Brüste mit so wunderschönen rosigen Spitzen wie sie. Sie hob ihm wimmernd ihre Hüften entgegen, drängte ihn, seine Aufmerksamkeit von ihren Brüsten wieder ihr zuzuwenden. Er grinste sie schelmisch an, dann senkte er seinen Mund auf ihre wartenden Knospen. Leckte erst die eine, dann die andere. Saugte an ihnen, umkreiste sie mit seiner Zunge und kostete jedes leise Seufzen aus, das er ihr entlocken konnte. Er wollte ihr die höchsten Wonnen schenken, wollte diese Nacht unvergessen für sie machen. Wollte jeden Mann mit seinen Liebkosungen aus ihrem Gedächtnis löschen. Nur noch er sollte für sie existieren.

Sie wand ihre Hüften unter ihm in einem ungeduldigen Flehen. Ihre Hände strichen wie Schmetterlingsflügel über seine Brust hinunter zum Bund seiner Hose. Er schloss die Augen in Erwartung, sie an ihrem Schaft zu spüren, der endlich aus seinem Gefängnis befreit werden wollte und ihm dies mit pulsierendem Schmerz erklärte.

»Aye«, drängte er sich ihren Händen entgegen, die mit der Schnürung seiner Lederhose kämpften. Er stützte seine Hände neben ihren Schultern ab und stemmte seinen Unterkörper hoch, um ihr besseren Zugang zu gewähren. Sie öffnete seine Hose, ihre Hände glitten in den Bund und schoben das Leder von seinen Hüften. Mit ihren Füßen half sie ab dort weiter, wo ihre Hände nicht mehr hingelangen konnten.

Als die Hose endlich unten war, sah sie ihn unter gesenkten Lidern an und hob ihm ihre Hüften entgegen in einer Aufforderung, auch sie von ihren beengenden Hosen zu befreien.

Cailean küsste sich einen Pfad zum Bund ihrer Hose, versenkte seine Zunge auf dem Weg nach unten in ihrem Bauchnabel, leckte ihn zärtlich aus und knabberte an der weichen Haut ihres Bauches. Er öffnete ihre Hose und presste seinen Mund auf ihren Schamhügel, blies warme Luft durch den Stoff auf ihre Hitze, die ihm entgegenkam. Ihre Hände krallten sich in sein Haar, Nägel kratzten über seine Kopfhaut. Sie wimmerte, als seine Hitze die ihre traf.

»Zieh sie aus, Cailean, bitte.«

Cailean öffnete Knopf für Knopf an ihrer Jeans und nach jedem Knopf hauchte er einen Kuss auf die von ihm freigelegte Haut. Ihr Becken hob sich, wand sich unter seinen Lippen. Gleich würde er sie sich noch mehr winden lassen. Er schob die Hose über ihre Oberschenkel hinunter, atmete tief den Duft ihrer Lust ein, der ihm entgegen strömte.

Er schluckte schwer und konnte es sich nicht nehmen lassen, einen Kuss auf das schwarze Dreieck zwischen ihren Schenkeln zu platzieren. Mit einem kräftigen Ruck am Ende ihrer Hosenbeine befreite er Amber von dem störenden Stoff. Ungeduldig nahm er ihr auch noch ihr Höschen. Er sollte ihr beibringen, auf Unterwäsche zu verzichten, so wie er es auch tat. Bei der Vorstellung, sie würde unter ihren Röcken keinen Stoff mehr tragen, so wie es vor Jahrhunderten üblich war, zuckte sein Schwanz. Sie würde ihm immer und überall Zugang gewähren. Aber er verdrängte die Gedanken an eine Zukunft, die vielleicht niemals stattfinden würde. Er saugte ihren Fußzeh in seine feuchte Mundhöhle, leckte über ihre schmale, erotische Fessel und knabberte sich an ihrer Wade wieder nach oben. Sie erzitterte, als er sich ihrer Mitte näherte und durch das Band fühlte er, dass es nicht die Kälte war, die sie umgab, die sie zittern ließ, sondern ihre Sehnsucht und ihr Verlangen nach den Dingen, die er mit ihr tun sollte.

Ihre Hände streckten sich ihm erwartungsvoll entgegen, er blickte mit funkelnden Augen zu ihr auf, bevor er den Anblick ihrer feuchten Schamlippen unter dem Licht seiner glühenden Augen genoss. Sie war so feucht für ihn und wartete nur darauf, dass er sich in sie bohrte. Aber noch würde er sie warten lassen, auch wenn es ihm alle Kraft kostete, die er aufbringen konnte, dieser heißen Verlockung zu widerstehen.

Ihre Hüften hoben sich ihm von ganz allein entgegen. Sie flehten ihn regelrecht an, die hämmernde Lust zwischen ihren Beinen zu stillen.

»Bitte, Cailean«, wimmerte sie. Und warf ihren Kopf herum. Sie brauchte ihn jetzt an der pulsierenden Stelle in ihrem Lustzentrum, wollte seine männliche Härte, die sich gegen ihr Bein drückte endlich tief in sich spüren. Caileans Finger teilten enervierend langsam ihre Scham, dann hielt er wieder inne, zögerte eine quälende Ewigkeit, bevor er endlich zwei Finger in sie gleiten ließ, nur um sie gleich wieder herauszuziehen. Amber sah an sich herunter, wo sein Gesicht über ihrer Scham schwebte.

Seine von ihrer Feuchtigkeit glänzenden Finger verschwanden in seiner Mundhöhle und er schloss genießerisch seine Augen. Gier trat in sein Gesicht und seine rot leuchtenden Augen schienen sie zu verbrennen. Wie hatte sie sich nur jemals vor diesem Anblick fürchten können? Es war das Erotischste, was sie je gesehen hatte. Sie sog diesen Anblick in sich auf, um ihn für alle Zeit in sich zu bewahren; das rote Feuer, das in seinen Augen flammte, die spitzen Eckzähne, die über seine Unterlippe ragten und so gefährlich wirkten, dass sie Amber kleine Schauer entlockten, die wiederum heiße Blitze in ihren Kitzler jagten.

»Tu es, bitte«, forderte sie ihn auf und drängte ihr Becken zu ihm. Er leckte sich mit seiner Zunge über seine Lippen, dann senkte er sich ihrem Zentrum entgegen und ließ seine Zunge ein einziges Mal über Ambers zuckende Perle gleiten. Sie schrie auf und suchte mit ihrem Becken abermals nach seiner Berührung. Wieder ein Zungenschlag, Funken, die hinter ihren Lidern blitzten, Flammen, die sich wie ein Buschfeuer durch ihren Körper brannten. »Cailean!«, flehte sie heiser.

Er presste seine Lippen lachend zwischen ihre Beine und begann einen wundervollen Reigen. Seine Zunge umtanzte ihre Lustperle, seine Lippen saugten daran, seine Zähne knabberten. Amber stöhnte ungeniert ihre Lust heraus, ließ ihren Unterleib zucken, presste sein Gesicht mit ihren Händen noch näher an ihr Lustzentrum. Zwei Finger stießen in sie, imitierten den Akt so, wie seine Zunge ihn imitierte. Sie wand sich unruhig unter seinen Liebkosungen. All ihre Empfindungen liefen zu dem einen Punkt zwischen ihren Schenkeln zusammen. Ein unerträglicher Sturm baute sich in ihrem Unterleib auf. Sie stöhnte, sehnte sich nach der Erlösung, die nur er ihr geben konnte. Und dann brach sie in einer unglaublichen Flutwelle über sie herein.

Ihr Unterleib zuckte und Cailean presste den Ballen seiner Hand ganz fest auf ihren Lustpunkt und entlockte ihrem Körper so immer neue Wellen. Ambers Seele schien in tausende winzige Glassplitter zu zerbrechen. Blitze zuckten hinter ihren Lidern und die Zuckungen, schienen kein Ende nehmen zu wollen. Noch während ihr Körper sich in den letzten Wellen befand, drängte Cailean sich zwischen ihre Schenkel und rammte seinen Penis mit einem kräftigen Stoß in sie, was Amber noch ein letztes Zittern entlockte. Sie schrie auf, hob sich seinen fordernden Stößen entgegen. Die Hitze stieg erneut in ihr auf mit überwältigender Lust. Wie konnte er sie nur so entflammen?

Sein Schaft bohrte sich in sie, zog sich zurück und stieß wieder in sie, füllte sie bis zum Zerbersten aus. Cailean nahm sie nicht nur, er fickte sie, wie sie es noch nie erlebt hatte. Und es gefiel ihr. Sie stöhnte, hielt mit aller Kraft gegen seinen Körper und genoss jeden harten Stoß. Sein Daumen umkreiste ihre geschwollene Klitoris und heizte sie weiter an. In seinen Augen blitzte es, er blickte in ihr Gesicht und sie erkannte das Begehren in seinem Blick, das auch über das Band zu ihr schwebte. Es verlangte ihm nach ihr, er saugte wie ein verzweifelter jede Sekunde dieses Aktes in sich auf, und er war so erfüllt von einer verzweifelten Sehnsucht nach ihr, die ihrer nach ihm in nichts nachstand, dass es Amber fast schon körperlich wehtat. Und in dem Augenblick erkannte sie, dass er sie so hart nahm, wie er verzweifelt war, weil er Angst hatte, diese Vereinigung könnte ihre einzige sein.

Er war sich keinesfalls so sicher, dass er Amber retten konnte, wie er ihr Glauben machen wollte. Amber schloss die Augen, um die Tränen zu verbergen, die nicht die Panik davor, dass er wirklich versagen könnte, in ihr hervorrief, sondern die Hoffnungslosigkeit in ihm, dass er sie wirklich verlieren könnte. Dieser Mann liebte sie mit einer alles verzehrenden Verzweiflung, die Amber fast hilflos machte. Sie durfte auf keinen Fall morgen verlieren, weil das Cailean in den Tod schicken würde. Das wurde ihr jetzt klar. Sie musste einen Weg finden, sich mit dieser Airmed irgendwie zu einigen. Vielleicht konnte sie ihre Kräfte dafür einsetzen?

Amber verdrängte die erschreckenden Gedanken und konzentrierte sich wieder auf das Hier und Jetzt, darauf, wie sehr dieser Mann sie liebte, wie sehr sie ihn liebte und wie sehr sie ihn wollte. Sein Daumen kreiste noch immer um ihre Liebesperle, verwöhnte sie und trieb sie neuen Höhen entgegen. Seine Erektion stieß in sie, erzeugte eine süße Reibung in ihrem Inneren. Ihr Unterleib zog sich zusammen, ihre Scheide verkrampfte sich um seinen Penis und sie ergab sich in einen weiteren intensiven Orgasmus, der ihren Körper schüttelte. Cailean zuckte in ihr, zog sich zurück und stieß ein letztes Mal in ihren Körper, bevor er auf ihr zusammenbrach. Amber fühlte sich herrlich ermattet und zittrig und rund um befriedigt, aber die Finsternis konnte sie nicht zurückdrängen.

Nachdem er sich von ihrem Körper gerollt hatte, zog er sie fest an sich. Er küsste sanft ihre Lippen und schwor sich, alles zu tun, damit er diese Frau nicht verlieren musste. Sie war die Seine und sie sollte es für immer bleiben. Und wenn er erst Airmed aus dem Weg geräumt hatte, dann würde er das auch mit Maria machen. Bei allem, was er für Maria empfand, wenn sie sich zwischen ihn und seine Gefährtin stellte, dann würde sie dafür büßen müssen.

Cailean hatte das Aufwallen von Verzweiflung in Amber gespürt und er schwor sich, dass sie nie wieder so würde leiden müssen. Er würde morgen siegen und dann würde er sie für alle Zeiten an sich binden und nie wieder gehen lassen. Es sollte nur noch eine Frau in seinem Leben geben, Amber. Und wenn es sie nicht geben konnte, dann wollte er nicht mehr sein.

Seinen Schaft in ihre Hitze zu bohren, hatte alles Bisherige übertroffen. Sie hatte ihn umschlossen, wie flüssige Seide. Er hatte sich in den letzten Tagen so oft vorgestellt, wie es sich anfühlen würde, sich in ihr zu vergraben – es war besser. Nie hätte er sich erträumen können, wie wundervoll es war, in ihren Armen zu liegen, ihr zu zeigen, wie sehr er sie liebte, nicht nur mit Worten, mit all der Zärtlichkeit, die er über die Jahrhunderte nur für sie aufbewahrt hatte.

Sie schmiegte ihr Gesicht an seine Brust, schlang ein Bein über seine Schenkel und schlief an ihn gekuschelt ein. Cailean machte die ganze Nacht kein Auge zu, sondern wachte über sie.

Kapitel 19

Und mit Grausen beobachtete er den herannahenden Morgen, der viel zu schnell hereinbrach. Unruhig verließ er ihr Liebesnest und kleidete sich an, bevor Airmed und ihre Sklaven kamen. Er weckte Amber mit sanften Küssen und drängte auch sie, sich anzuziehen. Das Feuer war längst verloschen und glimmte nur noch wenig.

Er ließ die Pferde und Decken im Lager zurück und nahm nur Ambers Hand in seine, dann schritt er mit ihr aus dem Wald heraus. Der Wunsch drängte in ihm, zog an ihm und mit jeder Minute wuchsen die Qualen. Er hatte Mühe, sich über den Schmerz hinweg zu konzentrieren. Seine Zeit war abgelaufen. Jetzt hatte er nur noch die Wahl zwischen Erfüllung des Wunsches und dem sicheren Tod. Er zitterte vor Schmerz und seine Kräfte ließen nach, trotzdem setzte er einen Schritt vor den anderen und erweckte nach außen den Anschein als wäre alles in Ordnung.

Er wollte verhindern, dass Airmed seine Schwäche mitbekam. Ambers Hand fest drückend, hoffte er, dass Duncan sich an den Plan hielt. Er und die Männer, die er anführte, waren seine einzige Hoffnung. Er fühlte sich so hilflos ausgeliefert. Er war gerade dabei, seine Gefährtin an das bösartigste Wesen zu übergeben, das Anwynn kannte.

Und die Hexe wartete schon. Ihr weißes Haar glänzte im Licht der aufgehenden Sonne, ihr Gesicht war ungerührt wie immer, obwohl sie kurz vor der Erfüllung ihrer Träume war. Neben ihr standen vier ihrer seelenlosen Lakaien, den gleichen leblosen Gesichtsausdruck aufgesetzt. Amber kam näher an Cailean heran, sie strengte sich an, keine Angst zu zeigen, aber er spürte die entsetzliche Panik, die sich in ihr breit machte. Ein Beben ging durch ihren Körper. Er strich beruhigend mit seinem Daumen über ihre Hand. Er, der unbesiegbare Highland Warrior, einstiger Rächer an seinen Peinigern, Tod für unzählige Engländer, Firbolg und Fomori, war nichts weiter als ein hilfloses Wrack. Er verabscheute sich selbst dafür. Nicht Airmed war schuld an diesem Elend, sondern er. Er hatte diesen Fluch verursacht. Er hatte ihn verdient. Cailean wollte schreien, war sogar bereit zu flehen, aber er wusste, das würde nicht helfen. In einem seelenlosen Wesen konnte man kein Mitleid hervorrufen. Also schritt er weiter, den Kopf hoch erhoben, stolz und unbewegt, wie jeder es von ihm gewohnt war, um Airmed nicht zu zeigen, was er für Amber empfand.

Es war soweit. Airmed stand kurz vor ihrem Ziel. Wenn sie über Gefühle verfügen würde, könnte sie sich glatt besinnungslos freuen. Das Freuen musste sie eben auf später verschieben. Sie stand vor der schweren Holztür zu ihrer Burg. Eine Gruppe ihrer Männer arbeitete sich gerade durch die nähere Umgebung, um zu überprüfen, ob Cailean nicht doch einen Ausweg gefunden hatte, aber sie war sich ziemlich sicher, alles bedacht zu haben. Er durfte keine Waffen tragen, die ihr gefährlich werden konnten. Sie hatte den Zeitpunkt bestimmt, sodass er keine Überraschungen für sie planen konnte. Er durfte der Quelle nichts antun, durfte die Burg oder Airmed selbst nicht angreifen – nicht heute, nicht irgendwann. Sie war sich sicher, es gab keine Möglichkeit, den Wunsch zu umgehen. Und bevor ihm doch etwas einfallen sollte, hatte sie schon längst, was sie wollte. Und danach konnte sie sich ganz auf ihre Rache an ihrer Schwester konzentrieren.

»Du hast es geschafft. Wie nett von dir, vorbeizusehen. Ich hoffe, du hast mich nicht zu sehr vermisst.« Sie freute sich schon darauf, Danu zu erklären, wer ihr zur Quelle verholfen hatte.

»Lass uns die Sache einfach hinter uns bringen.«

Ein Beben in seiner sonst so beherrschten Stimme. Airmed musterte den Krieger, der Danus Liebling war, genauer. Das Lid seines rechten Auges zuckte, seine Pupillen huschten kaum sichtbar umher. Er war eindeutig nervös? Nur warum? Sie hatte ihn lange genug gefoltert, um zu wissen, dass nichts diesen Mann so schnell aus der Ruhe brachte, und doch stand ihm Schweiß auf der Stirn.

Ihr Blick glitt über die Frau. Sie hielt Caileans Hand, ihr Körper war zu seinem geneigt. Ah, Caileans Daumen strich zaghaft über ihren Handrücken. »Ihr zwei hattet Spaß? Ich hoffe, es war nicht schöner als mit mir, sonst könnte ich eifersüchtig werden. Hmm, ich vergaß, kann ich ja gar nicht.«

»Lass es uns endlich hinter uns bringen. Wo ist mein Bruder?«

Er versuchte noch immer beherrscht zu wirken, dabei hatte sie ihn längst durchschaut. Wenn Cailean wirklich Gefühle für die Frau hatte, dann musste sie etwas dagegen unternehmen, sonst könnte er auf den Gedanken kommen, sie doch wieder zu befreien. Und Airmed hatte vor, lange von der Quelle Gebrauch zu machen – sehr lange.

»Daragon, hol den Gefangenen«, sagte sie kühl zu einem der Männer, die sich neben sie postiert hatten. »Lass mich mein neuestes Spielzeug ansehen.« Sie trat näher und atmete den Dufte der Frau ein. »War er gut?«, wollte sie wissen, nachdem sie seinen Geruch überall an ihr wahrgenommen hatte. Ja, das könnte wirklich ein Problem werden, aber sie hatte schon eine Lösung gefunden. Sie lächelte Cailean an. Nicht, weil ihr nach Lächeln zumute war, sondern weil sie wusste, dass es ihn wütende machte.

Der andere Geruch interessierte sie viel mehr. Die Quelle waberte still und träge unter ihrem Eigengeruch und dem von Caileans Lust. Sie schlich um die Frau herum und verspürte den starken Drang, sich gleich hier zu nehmen, was sie wollte. So lange hatte nur der Gedanke an Rache sie weiterexistieren lassen, dass sie fast glaubte, zu fühlen, wie die Vorfreude sie übermannte. Aber das war nur eine Illusion, eine Erinnerung an die Gefühle, die sie eigentlich haben sollte. Seit Jahrhunderten lebte sie nur mit den Schatten dessen, was sie empfinden sollte. Nur Echos von dem, was sein sollte. Bald würde sie wissen, wie gut ihre Erinnerungen wirklich waren.

Sie ging weiter zu Cailean und sah ihm tief in die Augen. Sie ähnelten denen seines Bruders sehr. Ians Gesicht war etwas weniger kantig, was am jüngeren Alter liegen konnte, das er hatte, als er verwandelt wurde. Aber die Familienähnlichkeit war eindeutig da. Wobei sie fast schon Traurigkeit empfand, Ian weggeben zu müssen.

Schritte und Scharren ertönte hinter ihr, dann ein dumpfer Aufprall auf harte Erde, das Kratzen von kleinen Steinen über den Boden. Sie wandte sich um, zu ihren Füßen lag der attraktive Ian. Keins ihrer Folterobjekte war ihr so lieb gewesen. Da schien eine besondere Bindung zu bestehen. Vielleicht war es auch nur seine Jugend, die ihn so interessant für sie machte. Er musste etwa fünfundzwanzig gewesen sein, als er gewandelt wurde. Mit einem Schulterzucken wandte sie sich wieder Cailean zu.

»Er hat ein paar Beschädigungen, aber das meiste sollte Heilen, zumindest körperlich. Jetzt gib mir meine Quelle.«

In den Augen des Kriegers funkelte es. Er wandte das Gesicht vom Anblick seines nackten und über und über mit Schmutz und Blut befleckten Bruders ab und schob die Frau hinter sich.

»Ich muss dich doch nicht daran erinnern, dass sie mir gehört?«

Er knurrte etwas und seine Kiefer mahlten. Ja, er musste sich wirklich zurückhalten. Wahrscheinlich litt er extreme Schmerzen, weil er Airmed nicht wehtun konnte. Sie lächelte ihn an.

»Du hast keine Wahl.« Sie sah Daragon an, der kampfbereit hinter ihr stand, aber er würde nicht kämpfen müssen. Cailean durfte nicht angreifen. Was sollte er schon tun? »Bring sie in ihr Turmzimmer.«

Sie griff nach dem Oberarm der Quelle und zerrte sie hinter Cailean hervor. Tränen brannten in diesen eisblauen Augen. Wann hatte Airmed das letzte Mal geweint? Sie konnte sich nur noch daran erinnern, dass Weinen durchaus befreiend wirken konnte. Airmed hatte das unzugänglichste Zimmer in ihrer Burg für ihren Gast vorbereiten lassen.

Die Hand des Kriegers zuckte noch einmal nach der Frau, aber diese ging stolz und ohne zurückzublicken auf Daragon zu.

»Amber«, flüsterte er, dann brach er auf die Knie zusammen, drückte seine Fäuste gegen seine Stirn und verzog das Gesicht vor Schmerzen. In all den langen Stunden der Folter hatte sie diesem Mann keine Reaktion entlocken können, doch jetzt schrie er vor Qual. Was hatte er vorgehabt, dass der Fluch ihn jetzt auf diese Art bestrafte? Sie an sich ziehen und mit ihr fliehen? Würde ein erfahrener Soldat wie er wirklich so unüberlegt handeln wollen? Er wäre nicht einmal bis an die Grenze des Waldes gekommen. Ihre Lakaien konnten ihn vielleicht nicht töten, aber sie konnten ihn lange genug ausschalten. Sie ließ ihn und seinen Bruder nur gehen, weil seine Männer und Danu irgendwann nach ihnen suchen würden. Und das konnte sie nicht gebrauchen.

»Nimm deinen Bruder!«, befahl sie.

»Lass uns neu verhandeln«, fuhr er auf, nachdem er sich aufgerappelt hatte.

»Es gibt nichts zu verhandeln.«

»Doch. Vielleicht gibt es einen Weg, wie du haben kannst, was du möchtest und ich sie trotzdem wieder mitnehmen kann.«

Airmed tat so, als würde sie darüber nachdenken. Dieser Mann bettelte wirklich um das Leben der Frau. »Nein, den gibt es nicht. Sie muss bei mir bleiben, bis ihre Macht erlischt. Und wenn das passiert, stirbt sie. Aber bis dahin werden Jahre vergehen, die sie in meiner Gesellschaft verbringen wird.«

»Was hast du mit ihr vor?« Flehte er etwa immer noch? Airmed wollte überrascht sein. Vielleicht morgen.

»Ich werde sie ausbluten lassen. Tropfen für Tropfen für Tropfen, bis alle Macht der Quelle aufgebraucht ist.«

Der Krieger stand noch immer da, als wäre er mit dem Boden vor ihrer Burg verwachsen. Sie musste wohl wirklich nachhelfen. Sie bat ihren Soldaten, die Frau endgültig zu entfernen. Für ihr Vorhaben, durfte Cailean die Frau nicht mehr sehen, sonst würde es vielleicht nicht klappen. Sie trat auf den breitschultrigen Mann zu und sah ihm direkt in die schwarzen Augen.

»Ich wünsche, dass du sie vergisst«, sagte sie im festen Tonfall. Dieser Wunsch sollte jede Erinnerung an die Quelle und alles, was damit einherging aus seinem Gedächtnis löschen – auch den Grund seiner Anwesenheit auf dem Gebiet der Seelenlosen. Die dunklen Augen, die gerade noch schmerzhaft auf die Tür gerichtet waren, durch die die Frau verschwunden war, zuckten suchend umher, dann wurden sie leer. Der Krieger sah sich verwirrt um, sah seinen Bruder im Dreck liegen und hob ihn ohne ein weiteres Wort auf seine Arme. Dann wandte er sich von Airmed ab und ging auf den Wald zu.

»Ich möchte Heidekraut in der ganzen Halle, und die Treppe hinauf. Und dort auf dem Leuchter Rosen, die aus den Gärten der McKenzies sind am schönsten. Schickt Drustan, er soll welche besorgen.« Mit raschelnden Seidenröcken verließ Maria die Küche, nachdem sie ihre Befehle geschrien, Kelsi, ihre Zofe, beschimpft und Isla die Speisenfolge diktiert hatte.

Isla verdrehte die Augen. Seit Cailean mit der geheimnisvollen Frau abgereist war, scheuchte Maria jeden durch die Burg, um die Hochzeitsfeierlichkeiten voranzutreiben. Heute Morgen hatte sie einen der Männer auf die Jagd geschickt, er sollte das größte Wildschwein schießen, das er finden konnte. Isla hatte sie Gänse rupfen lassen und danach hatte sie sie in das Dorf zu Beasag geschickt, damit die Druidin ihr einen Trank machte, der ihre Fruchtbarkeit fördern würde. Maria wollte Cailean sobald möglich einen Erben schenken. Isla konnte darüber nur den Kopf schütteln, Maria hatte noch nie Interesse an Kindern gezeigt, und auf Aillen Castle gab es viele Kinder.

»Hetzt uns wie eine Furie herum, dabei hat der Herr noch nicht einmal verkündet, wann die Hochzeit stattfinden soll. Maria wird schon wissen, warum sie es so eilig hat. Irgendwas stimmt da nicht«, schimpfte Kelsi.

Das Mädchen strich sich eine Strähne ihrer zerzausten hellblonden Haare aus dem verschwitzten Gesicht. Maria tyrannisierte die Arme schon den ganzen Tag. Ließ sie Stoffe anschleppen für das Hochzeitskleid, Blumengebinde anfertigen, den Pfarrer informieren, Caileans Zimmer für die Hochzeitsnacht vorbereiten. Maria wollte die Trauung durchziehen, sobald Cailean wieder anreiste. Wären die Männer nicht zu einem Auftrag geschickt worden, hätte sie diese auch noch herumgescheucht wie Hühner.

Isla nickte nachdenklich. Sie musste der dürren Kelsi recht geben. »Ich hatte den Eindruck, der Herr hätte ein Auge auf Lady Amber geworfen. Sie war mir auch viel lieber als diese Sklaventreiberin einer MacDonald. Hat sich hier auf Aillen eingenistet wie eine Spinne und es nicht wieder verlassen seit

Jahrzehnten. Ist dem Herrn hinterhergelaufen wie ein Welpe, bis sie ihn in ihrem Bett hatte. Und jetzt auch noch das«, schimpfte Isla.

»Mir kam diese Entscheidung des Herrn zu überstürzt, findest du nicht auch, Isla?« Kelsi band Rosen zu einer Girlande zusammen, während Isla das Essen für die sicher bald eintreffenden Gäste vorbereitete und Hausmädchen herumscheuchte, die Gästezimmer vorzubereiten.

Maria hatte noch gestern vor der Abreise der Krieger, Boten losgeschickt, die die anderen Clans aufsuchen und Einladungen für die Feierlichkeiten aussprechen sollten. Sie hatte auch jemanden durch das Portal geschickt, damit er William und seine Frau informierte. Isla hatte kein gutes Gefühl dabei. Sie bezweifelte, dass der Laird von der überstürzten Hochzeit wusste. Warum hatte er sich überhaupt dazu durchgerungen? War Maria etwa schon längst schwanger? Aber wozu brauchte sie dann den Fruchtbarkeitstrank?

»Was, wenn sie dem Chieftain vorgegaukelt hat, sie erwarte ein Kind von ihm? Deswegen hat sie es so eilig, damit die Hochzeit vollzogen ist, bevor er mitbekommt, dass sie nicht sein Kind trägt!«, rief Isla aufgebracht. »Das muss es sein. Anders kann ich mir das nicht vorstellen.« Sie sah auf die Gans hinunter und rupfte weiter Federn in einen Leinensack. »Und ich war mir so sicher, dass er für die junge Frau etwas übrig hat. Mehr als nur etwas«, murmelte die alte Frau mehr zu sich, als zu dem Dienstmädchen.

»Die Lady MacDonald war doch eifersüchtig. Sie hat die ganze Zeit auf die neue Lady geschimpft. Ich hab es gehört.« Kelsi fluchte leise, als sie sich an einem Dorn stach, den sie übersehen hatte.

»Kind, du sollst nicht fluchen in meiner Küche«, ermahnte sie Isla. »Und was ist mit dem jungen Laird? Unmöglich kann der Chieftain heiraten, wenn sein Bruder nichts davon weiß. Der Chief wird erst heiraten wollen, wenn sein jüngerer Bruder von seinem Auftrag der Göttin zurückgekehrt ist.«

Kelsi seufzte und warf einen verträumten Blick auf die Girlande, die zwischen ihren Fingern entstand. »Mädchen, keine unschicklichen Gedanken in meiner Küche«, ermahnte Isla lachend.

»Er ist ein stattlicher Mann. Vielleicht sollte ich es wie Maria machen und Ian mit einer Heirat überfallen«, sagte Kelsi schelmisch lachend. »Für den jungen Herrn würde ich meine Röcke allemal heben.«

»Ist er ein so guter Liebhaber, wie alle behaupten?«, hakte Isla nach und lächelte wegen der Hitze, die in Kelsis Gesicht stieg. »Röcke heben wollen, aber rot werden.«

Kelsi senkte den Blick auf ihre Arbeit, zog eine weitere Rose aus dem Bund, den Drustan aus fremden Gärten entwendet hatte, und steckte sie in die Girlande. »Aye, das ist er. Er macht, dass eine Frau sich vollkommen ermattet und befriedigt fühlt«, schwärmte sie. »Es wäre wirklich traurig, wenn die Hochzeit ohne Ian stattfinden würde. Der Met, Whisky, Musik … Bestimmt wäre der junge Herr bald wieder in Stimmung, Röcke zu heben. Vielleicht ja wieder meinen.« Kelsi kicherte hoffnungsvoll und in ihre Augen trat ein freudiges Funkeln.

»Du bist erst sechzehn, Mädchen. In der Menschenwelt käme der Laird für das, was er mit dir anstellt ins Gefängnis.«

»Ich bin hundertsechzehn«, entrüstete sich Kelsi.

»Ich weiß doch, Mädchen. Die alte Isla ist nur neidisch. Sie hat schon lange für keinen Mann mehr ihre Röcke heben dürfen.« Die zwei Frauen lachten lauthals.

Mit hochrotem Gesicht stürmte Maria zurück in die Küche, blickte sich um und hieb mit der flachen Hand auf den Arbeitstisch. »Was dauert hier so lange? Die Rosen hätten längst an ihrem Platz sein sollen. Ich will, dass alles fertig ist, bevor mein zukünftiger Ehemann zurückkommt.«

Kapitel 20

»Lasst die Pferde hier zurück Männer. Wir schleichen uns zu Fuß in die Burg«, befahl Duncan, während er sich zwei Claymores über Kreuz auf den Rücken schnallte, eine Axt an seine Seite band und sein Sgian-Dubh in seinen weichen Lederstiefel steckte. Statt eines Kilts in den Farben seines Clans, trug er heute die Farben der MacLeans. Er wusste nicht genau, was vor sich ging, aber er war sicher, dass es mit Caileans Fluch zu tun hatte. Und irgendwie mussten diese Seelenlosen darin verwickelt sein. Er nahm an, dass Cailean durch einen Wunsch nicht dazu in der Lage war, mit ihm darüber zu sprechen, aber ihm reichte, zu wissen, dass in dieser finsteren Burg dort vorne der jüngere Bruder seines besten Freundes gefangen gehalten wurde. Er hatte sich zwanzig Männer mitgenommen. Die sollten reichen, um den Seelenlosen Feuer unterm Hintern zu machen, wie Cailean sagen würde.

»Rein, ein paar Seelenlose von ihren Köpfen trennen, Ian MacLean befreien, jeden anderen Gefangenen, den ihr finden könnt auch, und wieder raus. Ich will nicht länger als nötig in diesem Höllenloch bleiben.« Duncan liebte einen guten Kampf, aber diese Kreaturen jagten ihm eine Gänsehaut ein, und das schafften nicht viele auf der Welt.

Nachdem die Männer sich alle bewaffnet hatten, versammelten sie sich um Duncan herum und erwarteten den Befehl zum Angriff. In ihren Augen blitzte die Kampfesfreude. Sie waren nervös, wie junge Fohlen, bevor man sie auf die Weide raus lässt, damit sie sich austoben konnten. Aye, ein echter Kampf, keiner der fingierten spielerischen zwischen den Anderweltclans, würde den Männern gut tun.

Zweige knackten in der Nähe, die Männer griffen zu ihren Schwertern, bereit sich auf ihren Feind zu stürzen und sahen sich suchend zwischen den kahlen Bäumen des dunklen Waldes um. Das Bild erinnerte Duncan an die guten alten Tage, als sie noch durch die Highlands gezogen waren, immer vorbereitet auf eine Schlacht.

Zwei Männer stolperten durch das Dickicht und brachen zu Füßen seiner Männer zusammen. Duncan schob sich durch die Gruppe Soldaten und blieb wie vom Donner gerührt stehen.

»Verdammt, was haben sie denn mit dir gemacht, Ian?« Das, was vor ihm auf dem Waldboden lag, war nicht der Krieger, dem die Frauen beider Welten zu Füßen lagen. Es war ein rohes Stück Fleisch, über und über mit vertrocknetem Blut beschmiert. Aus unzähligen, klaffenden Wunden sickerte noch immer Blut. Und aus Stellen, wo kein Blut sickern sollte. Duncan fluchte. Das musste Cailean umbringen. Das zu sehen, riss alte Wunden auf, die Duncan längst vergraben hoffte.

Er bückte sich und half Cailean, seinen Bruder aufzuheben. Einer der Männer hatte ein Plaid vor einem Baum ausgebreitet, darauf ließen sie Ian nieder.

»Wo ist die Frau?«, wollte Duncan wissen.

Cailean setzte sich neben seinen Bruder und sah mit gerunzelter Stirn zu Duncan auf.

»Du willst mir doch wohl nicht sagen, du hast sie zurückgelassen?« Das konnte Duncan sich bei allem, was ihm heilig war, nicht vorstellen. Wenn diese Frau wirklich die Gefährtin des Chiefs war, dann hätte er sie nie zurückgelassen. Auch wenn sie nicht seine Gefährtin war, hätte der Cailean, den er kannte, sie nicht zurückgelassen.

»Welche Frau?«

»Welche Frau? Willst du mich verarschen? Deine Frau.«

»Maria, die sollte meinen letzten Informationen zur Folge auf Aillen Castle sein.«

»Nicht die, die Kleine mit dem frechen Mundwerk.«

Cailean sah noch immer fragend zu Duncan auf.

»Fraser, sag ihm welche Frau«, befahl er dem Mann, der neben ihm stand.

»Klein, ebenholzfarbenes Haar, sehr hübsch, nette Rundungen. Trug zuletzt eine sehr knappe Hose.«

»Ich weiß verdammt nochmal nicht, von wem ihr da redet. Ich weiß noch nicht einmal, was ich hier überhaupt tue, und was ihr hier tut.«

War er gerade wütend? Er sah ziemlich wütend aus, und wenn Cailean wütend wurde, wollte man nicht freiwillig Gegenstand seiner Wut sein. Das wusste Fraser, weswegen er einen Schritt zurücktrat. Duncan war das egal. Er hatte noch nie Angst vor Cailean MacLean gehabt. Einmal haben sie so lange aufeinander eingeprügelt, bis sie beide vor Erschöpfung zusammengebrochen waren, aber einen Sieger gab es nicht. Der beste Kampf seines Lebens. Sie hatten einander die Fäuste in die Leiber gerammt und keiner hatte dem anderen nachgestanden. Warum sie gekämpft hatten, wussten sie beide nicht mehr, aber seither waren sie Freunde.

Duncan sah seinem Freund ins Gesicht. »Amber, die Frau, von der du behauptest, sie wäre deine Gefährtin.« Ein Raunen ging durch die Gruppe von Highlandern. Nur Cailean zuckte nicht mal mit der Wimper.

»Schon klar, dein Fluch.« Duncan hatte das Bedürfnis, jemanden zu verprügeln.

Es war immer Caileans Fluch. Er hasste diesen Fluch, hasste, was er mit seinem Freund machte. Die Tage, da er sich über diesen Fluch amüsiert hatte, waren vorbei, nachdem Duncan mit angesehen hatte, wie eine Frau sich ihm mithilfe eines Wunsches aufgedrängt hatte. Eine hässliche Vettel, die Cailean anders nie angegriffen hätte.

Frauen, wie seine Schwester Maria, missbrauchten den Fluch zu ihren Gunsten und zwangen seinen Freund, Dinge zu tun, die er nie tun wollte. Wie zum Beispiel, seine Schwester zu heiraten oder seine Gefährtin zu vergessen. Aber Duncan war ja kein totaler Idiot und durchschaute das Spiel. Die Frau musste in der Burg sein und der Angriff, den Cailean ihm »empfohlen« hatte, war seine Art gewesen, den Fluch zu umgehen und ihm zu sagen: »Rette die Frau.« Und das würde er tun, denn er würde nicht zusehen, wie sein Freund sich in eine Ehe stürzte, die ihn ins Unglück schicken würde. Erst der Angriff, dann Maria. Seine Schwester würde es nie wieder wagen, sich seinem Freund zu nähern, wenn er mit ihr fertig war. Duncan hatte es sich zur Aufgabe gemacht, Cailean möglichst vor Wünschen zu bewahren. Leider konnte er nicht überall sein, wie Maria kürzlich bewiesen hatte. Er hatte nie geglaubt, dass sie ihre Freundschaft zum Chief auf diese Weise riskieren würde, aber was verstand er schon Frauen?

Plötzlich warf Ian sich auf der Decke umher und fing an, zu schreien. Seine Hände drückten sich gegen seine Schläfen und er wand sich unter starken Qualen. »Schalt es ab!«, brüllte er. »Zu viel!«

Cailean warf sich auf ihn, drückte ihn auf das Plaid und versuchte, ihn zu beruhigen. »Du musst ruhig sein.«

Duncan beobachtete mit gerunzelter Stirn, was da passierte. Er hoffte, dass die Folter den Krieger nicht in den Wahnsinn getrieben hatte. Aber jetzt war nicht die Zeit, sich um Ian zu sorgen. Die lauten Schreie schreckten einige Vögel auf, die sich kreischend aus den Baumwipfeln der hohen Tannen erhoben. Wenn sie sich nicht beeilten, würden die Schreie noch andere Wesen aufschrecken. Dann würde es nicht mehr zu einem Überraschungsangriff kommen.

»Was auch immer dein Bruder hat, wir können uns jetzt nicht darum kümmern. Du bleibst hier. Ich denke, du wirst die Burg nicht angreifen können, und wir nehmen uns die Seelenlosen vor und befreien deine Frau.«

Cailean sah wütend zu Duncan auf, aber der winkte nur ab und gab seinen Männern den Befehl zum Angriff.

Die langen weißen Haare ihrer Gastgeberin wallten bei jedem zornigen Schritt, den sie durch den Raum machte. Es war ein kleines, mit einem Bett und einem Schrank spärlich eingerichtetes, Zimmer. Aber durch das angenehme Feuer im Kamin wirkte es heimelig. Dieser Raum sollte also Ambers zukünftiges Zuhause werden. Soviel hatte sie verstanden, sie sollte zumindest in nächster Zeit nicht sterben.

»Du wirst in diesem Zimmer bleiben, so lange, bis ich etwas anderes anordne. Wenn du dich benimmst, lasse ich dich vielleicht irgendwann in der Burg herumlaufen oder in die Gärten. Es wird dir gut gehen, wenn du tust, was ich dir sage. Du bekommst ein Dienstmädchen zur Seite gestellt, das dir nach Möglichkeit alle deine Wünsche erfüllen wird. Nur deine Freiheit wirst du nicht bekommen. Für die ersten Tage kann ich dir ein paar Bücher bringen lassen.«

Die Frau blieb vor Amber stehen, ihr regloses Gesicht hatte etwas Unheimliches. Amber war nicht glücklich mit der Situation, aber sie hätte es schlechter treffen können. Missmutig sah sie von ihrem Stuhl auf und betrachtete Airmed, deren Seelenlosigkeit zwar gruselig war, die aber wunderschön aussah mit ihrer blassen, durchscheinenden Haut, den kornblumenblauen Augen und dem schneeweißen Haar. Ihr Aussehen war definitiv nicht menschlich, aber atemberaubend. Wenn diese Augen sie anblickten, dann durchfuhren Amber grausige Schauer, aber auch Bewunderung. Wenn es Perfektion wirklich gab, dann war es Airmed.

Amber nickte zum Zeichen, dass sie verstanden hatte. Sie würde möglichst alle Regeln befolgen und darauf hoffen, dass man sie recht bald in die Gärten ließ, vielleicht fände sie dann eine Möglichkeit zur Flucht – schon wieder. Es schien fast, als bestünde ihr Leben nur noch aus Fluchtversuchen. »Und wie soll ich Euch dienen? Was soll ich für Euch tun?«, fragte Amber mit belegter Stimme.

»Du wirst tun, wozu du geschaffen wurdest, Heilen. Meine Leute und ich fristen ein Dasein in absoluter Hoffnungslosigkeit. Keine Gefühle zu haben, bedeutet vollkommen leer zu sein. Nichts kann dich erschrecken, beeindrucken, dein Leben bereichern.«

Wäre Amber nicht ihre Gefangene, könnte sie fast Mitleid mit dieser Frau haben. »Aber ich würde Euch auch freiwillig heilen. Ich könnte herkommen, wann immer Ihr wollt, und dann würde ich Euch heilen.«

Airmed lachte bitter. »Wenn meine Schwester mitbekommt, dass du uns heilst, wird sie die Quelle woanders verstecken und die Sucherei geht wieder los. Für sie war es ein Geschenk, dass ich zu dem geworden bin, was ich jetzt bin. Sie ist eine Dunkelelfe, ich eine Lichtelfe, und wir sind Zwillinge. Während unsere Untertanen, die Dunkelelfen und Lichtelfen, ihre jeweiligen Gefährten unter dem anderen Volk finden, sind wir beide dazu verdammt, uns bis in alle Zeiten zu hassen und zu bekämpfen. So wie Licht und Dunkel sich seit jeher bekämpft haben. Als sie mich in der Menschenwelt getötet hat und ich hier wiedergeboren wurde als seelenlose Kreatur, hat sie gesiegt. Sie hat mich zu diesem Leben verdammt. Alles, was ich will, ist wieder fühlen. Aber sie würde es niemals zulassen.«

»Aber was ist damit, dass Ihr die Macht über Anwynn bekommen wollt?«

»Nay, was Anwynn braucht, um zu überleben, ist ein Gleichgewicht zwischen Licht und Dunkel. Dieses Gleichgewicht ist ins Wanken geraten, seit sie mich in diesem Körper eingesperrt hat, der meine Kräfte blockiert. Die Lichtelfen finden nicht länger ihre Gefährten, sondern sie werden zu diesen seelenlosen Kreaturen.«

Amber schluckte. Konnte es sein, dass nicht Airmed die Böse in dem Spiel war, in das sie unfreiwillig geraten war? »Aber Cailean sagte, die Seelenlosen wären Menschen, die in der Menschenwelt gestorben sind und deren Seelen hier zu Körpern geworden sind.«

»Das ist richtig, zum Teil. Sie sind Lichtelfen und sie sterben in der Menschenwelt, weil Danu uns den Zutritt zu den Portalen verweigert und sie so ihre Gefährten nicht finden können. Die Dunkelelfen, die in der Menschenwelt leben, können sich auch von menschlichem Blut ernähren und so unsterblich bleiben. Aber die Lichtelfen sind auf die heilenden Kräuter angewiesen solange, bis sie ihre Gefährten gefunden haben. Verbundene Licht- und Dunkelelfen werden zu einem Ganzen.«

»Also soll ich die gestorbenen Lichtelfen, die hier als Seelenlose in Anwynn leben, heilen, damit sie sich hier auf die Suche nach ihren Gefährten machen können«, schlussfolgerte Amber. Soweit verstand Amber alles. Airmed wurde eindeutig missverstanden. Eine tragische Figur. »Was hat Danu davon, die Lichtelfen sterben zu lassen, dadurch schadet sie doch auch ihren Dunkelelfen, wenn diese ihre Gefährten nicht finden können?«

»Die Dunkelelfen können jederzeit durch das Portal reisen, wenn Danu ihnen die Genehmigung erteilt. Einander nicht finden, können nur die Paare nicht, wo die Lichtelfen in der Menschenwelt gefangen sind, der Dunkelelfengefährte aber in Anwynn lebt und keine Übertrittsgenehmigung in die Menschenwelt bekommt. Da wir eigentlich unsterblich sind, kann es vorkommen, dass ein Dunkel- oder Lichtelf schon viele hundert Jahre lebt, bevor sein Partner geboren wird. Das heißt, es kann sein, dass einer von ihnen sehr lange warten muss und er gar nicht bemerkt, dass sein Partner längst schon geboren wurde, aber in der Menschenwelt um sein Überleben kämpft oder längst schon ein Seelenloser ist. Als Danu damals die Tore schloss, wurden viele Lichtelfen in der Menschenwelt eingeschlossen. Sie starben, ohne die heilenden Kräuter und ohne eine Möglichkeit ihre Gefährten zu finden, die ihre Leben hätten retten können. Und ihre Dunkelelfenpartner werden vielleicht nie erfahren, dass der ihnen bestimmte Gefährte schon lange tot ist.« Airmed ließ sich auf das Bett nieder. »Mein größter Wunsch war es immer, meinen Gefährten zu finden und Danu wusste das. Ihr Gefährte starb, lange bevor wir Sidhe das Reich der Menschen verlassen haben. Seither ist sie verbittert und versucht zu verhindern, dass ich meinen finde.«

»Was passiert, wenn ihr eure Partner nicht findet?«

»Irgendwann zehrt die Einsamkeit uns auf und wir werden zu Seelenlosen.«

Ein schrecklicher und trostloser Kreislauf, fand Amber. Dann erschrak sie, als sie daran dachte, dass sie Caileans Gefährtin war. Wenn sie für immer hier gefangen war, würde dann auch er so werden wie Airmed? Würde er nie wieder lächeln, lieben und immer versuchen, die Leere zu bekämpfen, indem er Erfüllung in anderen Frauen suchte? Ein Strick wand sich um Ambers Brust.

»Und es gibt keine Möglichkeit, wie wir uns einigen können?«, hakte sie noch einmal nach. Obwohl Airmed keine Seele besaß, fand Amber sie doch recht sympathisch, wenn sie die Erinnerung an das, was sie Cailean angetan hatte, verdrängte. Zumindest verstand Amber jetzt, warum sie so handelte. Nur, um ihr Volk, und eigentlich auch das ihrer Schwester, zu retten.

»Nay, wenn ich dich gehenlasse, ist alles verloren. Ich würde ja sagen, es tut mir leid, aber wie du weißt, tut es das nicht.«

Amber stieß frustriert den Atem aus. Eigentlich sollte sie wütend auf diese Frau sein, aber wie konnte sie das noch, nachdem, was sie gerade erfahren hatte? Vielleicht war Airmed nicht unschuldig, aber ihr Schicksal und das ihres Volkes war trostlos und traurig und Amber hatte starkes Mitgefühl für diese Kreaturen.

»Wann fangen wir also an?«

Airmed sah auf und richtete ihre leblosen Augen auf Amber. »Jetzt gleich. Ich will endlich wieder fühlen. Ich will mich davon überzeugen, dass sich Hass wirklich so anfühlt, wie in meiner Erinnerung, dass Leidenschaft, wirklich so ist, wie in meinen Träumen. Ich will so vieles wissen.«

Wenn Amber nicht die Leere in Airmeds Gesicht sehen würde, könnte sie fast glauben, dass es doch so etwas wie Empfindungen in Airmed gab. Aber da war nichts, kein Zucken der Mundwinkel, keine schnelle Atmung, keine Regung im Gesicht. Nur eine steinerne Maske.

»Was soll ich tun?« Amber erhob sich von ihrem Stuhl an der Wand und trat auf Airmed zu. Wenn sie sich kooperativ zeigte, würde sie vielleicht schneller die Möglichkeit zur Flucht bekommen. Und eigentlich wollte sie Airmed auch helfen. Auch wenn sie keine Empfindungen hatte, tat es Amber leid, Airmed so zu sehen.

Airmed legte eisige Finger um Ambers Handgelenk und zog sie näher zu sich heran. »Nichts«, sagte sie tonlos. Als sie zu Amber aufsah, blitzten lange Eckzähne im flackernden Kerzenlicht. Amber erschrak nicht. Sie kannte diesen Anblick und er barg erotische Erinnerungen.

Airmed hob Ambers Handgelenk an ihre kalten, blassen Lippen, dann durchfuhr stechender Schmerz sie. Sie biss fest die Zähne zusammen und hielt den Atem an, wartete ab, während Airmed von ihr trank. Bilder durchfluteten Amber. Bilder von Foltern. Sie sah Cailean, erkannte Ian wieder, sah Danu, die ihre Schwester verhöhnte, sah eine weinende Airmed, eine lachende, eine wütende. Dann prallte Airmed von ihr zurück, glitt auf den steinernen Boden des Turmzimmers aus und schrie. Sie wälzte sich herum, hielt ihren Kopf, Tränen brachen aus ihr heraus. Amber wollte zu ihr gehen, um ihr zu helfen, zuckte aber zurück, als sie den Hass in Airmeds Gesicht sah.

»Zu viele Gefühle«, schrie sie. »Zu viel Schmerz.« Amber wagte nicht, sie zu berühren, weil alles, was sie jetzt durchlitt, auch auf Amber übergehen würde.

Dann besann sie sich ihrer Situation und ihr fiel wieder ein, was Airmed gesagt hatte, dass Cailean in Gefahr schwebte, wenn er sich nicht an sie band. Und wenn Cailean der Dunkelelf war, dann musste Amber eine Lichtelfe sein. Konnte das sein? Immerhin kannte sie ihren Vater nicht.

Über die Seelenlosen, die auf Ambers Hilfe angewiesen waren, konnte sie später nachdenken, und so wie Airmed litt, kamen Amber Zweifel, dass sie die Seelenlosen wirklich heilen konnte. Es sah eher so aus, als würde Airmed gleich sterben. Und wenn eine der Wachen sie so schreien hörte, dann könnte er auf den Gedanken kommen, dass Amber ihre Herrin vergiftet oder gar getötet haben könnte. Sie musste hier weg. Schnell.

Amber riss die Tür auf und hoffte, dass niemand das Zimmer bewachte, aber außer der flackernden Fackeln war der Turm unbewacht. Von weiter unten drangen Schreie die Stufen hinauf, Metall klirrte. Jemand griff die Burg an. Cailean? War er zurückgekehrt?

Mit aller Kraft, die er aufbringen konnte, hieb Duncan sich durch die Armee von Seelenlosen. Nur ein Schlag, der den Kopf vom Körper trennte, konnte diese Kreaturen für alle Zeiten in die Hölle schicken. Er zeigte kein Mitleid, als er sich einen Pfad durch ihre Verteidigungslinie schlug. Die Seelenlosen waren in der Überzahl und sie hatten noch Verstärkung durch die Firbolg und die Fomori, die ganz plötzlich hier aufgetaucht waren, als würden auch sie etwas innerhalb der Burg suchen. Und Duncan konnte sich lebhaft vorstellen, was das war. Er würde mit Cailean ein ernsthaftes Gespräch führen müssen, sobald dieser sich wieder an Amber erinnern konnte. Vielleicht half es ja schon, wenn er sie sah.

Er hatte ein paar seiner Männer hinunter in die Kerker der Burg geschickt. Airmeds Kerker waren berüchtigt, und nachdem er Ian gesehen hatte, würde er niemanden hier zurücklassen. Fraser kämpfte sich zu ihm durch. Er blutete aus einem Schnitt an seinem Hals. Duncan knurrte missmutig, wenn der Mann nicht besser aufpasste, würde er noch seinen Kopf verlieren.

»Keine Gefangenen. Von der Frau fehlt bisher jede Spur.«

»Mist!«, fluchte Duncan. Was, wenn die Frau gar nicht hier war? Cailean konnte sie überall hingebracht haben.

Gerade als Duncan dabei war, die Hoffnung fahren zu lassen, und seinen Männern, die hilflos der Überzahl der Gegenseite ausgeliefert waren, den Rücktritt zu befehlen, ging einige Schritte entfernt eine Tür auf. Dort stand sie, die hellen Augen vor Schreck weit aufgerissen, zwischen ihr und ihm eine ganze Horde Seelenloser. Na bestens!

Duncan wehrte einen Schwerthieb mit seinem Claymore ab, hieb einem anderen Seelenlosen seinen Ellenbogen auf die Nase, dass die mit einem leisen Knacken barst, und bohrte daraufhin einem dritten Gegner sein Breitschwert in den Bauch. Mit einem kräftigen Ruck befreite er sein Schwert wieder und achtete gar nicht auf das glucksende Geräusch seines Opfers. Er arbeitete sich nur wenige Zentimeter weiter nach vorn, weil die Lücke, die er geschaffen hatte, sofort von den nächsten Kreaturen gefüllt wurde. Wieder hieb er um sich, ohne Rücksicht zu nehmen. Sein Ziel immer fest im Auge. Er fixierte die Frau so sehr mit seinem Blick, dass er hoffte, sie verstand und würde genau dort bleiben, wo sie war. Er hatte keine Lust, sie wieder suchen zu müssen.

Nach gefühlten weiteren hundert Gegnern hatte er sie endlich erreicht, schnappte sich die Frau und befahl seinen Männern den Rückzug. Er schlüpfte mit ihr durch die Tür, durch die sie gekommen war und fluchte, weil er sich mit ihr nicht teleportieren konnte. Dafür hätte er all seine Waffen zurücklassen müssen, und das würde niemals passieren. Also trieb er sie die Stufen hinunter und hoffte, dass es unten einen Ausgang geben würde. Oben im Hof des Burgfrieds hätte er niemals mit ihr durch Airmeds Armee flüchten können. Also mussten sie sich einen Weg durch die Kerker suchen.

Als sie die allerletzte Steinstufe genommen hatten, befanden sie sich wirklich im Verlies der Burg. Öllampen und Fackeln brannten, aber sonst war keine Kreatur hier unten. Alle Wachen kämpften oben. Er lief mit der Frau an der Hand einen langen Gang entlang, vorbei an Foltergeräten, Ketten und eingetrocknetem Blut. Die Frau sah blass aus und sie hielt sich mit ihrer freien Hand Mund und Nase zu.

»Sieh einfach nicht hin, Mädchen.« Er zog sie schneller hinter sich her. Dass sie jetzt hier ohnmächtig werden würde, konnte er gar nicht gebrauchen. Aber er musste ihr beipflichten, so wie es hier aussah, sah es nicht mal im Schlachthaus auf Aillen Castle aus. Wenn man keine Seele hatte, wirkte sich das wahrhaft auf den Geisteszustand aus. Vielleicht sollte er sich doch Gedanken darüber machen, bald seine Gefährtin zu finden. Sollte sie wirklich existieren, wollte er nicht riskieren, dass sie so endete.

Er zog Amber weiter den Gang entlang, vorbei an den Zellen. Die Tür am Ende des Ganges riss er regelrecht aus ihren Angeln und war erleichtert, ins flutende Sonnenlicht zu blicken. Er sah sich um, sie mussten sich genau auf der anderen Seite der Burg befinden. Die Frau hinter sich her zerrend lief er mit ihr nahe an der Steinwand entlang, als plötzlich ein Fomori vor ihnen auftauchte.

Der Kerl grinste sie frech an, legte den Kopf schief und warf Caileans Frau anzügliche Blicke zu. Die keuchte erschrocken auf und versuchte Duncan in die entgegengesetzte Richtung zu zerren. »Mädchen, mit dem werde ich schon fertig. Du darfst nur nicht zulassen, dass er dich berührt«, knurrte Duncan und tänzelte kampfbereit zwischen Fomori und Amber herum. Er zog hastig eins seiner Messer aus seinem Brustgurt und drückte es Amber in die Hand. »Steck das irgendwo hin, wo er nicht so leicht rankommt, dann kann er sich nicht mit dir teleportiern. Duncan sah nicht, dass Amber nickte, er holte zum Schlag gegen den Fomori aus, der sich einfach in Luft auflöste und einen Meter weiter wieder auftauchte. Duncan navigierte Amber zwischen sich und die Wehrwand, um dem Fomori den Zugang zu seinem Ziel zu vereiteln.

»Was will Dian von der Lady meines Freundes?«, sagte Duncan bedrohlich und hoffte, den Fomori mit einem Gespräch etwas abzulenken, damit Amber das Messer an ihrem Körper verstecken konnte, ohne dass der es sah.

»Seine Quelle will er wiederhaben.«

»Weil er ohne ein impotenter Magier ist?«, reizte Duncan sein Gegenüber. Der zuckte mit den Schultern und teleportierte sich abermals ein paar Schritte weiter, doch Duncan reagierte sofort und sprang um Amber herum, um sich wieder zwischen den Fomori und sein Opfer zu stellen. Der Fomori runzelte wütend die Stirn, weil er sich nicht näher an Amber teleportieren konnte, da die zu nahe an der Wand stand und Duncan sich fast mit seinem Körper an ihren drängte. Er grinste den Fomori lässig an und versuchte, ihn weiter zu einem Angriff zu reizen. Dann hätte er leichtes Spiel, da die Kreatur zugunsten der Teleportation auf eine Waffe verzichtet hatte.

»Nun komm schon, hol dir, was du haben willst«, lockte er. »Seid ihr Fomoris alle solche Feiglinge, dass ihr es nicht auf einen offenen Kampf anlegt?« Duncan täuschte eine Vorwärtsbewegung an, der Fomori wich zurück, versuchte, um Duncan herum zu gelangen, doch Amber hatte verstanden und bewegte sich wie Duncans Schatten, als würden sie gemeinsam tanzen. Der Highlander lachte, er mochte die Kleine.

Sein Gegner verlor langsam die Geduld, er sah nervös umher, suchte nach einer Möglichkeit, das Spiel zu beenden. Duncan nutzte die schlechte Konzentration der Kreatur aus und griff mit einer schnellen, gezielten Bewegung an und trennte dem Fomori den Kopf vom Rumpf. Über die Jahrhunderte hatte er daran gefeilt, sich so zu bewegen, dass sein Gegner seine Bewegungen nicht vorausahnen konnte.

Mit der Frau hinter sich betrat er den Wald in der Nähe der Stelle, wo sie zuvor Cailean und seinen Bruder zurückgelassen hatten. Die Schreie des Kriegers durchdrangen noch immer den Wald. Duncan beeilte sich, die Männer zu erreichen. Über die Schulter rief er der Frau Anweisungen zu. »Wenn du wirklich bist, was die von dir Behaupten, dann solltest du dafür sorgen, dass Ian keine Schmerzen mehr hat. Er verrät unsere Position mit seinen Schreien.« Er zögerte. »Und noch etwas, der Chief kann sich nicht mehr an dich erinnern. Airmed muss ihn manipuliert haben.«

Caileans Gefährtin blieb wie vom Donner gerührt stehen. Duncan fluchte und wandte sich zu ihr um. »Mädchen, dafür haben wir jetzt keine Zeit.«

»Was heißt, er erinnert sich nicht?«

»Dass er nicht einmal weiß, warum er überhaupt hier ist. Mehr kann ich auch nicht sagen.« Ungeduldig griff er sich den Oberarm der Frau und zog sie weiter auf die Schreie zu, die durch den Wald hallten und sogar den Kampflärm aus der Burg übertönten. Was hatte diese Furie Ian nur angetan?

Kapitel 21

Schockiert blickte Amber auf die beiden Männer, die am Boden hockten und sich wiegten. Cailean hatte sich seinen Bruder auf den Schoß gezogen und schaukelte ihn wie ein Baby. In seinem Gesicht stand das blanke Entsetzen und pure Verzweiflung. Hilflos murmelte er auf seinen Bruder ein, der sich wie ein Wahnsinniger wand und schrie.

»Zu viele Gefühle. Schalt es ab!«

Amber zuckte zusammen, die Worte weckten ein Déjà-vu-Gefühl in ihr, aber sie konnte jetzt nicht weiter darüber nachdenken. Sie ignorierte die verwunderten Blicke Caileans, als er ihrer gewahr wurde, und ließ sich neben den Männern auf die Decke sinken. Mit sanftem Blick löste sie Caileans Arme vom Körper seines Bruders und untersuchte dessen Verletzungen. Sie konnte die Wunden nicht finden, die ihm solche Schmerzen bereiteten, weshalb sie sich daran machte, Wunde für Wunde aufzuspüren und zu heilen. Als sie entdeckte, dass mehrere Fomori sich an ihm vergangen hatten, warf sie Cailean einen entschuldigenden Blick zu. Dieser sah sie nur an, dir Stirn zerfurcht, im Gesicht einen Ausdruck tiefster Verwunderung.

»Wer bist du?«

»Amber«, antwortete sie knapp und beachtete den Stich in ihrem Herzen nicht.

Er erkannte sie wirklich nicht. Noch vor wenigen Stunden hatten sie den unglaublichsten Sex ihres Lebens und jetzt kannte er sie nicht einmal mehr. Sie wandte sich wieder Ian zu, spürte weiter Verletzungen auf und heilte sie. Sie konzentrierte sich auf ihre Aufgabe, was ihr Zeit ließ, sich gedanklich damit zu befassen, dass der Mann, den sie liebte, nicht wusste, wer sie war.

Mit den Fingern fuhr sie über Ians Körper, schloss die Augen und dachte an die Heilung des geschundenen Körpers. Nachdem sie alle sichtbaren Verletzungen geheilt hatte, beschloss sie, sich um die Inneren Qualen zu kümmern. Mit letzter Kraft drang sie in seine Seele. Sie fand Finsternis, Verzweiflung und alles überschattende Schmerzen. Und einen leuchtenden Faden, der der Ursprung dieser Qualen zu sein schien. Sie folgte dem Faden. Wie eine silberne Schnur knüpfte er an Ians Seele an, verließ seinen Körper, schien sich durch Zeit und Raum zu schlängeln und endete im Körper einer anderen starke Schmerzen leidenden Person. Airmed. Schockiert stellte Amber fest, dass Ian mit Airmed verbunden war. Wie war das möglich? Sie schob die Frage von sich. Sie hatte kaum noch die Energie, sich auf die Heilung zu konzentrieren. Sie musste sich beeilen. Wenn sie Ian von seiner Qual heilen wollte, musste sie auch Airmed heilen. Sie zog all ihre übrige Energie zusammen und ließ sie in den silbernen Faden fließen, stellte sich vor, wie ihre Energie in beide Richtungen floss und dort die Ursache der Qualen heilte.

Wie konnte Duncan behaupten, Cailean wäre dieser bezaubernden Frau schon begegnet. Daran würde er sich erinnern. Diese langen, glänzend schwarzen Haare, die eisblauen Augen und dieser verführerische Körper. Wäre Cailean ihr wirklich schon begegnet, hätte er sie längst gehabt. In ihm wallte das Blut auf, wenn er sie nur ansah. Und obwohl er wusste, dass sie Ian nur heilen wollte, brachte es ihn fast um vor Eifersucht, zu sehen, wie sie ihre zierlichen Hände über den nackten Körper seines Bruders streichen ließ. Das sollte sie besser nur mit seinem Körper machen.

Cailean war nahe dran, sie von seinem Bruder wegzureißen. Er musste hart mit sich ringen, um sich zurückzuhalten. In ihm wuchs ein Besitzanspruch auf diese Frau, wie er ihn noch nicht erlebt hatte. Er hatte sie mit Duncan zwischen den Bäumen auftauchen sehen und gewusst, sie war die Seine. Sie gehörte ihm. Aber so durfte er nicht denken, denn er war im Begriff, zu heiraten. Sie hatte also jedes Recht, seinen Bruder so zärtlich zu berühren.

Er wollte sich gerade von der erotischen Szene dieser Heilung abwenden, als Ambers Körper erschlaffte und sie ihm regelrecht in den Schoß kippte. Besorgt zog er sie näher an sich. Ihr süßer Duft umhüllte ihn und für einen Moment hatte er das Gefühl, diesen Geruch zu kennen, ihn gar zu lieben. Er sog tief ein, als würde er an einem teuren Wein riechen. Die tapfere Frau sah bedenklich erschöpft aus. Sie musste sich verausgabt haben, um Ian zu heilen.

Ian keuchte neben ihm, er hatte schon vor einigen Minuten aufgehört, zu schreien. Cailean strich Amber die Strähnen aus dem Gesicht. Sie sah erschreckend weiß aus, ihr flatternder Atem machte ihm Angst. Ihre Finger legten sich um seine und sie seufzte. War das ein zufriedenes Seufzen? Die Berührung war ihm so vertraut? Und ihre vollen Lippen, er wusste, sie wären weich und warm, wenn er sie küsste.

Duncan reichte ihm einen Trinkschlauch mit Wasser. Er drückte das Mundstück an diese verführerischen Lippen und goss vorsichtig Wasser in ihren Mund. Sie schluckte, hustete und schreckte auf. Ihre Augen sahen sich nervös um, dann entdeckten sie Cailean und augenblicklich schien sie sich zu entspannen. Sobald sie sich aufgerichtet hatte, krabbelte sie wieder zu Ian, der ruhig atmend neben ihnen lag. Ihre Hände glitten ein weiteres Mal über Ians Körper und Cailean presste hart die Kiefer aufeinander. Sie will Ian nur helfen, ermahnte er sich. Er war wütend auf sich selbst. Wie konnte er nur so auf sie reagieren? Er war bereits versprochen. Und er würde keine Frau mehr betrügen. Damit war er durch. Ein Fluch war Bestrafung genug.

»Es geht ihm wieder gut. Zumindest körperlich«, sagte Amber mit einer Stimme, die Seide glich und über Caileans Haut strich, direkt zwischen seine Beine. Er fluchte innerlich. Sie sah zu ihm auf, eine zarte Röte stieg in ihr Gesicht, dann zog sie die Stirn kraus und blickte direkt auf die Stelle, in die ihm gerade das Blut geschossen war. Sein Penis reagierte und wurde nur noch härter. Abrupt stand Cailean auf und ging zu seinem Pferd. Er musste Abstand zu dieser Verführerin halten. Ihn zog etwas zu ihr hin, das er sich nicht erklären konnte, aber es zerrte an seinen Eingeweiden, als wolle es ihn an sie nageln. Schweiß trat auf seine Stirn.

»Mein Freund, du wirst nicht dagegen ankommen.« Duncan trat an ihn heran und schlug ihm auf die Schulter. »Du selbst hat mir gesagt, dass es dich zu ihr hinzieht, wie ein Insekt zum Licht.«

»Erzähl keinen Schwachsinn«, zischte Cailean wütend. »Ich kenne sie nicht einmal.«

Duncan lachte und schlug erneut auf Caileans Schulter. »Wie du willst.« Er sah sich um, die Krieger waren mittlerweile alle wieder im Lager eingetroffen. »Irgendwelche Verwundeten?«

Allgemeines Gemurmel und Kopfschütteln.

Einige bluteten aus oberflächlichen Schnittwunden, aber das waren keine Verletzungen, die irgendeiner der Krieger ernst nehmen würde. In den meisten Gesichtern konnte Cailean Freude über den Kampf sehen. Sobald sie die Burg erreichten, würden die Männer ihren Sieg mit einer Menge Whisky und Met begießen. Und sich bald darauf in den nächsten Kampf stürzen. Ja, mit diesen Männern hatte Danu eine gute Wahl getroffen. Sie alle lebten für den Kampf.

Cailean hatte das auch mal getan. Jetzt fühlte er sich nur noch leer. Sein Blick glitt zu der Verführerin. Sie stand neben Fraser und unterhielt sich angeregt mit ihm. Murrend wandte sich Cailean wieder ab. Wenn er sie anblickte, war es, als würde die Leere sich einfach auflösen. Sonst brauchte es einige Stunden in den Armen einer Frau. Unwillig grübelnd sattelte er Nuada. Er sah nach oben, in die kahlen Wipfel des dunklen Waldes. Er hatte keine Ahnung, wie er hierher gekommen war, aber er war sich sicher, dass diese Gedächtnislücke etwas mit seinem Fluch zu tun hatte. Aber bei Danu, welcher machtvolle Wunsch wäre nötig, um eine Frau wie diese aus seinem Gedächtnis zu löschen?

Duncan wies einen der Männer an, sich mit Ian und Amber zur Burg zu teleportieren.

»Nur Ian«, warf Cailean ein. »Die Frau reitet mit uns.«

»Aber teleportieren wäre einfacher für sie«, entgegnete Duncan.

»Sie wäre ohne Schutz«, gab Cailean schnell zu bedenken. Er war sich nicht sicher, warum er das tat, aber es könnte etwas mit der Eifersucht zu tun haben, die ihn übermannte, wenn er daran dachte, dass sie mehrere Stunden allein in der Burg wäre, mit allen zurückgebliebenen Kriegern. »Sie reitet mit uns.«

Sein Freund lachte wissend. »Aye, ich verstehe schon.«

»Nichts verstehst du«, murmelte Cailean unglücklich darüber, dass Duncan ihn so gut kannte.

»MyLady«, rief Duncan, während er auf Amber und Ian zutrat, der sich gerade aufsetzte und sich den Schädel rieb. »Ihr reitet mit mir auf meinem Pferd. Ich nehme an, ihr habt nicht gelernt zu Reiten in den letzten Tagen?«

»Nein.« Sie schüttelte den Kopf.

Cailean beobachtete, wie Fraser an seinen Bruder herantrat und sich dessen Arm um die Schulter schlang, um ihn zu stützen. Ian sah besser aus, aber es würde einige Zeit dauern, bis er wieder genug Kraft gesammelt hätte. Die beiden Körper verschwammen und verschwanden kurz darauf.

»Sie reitet mit mir«, brummte Cailean. Der nicht daran denken wollte, was sich unter Duncans Plaid regen würde, wenn der Mann so engen Kontakt mit dieser Schönheit hätte. Duncan war ein noch schlimmerer Schwerenöter als Cailean. Grinsend wich er von Amber zurück und breitete die Arme in versöhnlicher Geste aus.

»Wie Ihr wünscht, MyLord.« In seinen Augen blitzte es und Cailean war nahe dran, dem Mann seine Faust in die Fresse zu rammen.

Was dachte der sich eigentlich? Caileans einziges Ansinnen war, die Frau sicher nach Aillen Castle zu bringen. Und dann würde er weitersehen, was er mit ihr tun würde. Wenn zumindest ein Teil der Geschichte stimmte, die sie vorhin Duncan erzählt hatte, dann hatte Cailean sie aus der Menschenwelt entführt und sie an Airmed ausgeliefert. Nur konnte Cailean sich an nichts davon erinnern. Er stieg missmutig in seinen Sattel und führte das Pferd an Amber heran, um sie vor sich auf den Pferderücken zu ziehen. Die Berührung ihrer Hände löste kleine Blitze in seinem Körper aus, und als sie dann vor ihm saß, ihren wohlgeformten Hintern nah an seiner Männlichkeit, da stieß er zischend einen Fluch aus. Und er sollte verdammt sein, wenn sie nicht genau wusste, warum er fluchte, denn sie kicherte.

Kapitel 22

Eine Weile ritten sie schweigend, doch irgendwann reichte es Amber. »Du kannst dich wirklich nicht an mich erinnern?«, fragte sie interessiert und wandte sich zu Cailean um, um genau seine Reaktionen zu studieren. Sie wusste mittlerweile, wie dieser Fluch funktionierte, aber das konnte sie nicht davon abhalten, sich ein wenig gekränkt zu fühlen. Was war denn mit dieser Verbindung zwischen Gefährten? Irgendwas musste er doch fühlen?

»Nichts«, brummte er ungerührt und ärgerte Amber damit noch mehr.

»Du erinnerst dich also nicht, wie du mich entführt hast? Ich hatte nur dieses absolut scharfe Minikleid an – schwarz mit Silberfäden.« Sie würde ihn in den Wahnsinn treiben, beschloss sie, bis er sich wieder an sie erinnerte, oder nicht anders konnte, als sich ihr in die Arme zu werfen. Denn nach alldem, was Airmed über die Gefährten erzählt hatte, konnte sie unmöglich zulassen, dass sie nicht einander fanden.

»Nein, mit Sicherheit würde ich mich an ein solches Kleid erinnern.« Sein Blick glitt an ihr herunter und blieb an ihren Schenkeln hängen.

»Hmm«, machte Amber scheinbar frustriert. »Dann weißt du auch nicht mehr davon, dass du mich an dein Bett gefesselt hast und zu mir unter die Dusche gestiegen bist, mich heiß und innig geküsst hast? Genau hier.« Sie fuhr mit ihrer Zunge aufreißend über ihre Lippen und atmete tief ein. Sein Blick blieb an ihrem Mund hängen und glitt dann zu ihren Brüsten.

Er schluckte schwer und Amber freute sich innerlich. Sie konnte nicht nur sehen, dass sein Atem sich beschleunigt hatte, sondern sie fühlte seine Erregung auch durch das Band, das sich neu zu knüpfen schien. Vielleicht war es auch schon die ganze Zeit da gewesen, hatte nur geschlummert und darauf gewartet, seine Arbeit wieder aufnehmen zu können. »Nein.«

Sie seufzte theatralisch. Nuada schritt gemächlich durch den langsam wieder dichter werdenden Wald. Die Männer ritten alle einige Meter hinter ihnen, sodass sie an der Spitze unter sich waren. »Wirklich schade, denn deine Küsse haben Dinge mit mir angestellt …« Sie spürte die Hitze in ihre Wangen steigen, als sie an ihre gemeinsame Nacht dachte und fand, dass sie nie zu einem passenderen Zeitpunkt errötet war.

Mit zusammengekniffenen Lippen wandte er sein Gesicht ab und sah interessiert einem Reh nach, das vor der vorbeireitenden Gruppe flüchtete.

»Tja, dann erinnerst du dich wohl auch nicht an die letzte Nacht, in der du mit deiner Zunge unglaubliche Dinge angestellt hast. Hier und hier«, flüsterte Amber lächelnd und rieb sich aufreizend ihre Brüste. Als sie ihre Hand auf ihre pochende Mitte zubewegte, hielt Cailean sie grollend ab.

»Schluss damit. Das habe ich bestimmt nicht getan, ich bin versprochen.«

Amber zog die Stirn kraus und legte den Kopf schief. »Dann muss es wohl ein anderer Mann gewesen sein«, entgegnete sie schnippisch.

Ihr Plan war es gewesen, ihn so anzuheizen, dass er mit ihr zwischen den Bäumen verschwinden würde und sie dort weitermachen konnte, wo sie gestern aufgehört hatten. Aber dieser Mann hatte einen eisernen Willen und sie hatte nicht viel Zeit. Sie schwor sich, dass sie ihn davon überzeugen würde, dass nur sie die Richtige für ihn war. Niemals würde sie dieser Maria kampflos das Feld überlassen. Sie war Caileans Gefährtin, davon war sie inzwischen überzeugt, denn sie verzehrte sich nach diesem Mann mehr noch als nach der Luft zum Atmen. Ihn so nahe bei sich zu fühlen und zu wissen, dass er sie nicht erkannte, dass er sich an nichts, was sie gemeinsam erlebt hatten, erinnerte, das zerbrach ihr Innerstes in tausende Eissplitter.

Sie nahm seine Hand, legte sie auf die Stelle über ihrem Herzen und sah ihm in aller Ernsthaftigkeit in die dunklen Augen. »Kannst du das fühlen? Das machst du mit mir.« Ihr Herz raste heftig und seine Hand auf ihrem Körper schickte hunderte aufgeladener Blitze durch ihren Leib. Er zog seine Hand weg und ignorierte sie.

»Okay, du sturer Kerl. Du hast es so gewollt. Ich werde so lange kämpfen, bis du wieder du bist und mich endlich wieder zum Schreien bringst.«

Cailean schwieg eine Weile, sein Gesicht rot, auf seiner Stirn stand Schweiß und Amber hätte schwören können, dass er mit sich kämpfte.

»Duncan«, zischte sie über Caileans Schulter hinweg. »Ich denke, ich möchte lieber bei dir mitreiten. Hier vorne ist es mir zu ungemütlich.«

Der blonde Hüne kam lachend näher und blieb mit seinem Pferd neben Nuada. »Dann mal rüber mit deinem süßen Hintern. Wenn der Sturkopf den nicht zu schätzen weiß, ich könnte mir schon ein paar Dinge vorstellen.«

Amber rutschte auf Nuada herum und machte Anstalten, sich vom Pferd gleiten zu lassen. Cailean schlang einen Arm um ihre Taille und drückte sie zurück auf den Pferderücken. »Du bleibst hier. Und du, Duncan, stellst dir gar nichts vor, wenn du nicht meine Fäuste spüren willst. Diese Frau ist kein Freiwild. Wir nehmen sie mit zurück und dann werde ich sie nach Hause bringen.«

»Mit wem ich mich einlasse, musst du immer noch mir überlassen«, zischte Amber und zwinkerte Duncan dankbar zu, weil er das kleine Spiel mitspielte. »Ich könnte mir auch wünschen …«

»Nichts da«, unterbrach er sie.

»Soll ich jetzt beleidigt sein?«, schimpfte Amber. »Maria darf sich auch alles von dir wünschen.«

»Genau, und wohin hat mich das geführt?«

Duncan räusperte sich. »Wenn ich einen Vorschlag unterbreiten dürfte?«

»Nein.«

»O doch, ich bin für jeden Vorschlag offen.« Amber lächelte kokett und Cailean zog sie noch enger an seine Brust.

»Er könnte Maria heiraten und sie fortschicken. Das ist nicht ungewöhnlich für unsere Zeit.«

»Werde ich nicht tun. Ich heirate sie und werde ihr treuer, ergebener Ehemann sein, so wie es sein soll.«

»Treu?«, stöhnten Amber und Duncan gleichzeitig.

»Wenn ich mich recht erinnere, hast du es nicht so mit der Treue«, warf Amber ein und Duncan nickte.

»Und was hat es mir gebracht?«

Amber stach mit dem Zeigefinger auf Caileans Brust ein. »Hör mal zu, du kannst das gerne sehen, wie du möchtest, aber du wirst diese verdammte Bindung mit mir eingehen, weil ich keine Lust habe, eins dieser seelenlosen Monster zu werden«, rief sie zornig.

Um sie herum ertönte Gelächter aus vielen Kehlen und Cailean zuckte nervös zusammen. »Bindung? Wie bitte kommst du darauf?«

»Weil du gesagt hast, ich wäre deine dir bestimmte Gefährtin.«

»Mädchen, ich kenne dich nicht einmal.«

»Oh, jetzt komm mir ja nicht damit. Du weißt so gut wie ich, dass Airmed sich nur gewünscht haben kann, dass du mich vergisst. Aber so kommst du da nicht raus, mein Freund«, fauchte sie. »Dieses Band ist noch immer da. Gerade in diesem Moment kann ich fühlen, wie wütend du bist. Und vorhin hat es dich erregt, als ich dir erzählt habe, was du mit mir getan hast.«

»O, das wünsche ich jetzt aber auch genauer zu erfahren«, mischte sich Duncan breit grinsend ein und wieder lachten die Männer.

»Verschwinde, Duncan«, knurrte Cailean.

»Werd ich, aber eins lass dir gesagt sein, solltest du der Kleinen wehtun, bekommst du meine Fäuste zu spüren. Ich mag sie.«

»Siehst du? Er mag mich.«

»Mädchen, all das tut nichts zur Sache. Aye, ich finde dich sehr anziehend, und aye, es macht mich wahnsinnig, dieses Band und zu spüren, wie sehr du mich begehrst, aber ich werde heiraten. Und weder dir noch Maria werde ich es antun, mich teilen zu müssen.«

Amber blies frustriert den Atem aus. Es hatte wohl keinen Sinn, weiter mit ihm zu streiten. Er hatte sich entschieden. Aber Amber würde noch nicht aufgeben. Sie würde diesen Mann bekommen, denn sie liebte ihn. Und so eine hinterlistige Giftschlange würde ihn ihr nicht wegnehmen. Cailean liebte Amber, das wusste sie. Selbst jetzt, wo er sich nicht an sie erinnern konnte, schwappte die Liebe, die er für sie empfand durch das Band zu ihr. Er wusste es nur einfach nicht.

Nach einer Weile räusperte sich Cailean. »Wie kommst du überhaupt darauf, dass du eine Seelenlose wirst, wenn wir die Bindung nicht eingehen?«

»Weil Airmed gesagt hat, dass es das ist, was mit den Lichtelfen passiert, wenn sie ihre Partner nicht finden. Sie sterben und werden hier wiedergeboren als Seelenlose. Und schuld ist nur Danu, die den Lichtelfen den Zugang zu den Portalen verwehrt. Einer dieser Lichtelfen muss mein Vater gewesen sein. Er war eingesperrt in der Menschenwelt, hat meine Mutter geschwängert und ist wahrscheinlich längst ein Seelenloser, weil er die Qual nicht länger ertragen hat. Die Seelenlosen sind keine Menschen, sondern Lichtelfen, die in der Menschenwelt sterben. Zurückgelassen vor vielen Jahrhunderten, als Danu die Portale geschlossen hat.«

»Das glaube ich nicht. Warum sollte Danu so etwas zulassen? Ich meine, es ist genauso eine Qual für die Dunkelelfen, wenn sie ihre Partner nicht finden.« Er zögerte, runzelte die Stirn und sah Amber erschrocken an. »Warte. Außer, sie haben Glück und finden einander, so wie William und Samantha. Da William ein Highlander ist, haben wir nie den Zusammenhang gesehen. Aber wahrscheinlich hast du recht, sie könnten wirklich ein gebundenes Paar sein. Dann wäre William der erste von Danus Kriegern, der seine wahre Gefährtin gefunden hat«, überlegte Cailean.

Amber dachte darüber nach und fand, dass Cailean durchaus richtig liegen könnte. Aber viele andere Lichtelfen, die noch immer auf der anderen Seite festsaßen, hätten vielleicht niemals das Glück, das Samantha hatte. Ihre Dunkelelfenpartner würden zwar leiden, aber sie würden wenigstens nicht zu Seelenlosen werden.

Der Sidhe-Duft, der Amber umgab war wirklich der einer Lichtelfe. Und wenn er, wie sie behauptete, sein Gefährte war, dann würde sie sterben, wenn er sie nicht an sich band? Konnte das wirklich stimmen? Konnte er Airmed vertrauen, was das betraf? Airmed zumindest war eine Lichtelfe gewesen, bevor sie starb, das wusste er. Und warum sollte sie deshalb lügen? Wenn das der Grund war, warum sie so unbedingt wollte, dass sie die Portale passieren konnte, dann konnte er es sogar verstehen. Sie versuchte, ihrem Volk zu helfen. Wenn William nicht in der Menschenwelt Aufträge erledigt hätte, wäre er nie auf Samantha gestoßen. Wäre sie dann schon eine Seelenlose?

Er musste mit einer Lichtelfe sprechen. Wenn das stimmte, konnte er Amber dann einfach sterben und zu so einer Kreatur werden lassen wie Airmed?

Sie erreichten am späten Abend Aillen Castle und wurden von einer grölenden, jubelnden Menge erwartet, darunter einige MacDonalds und Frasers. Cailean wunderte sich, warum so viele Gäste seine Burg belagerten. Die Antwort bekam er recht schnell. Maria hatte alles daran gesetzt, dass die Hochzeit so bald als möglich stattfinden würde. Bald bedeutete am nächsten Morgen. Schimpfend bahnte sich Cailean einen Weg durch die Menschentraube. Scheinbar jeder wollte ihm zur bevorstehenden Heirat gratulieren. Ein paar der Männer machten anzügliche Bemerkungen zur Hochzeitsnacht. Cailean zog einfach nur die verwirrte Amber hinter sich her in die große Halle, wo ihm gleich noch einmal der Schlag traf. Alles war mit Blumengirlanden geschmückt. Selbst die breite Treppe hinauf wand sich eine Girlande.

Isla kam ihm aus der Küche entgegen, von oben bis unten verschmutzt, strich sie sich den Schweiß aus der Stirn. »MyLord, ihr seid zurück. Der Göttin sei Dank!«

Cailean sah die alte Dame ratlos an. Doch als auch andere Dienstmädchen wie gerupfte Hühner in der Halle erschienen, wurde ihm klar, dass Maria sie alle umher gehetzt hatte. Sie alle sahen aus, als hätten sie seit Tagen nicht mehr geschlafen, dabei war er nur zwei Tage unterwegs gewesen.

»Lady Amber!«, strahlte Isla erfreut, als sie Caileans Begleiterin entdeckte. Erst jetzt bemerkte Cailean, dass er noch immer ihre Hand hielt. Als hätte er sich verbrannt ließ er sie fallen. Seine Männer hatten ihn wohl doch nicht hereingelegt, zumindest kannte die gute Isla die Frau auch. Er rieb sich die Schläfen. Erst einmal musste er diesen Trubel verlassen und dann musste er sich Maria vornehmen. Ihr Wunsch war, dass er sie heiratete, nicht aber sofort. Er atmete tief durch und stieg die Stufen hinauf zu seinem Zimmer, ohne sich noch einmal umzuwenden.

Kapitel 23

Amber begrüßte Isla höflich und schlich sich mit ihr in die Küche, um sie und sich auf den neuesten Stand zu bringen. In der Küche stapelten sich das Silbergeschirr, Töpfe und Pfannen und genug Speisen, um eine ganze Großstadt zu ernähren.

»Seit der Herr die Burg mit Euch verlassen hat, schickt sie uns herum. Wir sind alle am Ende mit unseren Kräften«, stöhnte Isla. Die arme Frau würde noch einen Herzinfarkt erleiden, wenn Amber diesem Treiben nicht ein Ende setzte.

»Und er kann sich wirklich nicht mehr an Euch erinnern?«

»Nein«, seufzte Amber bedrückt. »Auch, wenn ich das Gefühl habe, dass die Erinnerung nur irgendwo vergraben liegt.«

»Vielleicht erinnert er sich, wenn er sie ohne all die Kleidung sieht.« Isla errötete ob ihrer eigenen Worte und wandte sich der Torte zu, die sie gerade mit Rosenblättern verzierte.

»Ich werde es herausfinden müssen, oder seine Gefühle für mich neu erwecken. Aber zuerst muss ich mich mit Maria befassen.« Amber war mehr als wütend gewesen, als sie erfuhr, dass diese Maria auf so ekelhafte Weise Caileans Fluch missbraucht hatte. Aber zu wissen, dass Cailean eigentlich ihr Mann war und dann zu sehen, wie diese Schlange mit den armen Bediensteten umsprang. In Amber brodelte es schlimmer als im Vesuv, kurz bevor dieser ausbrach.

»Sie ist im Zimmer des Herren und treibt die Näherin in den Wahnsinn.«

Schnaubend stieg Amber die Stufen hinauf und stürmte in Caileans Raum, ohne anzuklopfen. Was ihr sofort leidtat, denn die nur halb bekleidete Maria hing gerade an Caileans Hals, auch wenn dieser offensichtlich nicht glücklich damit wirkte. Oder damit, dass Amber einfach so in diese Szene hereingestürzt war. Aber vor lauter Wut hatte sie einfach ihre Manieren vergessen, und jetzt konnte sie nicht einfach zurückrudern.

Maria ließ Cailean los und kam mit wutverzerrtem Gesicht auf sie zu. »Dies ist unser Schlafzimmer!«

»Ihr könnt es sofort wiederhaben, aber zuvor muss ich eine Kleinigkeit erledigen.« Amber holte aus und traf mit ihrer Faust mitten auf Marias perfekte Nase. Diese schrie auf, presste ihre Hände auf ihr Gesicht und ging zornig auf Amber los. Cailean stand da und zog verwirrt die Stirn kraus.

»Wie kannst du es wagen?«, zischte Maria, nachdem sie Luft geholt hatte.

»Ich dachte, wenn jeder innerhalb dieser Mauern für deine Hochzeit leiden muss, dann du auch.« Amber kicherte zufrieden und warf Cailean ein zufriedenes Lächeln zu, der breit grinste. »Dabei fällt mir ein …«, fauchte Amber und verfolgte Maria durch den mit Rosen und Stoffen überfüllten Raum. Als diese weiter flüchtete, packte Amber beherzt in die rote Mähne. Diese Frau war im Begriff, ihr ihren Mann zu stehlen und Cailean in eine Ehe zu zwingen, die er nicht wollte. Und sie hatte nicht einmal ein schlechtes Gewissen. Wenn Cailean sie dafür nicht büßen lassen wollte, dann würde Amber sie büßen lassen, bevor sie abreisen musste. Sie zog Maria an ihren Haaren zurück, diese kreischte und warf sich zu Boden. Amber setzte sich auf sie und schlug ihr mit der flachen Hand in ihr feines vor Wut rotes Gesicht.

»Das ist für die Dreistigkeit, mit der du Cailean zwingst, dich zu heiraten.« Amber dachte nach, was sie jetzt tun sollte.

Eigentlich hatte sie nichts geplant, als sie in das Zimmer gestürzt war, sie war einfach ihrer Wut gefolgt. Dann überlegte sie, dass es doch eigentlich vollkommen falsch war, abzureisen. Sie sollte hier blieben und dieser falschen Schlange das Leben zur Hölle machen. Aber das würde sie auch nicht ertragen, hier zu leben, Tür an Tür mit dem Mann, für den sie so starke Gefühle hatte, dass der Schmerz sich wie ein Seil um ihre Brust wand und ihr die Luft zum Atmen nahm. Sie stand auf und besah sich lächelnd die Schwellung, die ihre Faust auf Marias Nase hinterlassen hatte.

Amber war in ihrem ganzen Leben noch nie aggressiv geworden. Niemals hatte sie jemanden geschlagen oder gar verletzt, und selbst jetzt regte sich ihr Instinkt und sie wollte den verursachten Schaden wieder heilen. Stattdessen verließ sie das Zimmer und rannte in ihr eigenes, um sich heulend auf ihr Bett zu werfen. Das Bett, in dem Cailean nicht zu Ende gebracht hatte, was er begonnen hatte. In dem sie erfahren hatte, warum er sie entführt hatte. Sie schniefte in die Kissen und verfluchte Maria und Cailean, weil der sich entgegen dem, was er ihr in der Nacht, in der er mit ihr geschlafen hatte, gesagt hatte, dieses Mal nicht so dachte. Wie konnte nur allein die Tatsache, dass er sich nicht mehr an sie erinnern konnte, ihn zu der Überzeugung bringen, dass er Maria ein treuer Ehemann sein musste, auch wenn er sie nicht liebte und sie ihn zu der Heirat zwang?

Nein, Amber konnte unmöglich hierbleiben. Gleich morgen würde sie einen der Männer bitten, sie nach Hause zu bringen. Auch wenn sie dort nur die Einsamkeit erwartete, die sie wohl in einem Hotelzimmer verbringen musste, da sie nicht mehr zu Eric in die gemeinsame Wohnung konnte. Selbst wenn sie in Erwägung zog, ihm zu verzeihen, sie war in den letzten Tagen ein anderer Mensch geworden. Eigentlich war sie nicht einmal ein anderer Mensch. Sie war ein ihr fremdes Wesen und gehörte viel mehr nach Anwynn als in die Menschenwelt. Was würde mit ihr passieren, wenn sie zurückkehrte? Wie viel Zeit würde ihr bleiben, bis sie als Seelenlose nach Anwynn zurückkehren würde?

Mit dem Ärmel ihres Leinenhemdes wischte sie über ihre Wangen. Sie sollte nicht weinen. Gleich morgen früh würde sie abreisen. Alles andere würde sich ergeben. Sie konnte sich ja an Samantha und William wenden, wenn sie Fragen zu ihrem »Zustand« hatte. Enttäuscht zog sie ihre Kleidung aus und beschloss, ein Bad zu nehmen. Das hatte sie sich nach den Abenteuern der letzten Nacht verdient. Und es würde ihr guttun, so die letzten Spuren der gemeinsamen Nacht mit Cailean von ihrem Körper zu spülen.

Sie ließ Wasser in die Wanne, heiß, so wie sie es mochte, und legte sich in das dampfende Vollbad. Sie schloss die Augen und entspannte sich und dachte einfach an gar nichts. Alles, was sie in den letzten Tagen erlebt hatte, schob sie ganz weit von sich. Es gab nur dieses Bad und sie.

»Soll ich dir den Rücken waschen?« Amber glitt vor Schreck unter Wasser. Maria stand neben der Wanne und lächelte sie hämisch an. »Wenn du ertrinken willst, dann kann ich dir auch dabei behilflich sein.«

»Was willst du?«, herrschte Amber die Rothaarige an.

»Dich bitten, dich geschlagen zu geben. Ich war schlau genug, mir Cailean sofort zu nehmen, als ich gesehen habe, wie er dich ansieht.« Sie schnaubte. »Weißt du, was ich nicht verstehe, wie er sich angeblich nicht an dich erinnern kann, und dich noch immer so ansieht. Ich liebe ihn so lange schon, aber er hat mich nie gefragt. Und als ich spürte, wie er mir entgleitet, da war das der einzige Ausweg. Er wird für immer mir gehören, weil er mich niemals betrügen wird. Er hat gelernt. Und ich werde ihn noch heute Nacht haben, weil ich mir wünschen werde, dass er mit mir schläft. Warum bis morgen warten? Er wird dank dieses Fluches der perfekte Ehemann sein. Ich werde alles haben können, was ich möchte.«

Amber drapierte Schaum über ihren Brüsten. »Wusstest du, dass er dir vertraut hat? Er war davon überzeugt, dass du den Fluch nie für dich benutzen würdest. Du hast ihn verletzt, Maria. Deswegen tust du mir leid. Er tut mir leid, weil er unglücklich verheiratet sein wird. Dank des Fluchs an eine Frau gebunden, die ihn zu seiner Marionette macht.« Amber war wütend. Ihre Hände zitterten und sie war froh, dass Maria das unter dem Wasser nicht sehen konnte.

Maria zuckte selbstgefällig mit den Schultern. »Ich werde ihn glücklich machen. Alles, was er will, sind eigene Kinder und die wird er bekommen. Noch heute Nacht wird er das erste Kind mit mir zeugen.« Sie wandte sich ab und verließ das Bad durch die Tür in Caileans Gemach.

Amber kämpfte gegen die Tränen. Cailean würde ein Leibeigener in den Händen dieser Frau sein und Amber hatte keine Ahnung, wie sie dieses Problem lösen sollte. Wenn sie nur wüsste, was Beasag gemeint hatte, als sie sagte, dass Amber der Schlüssel wäre. Sollte sie Maria töten? Wütend genug war sie, aber tun könnte sie das niemals, auch wenn das hieß, dass Cailean für alle Zeiten unglücklich sein würde.

Sie stieg aus der Wanne und wickelte sich in eins der weichen Frotteehandtücher, die im Bad auf einem Regal lagen.

Noch eine Annehmlichkeit aus der Menschenwelt, die es auf Aillen Castle geschafft hatte.

Als sie ihr Zimmer betrat, hatte sie schon wieder Besuch. Cailean saß auf dem Bettrand und musterte sie mit einem anzüglichen Grinsen. Sie seufzte. »Ich scheine heute Abend eine gefragte Person zu sein. Was bringt mich zu der Ehre, Chieftain?«

»Du hast recht«, setzte er an. »Du bist meine Gefährtin. Ich spüre es mit jeder Faser meines Herzens. Aber ich kann nichts daran ändern, dass ich morgen heiraten werde. Selbst wenn ich die Heirat aufschieben würde, könnte ich nie mit dir die Bindung eingehen, in dem Wissen, dass ich irgendwann Maria heiraten werde.«

»Ich weiß«, flüsterte Amber.

Er sah sie mit Gier in den Augen an. Das Handtuch bedeckte gerade so ihre Brust und reichte nur bis knapp über ihre Scham. Eine Sekunde lang, wollte sie es so machen, wie Maria es vorhatte, ihn durch einen Wunsch dazu zwingen, wenigstens noch dieses eine Mal mit ihr zu schlafen. Aber das konnte sie ihm nicht antun. Was würde sie dann noch von Lancaster unterscheiden?

Sie setzte sich seufzend neben ihn, sah im in die dunklen Augen. Er wirkte erschöpft. »Wie geht es Ian?«

»Gut, er schläft. Isla hat ihn mit Suppe versorgt.«

Amber nickte. »Du hast gestern, bevor du mit mir geschlafen hast, gesagt, du würdest sie heiraten, sie fortschicken und mit mir die Bindung eingehen. Warum machen wir es nicht so?« Das konnte doch nicht falsch sein?

Plötzlich verschwamm die Luft vor ihnen und ein Firbolg stand im Raum. Er sah verwirrt auf Cailean, anscheinend hatte er nicht damit gerechnet, dass er im Raum sein würde, dann fluchte er, weil er keine Waffen an seiner Seite fand.

»Mit Waffen kannst du dich nicht teleportieren«, sagte Cailean grinsend und zog ein langes Messer aus seinem Stiefel.

»Die Frau hat versprochen, sie wäre allein«, knurrte der Firbolg.

Cailean sah ihn erstaunt an. »Welche Frau?«, forderte er zu wissen und zielte mit der Spitze seines Messers auf den Firbolg.

»Hübsch und rotmähnig. Hat sich soeben zu uns an den Waldrand teleportiert und uns angefleht, sie zu holen.« Er deutete mit seinem schuppigen, dornigen Gesicht auf Amber.

»Nun ja, wie du siehst, ist sie nicht allein.«

Amber zog ihre Hose vom Bett und stieg umständlich hinein, ohne das Handtuch fallen zu lassen oder zu viel von ihrer nackten Haut zu zeigen. Sie zitterte am ganzen Körper, diesmal nicht vor Wut, sondern aus Angst. Der Firbolg stürzte sich auf sie, verschwamm und Amber dachte gerade, dass sie jetzt das erste Mal teleportiert würde und das ausgerechnet in den Armen einer so hässlichen Kreatur. Doch nichts geschah. Der Firbolg fluchte, ließ Amber in dem Moment los, da Cailean ihn von ihr wegzerrte und da fiel ihr Duncans Messer wieder ein, dass sie in ihrer Potasche stecken hatte. Sie dankte insgeheim dem Hünen.

Der andere Hüne schlug derweil auf den Firbolg ein. Es sah fast so aus, als ließe er seine Wut auf Maria an der Kreatur aus. Dann kämpfte der Firbolg sich frei und erwischte das Messer, das Cailean im Laufe des Kampfes verloren haben musste. Lachend hob er es auf und ging wieder auf Cailean zu.

»Ich werde sie bekommen«, sagte er und sprang mit einem unmenschlichen Satz auf Cailean zu. Das Messer drang in die Brust des Kriegers ein, der auf die Knie sank und seine Hand auf die Wunde presste. Der Firbolg trat Cailean gegen die Brust und warf ihn um. »Du warst auch schon stärker. Das ging viel zu leicht. Ich bin fast enttäuscht. Vielleicht sollte ich Airmed danken, schließlich hat sie dich weichgeklopft.«

Amber zuckte zusammen und erstarrte. Mit weit aufgerissenen Augen blickte sie auf das Blut, das aus Caileans Wunde quoll. Mit einem lauten Knall wurde die Tür gegen die Wand geschmettert und Duncan platzte in das Zimmer, gefolgt von zwei weiteren Kriegern. Amber schlang ihr Handtuch fester um ihre Brust und wich den kampfbereiten und sehr wütend aussehenden Männern aus. Der schockierte Firbolg ließ das Messer fallen und teleportierte sich aus dem Raum.

Voller Angst drängte sich Amber an den Männern vorbei zu Cailean, der stöhnend auf dem Holzboden lag. Sie schob Duncan zur Seite, der besorgt aufsah. »Kannst du das heilen? Ein

Stich ins Herz kann uns auch töten«, sagte er und warf Amber einen flehenden Blick zu.

Amber legte ihre Hände auf die Brust und Konzentrierte sich, aber die Verletzung war zu schlimm. Cailean lag schon im Sterben und den Tod konnte sie nicht aufhalten. Verzweifelt schüttelte sie den Kopf.

»Aber Ian sah viel schlimmer aus«, protestierte Duncan.

»Aber er war dem Tod nicht nah.«

»Dann lass dir was einfallen!«, brüllte Duncan.

»Ich kann nicht.« Amber konnte fühlen, dass Cailean keine Schmerzen hatte und wie der Tod schon seine Krallen nach ihm ausstreckte. Er riss auch an dem Band, das sie mit Cailean verband. Es fühlte sich an, als wolle er sie mit in den Tod reißen. Passierte das, weil sie seine Gefährtin war? Mit brennenden Augen sah sie hilflos auf den Mann herunter, den sie liebte. Sie konnte ihn nicht retten, und wenn sein Tod auch ihrer war, dann sollte es eben so sein.

»Du musst loslassen, durchtrenn das Band«, flüsterte Cailean und seine Augen brannten sich in ihre. Amber schniefte gegen die Tränen an, die ihr die Sicht versperren wollten. Sie konnte nicht loslassen. Ihn loszulassen hieß, ihn zu verlieren. Dazu war sie nicht bereit. Und sterben wollte sie auch noch nicht, erst musste sie Maria umbringen. Und dieses Mal würde sie es wirklich tun.

»Airmed!«, keuchte sie. »Sie sah Duncan an. Als Seelenlose war sie tot – oder so gut wie -, jedenfalls hat sie von mir getrunken, und ich bin fast sicher, mein Blut hat sie geheilt.«

»Worauf wartest du noch?« Duncan riss eines seiner vielen Messer aus seinem Brustgurt und hielt es Amber hin. Die blickte auf Cailean hinunter, der ohnmächtig geworden war. Sie nahm die Klinge, schloss die Augen, wappnete sich gegen den Schmerz und schnitt sich in ihr Handgelenk. Duncan öffnete Caileans Lippen und Amber ließ ihr Blut in seinen Mund tropfen. Ihr Krieger riss die rot leuchtenden Augen auf, dann packte er Ambers Handgelenk fest mit beiden Händen und saugte an der Wunde. Ein Kribbeln durchfuhr Amber. Breitete sich von der Stelle aus, an der seine Lippen ihre Haut berührten. Feuer züngelten durch ihren Körper und entflammten ihren Unterleib.

Sie atmete flach und wünschte, sie wäre allein mit Cailean, dann würde sie sich jetzt sofort auf ihn stürzen, egal ob er morgen heiraten würde.

Cailean dachte wohl das Gleiche, denn er zog sie mit einem Ruck auf seine Brust, wälzte sich auf sie und zwängte sich zwischen ihre Beine, während er sie bebend küsste.

Kapitel 24

»Raus«, murmelte er zwischen zwei Küssen und funkelte Duncan und seine Männer an. Duncan grinste und schob Nyall und Lachlan aus dem Gemach. »Du bist wahrlich ein Wunder, meine Kleine«, flüsterte Cailean und drückte seinen harten Schaft gegen ihre Scham.

»Warum?«, wollte sie lächelnd wissen und knabberte aufreizend an seinem Hals.

»Das sage ich dir, nachdem wir das überboten haben, was wir im Wald schon getan haben.«

»Du erinnerst dich wieder?«

»Und wie, an jede kleine Sünde, die du angestellt hast mit meinem Körper.«

Amber lachte schelmisch und ließ ihre Hände unter sein blutiges Hemd gleiten. »Dann sollten wir das hier erstmal ausziehen. Schließlich muss ich nachsehen, ob du auch halten kannst, was du so großspurig versprichst.« Sie schob ihm das Leinenhemd über den Kopf und warf es weit weg.

Ihre zarten Finger glitten über seine warme Haut. Ein dunkelroter Fleck war dort zu sehen, wo das Messer eingedrungen war. »Wie kommt es, dass du so viel schneller heilst als Ian?« Sie leckte mit ihrer Zunge über seine Brustwarze und er stöhnte leise auf.

Egal, auf welche Art sie ihn berührte, es versetzte ihn immer wieder in höchste Ektase. Und er war erleichtert, dass ihre ersten gemeinsamen Liebesspiele für ihn nicht verloren waren. Diese Erinnerungen hätte er wirklich nicht missen wollen. Von daher konnte er Maria sogar dankbar sein für ihren Verrat.

Aber an Maria wollte er jetzt nicht denken. Um sie würde er sich später kümmern. Er würde sie morgen in einer schnellen Zeremonie heiraten und sie dann von seinem Land verbannen, damit sie nicht noch mehr Schaden anrichten konnte. Und Amber würde ab sofort immer etwas aus Eisen bei sich tragen müssen.

Er legte seine Lippen auf ihre, verschlang sie in einem stürmischen Kuss. Seine Zunge tanzte mit ihrer, sie rangen miteinander. Er kostete von ihrem honigsüßen Geschmack, den Geschmack ihres Blutes noch immer auf seiner Zunge. Seine Finger befreiten ihre Brüste aus dem Handtuch. Zärtlich strich er über die rosigen Knospen, die sich ihm bettelnd entgegen reckten. Sie bäumte sich auf und stöhnte unter geschlossenen Lidern. Er küsste ihren Hals, knabberte an ihrer Kehle und reizte ihre Haut mit seinen Reißzähnen.

Er hatte lange kein Blut mehr getrunken, und wenn er es getan hatte, dann nur, um die Alterung aufzuhalten, wenn er in der Menschenwelt war. Aber ihr Blut auf seinen Lippen hatte ihn in höchste Ektase versetzt, und als dann auch noch die Erinnerungen an die gemeinsame Nacht zurückgekommen waren, da hatte er sie gewollt. Unmöglich hätte er sich noch länger von ihr fernhalten können. Es war ihm schon schwergefallen, mit ihr auf einem Pferd und ihren frechen Verführungsversuchen. Aber jetzt noch die Erinnerungen an die unglaubliche Vereinigung mit seiner Gefährtin, wie hätte er ihr da länger widerstehen können?

Er ließ seine Zunge um ihre Brustwarze kreisen, sog sie in seine feuchte Mundhöhle und knabberte zart an der harten Knospe. Amber bäumte sich ihm entgegen und schlang ihre Finger in sein Haar. Angespornt durch ihre Reaktion widmete er sich auch ihrer zweiten Brust. Zärtlich strich er mit seinen Händen über ihre Rippen, hinunter zur Taille und dann über ihren flachen Bauch zum Bund ihrer Hose. Amber hob ihm auffordernd ihre Hüften entgegen. Er ließ sich Zeit damit, die Knöpfe zu öffnen. Er wollte jede Sekunde auskosten und sie tief in seinem Gedächtnis begraben, damit niemals mehr jemand seine Erinnerungen an diese Frau stehlen konnte. Sie protestierte, als er seine Lippen von ihren löste, um ihr die Jeans über die Hüften streifen zu können. Doch er erstickte ihren Protest, indem er jeden Zentimeter nackter Haut, die er befreite mit seiner Zunge verwöhnte. Sie trug kein Höschen unter ihrer Hose, stellte er überrascht fest, aber ihr war auch keine Zeit dazu geblieben, als so unerwartet mehrere Männer in ihren Gemächern aufgetaucht waren.

Caileans Kehle entrang sich ein Knurren, als er daran dachte, dass diese widerwärtige Kreatur seine Frau nur in ein Handtuch bekleidet gesehen hatte. Seine Frau? Woher kam dieser Gedanke nur? Sie würde niemals seine Frau werden. Maria würde seine Frau sein, während sie höchstens seine Geliebte sein konnte. Er schloss die Augen, um sie nicht den Schmerz sehen zu lassen, den dieser Gedanke in ihm auslöste. Sein Schmerz wurde größer, als ihm einfiel, dass Amber das akzeptieren wollte. Es erfüllte ihn mit Stolz auf sie, aber auch mit Trauer und Wut über das, was er ihr zumutete. Sie wollte ihn so sehr, dass sie selbst diese herabwürdigende Situation akzeptieren wollte.

»Bist du dir sicher, dass du mit einem Mann zusammen sein willst, der morgen schon eine andere Frau heiraten wird«, sagte er rau und streichelte bewundernd ihre wohlgeformten Oberschenkel. Ihr erregter Duft strömte ihm entgegen und entfachte ein Inferno in seinem Inneren.

»Ich bin sicher. Solange diese Ehe nur auf dem Papier existieren wird, kann ich damit leben, dass ich niemals deine Frau sein werde.« Sie sah ihn zärtlich an, in ihren Augen schimmerten Tränen, doch es brachte ihn nicht auf, denn durch das Band spürte er, dass es Freudentränen waren, weil ihr Herz für ihn überquoll. »Ich liebe dich, Cailean MacLean.«

Er glitt über sie, küsste sie mit allem, was er ihr geben konnte, schickte all seine chaotischen Gefühle, die sie in ihm weckte, durch das Band zu ihr hinüber. Sie strich tröstend über seinen Rücken und er löste sich von ihrem Mund.

»Ich liebe dich auch, und ich werde das einzig Richtige tun. Ich werde mit dir den Bund eingehen und jeder soll es erfahren. Der Bund ist in unserer Welt viel mehr als eine Heirat. Er verknüpft zwei Seelen für immer. Bist du bereit, mit mir den Bund einzugehen, Amber Connell?« Er wusste, dass auch in seinen Augen Tränen schimmerten, weil auch sein Herz über und über mit Liebe für diese kleine Frau gefüllt war. Und obwohl er wusste, dass sie ihn liebte, wartete er doch gespannt auf ihre Antwort und ihr zitterndes Einatmen, die Millisekunden, die sie dafür brauchte, um Luft zu schöpfen, damit sie ihm antworten konnte, zerrissen ihn fast innerlich.

»Ja, ich bin bereit«, flüsterte sie tonlos.

Die Freude, die ihn ergriff, überwältigte ihn fast. Er musste sich zusammenreißen, sie nicht an sich zu drücken und ihr ihre Atemluft aus den Lungen zu pressen. »A bheil thu cinnteach?«, flüsterte er auf Gälisch.

»Aye, ich bin sicher.« Ihre Hände strichen aufreizend über seine Brust, zeichneten seine Muskeln nach und in ihren Augen funkelte es.

Wenn es möglich war, wurde sein Schaft noch härter, bei der Vorstellung, sie gleich zu der Seinen zu machen. Sie würden für immer einander gehören. Er hatte die Frau gefunden, die all seine Qualen nur allein mit ihren leuchtenden Augen heilen konnte. Er legte seine Hand auf ihren Venushügel und massierte sanft ihr Lustzentrum.

Amber erbebte unter ihm und stöhnte leise. Sie drängte ihren Unterleib gegen seinen Handballen und ließ ihre Hüften kreisen. Er senkte seinen Mund auf ihren und ließ einen Finger in ihre feuchte Hitze gleiten. Er zog sich zurück und stieß mit zwei Fingern wieder in sie. Sie keuchte auf und ihr Gesicht glühte, die Lippen leicht geöffnet blickte sie unter schweren Lidern zu ihm auf. Mit dem Daumen umkreiste er ihre Lustperle und entlockte ihr noch lautere Töne.

Ungeduldig wand sie sich unter ihm. »Cailean«, flehte sie und rieb ihre Hüften an seinem hämmernden Schwanz. Aye, auch er wollte sie um seinen Schaft herum spüren, wollte die Bindung endlich vollziehen. Der Drang, sie zur Seinen zu machen, wurde übermächtig in ihm. Er versenkte sich in sie, schob sich Zentimeter für Zentimeter in ihre Hitze und genoss das Gefühl, sie um sich herum zu fühlen. Sie spannte ihre Muskeln an, umklammerte ihn und hielt ihn stöhnend in sich fest. Cailean musste sich anstrengen, sich nicht sofort in sie zu ergießen. Er zog sich langsam zurück, bis er fast aus ihr herausglitt, nur noch seine Spitze in ihr war, und dann stieß er wieder zu. Er keuchte, als er sie wieder um sich fühlte, fast hätte er den Verstand verloren und wie ein Irrer in sie gehämmert, aber das durfte er nicht – noch nicht.

»Ich nehme deine Seele in meine Seele und schicke meine Seele in deine, auf dass sie für alle Zeiten miteinander verbunden sind. Du bist meine Gefährtin wie ich dein Gefährte und nichts kann diese Verbindung je wieder auflösen«, keuchte er heiser, während er weiter in sie stieß.

Etwas zog an dem Band, das sie mit Cailean verband. Es fühlte sich an, als würde ihre Seele wirklich ein Stück näher an seine rücken. Dann wurde sie von einer Wärme erfüllt und von Dunkelheit fast blind. Ihr Licht verband sich mit seiner Dunkelheit und ganz plötzlich konnte sie fühlen, was er fühlte. Konnte spüren, wie es sich für ihn anfühlte, sich in ihr zu bewegen, wie seine Lust sich immer mehr steigerte und sein Schaft drohte zu explodieren. Und diese steigende Lust katapultierte ihre eigene in unermessliche Höhen. Sie glaubte fast, die Sterne berühren zu können. Sie hob seinen Stößen ihren Leib entgegen, fing ihn mit ihren Hüften auf und drängte ihn zu einem schnelleren Rhythmus.

Feuer sammelten sich in ihrem Unterleib, drohte sie zu verbrennen. Sie stöhnte laut auf, schrie ihre Lust der hohen Zimmerdecke entgegen. Spürte genau den Moment, in dem sein Schaft in ihr zu zucken begann, und ergab sich in einem gewaltigen Orgasmus, der ihr Innerstes Welle um Welle erbeben ließ, bis sie außer Atem und zitternd auf den Boden zurücksank.

Cailean blieb erschöpft auf ihr liegen und knabberte an ihrer Halsbeuge. Er leckte mit seiner Zunge über ihre empfindliche Haut, die noch immer wie elektrisiert war.

»Sind wir jetzt verbunden? Ich meine, das war Wahnsinn.«

»Da fehlt noch was«, sagte er, stützte sich auf seine Unterarme und sah sie lächelnd an. Er küsste Amber flüchtig auf ihre geschwollenen Lippen, die von seinen vielen Küssen noch immer kribbelten.

»Was?«, fragte Amber und rieb ihren Unterleib gegen seinen.

»Nicht ganz das, aber die Idee gefällt mir trotzdem«, sagte er und zog sich ein Stück aus ihr zurück, nur um gleich wieder in sie zu stoßen, und die Glut in ihr wieder zu schüren. »Der Blutaustausch.«

Amber zog erstaunt die Stirn kraus.

»Dieser Austausch macht aus dir zugleich Lichtelf und Dunkelelf wie aus mir Dunkelelf und Lichtelf.«

Amber kniff die Lippen zusammen. Sie war sich nicht sicher, ob sie Blut trinken wollte. Aber sie war sich sicher, dass sie mit Cailean zusammen sein wollte. Für immer. Wenn das bedeutete, dass sie sein Blut trinken musste, dann würde sie das tun. Er sah sie erwartungsvoll an, während er sich langsam in ihr bewegte. Und wer konnte denn da schon Nein sagen? Sie nickte.

»Wie mache ich das ohne Reißzähne?«, wollte sie wissen und hob ihren Unterleib seinen sanften Stößen entgegen.

»Für das erste Mal ritze ich mir die Haut auf. Danach wirst du eigene Reißzähne haben.«

»Oh, wie cool. Du machst mich zum Vampir«, scherzte sie, war aber innerlich sehr angespannt.

Cailean nutzte einen seiner Eckzähne und öffnete die Haut an seinem Handgelenk. Er hielt es Amber hin, sie sah ihn zögernd an, dann leckte sie über ihre Lippen und senkte ihren Mund entschlossen auf Caileans Vene. Sie nahm zwei Schlucke seines Blutes, das unerwartet würzig und gut schmeckte, gar nicht abstoßend, wie sie erwartet hatte.

Dann senkte Cailean sich ihrem Hals zu, mit einem kurzen Stechen drangen seine Zähne durch ihre Haut, dann bewegten sich seine Lippen auf ihrem Hals und sein Schaft in ihrem Unterleib. Blitze durchzuckten ihren Körper. Sie bewegte sich mit ihm, wieder fühlte sie sein Verlangen, seine Erregung und das Glück, das er verspürte, während er von ihr trank. Sie explodierte in einem heftigen Orgasmus und krallte ihre Nägel in seinen Rücken. Als sie ihren Mund schließen wollte, fühlte sie kleine scharfe Spitzen in ihre Unterlippe stechen. Sie fuhr mit ihrer Zunge über ihre Eckzähne. Tatsächlich, sie hatte deutlich kleinere Reißzähne als Cailean, aber es waren Reißzähne.

Kapitel 25

»Wo ist sie«, polterte Cailean, als er in die Halle kam. Er hatte Amber schlafen lassen. Ihr Körper brauchte dringend Ruhe, nachdem er sie in der vergangenen Nacht immer und immer wieder genommen hatte.

»Wenn du Maria meinst, die habe ich in ihrem Raum eingesperrt. Wenn du deine Frau meinst, die liegt in dem Bett, in dem du sie in der letzten Nacht festgenagelt hast.« Duncan grinste breit und klopfte sich auf die Schenkel. An seiner Seite saß eines seiner Dienstmädchen und schmiegte sich an ihn.

»Wie ich sehe, hattest auch du eine erholsame Nacht.«

»Nicht so wie du, mein Freund. Deine Kleine tropft dir aus allen Poren.«

»Gib mir den Schlüssel und sag dem Pfarrer Bescheid. In dreißig Minuten soll er diese verfluchte Trauung durchziehen. Danach bringst du dieses Biest aus meinen Augen.«

»Ich habe schon jemanden zu meinem Bruder auf die Burg geschickt. Der wird sich mit Sicherheit gerne um unsere kleine Schwester kümmern.«

Cailean nickte zufrieden. Er nahm den Schlüssel zu Marias Gefängnis entgegen, überlegte es sich dann aber anders. »Besser du bringst sie vor den Altar. Wer weiß, was für Wünsche ihr sonst noch einfallen.«

Sein Freund sah ihn bedauernd an. »Tut mir wirklich leid. Ich weiß nicht, was mit ihr los ist.«

Cailean winkte ab und verließ die Halle. Er wollte diese Heirat einfach nur hinter sich bringen, möglichst, bevor Amber aufwachte und zusehen musste, wie ihr Gefährte eine andere zur Frau nahm.

Jede Braut, die Cailean bisher gesehen hatte, lächelte und schritt ihrem Zukünftigen stolz entgegen. Diese hier sah zweifellos sehr gut aus, aber ihr Gesicht brannte vor Zorn, als sie den Gang zwischen den üppig geschmückten Bänken entlang schritt.

»Damit wirst du nicht durchkommen. Du wirst mich nicht einfach so fortstoßen«, zischte sie.

»Genau das habe ich vor«, sagte Cailean zufrieden lachend. Warum fühlte er sich eigentlich heute so leicht? Nichts, nicht einmal diese Farce von einer Trauung konnte ihm dieses Gefühl von Freiheit nehmen. Keine Qual, kein Stein, wie sie sonst immer auf seiner Seele lasten, wenn er gezwungen war, einen Wunsch zu erfüllen, er fühlte sich einfach nur frei.

»Ihr könnt beginnen«, wandte er sich an den Geistlichen. Er wollte schnellst möglich von Maria wegkommen, damit ihrem hübschen Mund nicht doch noch ein Wunsch entkam.

Der Pfarrer begann die Worte zu verlesen, die Cailean mit Maria verheiraten würden. Cailean hörte nicht wirklich zu, weil ihn nicht interessierte, was der Pfarrer ihnen über die Ehe erzählte. Stattdessen stellte er sich vor, wie Amber aussehen würde, wenn sie statt Maria hier vor ihm stehen würde. Er ließ seinen Blick über die Gäste gleiten, die sich in den Sitzreihen drängten. Duncan warf seiner Schwester blitzende Blicke zu. Die meisten seiner Männer taten das auch, nur die Gäste, die nicht von dieser Burg stammten, wirkten erfreut über die Trauung.

»Willst du, Cailean MacLean …«, bekam er gerade noch mit. Er wartete auf den einsetzenden Druck, der ihn zwingen würde, ja zu sagen. Aber er kam nicht. Cailean runzelte die Stirn, lauschte in sich hinein.

»Soll ich noch einmal wiederholen?«, wollte der Geistliche wissen.

»Nein«, sagte Cailean und grinste breit.

»Ich soll nicht wiederholen?«, hakte der Pfarrer unsicher nach.

»Nein, sollen sie nicht. Und Nein«, sagte Cailean.

Hinter ihm erhob sich Gemurmel. Cailean wandte sich um, als Amber gerade die Kapelle betrat. Er lächelte sie an und schickte ihr eine Welle seiner positiven Gefühle durch das gemeinsame Band. Weil er fand, dass das noch nicht genug sagte, legte er mental seine Hände auf ihre Brüste und zwischen ihre Beine. Sie trug heute ein weit ausgeschnittenes Kleid in den

Farben seines Clans. Er sollte Isla dann unbedingt für ihre Fürsorge danken.

Amber sog hastig die Luft ein und errötete. Sie setzte sich mit gesenktem Blick in eine der vorderen Reihen. Sie sah wirklich wundervoll in seinen Farben aus. Cailean hatte es vorgezogen, für diese falsche Hochzeit nicht in offizieller Kleidung zu erscheinen. Er trug nur seine Lederhosen und ein ausgewaschenes, graues Leinenhemd. Was Maria trug, interessierte ihn nicht.

»Nein, Ihr wollt sie nicht ehelichen?«, wollte der Pfarrer nun schon ungeduldiger wissen.

»Aye«, sagte Cailean knapp und wandte Maria den Rücken zu. Er hatte wirklich Nein gesagt. Es war nur ein Versuch. Als er nicht den wohlbekannten Zwang verspürt hatte, den ein Wunsch bei ihm auslöste, hatte er es einfach versuchen müssen. Und auch als er es aussprach, hatte kein Schmerz eingesetzt. Das konnte nur bedeuten, dass er den Wunsch nicht erfüllen musste? War er etwa erlöst? Freudestrahlend ging er auf Amber zu, zog sie aus der Sitzreihe und in seine Arme. »Ich werde sie heiraten.«

»Aber … aber das geht nicht. Mein Wunsch«, erzürnte sich Maria und kam mit großen plumpen Schritten auf ihn zu. Ihr Gesicht war vor Wut so verzerrt, dass sie einfach nur noch hässlich war. All die Schönheit, die er einmal in ihr gesehen hatte, war genauso verschwunden wie sein Vertrauen in sie. »Aber der Fluch!«

Er sah von Maria zu Amber, die sich vertrauensvoll in seine Arme schmiegte und ihm all ihre Liebe schickte. »Er ist weg«, sagte sie mit strahlenden Augen. »Ich spüre es. Er ist weg.«

»Ja, sieht so aus, als hätte meine Gefährtin mich in jeglicher Hinsicht von meinen Dämonen geheilt.« Er senkte seine Lippen auf Ambers und forderte einen stürmischen Kuss von ihr.

Maria riss eine der Rosengirlanden von den Sitzbänken und warf sie zornig auf den Boden. »Ich wünsche, dass du mich küsst«, keifte sie.

Amber löste sich von Cailean und lachte herzlich. »Er erfüllt nur noch meine Wünsche, und ich wünsche, dass er mich jetzt heiratet und mich dann auf sein Zimmer bringt. Nein, besser auf meins. Von diesen vielen Blumen und Rüschen in Caileans wird mir ganz übel.«

»Mir auch.«

»Dann fangt endlich an zu heiraten. Ich habe Durst«, ertönte eine dunkle, grollende Stimme aus dem Hintergrund. William betrat mit Samantha an der Hand die kleine Kapelle. Duncan schnappte sich seine um sich schlagende und fluchende Schwester und zerrte sie aus dem Gotteshaus, bevor der Pfarrer noch einen Schock erlitt.

Wie versprochen hatte Cailean Amber nach der Trauung ausgiebig verwöhnt, benutzt und zum Schreien gebracht. Amber hatte es wirklich akzeptiert, dass dieser Traummann eine andere Frau heiraten würde. Schließlich hätte er die heißen Sachen trotzdem nur mit ihr getan. Aber als sie die Kapelle betreten hatte, und sein selbstsicheres stolzes Nein gehört hatte, da hatte es in ihrem Magen geflattert vor Aufregung. Und dann hatte er ihr durch seine Gefühle gezeigt, dass er frei war. Er hatte sie mit seinem Freiheitsgefühl geradezu High gemacht. Sie war so stolz auf ihn gewesen. Und in diesem Augenblick war ihr bewusst geworden, dass dieser wundervoller Krieger tatsächlich ihr gehörte.

»Dann sind William und ich also gebunden?«, wollte Samantha erstaunt wissen. »Wir hatten keine Ahnung, dass es so was überhaupt gibt.«

»Hat er denn auch diese Worte zu dir gesagt? Ich glaube, das war Teil des Bindungsrituals«, antwortete Amber und schob sich ein Stück der köstlichen Torte in den Mund, die Isla gebacken hatte.

Die Krieger grölten, als einer von ihnen einen schweren Hammer so weit über eine Wiese warf, dass er über die bisherigen Markierungen hinaus flog. Das ganze Dorf hatte sich zusammengefunden und saß auf Bänken und sah den Männern bei ihren Wettkämpfen zu, tanzte oder trank. Sie alle feierten begeistert die Hochzeit ihres Chieftains mit seiner Lady. Amber hatte sich noch nie in ihrem Leben so sehr dazugehörig gefühlt, wie hier unter all diesen fremden Menschen.

»Nein, Worte gab es keine, aber wir haben schon oft unser Blut ausgetauscht. Während … du weißt schon«, sagte sie mit blitzenden Augen.

»Wie alt bist du eigentlich? Cailean sagte, du bist in der Menschenwelt aufgewachsen. Du wusstest aber, dass du eine Lichtelfe bist?«

»Ich bin siebenundzwanzig. Meine Mutter war eine Lichtelfe. Sie starb, als ich noch klein war. Sie war immer sehr depressiv und irgendwann hat sie sich das Leben genommen.«

Amber legte eine Hand auf Samanthas Arm. Wahrscheinlich hat sie sich umgebracht, weil sie nicht ihren wahren Gefährten gefunden hat. Wie viele Jahrhunderte sie wohl hatte leiden müssen, bevor sie sich zu diesem Schritt entschlossen hatte?

»Vielleicht ist sie eine Seelenlose, dann können wir sie finden und ich kann sie heilen, wie ich Airmed geheilt habe.«

Samantha sah sie hoffnungsvoll an, eine Träne floss ihre Wange herunter. »Danke, das wäre nett von dir«, sagte sie. Amber beschloss, so viele Seelenlose zu retten, wie es ihr möglich war.

»Möchtet ihr tanzen, MyLady?« William verbeugte sich höflich vor Samantha und diese nickte erfreut. Die beiden entfernten sich und Amber widmete sich wieder ihrer Torte.

»Ich habe Euch gesagt, dass Ihr der Schlüssel seid«, sagte Beasag und setzte sich lächelnd auf den Platz, auf dem gerade Samantha gesessen hatte.

»Ihr wart etwas undeutlich, aber ja.«

»Dadurch, dass er sich an Euch gebunden hat, hat sich der Fluch aufgelöst, weil es für ihn nur noch Euch geben wird.«

Amber senkte verlegen den Blick. »Danke«, sagte sie.

»Kommt demnächst bei mir vorbei. Ich werde Euch einen Trank für das ungeborene Leben in Eurem Leib bereiten.« Sie fuhr mit den Fingern durch ihr langes Haar, in das sie kleine lila Blüten gesteckt hatte.

»Was?«, keuchte Amber. »Wie könnt Ihr davon wissen?« Das war unmöglich. Seit ihrem ersten Mal mit Cailean waren nur wenige Tage vergangen.

»Vertraut mir«, sagte Beasag geheimnisvoll und erhob sich wieder.

Amber sah sich nach Cailean um und in ihrer Brust hämmerte ihr Herz hart.

Ich habe es gehört, sagte er in ihren Kopf hinein. Erst am Nachmittag hatten sie diese neue Art der Kommunikation für sich entdeckt. Eines der vielen Dinge, die diese Wandlung für sie beide mit sich brachte.

Und was hältst du davon?, fragte sie. Sie hatte ihn noch immer nicht entdeckt.

»Es gefällt mir sehr«, hauchte er ihr von hinten ins Haar und streichelte sanft ihren Bauch.

* * *

Drachenmond
von Sky Landis
ISBN: 978-3-943308-15-0

Drachenmond

von Sky Landis

Nacht für Nacht wird Alessa Martin von viel zu realen Albträumen heimgesucht, in denen sie sich in einen furchteinflößenden Drachen verwandelt. Trotz dieser Träume kann sie nicht an Magie oder die Existenz mystischer Wesen glauben. Und erst recht nicht daran, dass ausgerechnet sie auserwählt ist, einen Jahrhunderte währenden Krieg zu beenden.
Als ihr bester Freund sie verrät, werden Alessas Albträume Wirklichkeit. Es verschlägt sie in eine ihr vollkommen fremde Welt voller Magie. Einzig ihre aufkeimenden Gefühle für den charismatischen Clansherren Cameron Warden machen den Gedanken erträglich, nicht in ihr altes Leben zurückkehren zu können. Ihre Liebe steht jedoch unter einem schlechten Stern. Denn dem Gesetz nach muss Alessa den Clansführer heiraten, der zuerst seinen Anspruch auf sie erhoben hat – Camerons Cousin Darius Darkmoore. Nur wenige Tage bleiben ihnen, ehe Cameron Alessa freigeben muss und sie mit seinem Rivalen vor den Traualtar tritt …